HEYNE <

W0315709

HORST ECKERT

DIE MACHT DER WÖLFE

THRILLER

WILHELM HEYNE VERLAG
MÜNCHEN

MIX
Papier | Fördert
gute Waldnutzung
FSC® C014496
FSC
www.fsc.org

Penguin Random House Verlagsgruppe FSC® N001967

Originalausgabe 04/2023

Neumarkter Str. 28, 81673 München
Redaktion: Lars Zwickies
Printed in Germany
Umschlaggestaltung: Designomicon, Anke Koopmann,
nach einer Idee von Katie Wewer,
unter Verwendung von Motiven von © shutterstock
(Blue Titan/engel.ac)
Satz: KCFG – Medienagentur, Neuss
Druck und Bindung: GGP Media GmbH, Pößneck
ISBN: 978-3-453-44175-0

www.heyne.de

Der Tag bricht an, und Mars regiert die Stunde.

(Friedrich Schiller, *Wallensteins Tod*)

EIN TAG IM MÄRZ

PROLOG

MOSKAU

DIE SPETSOPERATSIYA ZUR ABSETZUNG der Faschisten in Kiew war noch keine drei Wochen alt, als Rotenberg dem Boss im Kreml einen Plan vorlegte, um auch in Deutschland einen Regime Change zu erwirken.

Ohne jeden Militäreinsatz.

Ausschließlich mit dem Intellekt.

Was im Russischen auch das Wort für Geheimdienst war.

Sie berieten zu dritt, denn der Boss wollte Setschin dabeihaben. Alle drei waren Ex-KGB-Kollegen, Judopartner, engste Freunde aus alten Sankt Petersburger Tagen. Doch ausgerechnet Setschin, der wegen seiner Skrupellosigkeit auch Darth Vader genannt wurde und stolz darauf war, trug Bedenken vor.

Er wirkte griesgrämig und sah Rotenberg nicht an.

»Ich kann vor solchen Abenteuern nur warnen.«

»Warum nur, Igor Iwanowitsch? Der Feind muss überall bekämpft und geschwächt werden.«

»Denk an die Unsummen, die wir an Venezuela vergeudet haben, Arkadi Romanowitsch.«

Das Totschlagargument. Rotenberg hatte es kommen sehen. Venezuela galt im Kreml als Fehlschlag. Auch wenn Rotenberg das anders sah.

Lieber ein kaputter Staat, der sein Öl kaum noch aus der Erde bekam, als eine Regierung, die es billig verkaufte, um Amerika zu gefallen.

»Und Velikobritaniya?«, fuhr Setschin fort. »Dort haben wir massiv die Tories unterstützt und gefühlt jeden zweiten Lord des Königreichs auf die Lohnliste gesetzt. Was hat es gebracht? Die Inselaffen unterstützen die Kiewer Faschisten mit Drohnen und Haubitzen. Sie bilden sie in ihrem eigenen Land aus!«

Er hatte die Stimme gehoben, als wolle er sicherstellen, dass der dritte Mann, der am anderen Ende des überlangen Tisches saß, ihn auch hörte.

Doch der Boss war nur mit seinem Smartfon beschäftigt.

»Wir haben immerhin den Brexit durchgesetzt«, erwiderte Rotenberg. »Das wiegt das andere auf.«

Setschin wackelte mit dem Kopf, seine Wangen vibrierten. »Marine Le Pen wird wieder verlieren.«

»Das tut sie immer knapper. In nicht allzu ferner Zukunft …«

»Und Savini ist nur Dritter.«

»Aber er bestimmt in Italien den Diskurs.«

»Die FPÖ …«

»Seit wann ist Darth Vader ein Pessimist? Die liberale Welt ist überall auf dem Rückzug. Das ist Fakt. Unser Auslandskapital arbeitet hervorragend. Von Venezuela mal abgesehen.«

Beide blickten zu Wladimir Wladimirowitsch hinüber, der das Machtwort sprechen sollte. Er saß sechs Meter entfernt – aus Angst vor Viren, Bazillen und Anschlägen.

Und nach wie vor vom Display seines Smartfons gefesselt.

Rotenberg fiel auf, wie glatt das Gesicht des kleinen Mannes war. Eine neue Botox-Behandlung, vermutete er. Auch die Lider hatte sich der Boss straffen lassen.

Was man nicht alles tat, um einer ehemaligen Olympionikin zu gefallen, die kaum älter war als die eigenen Töchter.

Rotenberg wandte sich wieder dem Griesgram Setschin zu. »Die FPÖ holt auf, Igor Iwanowitsch. Wir haben Victor Orban im Sack. In Griechenland sogar die Linken und die Rechten. Wir besiegen den Westen, indem wir die Herzen und Köpfe erobern. Mit allen Mitteln, die wir beim KGB erlernt haben.«

Plötzlich ertönte vom anderen Ende des Tisches ein glucksendes Lachen, das kaum enden wollte.

»Was gibt's?«, fragten Rotenberg und Setschin zugleich.

Wladimir Wladimirowitsch schüttelte belustigt den Kopf.

Seine Knopfaugen leuchteten.

»Schaut euch das mal an!«

Er ließ sein Smartfon über den spiegelblanken Tisch gleiten.

Setschin ergriff es zuerst.

»Wer ist das?«, fragte er.

»Die Koreanerin. Schaut, wie sie für uns betet!«

Rotenberg erhaschte einen Blick auf das Display und erkannte Soyeon Schröder-Kim, die soeben ein Selfie auf Instagram gepostet hatte. Die Hände gefaltet. Vor einem Fenster. Im Hintergrund der abendlich erleuchtete Rote Platz. Die Basilius-Kathedrale und das Warenhaus GUM strahlten im Licht.

Es war der Blick aus dem Hotel Baltschug Kempinski. Am anderen Ufer der Moskwa.

»Dann ist auch Gerhard da, oder?«, wollte Rotenberg wissen. Er war versucht, ans Fenster zu treten und hinüberzuwinken.

Der Boss hob seufzend die Augenbrauen. »Sie machen ihm das Leben schwer. Rauben ihm Büro, Sekretärin und Fahrer. Und sie verlangen, dass er bei Rosneft aufhört.«

»In Berlin regieren Faschisten in grünem Gewand.«

»Was ist euer Plan?«

Endlich interessierte sich Wladimir Wladimirowitsch für den Grund ihres Treffens.

Rotenberg antwortete: »Die Berliner Faschisten zu stürzen.«

»Und wie?«

»Wir kontrollieren einen Fernsehsender. Und den Aufbau einer Protestbewegung. Bald können wir eine ganze Partei steuern.«

Der Boss verzog die Mundwinkel. »AfD.«

»Nein, viel besser. Eine Neugründung. Jünger, frischer. Attraktiv für alle, die unbehelligt vom Staat ihren Geschäften nachgehen wollen. Und um Geschäfte geht es in Deutschland zuerst.«

»Was sagt unser Kontakt im Kanzleramt dazu?«

»Er steht bereit, die deutsche Kanzlerin zu stürzen, damit es Neuwahlen gibt. Er sucht nach einem geeigneten Vorsitzenden für die neue Partei und wartet praktisch nur auf unser Go.«

Setschin mischte sich ein: »Sag dem Boss, was das kostet, Arkadi Romanowitsch.«

Rotenberg zögerte.

»Und?«

Er musste sich räuspern. Es wäre mehr, als jemals eine Partei in Deutschland für einen Wahlkampf verpulvert hatte. Aber Rotenberg glaubte fest daran, dass Klotzen effektiver war als Kleckern.

»Vierzig Millionen Euro.«

Gemessen an ihren Privatausgaben war das gar nicht so viel. Rotenbergs neue Datscha hatte ein Vielfaches gekostet. Und selbst die war ein Klacks im Vergleich mit dem Palast am Schwarzen Meer, den er für den Boss gebaut hatte.

Der Mann am anderen Ende des polierten Tisches kniff seine Augen zusammen.

»Bedenken, Igor Iwanowitsch?«, fragte er.

Setschin atmete tief ein.

Er ließ seinen Blick von einem zum anderen wandern.

Dann schüttelte er den Kopf. Seine Wangen schlackerten dabei.

Rotenbergs Plan stand nichts mehr im Weg.

Wladimir Wladimirowitsch lachte und rief: »Vielleicht wird Gerhard sogar noch Präsident. Falls Gott die Gebete der Koreanerin erhört!«

TEIL EINS

DIE ERSTE ERPRESSUNG

Hier, wo das Trümmergewirr, wo Stein vom Steine gerissen,
wo Staubwolken du siehst.

(Vergil, *Aeneis*, 2. Buch)

ANFANG JUNI

01

HAGEN

»AUF WIEDERSEHEN ZU SAGEN erspare ich uns lieber, nicht wahr?«

Zum abgestandenen Scherz des Justizbeamten gab es einen Händedruck und den Entlassungsschein. Dennis Schubert faltete das Papier und steckte es in die Außentasche seiner Jeansjacke. Ihn irritierte, dass sie nicht allein waren. Ein Reporter stand da und grinste. Sein Kameramann nahm alles auf.

»Was soll das?«, empörte sich Dennis und wandte sich an den Beamten. »Sag den Clowns, sie sollen sich verpissen. Ich will das nicht!«

»Ich dachte, es ist alles geklärt«, sagte der Reporter.

»Nicht mit mir!«

Der Kameramann nahm ächzend seine Mühle von der Schulter. Sein Ellbogen war bandagiert. Der Wärter zeigte darauf.

»Was ist passiert?«

»Montagsdemo. Die haben mich umgestoßen.«

»Ich dachte, Deutschland-TV lassen die in Ruhe.«

»Wir waren an dem Tag für den WDR unterwegs.«

»Verstehe.«

»Die Polizei stand keine fünf Meter entfernt und hat nichts zu unserem Schutz unternommen.«

Dennis klopfte gegen die Tür und wurde lauter.

»Was soll das Gequatsche? Kann ich jetzt gehen?«

Der Reporter versuchte es noch einmal. »Wir drehen einen Beitrag zum Thema private Gefängnisse.«

Dennis lachte auf. »Wie, jedem Häftling sein eigener Knast?«

»Nein, Sie wissen schon, ein privates Unternehmen baut und betreibt die Anstalten.«

»Ist schon klar. Aber ich muss nicht ins Fernsehen. Ich brauch das nicht. Sucht euch einen anderen Idioten.«

»Wir können Ihr Gesicht verpixeln, wenn Sie ...«

»Ich traue euch Clowns nicht. Und wenn ihr auch nur eine Sekunde von dem sendet, was ihr gerade aufgenommen habt, verklage ich euch, bis euch die Lichter ausgehen!«

Der Uniformierte schloss auf.

Endlich konnte Dennis ins Freie auf den Vorplatz treten.

Es war bewölkt und windig, ein durchwachsener Frühlingstag. Dennis sog die Luft in seine Lungen. Eigentlich unterschied sie sich nicht von der, die er all die Jahre auf dem Gefängnishof geatmet hatte.

Und doch war alles anders.

Hinter ihm krachte die schwere Tür ins Schloss.

Dennis ließ seinen Blick schweifen.

Am Straßenrand hatte seine Schwester geparkt. Sie winkte und eilte auf ihn zu. Steffi war den ganzen Weg von Benrath am Rhein gekommen, um ihn abzuholen.

Ein Engel, dachte Schubert.

»Dennis«, sagte sie und strahlte.

Soweit er es überblicken konnte, war niemand außer ihr da. Keiner von denen, die ihm die Scheiße eingebrockt hatten.

Und auch keine Bullen.

Beruhig dich, Mann.

Er schloss seine Schwester in die Arme. Sie war verschwitzt von der Fahrt. Für ihn die erste Umarmung seit zehn Jahren. Im Besuchsraum war Körperkontakt verboten gewesen. Seine Ex hatte sich ohnehin nicht blicken lassen.

Dennis warf der Fassade der JVA Hagen einen Abschiedsblick zu. Hier sperrte man die ein, die man zu besonders langen Haftstrafen verurteilt hatte. Errichtet in der Weimarer Zeit. Siebeneinhalb Quadratmeter pro Zelle, finster und muffig.

Und er hatte seine volle Strafe absitzen müssen. Egal, ob gute Führung oder nicht. Weil er den Mund gehalten hatte. Gegenüber den Bullen, im Prozess und auch seitdem. Er war keiner, der quatschte.

Ein Dennis Schubert hielt seine Abmachungen ein.

Und von jetzt an hatte die Welt für ihn keine Grenzen mehr.

Adieu JVA. Auf Nimmerwiedersehen.

Privat betriebene Knäste. Dennis schüttelte den Kopf. Auf Ideen kamen manche Leute, wenn es darum ging, sich die Taschen zu füllen. Sicher alles ganz legal.

Steffi öffnete den Kofferraum. Dennis warf seine Tasche hinein und blickte sich noch einmal um. Nach wie vor keine Bullen da.

Beim Losfahren schob Steffi eine CD in den Schlitz der Audioanlage.

»Immer noch Rammstein-Fan?«

Dennis behielt eine Weile lang den Verkehr im Blick.

Dann drehte er die Musik lauter, lehnte den Kopf gegen die Nackenstütze und schloss die Augen. Der Refrain traf ins Schwarze.

»Gott weiß, ich will kein Engel sein.«

Ein ganzes Jahrzehnt lang hatte das Leben ohne ihn stattgefunden.

Höchste Zeit, das zu ändern.

ENDE JUNI
FREITAGNACHMITTAG

02

DÜSSELDORF-STADTMITTE

HEUTE FAND BRIGITTE VEIH den Durchschlupf verschlossen vor. Die Elemente des Bauzauns standen ohne Lücke und fest verzurrt da. Nur Lärm und Staub drangen herüber.

Ihr blieb die Zufahrt.

Große Kipplaster rollten vom Gelände, randvoll mit Schutt beladen. Motorlärm, Abgaswolken. Brigitte wartete ab, bis sich eine Gelegenheit ergab, dann ging sie auf die umzäunte Kaufhausruine zu.

Der Wind trieb ihr das Wasser entgegen, mit dem die Arbeiter die Mauern benässten, damit es nicht noch mehr staubte. Schützend hielt Brigitte ihre Hand über die Kamera.

Sie staunte über den Fortschritt der Arbeiten.

In den letzten Wochen war sie immer mal wieder hergekommen, um die Arbeit von Baggern, Abbruchzangen und Stahlbirnen zu dokumentieren. Das Verschwinden eines Konsumtempels aus vergangener Zeit.

Sie war in einem Dorf auf der anderen Rheinseite aufgewachsen. Wann immer sie mit ihren Eltern hierhergekommen war, erschien ihr der Ort als das Sinnbild der großen glänzenden Stadt.

Der Kaufhof am Wehrhahn.

Einst hatten hier mehr als tausend Angestellte in Verkauf und Verwaltung gearbeitet. Doch Onlineshopping hatte sie überflüssig gemacht. Die viel gepriesene Digitalisierung. Eine Ära war vorbei.

Bereits vor ein paar Jahren hatte der Immobilientycoon Hartmut Osterkamp den heruntergewirtschafteten Kaufhauskonzern erworben. Dessen Grundstücke in den besten Lagen des Landes waren eine Goldgrube, wenn man über den nötigen Einfluss verfügte, um sie neu bebauen zu können.

Und wer hätte Einfluss, wenn nicht einer wie Osterkamp?

Immobilienentwickler – so nannten ihn Politik und Medien.

Und statt Abriss sagte man Rückbau.

Den schönfärberischen Worten setzte Brigitte ihre Bilder entgegen.

In einem früheren Leben hätte sie den Milliardär kurzerhand zum Anschlagsziel erklärt. Aber seit ihrer Freilassung Ende der Neunzigerjahre schoss sie nur noch mit ihrer Kamera. Inzwischen war sie als Künstlerin anerkannt. Gewann Auszeichnungen, erzielte gute Preise für handgefertigte Abzüge.

Sie stiefelte durch Dreck und Trümmer. Nahm Blickwinkel ein, die das Motiv zum Sprechen brachten. Machte Licht, Steine und Staubschwaden zu Protagonisten. Drückte den Auslöser. Ein ums andere Mal.

»Hey, Oma!«

Ein Kerl in blauer Uniform und mit gelbem Plastikhelm auf dem Kopf lief auf sie zu. Das Logo auf seiner Brust bestand aus drei Buchstaben: *OFS*. Sie kannte das Kürzel. Osterkamp Firm & Secure. Europas größtes Sicherheitsunternehmen, das ebenfalls zum weitläufigen Imperium des feinen Konzernherren gehörte.

Brigitte hatte recherchiert.

»Ich mache nur ein paar Fotos, junger Mann.«

»Nichts da, verschwinde!«

»Neulich hat Ihr Kollege ein Auge zugedrückt.«

»Das kann nicht sein. Unbefugte haben hier nichts zu suchen. Dat is' hier 'ne Baustelle. Viel zu gefährlich!«

»Dann geben Sie mir auch so einen Helm.«

»Bist du taub, Oma?«

»Rühren Sie mich nicht an. Mein Sohn ist bei der Polizei. Ich kenne meine Rechte.«

Der Kerl blieb unbeeindruckt. Er schubste sie in Richtung Zufahrt.

»Hey, was hier geschieht, liegt im öffentlichen Interesse«, protestierte Brigitte. »Ich darf hier Fotos machen!«

»Lass dir mal vom Sohnemann erklären, was Hausfriedensbruch ist. Dat is' verdammtes Privatgelände!«

Leute gafften herüber. Bauarbeiter, weitere Security. Und ein paar Leute in Anzügen. Architekten, Manager, Bauverwaltung.

Brigitte trat den Rückzug an. Dabei schoss sie aus der Hüfte ein Foto von dem Wachschutzbullen, um die grimmige Erscheinung festzuhalten. Hulk im zerstörten Walhalla.

Es würde ihr vorerst letzter Besuch hier sein. Denn am Sonntag ging es nach Kassel. Zur diesjährigen Documenta, wo man einige ihrer jüngsten Arbeiten zeigte.

Auch in Kassel war Krawall programmiert. Irgendwelchen Deppen war es ein Dorn im Auge, dass ein ehemaliges RAF-Mitglied in den heiligen Hallen ausstellen durfte.

Wie ruhig war es noch vor fünf, sechs Jahren gewesen, als kaum jemand sie gekannt hatte.

Oder lag es am Wandel der Zeit?

Das Klima, die Seuche, der Krieg.

Die Leute wurden dünnhäutig, drehten durch.

Irgendetwas kippte gerade gewaltig.

03

DÜSSELDORF-UNTERBILK

ENDLICH WAR DIE SITZUNG der Kommissariatsleiter zu Ende. Sie hatte heute am Nachmittag stattgefunden, was den Feierabend für Vincent Veih hinauszögerte. Er steckte rasch seinen Stift ein, schob die Blätter vor sich zu einem Stapel zusammen und stand auf.

Lautes Stühlerücken, der große Raum leerte sich. Kripochef Engel hatte offiziell verkündet, was jeder längst wusste: In zwei Monaten würde er in Pension gehen. Einige Kollegen blieben auf dem Flur stehen, tauschten Spekulationen aus, wer ihm nachfolgen würde. Ob das Ministerium die Stelle intern besetzte oder durch einen Bewerber von außen.

Vincent beteiligte sich nicht daran. Er hatte es eilig, denn vor ihm lag ein verlängertes Wochenende in Berlin. Ein dreitägiger Trip mit seiner Liebsten.

Und wer für den Posten des Kripochefs am besten geeignet war, stand für ihn sowieso bereits fest.

»Herr Veih?«

Kriminaldirektor Engel holte ihn vor der Glastür zum Treppenhaus ein.

»Kommen Sie noch kurz in mein Büro?«

Vincent nahm die Hand von der Klinke und machte widerwillig kehrt. Sein Koffer stand ein Stockwerk höher bereit. Womöglich wartete auch schon das Taxi vor dem Präsidium.

Er folgte Engel ins Vorzimmer von dessen Büro und grüßte die Sekretärin, der er heute noch nicht begegnet war.

»Kaffee, Herr Veih?«

Vincent nickte aus reiner Höflichkeit. Er hoffte, das Gespräch hinter sich zu haben, bevor Frau Lechtenbrink die dünne Filterplörre servierte, für die sie berüchtigt war.

Der Kripochef deutete auf die Stühle vor seinem Schreibtisch.

»Kann ich Sie was Privates fragen? Ihre Freundin ist doch Kinderpsychologin, Herr Veih, nicht wahr?«

»Nein, mit Nina bin ich schon länger nicht mehr zusammen.«

»Verstehe.«

»Wieso fragen Sie?«

Engel räusperte sich. »Mir ist da ein Gerücht zu Ohren gekommen.«

»Bezüglich meiner Ex? Hat Nina etwas ausgefressen?«

»Nein, es geht um Sie und Frau Adan.«

Vincent verschränkte die Arme. Die Unterhaltung gefiel ihm nicht. Sicher wartete Melia bereits im Taxi auf ihn.

»Dass Beziehungen am Arbeitsplatz entstehen, ist nichts Ungewöhnliches«, fuhr Engel fort. »Es fördert nicht immer das Klima in der Dienststelle, aber damit können wir umgehen. Solange der Partner nicht der Vorgesetzte ist. Oder *die* Vorgesetzte.«

Vincents Blick fiel auf die Jalousie vor dem Fenster, die nicht ganz nach oben gezogen war und etwas schief hing.

»Ein dienstliches Abhängigkeitsverhältnis stellt eine potenzielle MeToo-Situation dar«, sagte der Kriminaldirektor. »So etwas kann jederzeit aus dem Ruder laufen.«

»Muss es aber nicht.«

»Herr Veih. Früher oder später gibt es Unruhe. Das ist so sicher wie das Amen in der Kirche.«

Vincent überlegte, wer ihn und Melia beim Kripochef verpfiffen hatte.

»Was wollen Sie?«, fragte er.

Engel nestelte an seiner Krawatte herum, als sei ihm nicht wohl in seiner Haut. »Die Behörde hat definitiv ein Problem. Wie will eine Inspektionschefin ihren Kommissariatsleiter unvoreingenommen beurteilen oder ihm die angemessenen Anweisungen erteilen, wenn sie mit ihm das Bett teilt?«

Vincent hatte keine Lösung parat, obwohl er stets befürchtet hatte, dass sich diese Frage eines Tages stellen würde. Er wusste nur, dass er seine Dienststelle nicht wechseln wollte.

Die Leitung des KK11, des Kommissariats für Todesermittlungen, das zu Melias Inspektion gehörte, war für ihn die Erfüllung seiner beruflichen Wünsche. Er machte das jetzt seit fast neun Jahren. Und bis zu seiner Pensionierung sollte das auch so bleiben.

Scheiß auf die Compliance-Regeln.

Sein Handy vibrierte. Verborgen unter der Tischplatte zog er es hervor. Eine Nachricht von Melia. Das Taxi stand bereit. Der Zug nach Berlin ging in zwanzig Minuten.

»Herr Veih? Haben Sie mir zugehört?«

Vincent stand auf. »Es geht niemanden etwas an, mit wem ich morgens frühstücke.«

Engel räusperte sich erneut. »Hören Sie, meine Tage in

diesem Haus sind gezählt. Ich werde mich auf der Zielgeraden in niemandes Privatleben mehr einmischen. Aber sehen Sie zu, dass die Gerüchte nicht weiter die Runde machen. Haben wir uns verstanden, Herr Veih?«

Vincent holte den Rollkoffer aus seinem Büro und ging zum Paternoster. Das Taxi wartete vor dem Eingang des Präsidiums. Der Fahrer nahm ihm den Trolley ab und verstaute ihn. Vincent stieg zu Melia ein.

Sie drückte seinen Schenkel und küsste ihn auf die Wange.

Er spähte beunruhigt nach draußen.

»Was ist?«, fragte Melia.

»Jemand hat dem Kripochef von uns erzählt. Ich wette, es war Anna.«

Es hatte eine Zeit gegeben, als seine Stellvertreterin gegen ihn intrigiert hatte. Sein Verhältnis zu Melias Vorgänger war zerrüttet gewesen, und Anna hatte versucht, das auszunutzen. Sich beim Inspektionsleiter beliebt zu machen, um Vincents Posten zu übernehmen. Doch das war Jahre her.

»Anna Winkler?«, fragte Melia.

»Erinnerst du dich, wie sie neulich ins Zimmer kam?«

»Wir saßen meterweit voneinander entfernt.«

»Sie spürt, was los ist.«

»Dagegen können wir nichts tun, Vincent. Irgendwann müssen wir uns outen.«

Und dann? Vincent sprach die Frage nicht aus, denn es gab keine befriedigende Antwort darauf. Er wusste nur, dass Melia sich nicht sorgen musste, einen Karriereknick zu erleiden. Er hätte wetten können, dass man sie bereits als Engels Nachfolgerin auserkoren hatte.

Als erste Frau an der Spitze der Düsseldorfer Kripo.

Als Person of Color.

Mit nicht mal vierzig Jahren.

Er drückte ihr die Daumen. Aber für ihn wäre es das Aus in der Kripo. Das hatte ihm die Unterredung mit Engel noch einmal klargemacht. Eine private Beziehung zwischen Beamten, die in dienstlicher Abhängigkeit zueinanderstanden, war tabu.

Vincent hatte keine Lust, auf einer Wache den Streifendienst zu organisieren. Abgesehen davon, dass die entsprechende Stelle erst freigeräumt werden müsste.

Der Fahrer bog am Fürstenwall Richtung Osten ab und gab Gas.

Den Zug würden sie noch kriegen.

»Warum hat Engel nicht mit mir darüber gesprochen?«, fragte Melia.

»Keine Ahnung.«

»Egal. Versprich mir eines, Vincent: in den nächsten drei Tagen kein Wort über die Arbeit. Keine dunklen Gedanken. Nur Liebe, Spaß und Zweisamkeit.«

»Jawohl, Chefin.«

Melia schlang die Arme um ihn. Sie küssten sich. Hier durften sie es.

Er spürte, wie er sich allmählich entspannte.

SAMSTAGABEND

04

DÜSSELDORF-STADTMITTE

BRIGITTE WAR DOCH NOCH einmal zurückgekehrt. Vielleicht wurde die Baustelle am Wochenende um diese Uhrzeit nicht so scharf bewacht. Oder von einem netten Typen wie neulich, der sie mit ihrer Kamera gewähren ließ.

Es war kurz nach halb elf an einem der längsten Tage des Jahres, und vor ihrer Fahrt nach Kassel wollte Brigitte nachsehen, wie der Ort bei Dunkelheit wirkte. Sie konnte nicht bis zu ihrer Rückkehr warten. Womöglich würde dann von den Außenmauern des großen Kaufhauses kaum noch etwas übrig sein.

Zu ihrer Enttäuschung war die Zufahrt mit einem Gitterzaun verschlossen.

Sie wusste nicht, wie sie die Verbindungsschellen lösen konnte. Selbst mit einem Bolzenschneider hätte sie hier keine Chance. Brigitte beschloss, nicht gleich die Flinte ins Korn zu werfen, denn nicht immer ging es an solchen Orten ordentlich zu.

Sie begann die Baustelle zu umrunden. Abgesehen von den Gittern an der Zufahrt war der Zaun blickdicht. Profilierte Bleche in Weiß. Schätzungsweise zwei Meter hoch.

Plötzlich stand sie vor einer Lücke. Zwei Elemente klafften auseinander. Weit genug, um hindurch zu schlüpfen.

Brigitte sah sich um. Niemand schien sie zu beachten.

Und wenn schon, dachte sie.

Ich habe nichts Kriminelles vor.

Sie betrat das Areal und stand zunächst vor einem Schuttberg. Je näher sie der Mitte des Geländes kam, desto interessanter wurden die Blickwinkel.

Die Baumaschinen wirkten wie Gerätschaften einer außerirdischen Invasionsarmee. Das Skelett der riesigen Ruine ragte vor dem rötlichen Himmel auf. Darüber hing ein Halbmond.

Das Zusammenspiel von Mauerresten, Schatten, verblassenden Farben und irreal anmutendem Licht erzeugte ein Bild maroder Schönheit.

Die Faszination des Zerfalls, fast schon kitschig.

Brigitte schoss Foto um Foto, während sie sich der höchsten noch stehenden Außenwand näherte. Der Staub hatte sich gelegt. Der Boden war trocken. Brigitte stakste über das Trümmerfeld und musste aufpassen, um nicht über Betonbrocken zu stolpern.

Plötzlich wurde ihr bewusst, woran sie der Blick durch den Sucher erinnerte.

An den Krieg.

An Fernsehbilder aus Irpin, Charkiw, Mariupol.

Leise Schritte auf Schotter ließen sie erstarren. Jemand kam durch dieselbe Lücke wie sie. Sie duckte sich hinter die Schaufel eines Radladers und wagte kaum zu atmen.

Es war ein Mann. Er schleppte einige dunkle Beutel und legte sie am Fuß des Schuttbergs ab. Unmittelbar darauf trat er den Rückweg zur Straße an.

Brigitte blieb still und bewegte sich nicht vom Fleck.

Kurz darauf kam der Typ wieder. Diesmal trug er in jeder Hand nur einen Sack, größer und schwerer als die Beutel zuvor.

Beim dritten Mal waren es wieder mehrere Tüten. Er warf sie an den Fuß des Hügels.

Schließlich zog er ein großes Brett aus dem Schuttberg, dessen Flanke daraufhin wegbrach. Unter lautem Prasseln rutschten die Geröllmassen auf die Beutel. Staub stieg auf, und die verwehenden Schwaden fingen das Licht der Laternen jenseits der Umzäunung ein.

Der Mann verschwand, ohne wiederzukehren.

Brigitte spürte, wie ihr Herz klopfte.

Irritiert nahm sie die Kamera herunter und fühlte sich, als hätte ihr ein Riss in der Welt einen Blick auf eine zweite, noch absurdere Wirklichkeit ermöglicht. Das Ganze hatte nur wenige Minuten gedauert.

Sie sagte sich, dass sie genug Material gesammelt hatte, und machte sich vom Acker.

SONNTAG

05

NEANDERTAL

CHRISTOPH URBAN ÜBERFLOG DEN Newsfeed von dpa und die jüngsten Beiträge auf Twitter. Er hatte wie jeden Sonntagnachmittag gut zwei Stunden lang mit der Chefredaktion von Deutschland-TV konferiert, die in München saß. Offenbar war in dieser Zeit nichts Weltbewegendes geschehen.

Wenn man mal vom Krieg absah.

Die russische Armee eroberte den letzten Winkel einer zerstörten Stadt im Osten der Ukraine. Deren Präsident Selenskyj rühmte die toten Helden, die den Ort bis zum letzten Blutstropfen verteidigt hatten. In Deutschland wiederum mutierten Pazifisten zu Schreibtischkriegern. Und wer das nicht tat, wurde als Lump und fünfte Kolonne Moskaus beschimpft.

Zu Recht, dachte Christoph.

Er hob den Blick vom Monitor und sah aus dem Fenster.

Da war er wieder.

Der Silberreiher.

Der große weiße Vogel stand regungslos am grasigen Ufer der Düssel. Letzte Woche hatte Christoph ihn zum ersten Mal entdeckt und zunächst für einen Storch gehalten. Doch Störche hatten schwarze Flügelenden und wirkten nicht so elegant.

Plötzlich schlug der Reiher mit den Flügeln, hob ab und schwebte mit größter Gelassenheit aus Christophs Blickfeld.

Es klopfte an der Tür. Patti, die eigentlich Patrycja hieß, trat ein, außerdem der neue Praktikant. Christoph zwinkerte Patti zu.

War ein schöner Tag gestern, dachte er. Sollten wir bald wiederholen.

»Der Studiogast wird jeden Moment eintreffen«, sagte sie.

»Kümmerst du dich um ihn?«, fragte er.

»Klar.« Sie verließ das Zimmer wieder.

Christoph wandte sich an den Praktikanten. Leif Naumann. Student der Geschichte und Politikwissenschaften in Köln. Vierundzwanzig Jahre, doch er wirkte älter.

Was am Vollbart lag. Sorgfältig getrimmt und über den Mundwinkeln gezwirbelt. Vermutlich ging der Junge regelmäßig zum Barbier.

Wie weit er die politischen Ansichten seines Vaters teilte, hatte Christoph noch nicht herausgefunden. Aber er wusste, dass die beiden sich sehr nahestanden.

Christoph fragte: »Leif ist ein Wikingername, stimmt's?«

»Heißt so viel wie ›Erbe‹.«

»Dein Fazit nach einer Woche Praktikum?«

»Hab schon unglaublich viel gelernt!«

»Sechs Tage die Woche, nur samstags frei – das wird dir nicht zu viel?«

»Ach was. Ich kann's immer noch nicht fassen, hier mitarbeiten zu können.«

»Du musst bei mir nicht schleimen.«

»Nein, ehrlich. Und ich kann's auch noch immer nicht fassen, dass Deutschlands beste Politsendung in einer Scheune auf dem Land produziert wird.«

Christoph lachte. »Ich bin eben ein häuslicher Typ. Warum sollte ich umziehen? Oder ständig nach München pendeln? Hier bin ich mein eigener Herr. Wir sind ein eingespieltes Team, und ich habe alles an Equipment, was ich brauche.«

Der Programmchef des Senders sah das anders. Aber Christoph genügten drei fest installierte Kameras und ein Techniker, der die Bildregie übernahm. Zum Teufel mit Kamerafahrten, Studioband und protzigem Bühnenbild.

Die Quote war mehr als zufriedenstellend.

»Was willst du mal machen, wenn du mit dem Studium fertig bist?«

»Ein Volontariat. Am liebsten bei Deutschland-TV. Ich hab auch schon Verlagserfahrung. Mein letztes Praktikum war bei Talos.«

»Ach, in dem Laden habe ich deinen Vater kennengelernt.«

»Ich weiß. Ihr Buch verkauft sich noch immer ganz gut.«

»Hey, ich dachte, wir duzen uns.«

»Sorry.«

Ole Naumann könnte locker auch Leifs Opa sein, dachte Christoph. Der Alte war jetzt mindestens achtzig Jahre alt und hatte einst bei Talos sein Buch lektoriert.

Damals hatte Christoph wegen unbequemer Äußerungen seinen Job beim WDR verloren und wollte seine Sicht der Dinge darstellen. Verpackt mit allerlei Anekdoten aus der Welt der Fußballclubs und ihrer Stars.

Mittendrin geradeaus, so der Titel.

Ole hatte ihm dabei sehr geholfen.

Das Buch wurde ein Bestseller, weil Christoph als Moderator der *Sportschau* schon damals prominent gewesen war. Aber es hatte ihm die Rückkehr zu den Mainstreammedien endgültig versperrt. Jahrelang war ihm nur sein YouTube-Kanal geblieben.

»Ich hoffe, dein Vater übertreibt es nicht wieder«, sagte Christoph. »Die Holocaustleugnung ist ihm ja nicht so gut bekommen.«

Weil Ole es liebte zu provozieren und damit partout keine Ruhe gab, war er immer härter bestraft worden. Ein Jahr hatte er im Knast verbracht. Die äußerst rechte Szene verehrte ihn deshalb als Helden und Märtyrer.

Dabei hatte Ole einst am linken Rand des politischen Spektrums angefangen. Als Rechtsanwalt hatte er 1970 Andreas Baader verteidigt und mit ihm die RAF gegründet. Ein verrückter Lebenslauf.

Aus alter Verbundenheit mit Ole hatte Christoph sofort eingewilligt, den jungen Studenten einzustellen.

»Papa ist ruhiger geworden«, antwortete Leif. »Ein regelrechter Israelfreund.«

»Sieh an.«

»Und für sein Alter ist er superfit. Du solltest ihn mal in deine Sendung einladen. Er kann über Ausdauersport und vegane Ernährung genauso reden wie über die islamische Bedrohung. Oder über Russland.«

»Ach ja?«

»Was Putin in der Ukraine macht, ist im Grunde eine innerrussische Angelegenheit. Der Westen sollte seinen Wirtschaftskrieg beenden, damit Deutschland im kommenden Winter nicht hungern und frieren muss. Auf Deutschland-TV hört man das ständig.«

Was nicht heißt, dass es stimmt, dachte Christoph. »Nur du hast dich da noch nicht positioniert. Kommt noch, oder?«

Christoph überlegte, ob er darauf eingehen sollte. Er beschloss, dass es nicht nötig war.

Leif war nur der Praktikant.

Der sich manchmal etwas aufspielte.

Es klopfte wieder. Patti lugte ins Büro.

»Dombacher wartet im Wintergarten.«

Christoph machte sich auf den Weg.

06

DÜSSELDORF-STADTMITTE

ALEXANDRU POPESCU SCHWITZTE IN der Fahrerkabine seines Radladers. Wegen des Staubs konnte er kein Fenster öffnen. Und ausgerechnet jetzt war die Klimaanlage im großen Cat ausgefallen. Die Sonne brannte durch die Rundumverglasung. Der kleine batteriebetriebene Plastikpropeller, den Alexandru am Morgen auf die Bedienkonsole geklebt hatte, linderte die Saunatemperaturen nicht. Seine Beschwerden stießen auf taube Ohren.

Gestern hatte er noch öfter Pausen einlegen können. Am Nachmittag hatte nur ein Securitymann Dienst geschoben. Er drückte beide Augen zu und gesellte sich zum Rauchen zu den Arbeitern. Alexandru hatte gehofft, das wäre auch am Sonntag so. Doch heute waren die Uniformierten wieder zu zweit angetreten, und der Wortführer spielte sich auf wie ein Sklaventreiber.

Im Minutentakt, so schien es Alexandru, rollten die Muldenkipper herein und wollten befüllt werden. Vom Kaufhaus waren nur noch ein paar Reste der Außenmauer übrig. Ein letzter Bagger machte sich an ihnen zu schaffen. Der Kollege, der den Kran mit der Birne bedient hatte, arbeitete nun auch auf einem Cat.

Etwas Großes würde auf dem Gelände entstehen, hatte Alexandru gehört. Ein neues Wahrzeichen dieser Stadt. Alexandrus Chef hatte ihm angeboten zu bleiben, weil die Firma einen Folgeauftrag erhalten hatte.

Mal sehen, dachte Alexandru. So heiß und staubig würde es dann vielleicht nicht mehr zugehen. Und wenn schon, er war hart im Nehmen. Den Lohn konnte er auf jeden Fall gebrauchen.

Zu Hause in Rumänien war das Leben teuer geworden. Die Mutter brauchte Medizin. Die älteste Tochter ging auf eine teure Schule. Aus Florentina sollte mal etwas werden. Nicht bloß Näherin oder Putzfrau in Italien, wie es das häufige Schicksal der Frauen seiner Generation war, zumindest im Heimatdorf.

Alexandru nahm das Handtuch von der Armlehne und wischte sich den Schweiß von der Stirn. Er trank einen Schluck aus der Wasserflasche. Pisswarme Plörre, von Kohlensäure keine Spur mehr. Dann ging es weiter.

Ein paar schwarze Müllbeutel, die in dieser Ecke der Baustelle zwischen den Mauerbrocken lagen, waren ihm schon am Morgen aufgefallen. Jemand hatte seinen Abfall hier entsorgt.

Die Nachtschicht der Security hatte nicht aufgepasst. Nicht mein Problem, dachte Alexandru. Das Zeug landete so oder so auf der Deponie.

Und jetzt lag hier wieder so eine Tüte.

Statt mit dem Schutt auf der Kippmulde zu landen, blieb sie an einem Zahn der Schaufel hängen. Alexandru versuchte, sie mit einer Schleuderbewegung loszuwerden.

Die Plastikhaut riss.

Der Inhalt plumpste vor dem Laster in den Staub.

Alexandru traute seinen Augen nicht.

Er schaltete den Motor aus und hielt einen Moment lang den Atem an. Dann öffnete er die Tür und kletterte mit weichen Knien aus der Kabine.

Prompt wurde der Sklaventreiber auf ihn aufmerksam und eilte herbei.

»Hey, was ist los?«

»Schau selber!«

Alexandru kämpfte gegen den Reflex an, seine Brotzeit hochzuwürgen.

»Verdammte Scheiße«, entfuhr es dem Securitymann. Dann schlug er mit der flachen Hand gegen das Außenblech des Cat. »Weitermachen!«

»Im Ernst?«

Der Zeigefinger des Uniformierten beschrieb einen weiten Kreis. »Das alles muss heute noch auf die Deponie. Zahlst du die Kosten, wenn sich das verzögert? Los, dalli, hörst du?«

Im gleichen Moment fuhr bereits der nächste Muldenkipper auf die Baustelle.

»Geht das in deinen bulgarischen Dickschädel, oder muss ich den Leuten von deiner Firma sagen, dass sie einen anderen schicken sollen?«

»Rumänischer Dickschädel«, korrigierte Alexandru.

»Was meinst du, wie mein Chef tobt, wenn es nicht sofort weitergeht?«

Alexandru registrierte, dass der Fahrer des ersten Lastwagens ebenfalls ausgestiegen war und mit bleichem Gesicht in sein Handy sprach. Er gab den Ort der Baustelle durch.

Alexandru verstand und war erleichtert.

Die Polizei würde in wenigen Minuten eintreffen.

07

NEANDERTAL

CHRISTOPH REICHTE PEER DOMBACHER die Hand. Der Mann, den viele seiner Anhänger nach wie vor den General nannten, trug einen nachtblauen Businessanzug, weißes Hemd, gestreifte Krawatte. Es wirkte wie eine Verkleidung.

»Herr Urban«, sagte Dombacher.

»Mon général«, antwortete Christoph.

Der Händedruck seines Gastes war längst nicht so übertrieben fest, wie er befürchtet hatte. Der ehemalige Chef der Westkreuz-Miliz war im Mai sechzig Jahre alt geworden. Weißes Haar, streng gescheitelt. Die buschigen Augenbrauen waren dunkel, was einen auffälligen Kontrast ergab.

»Hübsch haben Sie's hier«, lobte Dombacher. »Hätte nie gedacht, dass Deutschlands polarisierendste Fernsehsendung in dieser Idylle produziert wird.«

»Das sagt jeder.«

Sie setzten sich zum Vorgespräch an den kleinen runden Tisch auf der Terrasse. Kaffee und Kuchen standen bereit. Der Blick ging auch hier auf die Düssel. Die Schatten waren länger geworden, der Silberreiher nicht mehr zu sehen.

»Schönen Gruß übrigens von unserem gemeinsamen Freund Ole«, sagte sein Gast.

»Ach, Sie kennen sich?«

»Er ist mehr als ein Kamerad. Er ist ein Bruder. Bei Westkreuz hat er die weltanschauliche Schulung verantwortet. Ich helfe ihm ab und zu, wenn es darum geht, Freunden den Rücken freizuhalten.«

Dombachers Blick verunsicherte Christoph für einen Moment.

»Ich bin ein großer Fan Ihrer Show, Herr Urban. Natürlich komme ich nicht immer dazu, mir sie anzusehen. Aber wie Sie neulich die Vorsitzende der Grünen auseinandergenommen haben, das war großes Kino. Kein Wunder, dass sich die Vertreter der Systemparteien nur selten in Ihr Studio trauen.«

Christoph lächelte. »Glauben Sie aber nicht, dass ich *Sie* mit Samthandschuhen anfassen werde.«

»Na, na, na!« Der General lachte. »Muss ich mich jetzt fürchten?«

»Mein Job besteht darin, auch unbequeme Fragen zu stellen. Dann liegt es vor allem an meinem Gast, wie er rüberkommt.«

»Also bin ich unbesorgt. Ich bin ein Mann des Volkes. Genau wie Sie.«

»Aber für den Bundesinnenminister galten Sie vor einiger Zeit noch als Staatsfeind Nummer eins.«

»Mir ging es stets nur um den Schutz der Verfassung.«

»Der war gut.«

»Nein, ich meine es ernst. Und das wissen Sie. Westkreuz wurde geschaffen, um die Freiheit der Rede und der Versammlung zu schützen. Der Staat ist dazu bekanntlich immer weniger bereit.«

»Manche behaupten, Sie hätten Neonazis für den Bürgerkrieg trainiert. Für die sogenannte nationale Revolution.«

»Ich habe die Jungs von der Straße geholt. Hab sie auf die richtige Spur gesetzt. Ordentliches Benehmen, keine Drogen. Wir haben Veranstaltungen von Demokraten gegen die Schläger der Antifa geschützt. Die Linken sind die Verfassungsfeinde, nicht wir. Wenn Sie mögen, erzähle ich Ihnen ein paar Geschichten darüber, wozu diese Chaoten fähig sind.«

Christoph schenkte Kaffee nach. Er war mit Dombachers Karriere vertraut. Sie hatte im Bundesamt für Verfassungsschutz begonnen. Dort musste er seinen Hut nehmen, nachdem bekannt wurde, dass er die NSU-Akten vernichtet hatte. Später gründete er Westkreuz, doch die Miliz lockte zu viele Idioten an, und die Sache lief aus dem Ruder.

Nach dem Verbot floh Dombacher ins Ausland, um seiner Verhaftung zu entgehen. Doch ernsthaft hatte man nie nach ihm gefahndet. Inzwischen war alles, was man ihm vorwarf, verjährt und der General wieder da.

»Ich vermisse Ihre Uniform«, sagte Christoph. Bei der Vorbereitung auf die Sendung hatte er den Weißhaarigen auf allen Bildern nur in Flecktarn und mit Barett gesehen.

»Wie Sie wissen, gehöre ich inzwischen dem Vorstand von Osterkamp Firm & Secure an, Europas größtem Wachschutzunternehmen.«

»Ja, wir haben sozusagen den gleichen Boss.«

Hartmut Osterkamp hatte seine Milliarden mit Immobiliengeschäften gescheffelt und sein Portfolio stetig erweitert. Vor einem Jahr hatte er Deutschland-TV übernommen, die Redaktion umgekrempelt und *Urban direkt* einen Sendeplatz zur besten Uhrzeit verschafft.

Christoph hatte Osterkamp also einen gewaltigen Sprung nach vorn zu verdanken. Vom YouTuber zum Star von dessen Sender. Mehr Reichweite, Prominenz, Einkommen. Sofort nach Vertragsabschluss hatte sich Christoph einen lang gehegten Traum erfüllt, den ehemaligen Stall restauriert und Pool sowie Sauna einbauen lassen.

Dombacher einzuladen war die Idee des Programmdirektors gewesen. Vielleicht steckte auch Osterkamp selbst dahinter, überlegte Christoph jetzt.

Sein Gast hob den Finger. »Ich soll Ihnen übrigens ausrichten, dass Sie mich unbedingt fragen müssen, was ich von Public-private-Partnership im Sicherheitssektor halte.«

»Public was?«

»Sie wissen schon. Privatwirtschaftlich gebaute und betriebene Justizvollzugsanstalten. Wir nehmen dem Staat die Last teurer Investitionen ab, und obendrein betreiben wir die Dinger auch viel kostengünstiger, sobald man uns den Auftrag dazu erteilt.«

»Sie meinen Osterkamp Firm & Secure?«

»Wir stehen in den Startlöchern und scharren mit den Hufen. Das Gefängniswesen ist ein potenzieller Geschäftsbereich mit unglaublichen Renditechancen. Ich sage nur: win-win.«

Christoph konnte sich ein Grinsen nicht verkneifen. »Und das Wachpersonal stellen die Neonazis Ihrer einstigen Miliz?«

»Schon wieder dieses hässliche Wort. Wie gesagt, ich setze die Jungs auf die richtige Spur. Solide Jobs, Herr Urban. Security ist eine wichtige Branche in Zeiten wie diesen. In einer Welt, die zunehmend ihre Werte verliert. Die Antifa habe ich schon erwähnt. Oder Millionen von Muslim-Migranten. Das heißt Klankriminalität, religiöser

Wahn und sexuelle Gewalt. Unsere Frauen trauen sich schon nicht mehr auf die Straße.«

Dombacher kam in Fahrt, und Christoph freute sich bereits auf die Sendung.

»Schuld sind natürlich die liberalen Globalisierer, deren Politik das Volk in den Abgrund treibt. Ohne Sicherheit kein freies, starkes Deutschland. Ohne Gegenwehr stürzen wir ins Bodenlose.«

Es klang wie auswendig gelernt.

Der Mann hat sich coachen lassen, dachte Christoph.

»Predigt das nicht auch die AfD?«, fragte er.

»Vergessen Sie die AfD! Wie haben wir die jemals ernst nehmen können? Eitle Spalter und Selbstdarsteller, die ihren eigenen Laden zerstören. Was davon noch übrig ist, fasst niemand mit der Kneifzange an, außer vielleicht im Osten. Im Bund stehen sie uns inzwischen nur im Weg. Aber zum Glück reicht die neue Sammlungsbewegung bis weit ins bürgerliche Lager.«

»Die Partei, die noch keinen Namen hat?«

»Es wächst schneller, als die Etablierten ahnen. Deshalb bevorzuge ich den Begriff ›Bewegung‹. Da stecken kluge Leute dahinter. Die Ergebnisse der jüngsten Meinungsumfragen kennen Sie sicher.«

»Ich vertraue nur Statistiken, die ich selber fälsche.«

Der General verzog keine Miene. »Osterkamp hat sie in Auftrag gegeben. Ich maile Ihnen die Zahlen morgen früh. Die Entwicklung macht Mut. Sie sollten sich mit der neuen Bewegung mal näher befassen.«

»Wie stehen Sie zum Ukrainekrieg?«

Dombacher lachte. »Von mir aus kann Putin bis Berlin vorstoßen und endlich dort aufräumen. Dann wäre Schluss mit dem Genderwahn und der ständigen Rücksichtnahme auf jede sexuelle Entartung. Insgeheim sehen Sie das doch genauso, oder?«

Schon der Zweite an diesem Tag, der meine Haltung zu Russland abklopfen will.

»Das wird aber nicht unser Thema sein«, wich Christoph aus.

»Bin auch eher wegen der Privatisierung der Gefängnisse gekommen.«

Christoph blickte auf die Uhr und stand auf. »Ich glaube, wir werden uns gut verstehen, mon général. Jetzt ist Zeit für die Maske.«

Sie gingen hinüber zur Scheune, in der sich das Studio befand. Noch eine halbe Stunde bis zum Beginn der Liveübertragung, die seine Zuschauer begeistern und die Kritiker mal wieder auf die Palme bringen würde. Dessen war sich Christoph sicher.

Er liebte schillernde Figuren.

Er liebte den Krawall.

Und er liebte es, den ach so korrekten Mainstream zu provozieren.

08

BERLIN-CHARLOTTENBURG

HERRLICH, EIN WOCHENENDE IN BERLIN.

Bummeln und Shoppen abseits der Konzernfilialen. Off-Theater, Jazzkonzert, ein Straßenfest in Kreuzberg. Und nicht über die Arbeit reden – ihre Abmachung hatten sie eingehalten.

Eine viel zu kurze Auszeit, aber sie tat Vincent gut. Eine Erinnerung daran, dass Fluchten möglich waren.

Morgen würden Melia und er nach Düsseldorf zurückfahren.

Aber der letzte Abend wird gefeiert.

Während Vincent sich im Bad frisch machte, hörte er, wie nebenan Melias Handy klingelte und sie sich meldete.

Für seine Freundin war es nicht bloß ein touristischer Trip. Gestern hatten sie sich mit ihrem Vater Andreas Götz getroffen, bis vor drei Jahren Fraktionsvorsitzender der Unionsparteien im Deutschen Bundestag.

Vincent hatte ihn bislang nur aus dem Fernsehen gekannt. Er war angenehm überrascht gewesen, wie unkompliziert und sympathisch der Mann aus der Nähe wirkte. Ein regelrechter Menschenfänger, obendrein sehr unterhaltsam. Sie redeten nicht über politische Themen und verstanden sich gut.

Es irritierte Vincent nur, dass Götz seine Tochter stets Amelie nannte. Als klinge ihm Melia zu exotisch. Nicht im Einklang mit dem, was seine Parteifreunde unter Leitkultur verstanden.

Aber vielleicht interpretiere ich das falsch, dachte Vincent, und weil es Melia nicht zu stören schien, sprach er ihren Vater nicht darauf an.

Götz hatte Lina mitgebracht, seine jüngste Tochter. Eine lebhafte junge Frau, die gerade erst volljährig geworden war. Sie und Melia unterhielten sich interessiert, was Vincent erfreut registrierte – die erste Begegnung der beiden Halbschwestern hätte auch kühler ausfallen können.

Vincent wusste, dass Melia den Kontakt zu ihrem Vater erst in den letzten Jahren wieder aufgenommen hatte. Er hatte seine somalische Freundin Zeinab Adan und die gemeinsame Tochter verlassen, als Melia noch ein Kind gewesen war. Jahrelang wurden Zeinab und Melia in keinem Lebenslauf des aufstrebenden CDU-Politikers erwähnt.

Melia war weitgehend ohne Vater aufgewachsen.

Vincent konnte nachfühlen, wie das war. Er kannte seinen Vater nicht mal. Bis heute blockte seine Mutter ab, wenn er sie darauf ansprach.

Er spülte den Rasierschaum ab und trocknete sein Gesicht mit dem Hotelhandtuch.

Sein Handy gab einen Ton von sich.

Eine Nachricht von Anna Winkler. Die Kollegin hatte diese Woche Mordbereitschaft. Mist, dachte Vincent, als er ihre Zeilen las.

Sie versetzten ihn unwillkürlich in den Dienstmodus.

Der Job ließ ihn auch hier nicht los.

Leichenteil auf Baustelle der neuen Oper. Melde mich, sobald ich mehr weiß.

Die Badezimmertür ging auf, und Melia stand vor ihm. Sie hielt ebenfalls ihr Handy in der Hand.

»Ein Anruf«, bemerkte er. »Dein Papa?«

»Scheiße, ja.«

»Wieso? Was ist los?«

Mit der freien Hand fuhr sie sich durchs Haar. Sie hatte sich bereits zum Ausgehen zurechtgemacht.

Eine gerade geschnittene schwarze Hose, dazu eine farbenfrohe Seidenbluse, die ihr hervorragend stand.

Sie sagte: »Ich fürchte, wir müssen unseren Restaurantbesuch verschieben.«

»Wie bitte? Es ist unser letzter Abend!«

»Es ärgert mich ja selbst, aber ...«

»Wir gehen so selten miteinander aus!«

In Düsseldorf trafen sie sich meist bei ihm oder ihr zu Hause. Sie wollten nicht beim Händchenhalten von Kollegen überrascht werden.

»Die Kanzlerin hat Andreas um ein Treffen gebeten und ...«

»Ich dachte, er ist nicht mehr im politischen Geschäft.«

»... und ich soll mitkommen.«

»Wieso das denn?«

»Keine Ahnung. Vielleicht irgendetwas strafrechtlich Relevantes, und er meint, ich könnte ihn beraten. Frings-Fassbinder vertraut ihm. Andreas ist für viele Leute immer noch so etwas wie die graue Eminenz seiner Partei.«

Vincent sah ein, dass er Melia nicht zurückhalten konnte.

»Respekt«, sagte er. »Meine Freundin trifft die Bundeskanzlerin.«

»Ruf im Restaurant an, mein Schatz, und sag Bescheid,

dass wir 'ne Stunde später kommen. Viel länger wird es nicht dauern.«

Vincent bezweifelte das. Jedenfalls hatte er sich den letzten Abend in Berlin anders vorgestellt.

Sie drückte ihm einen Kuss auf die Lippen, griff nach ihrer Jacke und verließ das Zimmer. Vincent atmete tief durch.

Er las noch einmal die Nachricht seiner Stellvertreterin. Auf dem Gelände hatte bis vor Kurzem noch der Kaufhof gestanden. Dass die Stadtverwaltung hier die neue Oper errichten lassen würde, war noch nicht endgültig entschieden. Aber führende Lokalpolitiker schwärmten bereits von den Plänen eines angesehenen Investors.

Mit dem Fund eines Leichenteils stand das Projekt schon mal unter einem schlechten Stern.

Inzwischen hatte Anna ihm auch Fotos geschickt.

Es handelte sich um einen Fuß.

Genauer gesagt, um die untere Hälfte eines nackten Beins. Die Wade stark behaart. Auf Höhe des Knies vom Rest des Körpers abgetrennt. Knochen, Sehnen, rohes Fleisch.

Ein Chirurg war hier nicht am Werk gewesen.

Der Mann, dem der Fuß gehört hatte, war mit Sicherheit tot.

Und nicht freiwillig aus dem Leben geschieden.

Zu Vincents Verdruss lag der Tatort rund fünfhundert Kilometer von Berlin entfernt.

Er befand sich in der falschen Stadt.

09

BERLIN-CHARLOTTENBURG/MITTE

MELIA MUSSTE NICHT LANGE vor dem Hotel warten. Ein Taxi fuhr vor, mit ihrem Vater auf dem Rücksitz. Sie stieg zu ihm ein.

»Kanzleramt«, sagte er zum Fahrer.

Der Wagen setzte sich leise in Bewegung. Hinter dem Steuer saß ein älterer Südländer mit grauem Schnurrbart. Am Rückspiegel baumelte eine Gebetskette aus Holzperlen. Er verzog keine Miene, als sei es sein tägliches Geschäft, das politische Herz der Republik anzusteuern.

»Ich bin froh, dass du mitkommst, Amelie«, sagte Andreas Götz. »Hoffentlich ist Vincent nicht allzu sauer.«

»Es wird nicht lange dauern, oder?«

»Bei Ute weiß man das nie.«

Melia rekapitulierte, was sie über die Kanzlerin wusste. Ute Frings-Fassbinder kam wie sie aus Düsseldorf. War bis vor zwei Jahren in der Landespolitik aktiv gewesen und hatte sich, nachdem ihre Vorgängerin zurückgetreten war, bei der Abstimmung um den Posten der Parteichefin gegen zwei männliche Bewerber durchgesetzt.

Das hatte sie unter anderem auch deswegen geschafft, weil Andreas ihr großer Fürsprecher gewesen war.

Kurz darauf trat sie als Spitzenkandidatin der Union zur Bundestagswahl an und gewann, wenn auch denkbar knapp.

Wenn die Kanzlerin sich an einen Politpensionär statt an ihren Beraterstab wendet, muss sie vor einem ungewöhnlichen Problem stehen, dachte Melia.

»Hast du wirklich keine Ahnung, worum es geht?«, fragte sie ihren Vater.

»Das wollte mir Ute am Telefon nicht verraten.«

»Und was soll meine Rolle sein?«

»Das erzählt sie dir sicher gleich selbst.«

»Wow«, sagte Melia.

Ein junger Mitarbeiter des Kanzleramts führte sie zum Aufzug. In Sekundenschnelle ging es in den siebten Stock. Dort gelangten sie auf eine Galerie, die das Foyer überragte. Melia fiel die Stille im Haus auf, die dem Sonntag und der späten Stunde geschuldet war.

Neben einer Glastür gab es ein Kästchen mit Tastenfeld. Der Anzugträger deckte es ab, während er den Code eingab.

Über der Tür am Ende des Flurs hing eine Überwachungskamera. Es war bereits die dritte, die Melia auf dem Weg durch das Haus bemerkt hatte.

Der junge Mann klopfte.

»Herein!«

Andreas nickte Melia zu.

Sie betraten ein riesiges Büro. Zuerst fielen Melia zwei große Fahnen ins Auge – Deutschland und EU – sowie ein übergroßer Schreibtisch, leergeräumt bis auf einen Globus und zwei Telefone. Von der Wand blickte ihr Konrad Adenauer entgegen, mit groben Strichen in hellen Farben gemalt.

Die Bundeskanzlerin schritt ihnen mit ausgestreckter Hand entgegen. Sie war kleiner, als Melia erwartet hatte, doch ihre Ausstrahlung schlug sie sofort in ihren Bann. Diese Frau war ein Energiebündel, ein Alphatier.

»Schön, dich zu sehen, Andreas. Und ich freue mich, dass Sie es ebenfalls einrichten konnten, Frau Adan.«

Sie hat sich meinen Namen gemerkt. Wow.

»Frau Bundeskanzlerin.«

Händeschütteln. Melia registrierte die Aussicht auf das Reichstagsgebäude und den Tiergarten. Hinter rötlich glühenden Wolken stand die Sonne tief.

Ute Frings-Fassbinder führte sie zum Besprechungstisch. Ein kleiner, metallener Kasten stand darauf. Die Kanzlerin hob den Deckel an.

»Ich muss Sie bitten, Ihre Smartphones auszuschalten und hier abzulegen, solange Sie sich bei mir aufhalten. Die Sicherheit verlangt es. Meins ist auch da drin.«

Sie folgten der Aufforderung. Melia wusste, dass es Software gab, die Kameralinsen und Mikros in Wanzen verwandelte. Dennoch kam ihr die Maßnahme an diesem Ort übertrieben vor. Ihrem Vater offenbar auch.

»Späht dich die NSA immer noch aus?«, fragte er ungläubig.

»Nicht nur die Amerikaner und nicht nur ausländische Geheimdienste. Womit wir beim Thema wären. Aber setzt euch erst einmal.«

Kleine Flaschen mit Wasser und Saft standen bereit. Sie rührten nichts davon an.

Zu Melias Überraschung wandte sich die Kanzlerin direkt an sie.

»Sie müssen mir helfen, Frau Adan. Ich werde erpresst. Jemand fordert unmögliche Dinge von mir.«

»Warum erstatten Sie keine Anzeige?«

»Die Konsequenzen wären verheerend. Für mich und für die Bundesrepublik Deutschland.«

Das wird mir eine Nummer zu groß, schoss es Melia durch den Kopf.

»Warum ich?«, fragte sie.

»Sie kennen den Mann, Frau Adan«, antwortete die Kanzlerin. »Und ich brauche Ihre Expertise als Geheimdienstmitarbeiterin.«

Die ich seit drei Jahren nicht mehr bin, dachte Melia.

Aber ihr war klar, dass sich ihr Gegenüber für solche Kleinigkeiten nicht interessierte.

10

BERLIN-CHARLOTTENBURG

VINCENT WÄHLTE ANNAS NUMMER.

»Winkler, Kripo Düsseldorf«, meldete sich seine Stellvertreterin.

»Wie sieht's bei dir aus?«

»Der Fuß steckte in einem schwarzen Müllsack und ist jetzt auf dem Weg zur Rechtsmedizin. Ich stehe auf dem Gelände, wo sie die neue Oper hinsetzen wollen. Vom Kaufhof siehst du nur noch Reste und Schutt. Radlader kippen das Zeug auf Lkw. Dabei wurde der Sack beschädigt, und man hat den Fuß entdeckt. Ich habe die Arbeiten erst mal gestoppt.«

»Danke für die Fotos«, sagte Vincent. »Was sagt die Spurensicherung?«

»Gerade eingetroffen. Sie richten sich auf eine Nachtschicht ein. Womöglich gibt's noch weitere Leichenteile. Das Areal ist viel größer, als ich dachte. Das kann Tage dauern.«

»Wohin wird der Schutt gebracht?«

»Zur Deponie in Hubbelrath.«

»Vielleicht sind andere Teile bereits dort gelandet.«

»Hab ich mir auch schon überlegt. Am besten lasse ich

den Betrieb dort ebenfalls schließen. Falls ich um diese Uhrzeit noch jemanden erreiche.«

Während Vincent sie reden hörte, fragte er sich erneut, ob er Anna die Unterredung mit dem Kripochef vom vergangenen Freitag zu verdanken hatte. Er dachte an das Verdikt des Leitenden Kriminaldirektors, das ihn empfindlich getroffen hatte.

Die Behörde hat definitiv ein Problem.

»Gib mir Bescheid, sobald noch etwas gefunden wird«, sagte Vincent. »Oder falls du etwas brauchst. Verstärkung aus anderen Kommissariaten oder sonstige Unterstützung.«

»Stimmt es, dass unsere Inspektionsleiterin auch in Berlin ist?«

Er ging nicht darauf ein. »Ich nehme morgen einen früheren Zug. Leg bitte die Teambesprechung in den Nachmittag, damit ich daran teilnehmen kann. Ich melde mich von unterwegs. Mach's gut, Anna.«

»Gute Fahrt!«

Vincent beendete das Gespräch.

Er versuchte, sich die Baustelle vorzustellen. War der Plastikbeutel mit dem halben Bein einfach abgelegt worden? Oder unter Schutt vergraben? Wie lange hatte er dort gelegen? Und falls weitere Leichenteile auf der Deponie gelandet waren – würde man sie entdecken?

In Berlin ging allmählich die Sonne unter. Vincent blickte auf die Lichter der Stadt, die wie New York in Sinatras Song niemals schlief. Sein Magen knurrte, und er bestellte sich ein dreistöckiges Club-Sandwich aufs Zimmer.

Dann zappte er lustlos durch das Fernsehprogramm.

Der *Tatort* im Ersten reizte Vincent nicht. Die Liebesschmonzette im Zweiten ebenso wenig. An dritter Stelle kam Deutschland-TV, ein Sender, den er zu Hause unter einer hohen zweistelligen Nummer abgespeichert hatte und nie anwählte.

Vincent wollte bereits weiterschalten, als mit einem Fanfarenklang die Sendung von Christoph Urban angekündigt wurde.

Er kannte den Mann noch als jungen, etwas hibbeligen, aber halbwegs kompetenten Moderator der *Sportschau*. Mit unbedachten Äußerungen, die er in einem umstrittenen Buch rechtfertigte, hatte sich Urban ins Abseits manövriert.

Wie lange mochte das her sein? Zehn Jahre, zwölf?

In letzter Zeit las man Urbans Namen wieder öfter.

Seine Sendung bei Deutschland-TV sei erfrischend anders, lobten die einen. Volksnah, ohne Scheuklappen, ohne Tabus. Eine Alternative zum Einheitsbrei der übrigen Talkshows.

Er verbreite ausschließlich Hetze und Fake News, schimpften die anderen.

Vermutlich lag die Wahrheit in der Mitte.

Vincent beschloss, sich selbst ein Bild zu machen, und nahm sich ein Bier aus der Minibar.

Der Moderator startete wie ein Stand-up-Comedian mit einem Monolog.

Sein Studio war vergleichsweise simpel eingerichtet. Kein Publikum. Kein Großstadtpanorama als Hintergrund. Nur ein gesprayter Schriftzug an einer dunklen Ziegelmauer.

Urban direkt – frei und ungeschminkt.

Der Moderator lehnte lässig an seinem Schreibtisch und zitierte tagesaktuelle Aussagen von Politikern, über die er sich lustig machte. Er bewies Wortwitz und Charme, doch auf Dauer fand Vincent die Scherze lau und die politische Ausrichtung einseitig.

Urban veralberte alles, was mit Klimaschutz, Gendergerechtigkeit oder Gleichstellung gesellschaftlicher Minderheiten zusammenhing. Seine Masche bestand darin, alles was ihm nicht gefiel, als Marotte einer abgehobenen Elite zu skizzieren.

Vor allem schien er den Islam zu verabscheuen.

Das einzig Gute war ein Witz über Wladimir Putin.

Rasch verlor Vincent das Interesse.

Er zappte weiter.

Und blieb bei einer Tierdoku hängen. Die Wanderung der Karibus durch Alaska. Schöne Bilder, mit kitschiger Musik zugekleistert. Nach einigen Minuten ging Vincent das auf die Nerven.

Er kehrte zu Deutschland-TV zurück.

Urban war nicht mehr allein.

Ein weißhaariger Mann im dunklen Anzug saß breitbeinig auf einem Sofa. Vorgebeugt, die Ellbogen auf die Knie gestützt. Die gestreifte Krawatte war zu lang gebunden und baumelte zwischen den Knien.

Der Moderator wirkte viel eleganter. Er hatte hinter dem Schreibtisch Platz genommen und spielte mit einem Stift, während er sprach. Sein Lächeln hatte etwas Zweifelndes, er wirkte distanziert, fast spöttisch.

Er zielte mit dem Stift auf seinen Gast. »Wenn man dem Innenminister glaubt, der Westkreuz verboten hat, dann haben Sie eine eindeutig verfassungsfeindliche Organisation gegründet.«

»Glauben *Sie* ihm?«

Urban lachte, und sein Gast sprach weiter.

»Das genaue Gegenteil ist der Fall. Wir haben die Verfassung verteidigt. In meiner Zeit im Bundesamt für Verfassungsschutz habe ich tagtäglich erlebt, wie Anarchisten,

Kommunisten und Antifa-Radaubrüder unser Land attackieren. Aber auf diesem Auge ist die Bundesregierung bekanntlich blind.«

»Erzählen Sie uns davon!«

»Linksextremisten sprengen Veranstaltungen, stören Demonstrationen, schüchtern mit Sprech- und Denkverboten aufrechte Bürger ein. Ich sage nur: Cancel Culture. Und parallel dazu marschieren sie durch die Institutionen. Sickern in das Herz des Staates ein und bringen es zum Faulen. So sieht's doch aus. Dagegen hätte der Innenminister mal was unternehmen sollen. Aber anscheinend braucht es die Gründung einer neuen Partei, um die bürgerliche Mitte aufzuwecken.«

»Und Westkreuz …«

»… habe ich zum Schutz unseres Volkes gegründet.«

Endlich erkannte Vincent den Studiogast.

Peer Dombacher. Ein notorischer Radikaler, Faschist und Verbrecher. Ausnahmsweise mal nicht in Uniform.

Fassungslos verfolgte Vincent das Gespräch.

Urban bewegte sich auf schmalem Grat. Seine Fragen klangen kritisch, aber die zweifelnde Distanz blieb reine Pose. In Wirklichkeit bot er dem Gast die Gelegenheit zur Werbung für seine Weltanschauung.

Vincent lauerte darauf, dass Urban ihn wenigstens einmal korrigierte. Dass er die von Westkreuzlern verübten Gewalttaten aufzählte. Oder Dombacher aufs Glatteis führte, damit er sich verriet. Es wäre Urbans Pflicht als Journalist gewesen.

Nichts davon geschah.

Stattdessen durfte Dombacher Lobbyarbeit für ein großes Sicherheitsunternehmen betreiben, in dessen Vorstand er offenbar saß. Es ging um die Privatisierung des Strafvollzugs. Seine Firma könne das viel preiswerter und besser als der Staat.

Der Bock als Gärtner, dachte Vincent angewidert.

In diesem Moment hörte er ein Geräusch an der Tür.

11

BERLIN-MITTE

SCHLIESSLICH STANDEN MELIA UND ihr Vater wieder vor dem Kanzleramt. Ein kühler Ostwind blies ihnen um die Ohren. Die Sonne war weg, die blaue Stunde begann. Irgendwo ertönte ein Martinshorn.

»Wow«, sagte Melia noch einmal. Sie fühlte sich verwirrt und überfordert. Mit größter Selbstverständlichkeit hatte die Regierungschefin dieses Landes sie für sich einspannen wollen.

Warum habe ich nicht Nein gesagt?

»Gratuliere, Amelie«, erwiderte ihr Vater.

»Zu was?«

»Du hast das Vertrauen der Kanzlerin gewonnen.«

»Dafür hat sie meins erschüttert.«

»Als ihr unter vier Augen wart, was hat sie dir da erzählt?«

»Ich glaube, das ist vertraulich.«

»Okay.« Er nickte. »Vergiss, dass ich gefragt habe.«

»Wie es aussieht, hat sie großen Mist gebaut. Und es war kein Kavaliersdelikt, das kannst du mir glauben.«

»Verjährt.«

»Ja, aber trotzdem würde sie keiner mehr zur Kanzlerin

haben wollen, sobald es publik wird. Glaub mir. Und das will der Scheißkerl ausnutzen.«

»Hauptsache ist, dass sie der Erpressung nicht nachgeben will. Und dass du ihr hilfst. Was dieser Mann fordert, würde unsere Republik grundlegend verändern!«

»Mindestens einmal hat sie bereits nachgegeben. Als sie ihn zum Staatssekretär gemacht hat. Sicher geschah das nicht wegen seiner schönen Augen.« Melia schlug den Kragen hoch und verschränkte die Arme.

Andreas deutete zur Spreebrücke hinüber. »Auf der anderen Seite gibt es eine gute Bar. Ich glaube, dort ist es gemütlicher.«

Melia schüttelte den Kopf. »Vincent wartet auf mich.«

Andreas nickte, zog sein Handy hervor und rief ein Taxi.

Dann fragte er: »Du kennst den Mann aus deiner Zeit beim Verfassungsschutz?«

»Das ist richtig.«

»Also hast du mit ihm noch ein Hühnchen zu rupfen.«

»Zumindest glaubt das die Kanzlerin.«

»Ich glaube, sie ist in größerer Bedrängnis, als sie es im Moment wahrhaben will. Bitte kümmere dich um die Sache. Was sie irgendwann mal angestellt hat, spielt jetzt keine Rolle. Verstehst du, Amelie? Es geht um mehr als ihren Posten.«

Sie sah das Taxi näher kommen.

»Es geht um unser Land«, sagte ihr Vater.

12

BERLIN-CHARLOTTENBURG

DAS TÜRSCHLOSS KLICKTE. VINCENT wandte sich im Sessel um.

Melia kam herein. Sie gab ihm einen Kuss auf die Stirn, nahm den Rest des Sandwichs vom Teller und biss gierig ab.

Sie deutete auf den Bildschirm und sagte mit vollem Mund: »Die Augenbrauen kenne ich. Ist das nicht Dombacher?«

Vincent griff nach der Fernbedienung und schaltete das Gerät aus.

»Deutschland-TV«, antwortete er. »Absoluter Schrott.«

»Warum guckst du's dann?«

»Pure Verzweiflung, weil du mich alleingelassen hast. Wie lief's bei der Kanzlerin?«

»Gerade habe ich noch mit ihr über den verdammten Westkreuz-General gesprochen.«

Melia nahm die Fernbedienung an sich. Der Bildschirm wurde wieder hell. Urbans Sendung lief weiter.

Der Moderator sagte: »Sie waren einige Zeit im Ausland, Herr Dombacher.«

»Drei Jahre. Bei Freunden in Südafrika.«

»Hat sich Deutschland in dieser Zeit verändert? Wie haben Sie es bei Ihrer Rückkehr erlebt?«

»Mach aus, Melia«, drängte Vincent. »Lass uns gehen. Ich brauche frische Luft.«

»Darf ich ehrlich sein?«, fragte der Weißhaarige auf dem Sofa.

Der Moderator lächelte. »Wir sind hier nicht beim Staatsfernsehen. Bei mir gibt es keine Zensur. Dafür stehe ich mit meinem Namen.«

Vincent wollte Melia die Fernbedienung abnehmen, doch sie zog ihre Hand zurück. »Einen Moment noch.«

Dombachers etwas schwäbelnde Stimme tönte aus dem Apparat. »Ich habe die Heimat kaum wiedererkannt. In manchen Stadtvierteln fühlt man sich heutzutage als Außenseiter. Wie ein Weißer in Afghanistan. Darf man das sagen, oder gilt man dann als Rassist?«

Christoph Urban deutete mit dem Stift auf sein Gegenüber. »Ihre Erfahrung teilen sehr viele Menschen. Es trauen sich leider nur wenige, es auszusprechen.«

»Man will uns zum Schweigen bringen. Uns das Denken verbieten. Redet heutzutage noch jemand von Integration und Leitkultur? Der Islam frisst Deutschland auf, weil wir uns nicht dagegen wehren.«

»Warum lassen die linksliberalen Eliten das zu?«

»Sie kennen die Antwort.«

»Verraten Sie uns Ihre Version?«

»Da steckt ein Plan dahinter. Das liegt doch auf der Hand. Die Öffnung der Grenzen. Der schleichende Austausch der Bevölkerung. Das deutsche Volk soll zum Verschwinden gebracht werden. Was der Bombenhagel des Zweiten Weltkriegs nicht geschafft hat, soll auf diese Weise vollendet werden.«

Melia schaltete den Fernseher aus. »Der Typ war schon immer gruselig.«

»Na endlich«, erwiderte Vincent.

»Paris Bar?«, fragte sie.

Vincent hatte nicht Bescheid gegeben, dass sie später kommen würden, aber vielleicht war ihr reservierter Tisch noch nicht vergeben. Er griff nach seiner Jacke. Sie traten auf den Hotelflur.

»Ich wusste gar nicht, dass der Arsch wieder da ist«, sagte Melia.

»Er leitet jetzt OFS.«

»Was ist das?«

»Ein Sicherheitskonzern. Das O steht für Hartmut Osterkamp, dem der Laden gehört. Er will die Haftanstalten im Land übernehmen. Dombacher hat massiv dafür geworben.«

»Nach amerikanischem Vorbild«, sagte Melia fast tonlos. »Auch darüber haben wir vorhin im Kanzleramt gesprochen.«

Der Aufzug kam. Im Spiegel der Kabinenwand trafen sich ihre Blicke. Vincent nahm Melia in den Arm. Sie wirkte abwesend.

»Was ist?«, fragte er.

»Es hängt alles zusammen.«

»Was meinst du?«

Sie zog ihr Handy hervor. »Hast du deins auch dabei?«

»Natürlich.«

»Ausschalten.«

»Wie bitte?«

»Das macht die Kanzlerin sogar in ihrem eigenen Büro.«

»Und weshalb?«

»Du weißt, wozu Spionagesoftware in der Lage ist.«

Vincent verdrehte die Augen, dann gab er nach und schaltete sein Handy aus.

An der Rezeption gaben sie den Schlüssel ab. Sie traten auf die Straße. Ihr Ziel lag nur wenige Hundert Meter entfernt.

»Die Kanzlerin wird erpresst«, erklärte Melia.

»Dann soll sie das zur Anzeige bringen.«

»So einfach ist das nicht.«

»Schatz, überlass das der Berliner Kripo.«

»Andreas meint, die Demokratie steht auf dem Spiel.«

»Wer erpresst sie denn? Der Kreml?«

Vincent lachte über seinen Scherz.

13

BERLIN-MITTE

»TRISTAN BOVERT«, HATTE DIE Bundeskanzlerin eine Stunde zuvor geantwortet. »Staatssekretär im Kanzleramt und Geheimdienstbeauftragter der Bundesregierung.«

Melia nickte. »Beim nordrhein-westfälischen Inlandsgeheimdienst hatte ich vor drei Jahren mit ihm zu tun.«

»Ich weiß. Er war Ihr Chef.«

»Für kurze Zeit. Warum haben Sie ihn zum Staatssekretär gemacht?«

»Man hat ihn mir als Fachmann empfohlen.«

Melia schüttelte fassungslos den Kopf.

»Was?«, fragte die Kanzlerin.

»Bevor er zu uns nach Düsseldorf kam, war er im Bundesamt einer von Peer Dombachers Zöglingen. Dombacher ist Ihnen ein Begriff, oder?«

»Westkreuz.«

»Richtig. Nachdem Dombacher wegen der Vernichtung der NSU-Akten seinen Hut nehmen musste, übernahm Bovert dessen Posten als Abteilungsleiter. Bei uns hat er dann die Verbrechen von Westkreuz systematisch kleingeredet und die Verwicklung des Verfassungsschutzes unter den Teppich gekehrt.«

»Weshalb Sie Ihre damalige Stelle aufgegeben haben.«

»Dass Bovert ein Stinkstiefel ist, war bereits klar, als er zu uns kam. Und Sie haben ihn trotzdem zum Staatssekretär gemacht! Hat er Sie damals schon erpresst?«

»Stinkstiefel, das trifft es genau. Diese Arroganz. Ich mache mich doch nicht zur Marionette seiner feuchten Träume!«

Melias Vater mischte sich ein: »Was will der Mann?«

»Ach, ein ganzes Paket an Gesetzen. Immer die gleiche Leier. Zuwanderung stoppen. Mehr Kompetenzen für die Geheimdienste. Einschränkung des Demonstrationsrechts und so weiter. Die Privatisierung des Stafvollzugs scheint ihm ein besonderes Anliegen zu sein.«

Andreas lachte grimmig. »Nach amerikanischem Vorbild«, sagte er. »Dort sitzt inzwischen ein großer Teil der Bevölkerung im Gefängnis, denn mit der Privatisierung ist immer die Verschärfung der Strafgesetzgebung verbunden, damit sich das Geschäft auch lohnt. Und ein paar Konzerne teilen sich den großen Reibach.«

»Du redest fast wie ein Linker.«

Melias Vater zuckte mit den Schultern.

»Über den Punkt könnte man ja reden«, fuhr die Kanzlerin fort. »Aber ich lasse mir kein Ultimatum setzen. Der Mann muss weg. Und Sie regeln das, Frau Adan.«

»Was soll ich tun?«

»Wenn ich ihn morgen treffe, zeichnen Sie das Gespräch auf. Sie wissen, wie man das macht, ohne dass er es bemerkt.«

»Das geht nicht, Frau Bundeskanzlerin. Ohne Zustimmung ein Gespräch aufzunehmen ist eine Straftat. Das können Sie nicht von mir verlangen.«

Frings-Fassbinder seufzte.

»Der Mann erpresst ein Verfassungsorgan«, sagte sie. »Dieses Verbrechen wiegt viel schwerer. Aber um es nachzuweisen, brauchen wir die Aufzeichnung.«

Andreas mischte sich ein. »Du musst Ute helfen.«

»Nicht mit illegalen Mitteln«, widersprach Melia.

»Es sind nachrichtendienstliche Mittel«, korrigierte die Kanzlerin.

»Ich bin Polizeibeamtin.«

»Dann ernenne ich Sie zu meiner Verbindungsfrau zum Verfassungsschutz. Organisieren Sie einen Lauschangriff auf meinen Erpresser!«

»Wie stellen Sie sich das vor?«

»Ihnen wird schon etwas einfallen. Machen Sie mir nichts vor. Sie kennen die Tricks und haben nichts verlernt. Ihr Vater hat mir von Ihnen vorgeschwärmt. Also enttäuschen Sie mich jetzt nicht.«

Melia überlegte, welche Mittel sie für eine Abhöraktion brauchen würde. Wen sie einbinden konnte. Wer vertrauenswürdig genug war. Und wie die Chancen standen.

Sie fragte die Kanzlerin: »Was hat Bovert gegen Sie in der Hand?«

Ute Frings-Fassbinder blickte Andreas an.

Er erhob sich von seinem Stuhl. »Ich warte draußen.«

»Danke«, sagte die Kanzlerin.

Melia spürte die Hand ihres Vaters auf ihrer Schulter, dann verließ er den Raum.

Die Kanzlerin atmete tief durch. »Was ich Ihnen jetzt sage, bleibt strikt unter uns.«

»Selbstverständlich.«

Die Kanzlerin sah aus dem Fenster. »Ich war mal in psychiatrischer Behandlung. Schon etliche Jahre her. Dabei unterzog ich mich einer Gesprächstherapie.«

»Okay.«

»Der Arzt nahm die Sitzungen auf Band auf. Ich weiß nicht, wie, aber Bovert ist in den Besitz der Aufzeichnungen gekommen.«

»Es ist nicht verwerflich, zum Therapeuten zu gehen.«

»In den Sitzungen kam so einiges zur Sprache.«

14

BERLIN-CHARLOTTENBURG

DIE LETZTEN SCHRITTE RANNTEN Melia und Vincent. Ein Regenschauer ging über dem nächtlichen Charlottenburg nieder. Gerade noch halbwegs trocken betraten sie das Restaurant.

Überall an den Wänden hing Kunst. Die Tische waren mit weißem Leinen eingedeckt. Ein Kellner in langer Schürze wies ihnen den Platz zu. Sie bestellten Austern und Chablis.

Dann setzten sie ihre Unterhaltung fort.

»Bovert ist a pain in the ass«, sagte Melia leise. Niemand sollte mithören können. Zum Glück war der unmittelbare Nachbartisch unbesetzt.

»Das sagst du nicht zum ersten Mal.«

»Ich werde einen Tag länger bleiben. Frings-Fassbinder besteht darauf.«

»Respekt. Meine Wonder Woman rettet die Bundeskanzlerin.«

Sie hob abwehrend die Hand. »Ich seh noch nicht, dass es klappt.«

»Du hast gesagt, es hängt alles zusammen. Wie meintest du das?«

Melia neigte sich noch näher zu ihm. Sie flüsterte jetzt fast in sein Ohr.

»OFS. Die Privatisierung der Justizvollzugsanstalten.«

Vincent nickte. »Dombacher hat darüber im Fernsehen gesprochen.«

»Und genau das steht auch in Boverts Agenda. Er und Dombacher, zwei rechtsgestrickte Kameraden, die sich seit Langem kennen und ihr Vorhaben gemeinsam durchziehen. Von dem ein Oligarch wie Osterkamp prächtig profitieren würde. Glaubst du, das geschieht aus purem Zufall?«

»Osterkamp finanziert rechte Parteien. Das ist bekannt. Und weil er um die Bedeutung der Medien weiß, baut er Deutschland-TV zur Propagandamaschine aus, wie es Rupert Murdoch mit Fox News in den USA gemacht hat oder der französische Oligarch Bolloré mit CNews in seinem Land.«

»Was du nicht alles weißt.«

»Steht in der Zeitung.«

»Ich hab versucht, der Kanzlerin die Zusammenhänge klarzumachen. Aber die ist ganz auf Bovert fokussiert. Dass mehr dahintersteckt, blendet sie aus.«

»Weil Osterkamp auch an ihre Partei spendet.«

»Mag sein.«

»Du hast dir verdammt mächtige Gegner ausgesucht.«

»Man wächst mit seinen Aufgaben.« Melia hob ihr Glas. »Gilt nicht nur für die Leber. Cheers, mein Lieber!«

Sie stießen an. Der Kellner kam, um nachzuschenken und die Teller mit den Austernschalen abzuräumen. Melia bestellte eine Crème brûlée. Vincent winkte ab, als der Kellner ihn fragte.

»Und was hat Bovert gegen sie in der Hand?«, fragte er, nachdem sie wieder allein waren.

»Das ist vertraulich.«

»Sorry, Schatz. Vergiss, dass ich gefragt habe.«

Melia lachte. »Genau die Worte meines Vaters.«

»Soll das heißen, sie hat ihn nicht eingeweiht, obwohl sie sein politisches Ziehkind ist?«

Melia hob die Schultern. Sie wurde selbst nicht schlau daraus.

Sie hatte das Klima im Büro der Kanzlerin als bedrückend empfunden.

Voller Misstrauen, Angst und Unsicherheit.

Und das im Herzen der Republik.

MONTAG

15

DÜSSELDORF-FLINGERN

NACH DEM GEWITTER DER letzten Nacht startete der neue Tag am Rhein mit blauem Himmel und kühleren Temperaturen. Christoph Urban fuhr seinen BMW Roadster zu einer Hinterhofwerkstatt in Düsseldorf – ein Tipp von seinem Studiotechniker Jakub.

Er hatte den Samstag mit seiner Assistentin Patti in Belgien verbracht. Seezunge und Weißwein am Meer, ein Strandspaziergang, dann nach Brügge, Einchecken in seinem Lieblingshotel und ein Abendmenü im Gourmetrestaurant gleich gegenüber.

Sonne, Schlemmen und zweimal eine heiße Nummer im Bett.

Pattis Mann trainierte in seiner Freizeit eine Fußball-Jugendmannschaft und war für ein Turnier verreist.

Auf dem Rückweg hatte gestern Vormittag kurz hinter Heinsberg der Motor des Roadsters zu stottern begonnen. Um ein Haar wäre Patti erst nach ihrem Mann zu Hause angekommen. So panisch hatte Christoph sie noch nie erlebt.

Er gab Fahrzeugschein und Schlüssel im Büro der Werkstatt ab. Ein Blaukittel folgte ihm zum Wagen, lugte kurz in den Motorraum und versicherte, Christoph könne den Wagen bereits in zwei Stunden wieder abholen.

Er holte die Sonnenbrille und seine Kappe aus der Türablage und nahm sich vor, einen Fünfziger als Trinkgeld springen zu lassen, falls der Autoschrauber sein Versprechen hielt. Dann machte er sich auf die Suche nach einem Mittagsimbiss. Außer einem kleinen Müsli zum Frühstück hatte er noch nichts gegessen.

Die Straßen hier waren voller Läden, bunt und sehr abwechslungsreich. Wohnaccessoires, Secondhand-Edelmarken, Schmuck und anderer Schnickschnack. Dazwischen Cafés und Kneipen aller Art. Die Tische auf der Sonnenseite waren voll besetzt, als müssten die Leute nicht arbeiten.

Die Gegend wurde ihrem Ruf als Szeneviertel gerecht, wie Christoph fand. Stillende Mütter, stämmige Lesben, Migrantinnen mit und ohne Kopftuch. Hippe Bartträger nippten an ihrem Latte. Typen im ausgeleierten T-Shirt parkten ihre Lastenfahrräder.

Hier wählte man Grün, schätzte Christoph.

Die proletarische Urbevölkerung war längst verdrängt worden.

Er betrat eines der Lokale. Hier war Selbstbedienung angesagt. Die große Tafel mit den Tagesgerichten versprach nichts Handfestes, aber weil sein Magen knurrte, schnappte er sich ein Tablett und stellte sich an.

Christoph ärgerte sich noch immer über den Programmchef, der ihn heute schon zu früher Stunde angerufen hatte. Wieder die alte Leier. Die technischen Möglichkeiten seien in den Münchner Studios weitaus besser als in der heimischen Scheune. Er solle in die Zentrale umziehen, sein Vertrag bliebe unverändert, und für die ersten Wochen würde Deutschland-TV ihm ein Hotelzimmer zur Verfügung stellen.

Christoph hatte sich stur gestellt.

Wie lange werde ich das durchhalten?

An der Theke herrschte Gedrängel. Vor ihm ein Riese. Strähniges Haar und Outdoor-Rucksack. Christoph konnte kaum einen Blick auf die Speisen erhaschen. Er entschied sich für eine Bowl mit Bio-Scampi und asiatischem Gemüse, einen Wrap mit Falafel und einen grünen Smoothie.

An der Kasse fiel seinem Vordermann ein, dass er etwas vergessen hatte. Er drehte sich zur Seite, und Christoph musste zurückweichen, um sein Tablett vor dem Rucksack des Großen in Sicherheit zu bringen. Dabei stieß er gegen die Person hinter ihm.

»Fuck!«, rief sie aus.

Es war eine Frau in Businessklamotten. Frische Kaffeeflecken auf der weißen Bluse. Ein Becher auf ihrem Tablett war umgekippt, ihr Sandwich schwamm in brauner Brühe. Sofort stellte Urban seine Sachen auf dem nächsten Stehtisch ab, griff nach einem Packen Papierservietten und reichte ihn der Frau.

»Sorry«, sagte er. »Ihre Rechnung übernehme ich natürlich.«

»Nicht nötig.«

»Keine Widerrede.«

Er ging zur Kasse, um zu bezahlen. Als er zurückkam, rieb sie noch immer an ihrer Bluse herum. Er zog zwei freie Hocker heran.

»Ihr Sandwich ist im Eimer. Nehmen Sie stattdessen meinen Wrap.«

Sie blickte ihn fragend an.

»Hab mir sowieso zu viel geholt«, sagte er. »Mögen Sie Falafel?«

Sie griff zu.

»Zum Glück habe ich meinen Termin schon hinter mir«, erklärte sie mit vollem Mund.

Die Frau unterschied sich vom übrigen Publikum des Ladens. Eher die smarte Start-up-Gründerin als das Letzte-Generation-Klimaretter-Girl. Sie gefiel ihm.

»Ich heiße Christoph«, sagte er.

»Viola.« Sie gab ihm die Hand. »Kann es sein, dass ich Sie kenne? Aus dem Fernsehen?«

Er nickte.

»Ich hab's. Die *Sportschau*!«

Er lachte. »Das ist schon lange her.«

»Sorry, ich bin nicht up to date. War ein paar Jahre in den Staaten.«

Christoph fand die Frau nun erst recht interessant und fragte sie ein wenig aus. Viola hatte für eine Produktionsfirma gearbeitet, die in Florida eine Doku drehte. War der Liebe wegen dort hängen geblieben. Nachdem die Beziehung zerbrochen war, versuchte sie jetzt den Neustart in der alten Heimat.

Gerade hatte sie eine Wohnung besichtigt – der erwähnte Termin.

Christoph schätzte Viola auf Mitte dreißig, rund zehn Jahre jünger als er. Ein wenig erinnerte sie ihn an seine frühere Freundin Mareike, die er in der Sportredaktion kennengelernt hatte. Die ihn vergöttert hatte, solange sie an seine Karriere beim WDR glaubte.

Mareike hatte sich als berechnendes Miststück erwiesen.

Plötzlich blickte Viola auf die Uhr. »Oh, ich muss los.«

»Schade. Ich hätte Lust, Sie wiederzusehen.«

Sie zuckte mit den Schultern und lächelte. »Warum nicht?«

Er überlegte, welches seiner Visitenkärtchen er ihr geben sollte. Mit oder ohne Deutschland-TV. Doch sie war schneller und kritzelte ihre Nummer auf eine Serviette, die noch nicht durchweicht war.

Gleich darauf war sie verschwunden.

16

BERLIN-MITTE

AM MORGEN BEGLEITETE MELIA Vincent zum Berliner Hauptbahnhof. Er stieg in den ICE und war im gleichen Moment verschwunden; in den spiegelnden Fensterscheiben sah Melia nur sich selbst. Während der Zug sich in Bewegung setzte, winkte sie kurz, weil Vincent es vielleicht auch tat. Dann steuerte sie die Rolltreppen an.

Lieber wäre sie mit ihm zurück nach Düsseldorf gefahren und hätte sein Team bei den neuen Ermittlungen unterstützt.

Leichenteile auf einer Großbaustelle.

Melia hatte Entwürfe der neuen Oper in der Zeitung gesehen. Ambitionierte Pläne. Ein neues Wahrzeichen mitten im Stadtzentrum.

Von einem Beamten des Berliner Landesamts für Verfassungsschutz besorgte sie sich Gerätschaften zur verdeckten Aufzeichnung von Gesprächen. Reinhard Zacharias hatte den Kontakt organisiert, Melias Lieblingskollege beim Düsseldorfer Verfassungsschutz, der voriges Jahr auf ihren früheren Posten bei der Behörde befördert worden war. Reinhard garantierte, dass sie dem Berliner Kollegen vertrauen konnte.

Auf dem Weg zum Kanzleramt fühlte sich Melia wieder wie zu ihrer Geheimdienstzeit.

Als Agentin im Feldeinsatz.

Sie meldete sich an der Pforte. Der gleiche Mitarbeiter wie gestern Abend empfing sie. Im Vorzimmer musste Melia zunächst warten. Die Kanzlerin befinde sich in einer Besprechung, hieß es.

Melia musste an Ute Frings-Fassbinders Beichte denken.

Es widerstrebte ihr, für diese Frau zu arbeiten.

Ich ernenne Sie zu meiner Verbindungsfrau zum Verfassungsschutz.

Bullshit.

Melia bezweifelte, dass diese Konstruktion ihren Lauschangriff legitimierte.

Sie schnappte sich Zeitungen und Magazine und setzte sich auf einen Holzstuhl im Vorzimmer. Mehr als der Krieg in der Ukraine bestimmten die jüngsten Demonstrationen die Schlagzeilen und Kommentare. Zehntausende waren am Wochenende in zahlreichen Städten Deutschlands auf die Straße gegangen. Noch mehr Menschen wurden heute zu sogenannten Montagsdemos erwartet.

Friedensbewegte, Verschwörungsgläubige und Esoterikfreaks. Radikale Rechte und pseudolinke Querdenker. Sie alle einte die Angst vor einer nuklearen Eskalation des Kriegs. Die Leugnung der Seuche. Die Wut auf die hohen Preise für Benzin, Lebensmittel und Heizung. Die Angst vor einer Rezession, vor Hunger und Kälte im kommenden Winter.

Sie zogen mit Fackeln vor die Wohnungen von Politikern. Lieferten sich Scharmützel mit der Polizei. Verprügelten Journalisten.

Seit Wochen ging das schon so.

Immer radikaler, immer militanter.

Im Namen der Freiheit wurde die Freiheit bekämpft, so kam es Melia vor.

Sie griff nach einer Illustrierten. Die wohlwollende Berichterstattung über den wütenden Mob erschütterte sie. Ihr ging der Satz ihres Vaters von gestern Abend durch den Kopf.

Es geht um unser Land.

Endlich kam die Bundeskanzlerin herein und ließ Melia in ihr Büro. Frings-Fassbinder wirkte aufgedreht. Schatten um die Augen verrieten, dass sie in der vergangenen Nacht nicht viel geschlafen hatte.

Sie warf ihr Handy in den Kasten. Melia legte ihres dazu.

»In einer Stunde werde ich Staatssekretär Bovert treffen«, sagte die Kanzlerin.

»Das ist zu knapp. Wir brauchen mehr Zeit zur Vorbereitung.«

»Haben wir nicht, Frau Adan. Die Bund-Länder-Konferenz beginnt um 14 Uhr.«

Melia blickte auf die Uhr.

Dann mal los.

17

DÜSSELDORF-FLINGERN

CHRISTOPH HOLTE SICH NOCH einen Kaffee. Er speicherte Violas Nummer auf seinem Handy ab. Eine beeindruckende Frau. Und nicht abgeneigt, ihn wiederzusehen.

Die Ähnlichkeit mit seiner Ex war allenfalls oberflächlich.

Viola war ein anderes Kaliber.

Drehte Dokus, arbeitete international.

Beschwingt las Christoph die jüngsten E-Mails und checkte die Reaktionen auf seine gestrige Sendung in den sozialen Medien. Auch das tat seinem Ego gut. Sogar ein alter, von obskuren Theorien besessener Knacker wie Westkreuz-General Peer Dombacher brachte ihm eine riesige Flut an Zustimmung ein.

Ich schwimme auf der Welle des Zeitgeistes.

Mehr als tausend neue Follower bei Twitter an nur einem Tag.

Christoph setzte einen Tweet ab. Bedankte sich überschwänglich bei seinen Zuschauern.

Sei stets auf Augenhöhe mit den Fans und halte Kontakt.

Das mögen sie.

Dann checkte Christoph die Nachrichten. Lokales kümmerte ihn eigentlich nie, aber die Meldung, dass auf einer Baustelle im Herzen der Stadt ein Leichenteil gefunden worden war, weckte sein Interesse. Das große Kaufhaus, das dort abgerissen wurde, war Teil einer Kette gewesen, die Osterkamp vor einigen Jahren vor dem Konkurs gerettet hatte. Und sicher hatte der Unternehmer auf dem Grundstück Großes vor.

Christophs Handy klingelte. Auf dem Display eine Nummer mit Düsseldorfer Vorwahl. Er nahm das Gespräch an.

Die Stimme eines jungen Mannes. »Hauschild, Osterkamp-Gruppe, Assistent der Geschäftsleitung. Spreche ich mit Herrn Urban?«

Christoph staunte. Ein Mitarbeiter des Milliardärs, an den er gerade gedacht hatte. Schaltete sich der Besitzer von Deutschland-TV in seinen Streit mit dem Programmchef in München ein?

Oder wollte er sich inhaltlich einmischen?

Bitte nicht noch einmal private Gefängnisse.

»Der bin ich«, antwortete Christoph.

»Wo befinden Sie sich gerade?«

»In Düsseldorf.«

»Sehr gut. Straße und Hausnummer, bitte.«

Christoph fand den Ton befremdlich.

»Ackerstraße. Das Restaurant heißt …« Er betrachtete das Logo auf der Serviette. »Green & Fresh.«

»Der Fahrer wird es finden.«

»Um was geht es?«

»Mein Chef wird Ihnen das persönlich erläutern.«

Christoph staunte noch mehr. Er wusste, dass sein Engagement bei Deutschland-TV auf Osterkamp zurückging. Angeblich hatte der Oligarch ihn auf YouTube entdeckt.

Aber sie waren einander noch nie persönlich begegnet. Es hieß, Osterkamp lebe zurückgezogen und menschenscheu, seit ein Irrer ihn vor zwei Jahren angeschossen hatte.

»Bedeutet das, ich lerne ihn kennen?«

»Halten Sie vor Ihrem Lokal Ausschau nach einem schwarzen Mercedes, groß und gepanzert. In fünfzehn Minuten sind wir da.«

18

BERLIN-MITTE

DAS GEHT NICHT GUT, dachte Melia. Die Kanzlerin überflog ein Redemanuskript. Energisch unterstrich sie einzelne Passagen und hörte ihr nur mit einem Ohr zu.

»Wir beide fungieren rechtlich als V-Leute«, sagte Melia. »Ein Mitarbeiter des nordrhein-westfälischen Amts für Verfassungsschutz führt uns.«

»Wer ist das?«, fragte die Kanzlerin und markierte etwas mit ihrem Stift.

»Mein Nachfolger auf meinem früheren Posten. Offiziell ist das seine Abhöraktion.«

Sie packte die Utensilien auf den Tisch, die ihr der Kontaktmann vom hiesigen Verfassungsschutz geliehen hatte. Wanzen, Sender, Aufzeichnungsgeräte für jeden Bedarf. Geheimdienstkram.

»Bovert will den Ort bestimmen«, sagte Frings-Fassbinder. »Das können wir nicht zulassen.«

»Was schlägt er denn vor?«

»Dass wir uns im abhörsicheren Konferenzraum im achten Stock treffen.«

»Ja, warum nicht?«

Frings-Fassbinder blickte von ihrem Papierkram auf.

»Seine Leute überprüfen den Raum. Wenn ich eine Wanze trage, werden sie die orten.«

»Nein, das ist perfekt.«

»Wieso?«

»Der Ort wird ihn in Sicherheit wiegen.«

Melia wählte einen Kugelschreiber aus. Er wirkte wie das teure Produkt eines Luxusherstellers, steckte allerdings voller Mikroelektronik.

Frings-Fassbinder kam endlich zu ihr herüber.

»Dieses Teil ist kein Sender«, erklärte Melia. »Man kann es also nicht orten. Im Inneren befinden sich nur ein Mikro und ein Speicherchip.«

»Aber dann können Sie unser Gespräch nicht mitverfolgen.«

»Muss ich auch nicht. Ich höre mir hinterher die Aufzeichnung an. Voraussetzung ist nur, dass Sie mir den Stift wieder mitbringen.«

»Natürlich.«

Melia drehte am dicken Ende. Unten sprang die Spitze der Mine heraus.

Sie sagte: »Ich wette, Bovert wird den Kuli unter einem Vorwand an sich nehmen und prüfen, ob man damit schreiben kann. Lassen Sie das geschehen. Ignorieren Sie es einfach. Das wird ihn noch mehr in Sicherheit wiegen.«

»Okay.«

»Und ich wette, er wird den Stift am Ende einstecken. Und so tun, als hätte er ihn mit seinem eigenen verwechselt.«

Die Kanzlerin hob einen Finger. »Dann werde ich ihm erzählen, dass es sich um ein Geschenk meines Doktorvaters handelt und dass ich an dem Ding hänge.«

»Falsch. Zu viel Information verrät die Lüge. Sagen Sie einfach: ›Hey, mein Stift.‹«

Die Kanzlerin nickte.

»Jetzt muss Bovert nur noch seine Erpressung wiederholen«, sagte Melia. »Ins Detail gehen, weitere Forderungen stellen und seine Drohung aussprechen. So kriegen wir ihn.«

Die Kanzlerin wollte zu ihrem Schreibtisch zurückkehren. Offenbar hielt sie die Instruktion für beendet.

»Warten Sie«, sagte Melia. »Wir haben noch dreißig Minuten.«

»Ja und?«

»Zeit für ein kurzes Rollenspiel. Ich bin Bovert. Und Sie, Frau Bundeskanzlerin, führen mich jetzt aufs Glatteis.»

19

DÜSSELDORF-FLINGERN

WIE ANGEKÜNDIGT STOPPTE NACH einer knappen Viertelstunde ein schwarzer Mercedes der S-Klasse am Straßenrand. Ein junger Mann stieg aus und hielt Christoph die hintere Tür auf. Die dicken Fensterscheiben und Türen verrieten die Panzerlimousine. Geschaffen für Staatsoberhäupter und Multimilliardäre.

In dieser Straße ein Fremdkörper.

Christoph rutschte auf die Rückbank und saß nun neben Hartmut Osterkamp. Der Konzernlenker nickte ihm zu. Geschätzte siebzig Jahre alt. Weißes Hemd, die Ärmel aufgerollt, keine Krawatte. Seine Stirn glänzte, die Wangen waren gerötet – Stress oder zu gutes Essen.

»Urban, freut mich, guter Mann! Habe gestern Ihre Sendung verfolgt. Gratulation. Dem General gingen zwar ein wenig die Pferde durch, aber Sie hatten ihn gut im Griff. Wie ich es im Übrigen auch gar nicht anders erwartet habe.«

»Ich danke Ihnen.«

Der Wagen setzte sich in Bewegung.

Der Unternehmer zeigte ein Haifischlächeln.

Christoph setzte zu einer Frage an. »Wohin …«

»Ich fliege gleich ins Ausland. Sie begleiten mich bis zum Flughafen. Von dort bringt Sie dann mein Fahrer, wohin Sie wollen. Wir haben nur zwanzig Minuten. Also kommen wir zur Sache.«

Christoph hatte sich alle Argumente gegen einen Umzug nach München zurechtgelegt.

Doch Osterkamp überraschte ihn.

»Schon mal dran gedacht, in die Politik zu gehen?«, fragte der Unternehmer.

»Wie bitte?«

»Sie haben ganz richtig gehört. Selber machen, statt immer nur zu kommentieren. Wolf sein, nicht das Schaf. Denn die Zeit der Wölfe steht an, mein lieber Urban. Wir greifen nach der Macht.«

»Wie stellen Sie sich das vor?«

»Sie treten zur nächsten Bundestagswahl als Spitzenkandidat der neuen konservativen Sammlungsbewegung an. Unser Land ist verdammt noch mal bereit für die Wende. Sie selbst betonen das in jeder Ihrer Sendungen. Lassen Sie Taten folgen, Urban! Sie haben alles, was man braucht. Die Stimme und die Fernsehvisage, die Frauen und Männer betört. Die Leute sehen Sie auf ihrer Mattscheibe, und schon vertrauen Sie Ihnen!«

Christoph suchte im Rückspiegel den Blick des Fahrers. Der Mann zeigte keine Reaktion. Auch der junge Assistent auf dem Beifahrersitz gab keinen Mucks von sich.

»Nicht falsch verstehen, Urban. Das ist ein verdammtes Kompliment! Sie wissen es vielleicht noch nicht, aber Sie haben ein Talent, das allen Figuren fehlt, die sich derzeit in der Politik tummeln. Echtes Charisma. Das Köpfchen und die Eier. Also, Urban, sagen Sie was!«

»Wie stellen Sie sich das vor? In Konkurrenz zur AfD?«

»Hören Sie mir mit diesem Sauhaufen auf! Zum wievielten Mal hat sich die Partei inzwischen selbst zerlegt? Mir wird schlecht, wenn ich daran denke, wie viel Geld ich für die Kanaillen schon verballert habe. Das neue patriotische Bündnis liegt in Umfragen schon vor der AfD. Hat Ihnen Dombacher nicht die Zahlen geschickt?«

»Er hat so etwas erwähnt.«

»Das Wahlvolk sehnt sich nach einer wirklichen Alternative. Bis zum Ende des Sommers steht die Organisation, und es kann losgehen. Wir sind bereit.«

»Bereit wofür? Die nächsten Bundestagswahlen sind erst in zwei Jahren.«

»Bullshit, Urban!«

Christoph wusste nicht, was er entgegnen sollte.

Erneut dieses Lächeln. »Wie ich aus sicherer Quelle weiß, wird sich die Kanzlerin keine Woche mehr im Amt halten.«

Christoph blieb skeptisch. Er hatte nirgendwo etwas gehört oder gelesen, das diesen Schluss nahelegte.

»Wir lassen das politische System in Flammen aufgehen«, schwärmte Osterkamp. »Und dann kommen Sie als Phönix daher. Als Führer der Sammlungsbewegung. Als Erneuerer Deutschlands.«

Christoph traute seinen Ohren nicht.

Was der Mann sagte, klang völlig irre.

Meint er wirklich mich?

Sicherlich konnte er Reden halten. Sachverhalte verständlich darstellen und in Debatten brillieren. Aber würde man ihn als Politiker ernst nehmen?

War die neue Partei überhaupt ein Projekt mit Zukunft?

Ihm fiel auf, dass kein Straßenlärm ins Innere drang. Vermutlich hielt der Mercedes sogar einem Beschuss aus

Sturmgewehren stand. Verfügte über Scheiben mit Splitterschutz. Ein eigenes Frischluftsystem für den Notfall. Wenn Putin die Atombombe zündete, würde man hier drinnen überleben.

Christoph fragte sich, ob der Milliardär in solchen Festungen die Welt nur noch verzerrt wahrnahm. Aber wäre er dann fähig, sein Geflecht von Konzernen, Beteiligungsgesellschaften, Stiftungen und Tochterunternehmen zu führen? Jahr für Jahr die Umsätze und Gewinne zu steigern?

Einer wie Osterkamp war bestens vernetzt und beraten, schätzte Christoph. Erfuhr, was er brauchte, aus allererster Hand. Und früher als die Konkurrenz.

Nahm Einfluss auf allen Ebenen.

Mit allen Mitteln.

Wie ich aus sicherer Quelle weiß …

»Urban, was denken Sie?«

Christoph schluckte und spürte einen Kloß im Hals. Als hätte er Lampenfieber. Nicht mal bei seiner ersten *Sportschau*-Moderation hatte er sich so gefühlt.

»Geben Sie mir etwas Bedenkzeit, Herr Osterkamp.«

Der Milliardär nickte und wies den Fahrer an, Musik zu spielen.

»Highway Star« von Deep Purple dröhnte aus den Lautsprechern.

Der Siebzigjährige lehnte den Kopf gegen die Stütze, schloss die Augen und lächelte. Die große Limousine erreichte in hohem Tempo die Autobahn. Sie schien zu schweben. Die Welt hinter den Fenstern erschien belanglos.

Christoph fühlte sich wie in einem grotesken Traum.

Sollte er wirklich eine Partei anführen?

Der Wagen erreichte ein niedriges Gebäude mit breiter

Glastür und Vordach. Das Executive Terminal, das Privatflugzeugen vorbehalten war. Als sie anhielten, war der Rocksong zu Ende.

Der Assistent stieg aus und hielt dem Milliardär die Tür auf.

Osterkamp reichte Christoph zum Abschied die Hand. »Natürlich dürfen Sie darüber nachdenken, mein lieber Urban. Das Angebot überrascht Sie jetzt ein wenig. Wir sprechen uns also morgen.«

Schwerfällig stieg er aus. Er ließ sich in ein Sakko helfen und einen Stock reichen. Der Assistent folgte ihm mit einer Aktentasche ins Terminalgebäude. Christoph fiel auf, dass der Wirtschaftsboss leicht hinkte. Die Folgen des Attentats, das man auf ihn verübt hatte.

Der Fahrer der gepanzerten Limousine wandte sich zu Christoph um.

»Wohin jetzt?«

20

BERLIN-MITTE

WÄHREND MELIA IM BÜRO der Kanzlerin wartete, nahm sie hinter dem Schreibtisch Platz, der so aufgeräumt war, als würde ihn nie jemand benutzen. Sie stellte sich vor, wie sich der rechte Mob aufregen würde, wenn jemand wie sie Regierungschefin wäre.

Eine Person of Color.

Die Tochter einer Muslimin aus Somalia.

Dann gab sie der Versuchung nach, holte ihr Handy aus dem Kasten und schaltete es ein. Sie tippte eine Whats-App-Nachricht an Vincent, der vermutlich noch im Zug saß.

Wie geht's dir, Schatz?

Sie trat ans Fenster und genoss den Ausblick. Ihr Handy piepste. Vincents Antwort war eingetroffen.

Bin kurz vor Dortmund. Denk an dich.

Adenauer beobachtet mich. Scheint mich nicht zu mögen.

Und die Kanzlerin?

Hat gerade DEN Termin.

Daumendrück!

Sie tauschten noch ein paar Herzchen aus, dann legte Melia das Handy wieder zurück.

Die Kanzlerin machte einen gehetzten Eindruck, als sie nach einer guten halben Stunde zurückkam. Sie ließ die Tür zum Vorzimmer angelehnt. Mehrere Leute hatten sich dort versammelt und unterhielten sich lebhaft. Melia erkannte die Stimme des bayerischen Ministerpräsidenten.

Frings-Fassbinder händigte ihr den Kugelschreiber aus.

»Wie war's?«, wollte Melia wissen.

»Sie sind Hellseherin. Er hat ihn tatsächlich ausprobiert und wollte ihn einstecken.«

»Und sonst?«

»Kann sein, dass wir etwas Verwertbares haben. Hören Sie selbst mal rein. Ich muss jetzt zur Bund-Länder-Konferenz. Es wird wahrscheinlich ziemlich spät. Ich schlage vor, dass wir uns im Anschluss bei Ihrem Vater treffen.«

»Okay, ich gebe ihm Bescheid.«

Ein Treffen bei Andreas zu Hause.

Das Heim seiner neuen Familie in Berlin-Schlachtensee war Neuland für sie.

Die Kanzlerin verließ das Büro wieder.

Melia holte ihren Laptop und ein Paar kleine Kopfhörer aus der Tasche. Sie schraubte den Stift auf, fummelte den winzigen Speicherchip heraus und legte ihn in einen Adapter, den sie an den USB-Eingang des Rechners anschloss. Dann kopierte sie die Aufnahme auf ihre Festplatte.

Sie setzte die Kopfhörer auf und startete die Audiodatei. Das Gespräch mit dem Staatssekretär im Kanzleramt, der zugleich Geheimdienstbeauftragter der Bundesregierung war. Mit unerschütterlichem Selbstbewusstsein formulierte der Mann Personalvorschläge, die verschiedene Behörden des Bundes betrafen: Kanzleramt, Bundesnachrichtendienst, Verfassungsschutz, Bundeskriminalamt.

Er wollte Gefolgsleute auf einflussreiche Posten heben,

stellte Melia fest. Falls die Kanzlerin nachgab, hätte er die Geheimdienste ganz in seiner Hand. Eine Macht, die niemand kontrollieren konnte. Und die Medien hatten Bovert nicht auf dem Schirm.

Sein Bekanntheitsgrad ging gegen null.

Die Öffentlichkeit hatte keine Ahnung, was hier abging.

Mit ruhiger Stimme legte er seine Forderungen dar und begründete sie. Er präsentierte seiner Chefin fertig formulierte Gesetzestexte.

Melia staunte über die Vielfalt der Themen.

Das konnte nicht allein auf Boverts Mist gewachsen sein.

Frings-Fassbinder reagierte hörbar kühl. »Ich habe Ihnen neulich schon gesagt, dass mir das meiste zu weit geht. Erst recht dem Koalitionspartner.«

»Sie sitzen fest genug im Sattel, um sich darüber hinwegzusetzen, Frau Bundeskanzlerin. Accidit in puncto, quod non speratur in anno.«

»Wie bitte?«

»Was man sich in einem Jahr nicht erhofft hätte, kann in einem Augenblick geschehen. Wusste schon Cicero.«

»Sie malen sich Deutschland als Polizeistaat aus, aber das wäre dann nicht mehr mein Land.«

»Ihr letztes Wort?«

»Wollen Sie mir schon wieder drohen?«

»Sie kennen die Konsequenzen.«

»Was meinen Sie damit konkret?«

»Sie halten die Zukunft in Ihrer Hand.«

»Und wenn ich mich nicht darauf einlasse?«

»Das werden wir sehen.«

»Sie verdammter Erpresser!«

Bovert schwieg.

Melia sah ihn vor ihrem inneren Auge. Mit seinem akkuraten Scheitel. Der Narbe auf der Wange. Der Brille mit dem rechteckigen Metallrahmen. Grinste er die Kanzlerin an, oder zeigte er ein Pokerface?

»Sie können mich nicht unter Druck setzen«, sagte sie.

Er reagierte immer noch nicht so, wie Melia gehofft hatte.

»Ich werde Sie anzeigen«, drohte die Kanzlerin.

»Weil ich mir Sorgen um die Sicherheit des Landes mache?«

»Ich weiß nicht, wie Sie an die Unterlagen meines damaligen Psychiaters gekommen sind. Aber wenn Sie mit der Geschichte von meinem Unfall an die Öffentlichkeit gehen, bekommen Sie in diesem Land keinen Fuß mehr auf den Boden, das schwöre ich Ihnen.«

»Ich weiß nicht, wovon Sie sprechen«, antwortete Bovert.

Mist, dachte Melia.

»Sie drohen einem Verfassungsorgan der Bundesrepublik Deutschland.«

»Wie Sie mit meinen Vorschlägen umgehen, überlasse ich ganz Ihnen, Frau Bundeskanzlerin. Das Schicksal findet seinen Weg. Das wusste schon Vergil.«

»Dann haben Sie das sicher auch auf Latein.«

»Fata viam invenient.«

»Sie mich auch, Bovert.«

Stühlerücken. Eine Tür ging auf und wieder zu. Das Gespräch war beendet.

Melia fragte sich, was nun passieren würde.

Den Beweis einer Erpressung enthielt die Aufnahme nicht.

Sie kennen die Konsequenzen.

Kein Richter würde den Staatssekretär wegen eines solchen Satzes verurteilen. Er konnte alles Mögliche damit gemeint haben. Schaden für das Land. Verlust von Wählerstimmen.

Melia packte den Laptop ein.

Eigentlich blieb der Kanzlerin nur ein Ausweg, falls sie sich nicht völlig in Boverts Abhängigkeit begeben wollte.

21

DÜSSELDORF-UNTERBILK

VINCENT SEHNTE SICH NACH einer Dusche. Der Zug war voll gewesen, schier endlos verspätet, die Klimaanlage ausgefallen. Aber die Arbeit ging vor.

Endlich erreichte er sein Büro im zweiten Stock der Festung.

Er stellte den Koffer ab, überquerte den Flur und klopfte an Anna Winklers Tür.

»Hallo, Vinnie«, begrüßte sie ihn. »Wie war die Fahrt?«

Er winkte ab und zog den Besucherstuhl heran.

»Und Berlin?«, fragte sie.

Er holte tief Luft. »Du hast mich gefragt, ob die Inspektionsleiterin auch da ist.«

Sie grinste. »Ihr seid ein Paar, stimmt's?«

»Findest du das verwerflich?«

»Im Gegenteil. Höchste Zeit, dass du mal wieder in feste Hände kommst. Ihr passt zusammen, du und Adan. Das hat doch schon vom ersten Moment an geknistert.«

»Nur gefällt es dem Kripochef ganz und gar nicht. Wegen des dienstlichen Abhängigkeitsverhältnisses.«

Anna schnitt eine Grimasse, aus der Vincent nicht schlau wurde.

Ihr Telefon klingelte. Sie warf einen Blick auf das Display.

»Fabri.«

»Vielleicht ist es wichtig.«

»Den sehen wir sowieso gleich im Meeting.«

Das Klingeln verstummte wieder. Sie blickten sich an.

»Was ist?«, fragte Anna.

»Hast *du* dem Kripochef von uns erzählt? Ich meine, von Melia und mir?«

»Wie kommst du darauf?«

Vincent zuckte mit den Schultern.

»Also, echt. Abgesehen davon, dass ich bloß eine Ahnung hatte, käme ich doch niemals auf die Idee, dich zu verpfeifen! Wie kannst du mir so was unterstellen?«

Ihre Augen funkelten. Eine steile Falte grub sich zwischen ihre Brauen.

Als hätte er die Kollegin beleidigt.

Was seinen Verdacht nicht ganz ausräumte.

»Anna …«

Seine Stellvertreterin stand auf, um das Zimmer zu verlassen. Sie hielt ihm die Tür auf.

»Komm, das Meeting.«

»Ein Wort noch.«

Anna hielt inne.

Niemand auf dem Flur.

Er senkte trotzdem die Stimme. »Unsere Inspektionsleiterin und ich … Es ist nicht bloß eine Affäre. Das bedeutet, ich riskiere meinen Posten.«

Ihre Kiefermuskulatur arbeitete.

»Deshalb bitte ich dich, Anna: Kein Wort zu den Kollegen, kein Wort zu irgendjemandem. Solange sich keiner aufregt, will Engel so tun, als wüsste er von nichts.«

Sie schwieg.

»Kann ich mich auf dich verlassen?«

»Ich dachte, das wüsstest du!«

Im Konferenzraum setzte sich Vincent neben seine Stellvertreterin an den großen Tisch und versuchte die Spannung zu ignorieren, die plötzlich zwischen ihnen herrschte. Er begrüßte Kim Brandstätter, Dominik Roth und Felix May. Sie komplettierten die Mordkommission.

So lange die Identität des Toten nicht feststand, konnten sie nicht mehr machen, als die Leute zu befragen, die mit der Baustelle am Wehrhahn zu tun hatten, sowie nach weiteren Überresten graben zu lassen. Ein zweiter Müllsack war bereits gefunden worden.

Ein rechter Arm.

Vincent hoffte auf brauchbare Fingerabdrücke.

Er fragte: »Was ist mit der Deponie in Hubbelrath?«

»Ich habe die Transporte einstellen lassen«, entgegnete Anna, ohne ihn anzublicken. »Das entsprechende Areal ist gesperrt. Momentan lädt niemand etwas ab.«

»Hat die Suche dort schon begonnen?«

»Darum kümmert sich Kim.«

»Angeblich gibt es Sicherheitsrisiken«, erklärte die Angesprochene. »Das Gelände ist abschüssig, der Hang könnte abrutschen. Ob das stimmt, kann ich nicht einschätzen. Der Betreiber nervt. Er jammert über Verluste wegen der Stilllegung.«

»Nicht unser Problem«, erwiderte Vincent. »Ich kümmere mich um die richterliche Anordnung.«

Die Tür ging auf, und Fabri, der Leiter der Kriminaltechnik, kam herein. Er klopfte zur Begrüßung auf den Tisch.

»Neues vom Labor?«, fragte Anna.

»Fuß und Arm stammen von derselben Person. Männlich und Mitteleuropäer.«

»Fingerabdrücke?«

»Fehlanzeige. Die Kuppen sind verbrannt oder verätzt. Da ist nicht mehr viel mit Papillarleisten. Aber …«

»Die Handfläche«, sagte Vincent.

Fabri zeigte mit dem Finger auf ihn. »Exakt. Solche Abdrücke werden zwar nur selten in die Datei aufgenommen. Aber in diesem Fall ist das Glück der Tüchtigen mit uns. Der Handabdruck ist schon einmal an einem Tatort gesichert worden.«

Fabri blickte in die Runde, als erwarte er Applaus. Dann sortierte er seine Notizen und las vor: »Dennis Schubert, einundvierzig Jahre alt, vor zehn Jahren wegen schweren Raubs verurteilt. Vor zweieinhalb Wochen aus der JVA Hagen entlassen.«

»Gibt es auch eine Adresse?«

»Die seiner Schwester in Benrath.«

Dominik Roth grinste. »Da wohnt er höchstens noch zum Teil.«

Keiner lachte mit ihm, Anna verzog missbilligend das Gesicht.

Vincent sagte: »Wir müssen rekonstruieren, was der Mann seit seiner Haftentlassung getan hat. Möglichst lückenlos.«

»Ich kümmere mich um die Schwester«, sagte Anna. »Kim, kommst du mit?«

»Gern.«

Anna wandte sich an Dominik. »Du kriegst raus, ob Schubert im Gefängnis Freunde hatte. Kumpel, mit denen er über seine Pläne für die Zeit nach der Freilassung geplaudert hat. Und du, Felix …«

»Aktenführung, wie gehabt.«

Anna blickte in die Runde. »Alles klar?«

Vincent nickte. Er würde mit dem Staatsanwalt telefonieren. Dem Deponiebetreiber mit dem Richter drohen. Den Mordfall in der Konferenz der Kommissariatsleiter vortragen und die Kollegen bitten, ihm ein paar Mitarbeiter für die Mordkommission zur Verfügung zu stellen, weil Anna mit drei Leuten auf Dauer nicht auskommen würde.

Er musste die Behördenspitze auf dem Laufenden halten.

Und sich mit der Pressestelle kurzschließen.

Vor allem aber würde er in der kriminellen Vergangenheit von Dennis Schubert wühlen und sich die Ermittlungsakte zu seinem Raubdelikt vorknöpfen. Möglich, dass hier das Motiv für den Mord vergraben lag.

Daran hatte Anna offenbar nicht gedacht.

Was Vincent ihr nicht zum Vorwurf machen würde.

Er konnte nur hoffen, dass sie das Wissen um seine Beziehung zu Melia für sich behielt.

22

NEANDERTAL

CHRISTOPH SASS IN SEINEM Büro und hielt Ausschau nach dem Silberreiher.

Er hatte das Internet nach Meldungen über die Bundeskanzlerin durchforstet. Nichts deutete darauf hin, dass ihre Tage im Amt gezählt wären. Im Gegenteil, die Mainstream-Medien himmelten sie an.

Doch irgendwas war im Busch. Das Gespräch mit Osterkamp ging Christoph nicht aus dem Kopf.

Charisma, Köpfchen und Eier. Die Zeit der Wölfe einleiten. Parteichef werden. Die Macht ergreifen.

Habe ich die Fahrt in der Panzerlimousine wirklich erlebt?

Seine Assistentin Patrycja kam herein.

»Sollen wir noch einmal den Ablauf durchgehen?«, fragte sie.

Christoph sah auf die Uhr. »Nicht nötig. Wie macht sich Leif?«

»Er kümmert sich um die sozialen Netzwerke, und ich finde, er trifft den Ton ganz gut.«

»Vielleicht sollten wir ihm nach seinem Praktikum eine feste Stelle anbieten.«

»Und was mache ich dann?«

»Was du am besten kannst.« Er stand auf und zog sie zu sich heran, um sie zu küssen.

Sie schob ihn von sich. »Lass, nicht jetzt!«

»Patti, was ist?«, fragte Christoph.

»Ich muss heute gleich nach der Sendung abhauen. Tut mir schrecklich leid.«

»An unserem Montag?«

Montags kickte ihr Mann, der ehrenamtliche Jugendtrainer, allwöchentlich selbst mit einigen Kumpels und ging danach noch in die Kneipe. Vor elf Uhr kam er nie nach Hause.

Nach der Montagssendung nahm Christoph seine Assistentin stets auf einen Quickie mit nach oben in sein Schlafzimmer. Normalerweise.

»Uli hat Achillessehne«, sagte Patrycja. »Er kann kaum gehen, behauptet er.«

»Ahnt er etwas?«

»Glaube nicht.«

Christoph unternahm einen zweiten Versuch, Patti zu küssen. Sie ließ sich kurz darauf ein, doch dann entzog sie sich ihm wieder.

Christoph fiel Viola ein, die Dokumentarfilmerin. Kein Vergleich mit seiner Assistentin, die mit den Jahren pummelig geworden war. Für eine Frau von Violas Kaliber würde Patti auf die Ersatzbank rücken müssen.

Sie reichte ihm den Katalog mit möglichen Fragen an seinen heutigen Studiogast, doch den benötigte er nicht. Das Gespräch würde zum Selbstläufer werden. Es handelte sich um eine Schriftstellerin, die bei Deutschlands Feuilletonredakteuren in Ungnade gefallen war. Weil sie während der Pandemie die Lockdown-Maßnahmen hinterfragt hatte.

Nun war ihr neuer Roman erschienen, in dem sie diese Erfahrung verarbeitet hatte.

Plötzlich musste Christoph wieder an Osterkamps Angebot denken.

Aushängeschild des neuen Wahlbündnisses.

»Was guckst du so?«, fragte Patrycja.

»Könntest du dir vorstellen, dass ich für den Bundestag kandidiere?«

Sie lachte. »Dann würde ich sogar wählen gehen.«

»Für die Zeit des Wahlkampfes müsste ich die Moderation der Sendung an jemanden von Deutschland-TV abgeben.«

»Es steht ja noch keine Wahl an.«

»Wer weiß?«

Es klingelte an der Haustür. Sie hörten Leif, der die Schriftstellerin begrüßte.

Während sein Gast in der Maske saß, zog Vincent sein Handy hervor, suchte Violas frisch eingetragene Nummer in der Kontaktliste und rief sie an.

»Kaiser.«

Er liebte den Sound ihrer Stimme.

»Hallo, Viola. Christoph Urban hier. Sie erinnern sich? Ich habe Sie mit Kaffee bekleckert und möchte das wiedergutmachen.«

»Haben Sie doch schon.«

»Lust auf einen Cocktail? Kennen Sie das Étoile? Ein toller Blick aus dem siebzehnten Stockwerk und ein Barmann, der seinen Job beherrscht. Einen so guten Negroni haben Sie noch nirgends bekommen.«

»Darauf sollten Sie nicht wetten. Waren Sie schon mal im Sweet Liberty in South Beach, Miami?«

»Okay, machen wir den Test. Heute Abend um 22 Uhr?«

»Viel zu spät. Mir steckt noch der Jetlag in den Knochen.«

»Vorher bin ich auf Sendung. Schneller schaffe ich es nicht in die Stadt.«

»Okay, Christoph. Überredet. Aber nehmen Sie es nicht persönlich, falls ich während eines Flirtversuchs einschlafe.«

»Ich werde mir Mühe geben.«

Christoph beendete das Gespräch in Hochstimmung.

Er machte sich auf den Weg zur Scheune.

Nur Sekunden später klingelte sein Handy. Er hatte vergessen, es auszuschalten. Ein Blick aufs Display.

Peer Dombacher.

Was wollte der Mann? Er sollte doch wissen, dass in wenigen Minuten die Sendung begann. Christoph nahm das Gespräch an, um ihm das zu sagen.

Dombacher schnitt ihm das Wort ab.

»Passen Sie auf, Urban. Es gibt brisante Infos, die Sie unbedingt in Ihren Einstiegsmonolog einbauen sollten. Es geht um die Bundeskanzlerin.«

»Was ist mit ihr?«

»Es steht schlecht um ihre psychische Gesundheit. Sie hat eine Vorgeschichte als Psychiatriepatientin. Ein Trauma in der Vergangenheit hat sie in Depressionen gestürzt, und man darf sie noch immer als labil bezeichnen.«

»Was für ein Trauma?«

»Morgen erhalten Sie weitere Details. Die Quelle ist absolut verlässlich. Sie dürfen andeuten, dass die Regierungsfähigkeit von Ute Frings-Fassbinder zu bezweifeln ist und wir womöglich auf Neuwahlen zusteuern. In diesem Wortlaut ist das gesichert. Sägen Sie am Thron der Kanzlerin!«

Christoph fiel sein Gespräch mit Osterkamp ein.

Wie ich aus sicherer Quelle weiß …

»Ich muss jetzt ins Studio«, sagte er.

»Übrigens soll ich Ihnen einen schönen Gruß von unserem gemeinsamen Chef ausrichten.«

Damit ist alles klar, dachte Christoph.

Er bedankte sich, legte das Handy an der Garderobe ab und betrat die Scheune.

Patrycja, die bereits die Texttafeln in der Hand hielt, atmete erleichtert auf.

Leif zeigte den erhobenen Daumen.

Jakub, der Techniker, begann mit Fingerzeichen die Sekunden herunterzuzählen.

Noch zwanzig …

Noch zehn …

Christoph beschloss sein ursprüngliches Konzept abzuwandeln und einen neuen Einstieg zu improvisieren.

Ernst und besorgt in die Kamera schauen. Keine Witze über Depressionen. Wer darunter leidet, verdient Mitgefühl und unsere Hilfe. Selbst wenn es sich um die Kanzlerin handelt, die wir gern kritisieren.

So würde er beginnen.

Und dann nach Kräften den Sockel zertrümmern, auf dem Frings-Fassbinder stand.

In schweren Zeiten benötigte die Nation Führung, keine Depritante mit Psychotrauma.

Stärke, nicht Schwäche.

Jemanden mit Charisma.

Die Titelmelodie von *Urban direkt* schallte durchs Studio.

Das Rotlicht ging an.

23

BERLIN-SCHLACHTENSEE

MELIA STARTETE DIE AUDIODATEI. Ihr Vater öffnete eine Flasche Rotwein und hörte zu. Sie blickte sich um, studierte das Ambiente.

Ein Arbeitszimmer wie aus dem Bilderbuch. Bücherwände, ein Kaminofen, drei klobige Ledersessel um einen niedrigen, runden Tisch. So also, dachte Melia, wohnt die Familie Götz. Gediegen und etwas altmodisch.

Sie fragte sich, wessen Handschrift das war – die ihres Vaters oder die seiner Frau.

Sie hatte Annkathrin Götz gerade erst kennengelernt – blond, weiß und mindestens zehn Jahre jünger als Zeinab, ihre Mutter. Melia hatte sie schon mal auf einem Foto gesehen. In der Homestory einer Illustrierten über den Vorsitzenden der Unionsfraktion. Seine frühere Beziehung zu einer Frau aus Somalia und seine ältere Tochter waren darin nicht erwähnt worden.

Melia erinnerte sich an den Stich, den die Lektüre ihr versetzt hatte.

Die Aufnahme gelangte an ihr Ende. Andreas' Miene verdüsterte sich. Melia sah ihm an, dass er das Gespräch der Kanzlerin mit Bovert genauso einschätzte wie sie.

Die Türglocke schellte.

»Das könnte Ute sein«, sagte Andreas.

Melia folgte ihm in den Flur. Seine Frau war bereits an der Tür und bat die Kanzlerin herein. Sie begrüßten einander mit Küsschen.

Man kannte sich. Und schien einander zu mögen.

»Ist die Konferenz mit den Ministerpräsidenten schon so früh zu Ende?«, fragte Andreas.

»Ute, du musst hungrig sein«, sagte Annkathrin. »Ich mach euch ein paar Sandwiches.«

Andreas führte die Kanzlerin ins Arbeitszimmer, reichte ihr ein Glas Wein und goss Melia nach, während seine Frau in der Küche verschwand.

»Endlich Feierabend«, sagte Frings-Fassbinder, ließ sich in einem Sessel nieder und schlug die Beine übereinander. »Was guckt ihr so bedrückt?«

Melia wechselte einen Blick mit ihrem Vater.

»Raus mit der Sprache. Taugt die Aufnahme nichts?«

»Sie enthält keinen gerichtsverwertbaren Beweis für eine Erpressung«, sagte Andreas.

»Sehen Sie das auch so, Frau Adan?«

Melia nickte.

»Kann ich mir den Schluss mal anhören?«

Melia spielte ihr die Passage vor.

Die Miene der Kanzlerin fror ein.

»Feuern Sie ihn«, sagte Melia. »Und erstatten Sie trotzdem Anzeige.«

»Und dann?«, warf ihr Vater ein. »Bovert wird publik machen, was er gegen Ute in der Hand hat.«

»An die Bänder des Therapeuten ist er mit illegalen Mitteln gekommen. Also kann er nicht so einfach …«

Die Kanzlerin schnitt ihr das Wort ab. »Sie wissen so

gut wie ich, dass es Wege gibt, den Medien etwas zuzuspielen, ohne die Quelle zu verraten. Wir müssen uns auf einen Shitstorm gefasst machen.«

»Geht es um den Unfall?«, fragte Andreas.

Die Kanzlerin nickte. Dann sprach sie Melia an: »Wie nennt man das juristisch exakt?«

»Fahrlässige Tötung und Fahrerflucht. Verjährt nach fünf Jahren.«

»Aber nach sechs Jahren nicht ungeschehen.«

»Davon musst du ausgehen«, sagte Andreas. »Der Shitstorm wird gewaltig. Wie hieß der Junge noch mal?«

»Konstantin.«

»Du wusstest die ganze Zeit Bescheid?«, fragte Melia.

Ihr Vater ignorierte sie. »Geht von den Eltern eine Gefahr aus, Ute?«

»Ach was, im Gegenteil.«

Melia fragte nach, denn jetzt interessierten sie die Details. »Warum haben Sie damals nicht die Sanitäter …«

Die Kanzlerin unterbrach sie barsch. »Der Junge wirkte unverletzt. Er ist mir vors Auto gelaufen und wollte sich nicht ins Krankenhaus fahren lassen. Und weil ich in Eile war und keinen Ärger wollte, habe ich eben nicht weiter darauf bestanden. Ganz einfach.«

»Und dann?«

Sie zuckte mit den Schultern. »Er ging nach Hause, hat sich hingelegt und ist nicht mehr aufgewacht.«

»Während Sie ins Büro gefahren sind.«

»Wie zum Teufel konnte ich wissen, dass sich eine Gehirnblutung manchmal erst nach Stunden auswirkt?«

Andreas hatte sich hinter seinen Schreibtisch gesetzt. Er griff zum Telefon und wählte eine Nummer. Die Person am anderen Ende schien sich zu melden.

»Wen rufst du an?« Frings-Fassbinder klang ungehalten. »Lass das, ich steh das durch! Jeder hätte an meiner Stelle so gehandelt. Das hast du damals selbst gesagt!«

Melia starrte ihren Vater an. Hatte er das Tötungsdelikt von Anfang an gedeckt?

»Kannst du zu mir kommen?«, sprach Andreas in den Hörer. »Ja, jetzt gleich.«

Er legte auf.

»Wer war das?«, fragte die Kanzlerin.

»Rüdiger Olsberg.«

Melia war der Name aus den Medien geläufig. Olsberg war der Vorsitzende der Unionsfraktion im Bundestag. Der Nachfolger ihres Vaters.

»Das Arschgesicht hat mir gerade noch gefehlt!«, rief die Kanzlerin. »Ich regle das ohne euch, verstanden?«

»Ach ja? Wie denn?«

»Konstantins Eltern sind uns nach wie vor verpflichtet.«

»Ute, nein, das wirst du nicht tun!«

Melia fragte sich, was die beiden meinten, mischte sich aber nicht ein. Jetzt ging es um Entscheidungen, die nicht in ihren Kompetenzbereich fielen.

»Uns bleibt nicht viel Zeit«, sagte ihr Vater. »Lass uns überlegen, wen der Bundespräsident dem Parlament als deinen Nachfolger vorschlagen kann. Einen, den vor allem auch der Koalitionspartner akzeptiert. Angesichts der Stimmung im Land müssen wir Neuwahlen vermeiden.«

»Ein solcher Unfall kann doch jedem …«

»Ute, du musst zurücktreten. Und zwar *bevor* der Mist bekannt wird. Nur so kannst du den Imageschaden für dich und die Partei halbwegs in Grenzen halten.«

»Unsinn! Ich finde noch einen Plan B.«

»Beruhige dich und denk lieber mal nach. Ein kleiner

Junge. Ein Sohn hart arbeitender Migranten. Nur weil du in Eile warst. Und du glaubst, du könntest dich mit mangelnden Medizinkenntnissen herausreden?«

Annkathrin betrat das Zimmer mit einer Platte hübsch angerichteter Schnittchen. Sie stellte sie ab, legte Servietten dazu und sprach wie beiläufig Melia an.

»Extra kein Schweinefleisch dabei, Amelie.«

Ihr Lächeln wirkte künstlich.

Dann erst bemerkte sie, wie aufgebracht die Kanzlerin war.

»Ute, was ist los?«

Frings-Fassbinder ignorierte sie und blaffte Andreas an: »Vor zwei Jahren hast du mich bekniet zu kandidieren. Da war ich euch noch nützlich. Aber so schnell werdet ihr mich jetzt nicht los. Ihr könnt mich nicht einfach fallen lassen!«

Melia hatte genug. Sie stand auf, um sich zu verabschieden.

Meine Mission ist beendet.

Ihr Vater begleitete sie zur Tür.

»Danke für alles«, sagte er sichtlich mitgenommen. »Auch wenn die Aufzeichnung des Gesprächs leider nichts gebracht hat. Und sorry, dass du Zeugin eines hässlichen Streits werden musstest.«

»Halb so wild.«

»Sollte Ute auf die Idee kommen, dich morgen noch einmal anzufordern …«

»Wie sollte das gehen? Ich habe einen Job.«

»Das regelt das Kanzleramt mit einem Anruf in Düsseldorf.«

»Und wozu sollte sie mich brauchen?«

»Dieses Plan-B-Gerede. Kann sein, dass Ute etwas Verrücktes vorhat. Sie ist labiler, als es den Anschein hat. Der Unfall hat sie schon einmal aus der Bahn geworfen. Du weißt, dass sie zum Psychiater ging.«

»Falls sie anruft, sage ich Nein.«

»Im Gegenteil, Amelie.« Er berührte ihre Schultern. »Vielleicht braucht sie Schutz. Eine Stütze durch jemanden, den sie nicht als Rivalen empfindet. Noch ist sie im Amt. Ich bitte dich. Nur für einen Tag.«

»Wenn du wirklich meinst.«

»Ich danke dir.«

Melia hoffte, dass die Kanzlerin nicht anrufen würde. Dass Andreas sich täuschte und sie morgen unbehelligt die Rückreise an den Rhein antreten konnte.

»Und gib mir über ihre Schritte Bescheid. Versprichst du deinem alten Vater das?«

Für den Fall, der hoffentlich nicht eintreten wird, dachte Melia.

24

DÜSSELDORF-STADTMITTE

SOFORT NACH DER SENDUNG hatte sich Christoph von seinem Team verabschiedet und war in seinen frisch reparierten Roadster gestiegen. Zum Glück gab es um diese Uhrzeit keine Staus auf dem Weg in die Stadt.

Die Tiefgarage des Hotels, zu dem das Étoile gehörte, war mit den Autos von Übernachtungsgästen belegt. Christoph wollte nicht lange nach einem Parkplatz suchen. Also quetschte er den BMW in die erstbeste Lücke vor einem rostigen Tor, das mit zahlreichen Graffiti beschmiert und anscheinend seit dem letzten Jahrhundert nicht mehr geöffnet worden war.

Er betrat das Foyer und ging an der Rezeption vorbei zu den Aufzügen.

Die Bar im siebzehnten Stockwerk war nur schummrig beleuchtet, damit der Ausblick auf die Stadt zur Geltung kam. Die Musik fand Christoph aufdringlich. Allenfalls ein Drittel der Plätze war belegt. Viola Kaiser war noch nicht da.

Er blickte auf die Omega Speedmaster an seinem Handgelenk. Fünf Minuten zu früh. Sicherheitshalber checkte er auch die Terrasse.

Hier war die Aussicht besonders gut. Die Musik kam angenehm leise an. Er fasste einen Eckplatz ins Auge, zu dem er Viola führen würde.

Seine Vorfreude wuchs.

Er kehrte an den Tresen im Inneren zurück und wählte einen Hocker, von dem aus er den Eingangsbereich überblicken konnte. Dann wandte er sich an den Barmann, um sicherzustellen, dass eine Flasche vom besten Schampus gekühlt bereitstand.

»Was habt ihr anzubieten?«, fragte er.

»Wie wär's mit Bollinger Rosé, Jahrgang 2014?«

»In Ordnung.«

Um die Zeit zu überbrücken, trank Christoph ein Wasser.

Als er es ausgetrunken hatte, war Viola seit fünfzehn Minuten überfällig.

Er ließ sich einen Negroni mixen.

Eine halbe Stunde später sah er ein, dass sein Date ihn versetzt hatte. Christoph überlegte, trotzdem den Champagner öffnen zu lassen und drei Frauen zum Mittrinken einzuladen, die sich in guter Stimmung an ihrem Tisch unterhielten.

Ihrem Outfit nach zu urteilen waren es Kolleginnen, die auf gemeinsamer Dienstreise im Hotel logierten. Jung und einigermaßen hübsch. Alle drei hatten ihm taxierende Blicke zugeworfen.

Er verwarf die Idee und bezahlte, was er getrunken hatte.

Auf dem Weg zum Auto griff er nach dem Handy und rief in der Kontaktliste Violas Nummer auf. Dann sah er ein, dass es zu spät war, und steckte es wieder weg.

Er würde sie nur wecken. Sicher hatte sie sich auf das

Treffen mit ihm gefreut, war dann aber vom Schlaf überwältigt worden. Viola hatte ihn nicht mit Absicht versetzt.

Es lag am Jetlag.

Irritiert blieb Christoph stehen.

Die Lücke vor dem bunt besprühten, rostigen Tor war leer.

Sein alpinweißer BMW Z4 Roadster war abgeschleppt worden.

DIENSTAG

25

KASSEL

DASS IHR GEPLANTER INTERVIEWTERMIN platzen sollte, erfuhr Brigitte Veih, als an ihrem zweiten Tag in Kassel beim Frühstück im Hotel an der Heinrich-Schütz-Allee im Westen der Stadt ihr Handy klingelte.

»Haben Sie's noch nicht gehört?«, fragte die Mitarbeiterin des Documenta-Radios.

»Was denn?«

»Die Rechten marschieren heute in Kassel ein. Sämtliche Ausstellungsorte sind geschlossen. Ins Friedricianum kommen wir gar nicht rein.«

»Den ganzen Tag?«

»Aus Sicherheitsgründen.«

»Statt uns vor den Nazis zu schützen, schließt man die Documenta?«

»Auf Empfehlung der Polizei hat der Oberbürgermeister das so beschlossen. Tut mir leid. Wollen wir uns für morgen verabreden? Vielleicht geht es dann wieder weiter.«

»Vielleicht?« Brigitte wurde laut. »Das ist der Tod der Kunstfreiheit! Das ist unglaublich!«

Sie erkannte, dass sie die Blicke der anderen Gäste auf

sich zog. Die Kellnerin brachte den Cappuccino, den sie bestellt hatte. Ihre Miene drückte Missbilligung aus.

»Also morgen, gleiche Zeit?«, fragte die junge Frau, die sie interviewen sollte. Ihr Sender war für die Dauer der Documenta weltweit und rund um die Uhr zu empfangen, zumindest im Internet. Eine digitale Plattform progressiver Kunst.

»Kommt nicht infrage«, antwortete Brigitte. »Wir weichen vor Faschisten nicht zurück. No pasaran! Wir treffen uns *vor* dem Friedricianum. Wir sprechen auf der Treppe miteinander. Wie vereinbart in einer Stunde.«

»Aber ...«

»Was?«

»Die Rechten werden auf dem Platz demonstrieren. Die Polizei erwartet mehrere Hundert gewaltbereite Teilnehmer. Wenn wir dort stehen und man Sie erkennt ...«

»Na und? Die Bullen sind zu unserem Schutz da. Und nicht, um den Nazis einen Gefallen zu tun.«

Brigitte beendete das Gespräch. Mit dem Löffel stocherte sie lustlos in ihrem Müsli herum. Dann griff sie wieder zum Smartphone und durchsuchte die Onlineausgabe der regionalen Zeitung nach Informationen.

Sicher würde es Gegendemonstrationen geben. Eine Reaktion des Künstlerkollektivs, das die Documenta leitete. Proteste gegen die Kapitulation des Stadtoberhauptes vor den Faschisten. Vielfältigen Widerstand gegen deren Aufmarsch.

Einen schwarzen Block.

Dort wird mein Platz sein.

In diesem Moment betrat ein weiterer Hotelgast den Raum und steuerte einen freien Tisch am Fenster an. Er war groß und hager. Alt, aber gut in Schuss. Weißer Kinnbart, exakt getrimmt. Ein millimeterkurz geschnittener Haarkranz umrahmte die Glatze.

Brigitte erkannte ihn sofort, wandte schockiert den Blick ab und hob die Zeitung, die sie längst durchgeblättert hatte, vor ihr Gesicht.

Das Arschloch durfte sie nicht sehen.

Einen Moment lang dachte sie, er sei wegen ihr da.

Aber das konnte nicht sein.

Nicht nach einem halben Jahrhundert.

Während ihres Studiums in Berlin hatte sie in seiner Kanzlei gearbeitet. Sozialistisches Anwaltskollektiv. Ein brillanter Jurist. Dann ließ er sich einen Bart wachsen, setzte eine Militärmütze auf und ging mit zahlreichen Genossen in den Libanon, um für den Guerillakampf zu trainieren.

Bevor er zum Verräter wurde.

Die Hundertachtzig-Grad-Wende des RAF-Mitgründers Ole Naumann.

Heute ein Ideologe der extremen Rechten, der die NPD vor dem Bundesverfassungsgericht verteidigt hatte. Der den Holocaust leugnete und Rassenhass predigte.

Garantiert war Ole wegen der Nazidemo in der Stadt.

Hastig verließ Brigitte den Frühstücksraum.

Sie nahm sich vor, ihr Tränengasspray mitzunehmen.

Es würde ein heißer Tag werden.

26

DÜSSELDORF-UNTERBILK

BEI SEINEM ERSTEN ESPRESSO des Tages rekapitulierte Vincent den Ermittlungsstand im Fall »Baustelle«.

Die Schwester des Opfers hieß Stefanie Feil. Anna hatte ihr gemeinsam mit Kim Brandstätter und einer uniformierten Kollegin des Kriseninterventionsteams die Todesnachricht überbracht und sie für heute zur Vernehmung ins Präsidium bestellt. Frau Feil arbeitete im Büro einer Druckerei im Düsseldorfer Süden und würde in ihrer Mittagspause vorbeikommen.

»Willst du das übernehmen?«, hatte Anna ihn vorhin gefragt.

Ihre Missstimmung schien verflogen zu sein.

Als Kommissariatsleiter konnte Vincent die Ermittlungsarbeit delegieren. Aber er trug die Verantwortung. Weshalb er jeden Tatort besichtigte und an wichtigen Vernehmungen teilnahm.

Eigenes Erleben ging vor Aktenstudium.

Manche Mitarbeiter fühlten sich zurückgesetzt, wenn er sich einmischte. Als nehme er sie nicht für voll. Kim hatte ihm schon vorgeworfen, er sei ein Besserwisser, der meinte, anderen die Welt erklären zu müssen. Ausgerechnet Kim, das Küken. Belegte ihn mit dem Lieblingsschimpfwort ihrer Generation.

Alter weißer Mann.

Vincent schlug die Hauptakte des Ermittlungsverfahrens auf, das zur Verurteilung von Dennis Schubert geführt hatte. Eine Raubsache zulasten eines Erwin Sudhoff im Frühjahr 2012. Hier in dieser Stadt.

Der inzwischen verstorbene Sudhoff war Gründer und Geschäftsführer eines Verlags namens Talos mit Sitz im Stadtteil Oberbilk gewesen. Zwei Männer waren in die Verlagsräume eingedrungen und hatten den Safe in Sudhoffs Büro geknackt. Drei Tage später erhielten die Kollegen des KK13 den entscheidenden Hinweis auf den älteren der beiden Täter. Eine Zeugin hatte Dennis Schubert in der Verbrecherkartei entdeckt.

Als die Kollegen ihn festnahmen und seine Wohnung durchsuchten, fanden sie mehrere Geldbündel unter der Matratze seines Betts. Insgesamt siebzigtausend Euro. Dummerweise steckte in einem Bündel noch eine handschriftliche Notiz, die Sudhoff verfasst und der Räuber übersehen hatte.

Damit war klar, woher das Geld stammte.

In den Vernehmungen und auch vor Gericht hatte Schubert seinen Komplizen nie verraten. Kein Wort auch, woher er von dem Safe wusste, wer ihm den Tipp gegeben hatte.

Deshalb hatte er die volle Strafe absitzen müssen.

Dass Schubert eisern geschwiegen hatte, fand Vincent beachtenswert.

Er blätterte weiter. Spurenakten, Protokolle der Zeugenbefragungen.

Zu Schuberts Verhängnis hatten sich zu später Stunde

noch drei Mitarbeiter im Verlag aufgehalten. Mit vorgehaltener Waffe sperrten er und der deutlich jüngere zweite Täter sie in ihre Büros ein. Nachdem die Räuber ihre Tat vollendet hatten, konnten sich die Zeugen befreien und den Vorfall anzeigen.

Unter ihnen Karin Baltes, die Sekretärin. Sie war es, die Schubert dann auch identifizierte.

Als Vincent die anderen beiden Namen las, glaubte er, seinen Augen nicht zu trauen. Er kannte beide.

Den einen hatte Vincent erst am Sonntagabend in seiner Fernsehshow gesehen. Christoph Urban war zur Zeit des Raubüberfalls Mitte dreißig gewesen, gerade bei der *Sportschau* rausgeflogen und mit seiner angeblich skandalträchtigen Autobiografie in aller Munde. Für Sudhoffs Verlag fungierte er zudem als Herausgeber einer Zeitschrift.

Der andere war Ole Naumann, damals bereits siebzig, Lektor bei Talos und selbst Autor. Berüchtigt als rechtsextremer Prediger mit schillernder Vergangenheit. Seine Laufbahn hatte er jedoch als linker Anwalt in Berlin begonnen.

Vincent wusste, dass seine Mutter während ihres Studiums in Naumanns Kanzlei gejobbt hatte. Sie nahm ihm seinen Wandel besonders übel und hasste ihn von ganzem Herzen.

Was Vincent nachvollziehen konnte.

Der Kerl war schuld, dass sie sich der RAF anschloss.

Vincent erinnerte sich an einen Sommertag im Jahr 1977, als er sieben Jahre alt gewesen war. Seine Mutter präsentierte ihm eine Landkommune in Niederbayern als sein neues Zuhause. Tiere, die frei herumliefen. Kinder und langhaarige Erwachsene, die einen unverständlichen Dialekt sprachen. Für ihn höchst befremdlich.

Anschließend verschwand Brigitte für mehr als zwei Jahrzehnte aus seinem Leben.

Die Kommune war für ihn eine Katastrophe.

Zum Glück nahmen ihn seine Großeltern dann zu sich. Endlich ein Zuhause, auch wenn der Opa ein strenges Regime führte. Über Brigitte zu reden war tabu im Hause Veih.

Die Schuld an der Misere gab Vincent sich selbst. Typisch für einen Siebenjährigen, stellte er sich die Frage: Was stimmt mit mir nicht, dass meine Mama mich einfach weggibt?

Die Unsicherheit, in die er gestürzt war, spürte er manchmal noch heute.

Das Leben ist voller Sollbruchstellen.

Bereits im Frühjahr 1978 stöberte die Augsburger Polizei Brigitte und ihren damaligen Freund in einer konspirativen Wohnung auf. Der Freund kam in der folgenden Schießerei ums Leben. Brigitte überlebte knapp.

Naumann saß da bereits seit sechs Jahren im Knast und hatte sich öffentlich von der Baader-Meinhof-Bande distanziert. Er ließ sich von einem späteren SPD-Bundeskanzler anwaltlich vertreten und kam vorzeitig frei. Erhielt die Anwaltszulassung zurück. Vom Saulus zum geläuterten Paulus.

Und dann noch ein paar Schritte weiter.

Vincent fragte sich, was Naumann heute trieb.

Er griff zum Telefon und tippte Annas Durchwahl in die Tastatur.

»Ist die Schwester des Mordopfers schon da?«

»Noch nicht. Aber wir können uns schon mal überlegen, wie wir vorgehen wollen.«

»Ich denke, die Befragung schaffst du auch ohne mich.«

»Meinst du wirklich?«

Vincent ignorierte den Spott in ihrer Stimme.

»Ich werde dem Talos Verlag einen Besuch abstatten und mit der Witwe von Erwin Sudhoff sprechen. Vielleicht ist auch die Sekretärin da, die damals Zeugin war.«

»Die alte Raubsache?«

»Es gibt da noch ein paar offene Fragen.«

27

BERLIN-CHARLOTTENBURG

MELIA HATTE GEFRÜHSTÜCKT UND gepackt. Sie wollte gerade das Zimmer verlassen, auschecken und endlich ein Taxi zum Bahnhof nehmen, als ihr Handy klingelte.

Es war die Büroleiterin von Ute Frings-Fassbinder.

»Sie reisen heute nach Düsseldorf, ist das richtig, Frau Adan?«

»Bin gerade auf dem Weg.«

»Die Bundeskanzlerin nimmt Sie im Hubschrauber mit. In zwei Stunden sind wir da.«

»Was kostet mich das?«

»Nichts, weil Sie in offiziellem Auftrag mitkommen.«

»Frau Frings-Fassbinder ist also noch nicht zurückgetreten?«

»Die Bundeskanzlerin wirft die Flinte nicht so schnell ins Korn.«

»Und worin besteht mein Auftrag?«

»Ein Wagen bringt Sie nach Tegel. Dort wird Ihnen die Bundeskanzlerin erzählen, was sie vorhat. Mehr kann ich am Telefon nicht sagen. Sie wissen, dass wir in dieser Hinsicht sehr achtsam sind.«

Melia dachte an ihren Vater, der geahnt hatte, dass

Frings-Fassbinder noch einen Trumpf in petto hatte. Und er hatte sie gebeten, der Kanzlerin beizustehen.

Ute ist labiler, als es den Anschein hat.

Konnte man sich verweigern, wenn die Bundeskanzlerin rief?

Mit dem Hubschrauber bin ich deutlich schneller zu Hause, überlegte Melia.

Und sie würde den Auftrag ihres Vaters erfüllen.

Gib mir über ihre Schritte Bescheid.

Melia griff nach ihrem Handy und schrieb ihm eine WhatsApp-Nachricht.

Du Hellseher. Sie fliegt nach Düsseldorf. Ich begleite sie wie versprochen. Keine Ahnung, was ansteht. Melde mich später wieder.

Sie dachte daran, was auf dem Spiel stand.

Tristan Bovert durfte nicht gewinnen.

Und wer auch immer mit ihm verbündet war.

Die Flugbereitschaft war Teil der Luftwaffe und stand Regierungsmitgliedern, dem Bundespräsidenten sowie den Vorsitzenden der im Bundestag vertretenen Parteien, manchmal auch Abgeordneten, zur Verfügung. Zur Flotte gehörten drei Cougar-Hubschrauber, die im Unterschied zu den Flugzeugen noch den militärischen Teil des ansonsten stillgelegten Flughafens in Berlin-Tegel benutzten. Einer davon stand im äußersten Nordosten des Geländes für sie bereit.

Melia traf die Kanzlerin in Begleitung ihrer Büroleiterin. Zu dritt zogen sie ihre Trolleys über das Rollfeld.

»Haben Sie Bovert entlassen?«, fragte Melia.

»Das war das Erste, was ich heute getan habe.«

»Wie hat er reagiert?«

»Ganz ruhig. Vielleicht hält er sogar still.«

»Sie spielen auf Risiko, Frau Bundeskanzlerin.«

»Ich weiß, was ich tue, Frau Adan.«

»Wollen Sie mir verraten, was Sie vorhaben?«

»Überlegen Sie mal, welche Wirkung es auf die Öffentlichkeit hätte, wenn die Eltern des toten Jungen mir auf einer Pressekonferenz den Rücken stärken.«

»Warum sollten sie das tun?«

Frings-Fassbinder lächelte. »Wir hatten immer ein gutes Verhältnis. Ich war Stammkundin im Lokal. Ich war auf Konstantins Beerdigung. Sie heißen übrigens Papandreou. Wie der frühere griechische Ministerpräsident. Der Wirt hat oft darüber gescherzt. Er ist Mitglied meiner Partei.«

»Ich rate Ihnen dringend davon ab, in dieser Situation …«

»Okay, ich will Ihnen reinen Wein einschenken, Frau Adan. Die Papandreous haben damals viel Geld für ihr Schweigen bekommen. Nicht nur einmal. Diese Leute sind mir noch etwas schuldig.«

Melia fragte sich, welche Straftatbestände Frings-Fassbinder gerade eingestand.

Bestechung zur Strafvereitelung. Schwarze Parteikassen.

In welchen Abgrund zieht mich diese Frau hinein?

»Falls die Aufnahme meines Psychiaters veröffentlicht wird – ich sage falls, denn wir können da nur spekulieren –, dann werde ich gemeinsam mit Konstantins Eltern an die Öffentlichkeit gehen. Sie werden versichern, dass sie mir vergeben haben. Ich bin unschuldig an dem Unfall. Der Junge hat ihn verursacht. Und er bestand darauf, nach Hause zu gehen.«

Du wirst dem Shitstorm nicht entkommen, dachte Melia. Aber ihr Ansehen unter den Anhängern der Regierungsparteien könnte der Kanzlerin helfen, den Skandal auszusitzen. Falls die Papandreous wirklich mitspielten.

Was sich Melia nur schwer vorstellen konnte.

»Haben Sie die Leute vorgewarnt?«

»Nein. Der Vater ist vernünftig, nur die Mutter ist ein Unsicherheitsfaktor. Es ist besser, ich überrumple sie.«

Sie erreichten den Helikopter. Die Rotorblätter drehten sich noch nicht, aber der Motor dröhnte bereits. Am Treppchen vor der Einstiegstür stand ein Soldat bereit, um beim Verstauen des Gepäcks zu helfen.

Melia blickte auf die Uhr. Der Zug nach Düsseldorf ging stündlich vom Hauptbahnhof ab. Den um 11:46 Uhr könnte sie noch erreichen. Am späten Nachmittag wäre sie zu Hause und hätte mit dem Schlamassel nichts zu tun.

Die Kanzlerin wandte sich zu ihr um.

»Was ist?«

»Sie haben also tatsächlich die Eltern des kleinen Konstantin geschmiert?«

»Nein, es war Ihr Vater.«

»Wie bitte?«

»Es war Andreas' Idee. Er hat die nötigen Kontakte hergestellt, das Geld besorgt und die Verhandlungen geführt, damit die Papandreous stillhalten. Er brauchte mich, deshalb hat er mich gerettet.«

Melia verschlug es die Sprache.

»Kommen Sie jetzt mit oder nicht?«

»Wobei kann ich Ihnen helfen?«

»Die Mutter ist schon mal jähzornig geworden. Aber uns Frauen gegenüber wird sie ruhig bleiben. Zumal Sie Polizistin sind.«

Na prima, dachte Melia.

Die Kanzlerin reckte ihr Kinn vor. »Frau Adan, darf ich Ihnen eine persönliche Frage stellen?«

»Bitte.«

»Finden Sie es in Ordnung, dass eine führende Männerriege meiner Partei mich abservieren will? Dass Ihr Vater mich fallen lässt wie eine heiße Kartoffel, statt mich gegen die Erpressung eines Wahnsinnigen in Schutz zu nehmen?«

Der Motor dröhnte lauter. Der Soldat reichte der Büroleiterin die Hand, um ihr auf die Treppe zu helfen. Die Kanzlerin folgte ins Innere der Maschine.

Melia gab sich einen Ruck.

Sie nahm hinter Ute Frings-Fassbinder Platz, zog heimlich ihr Handy hervor und schrieb eine weitere Nachricht an ihren Vater.

Sie macht es, und es ist wirklich verrückt.

Andreas hatte es geahnt.

28

NEANDERTAL

AUS GEWOHNHEIT STAND CHRISTOPH spät auf, obwohl er sich heute in der letzten Stunde nur noch hin und her gewälzt hatte. Er dachte an Viola. Gleich nach dem Frühstück rief er sie an.

Um diese Uhrzeit sollte sie wach sein, Jetlag hin oder her.

»Kaiser«, meldete sie sich.

»Christoph hier.« Er bemühte sich, heiter zu klingen. Bloß nicht vorwurfsvoll. »Wo warst du gestern Abend?«

Stille im Äther.

»Viola, bist du noch dran?«

»Bitte rufen Sie mich nicht wieder an.«

»Wie bitte?«

»Ich habe Sie gegoogelt, Herr Urban. Ich habe Ihre gestrige Sendung verfolgt, zumindest die ersten Minuten. Ich habe mir ältere YouTube-Filmchen reingezogen und muss sagen: Ihre Welt ist nicht meine.«

»Lassen Sie uns darüber reden. Wir sind doch beide vom Medienfach.«

»Wir würden nur unsere Zeit verschwenden.«

»Wollen wir es nicht wenigstens probieren?«

»Muss ich deutlicher werden, Herr Urban? Sie verbreiten Fake News. Sie bieten Verschwörungstheorien und Hetze eine Plattform.«

»Schließen Sie bitte nicht von meinen Studiogästen auf mich.«

»Gestern haben Sie sich über die Kanzlerin lustig gemacht. Wegen einer psychischen Erkrankung. Das ist widerlich!«

»Aber …«

»Löschen Sie meine Nummer von Ihrem Handy und lassen Sie mich in Ruhe!«

Er wollte zu einem Rechtfertigungsversuch ansetzen, doch es tutete bereits an seinem Ohr.

Aufgelegt.

Ungläubig betrachtete Christoph sein Smartphone.

Er wusste, dass er polarisierte, und war es gewohnt, angefeindet zu werden. Beleidigungen perlten an ihm ab. Aufregung in den Medien beflügelte ihn nur.

Doch diese Frau hatte ihn verletzt.

29

KASSEL

DIE FRAU VOM DOCUMENTA-RADIO war Anfang zwanzig und studierte an der Uni Kassel Kunst fürs Lehramt. Während sich der Aufmarsch der Rechten aus der Ferne durch seinen Lärmpegel ankündigte, sprach Brigitte auf der Treppe des verriegelten Fridericianums ihre Antworten ins Mikro der Reporterin.

Sie erklärte, was subversive Fotokunst bedeutete.

Die Perspektive der Befreiung aus Unterdrückungsverhältnissen.

Die Studentin nickte wohlwollend, aber Brigitte hatte den Eindruck, dass sie ihr Gegenüber nicht erreichte. Zwischen ihnen lagen Welten.

Ich bin ein Fossil aus der Steinzeit.

Die junge Frau sagte: »Sie lehnen den Kapitalismus ab, Frau Veih. Aber Sie nehmen Geld für Ihre Bilder und erzielen auf dem Kunstmarkt fünfstellige Summen. Ist das nicht ein Widerspruch?«

Brigitte konnte die Naivität nicht fassen. Die unpolitische Haltung, die alle Unterschiede verwischte. Als sei man bereits ein Unterdrücker, wenn man seine Arbeit nicht gratis tat.

Die Parolen der Faschos waren jetzt deutlicher zu vernehmen. Sie strömten über die Obere Königsstraße auf den Platz. Vorwiegend Männer, wie immer. Bomberjacken, Kapuzenshirts, weit geschnittene Jeans. Glatzen und Kurzhaarschnitte jeder Sorte. Eine grölende Horde.

Ich weiche nicht zurück, dachte Brigitte.

Ihrer Interviewerin war sichtlich unwohl zumute.

In die Nazichöre mischte sich der Lärm von Trillerpfeifen. Gegendemonstranten drängten von der südöstlichen Seite des Platzes heran. Ein Polizeiführer plärrte Durchsagen in sein Megafon. Auf der Frankfurter Straße ertönte ein Martinshorn.

Quer über den Platz postierten sich die Bullen in Doppelreihe mit Schild und gezogenem Knüppel. Erste Steine flogen über sie hinweg. Ein Wasserwerfer hielt sich am Denkmal des Landgrafen bereit.

Tränengasschwaden wehten herüber. Die Studentin geriet in Panik, und Brigitte erkannte, dass sie die letzte Frage nicht mehr beantworten musste.

»Hauen wir ab!«, rief Brigitte, und sie liefen los.

30

NEANDERTAL

CHRISTOPH STAUNTE, DASS DIE Putzfrau noch da war. Sie hängte im Hof Wäsche auf. Die Frau kam dienstags und freitags und hatte ihr Pensum meist nach zwei Stunden erledigt.

»Guten Morgen, Agnieszka«, grüßte er. »Heute viel zu tun?«

»Du hattest Party am Wochenende!«

»Nicht, dass ich wüsste.«

»In der Schwimmhalle war alles nass. Verdreckte Handtücher. Überall Abdrücke von Straßenschuhen.«

»Am Sonntag war Sendung wie immer. Und am Samstag war ich nicht da.«

Dass er mit Patrycja nach Belgien gefahren war, erwähnte er nicht. Womöglich kannte Agnieszka ihren Mann. Patti hatte ihm die Putzfrau besorgt, die ganz in der Nähe wohnte.

Polen-Connection.

»Egal«, antwortete sie gut gelaunt. »Jetzt ist alles sauber.«

Er nahm sich vor, Agnieszka mit einem Extratrinkgeld zu belohnen.

Im Büro klingelte sein Festnetztelefon. Weil Patti noch

nicht da war, eilte er nach drinnen und ging selbst an den Apparat.

»Urban.«

»Hauschild, Osterkamp-Gruppe.«

Der Assistent des Konzernlenkers, fiel Christoph ein.

»Ich habe mich noch nicht entschieden«, sagte er sofort.

»Genau deshalb rufe ich an, Herr Urban. Wir wollen Sie zu einem Strategietreffen einladen. Ein kleiner, exklusiver Kreis von Experten, sozusagen der Thinktank von Herrn Osterkamp. Dabei werden Sie Einblicke erhalten, die Ihnen die Entscheidungsfindung erleichtern werden.«

»Danke, aber letztlich muss ich das mit mir allein ausmachen. Geben Sie mir einfach noch einen Tag.«

»Darüber hinaus erhalten Sie von uns brisantes Material, mit dem Sie in Ihrer heutigen Sendung Furore machen werden.«

Christoph begriff.

»Die Kanzlerin betreffend?«

»Ganz genau.«

Er überlegte nicht lange. Diesen Köder konnte er nicht vorbeiziehen lassen.

»Okay«, antwortete er. »Sie haben mich am Haken. Ich schau mir Ihre Denkfabrik mal an.«

»In einer Stunde im Hyatt Regency. Fragen Sie nach dem Artilleriekorps der Prinzengarde Rot-Blau.«

31

DÜSSELDORF-OBERBILK

DER TALOS VERLAG RESIDIERTE im zweiten Stock eines Bürogebäudes aus den Fünfzigerjahren in der Nähe des Oberbilker Marktes. Es gab einen Aufzug, aber Vincent nahm die Treppe, um nicht einzurosten. Gesine Sudhoff empfing ihn mit freundlicher Miene an der Tür.

Vincent schätzte sie auf Mitte sechzig – knapp das Alter ihres Mannes zum Zeitpunkt des Überfalls vor zehn Jahren. Sie trug einen Kaftan aus nachtblauer Seide und wirkte auf Vincent wie eine Operndiva. Ausladende Oberweite, die schwarz gefärbte Haarpracht zu einem Turm toupiert, an ihren Ohren baumelten Perlen. Sie führte ihn in einen Raum, der offenbar als Besprechungszimmer diente.

Auf dem Tisch standen Kaffee und Kekse bereit. In einer Regalwand sah Vincent diverse Titel, die der Verlag in seiner fast sechzigjährigen Geschichte herausgebracht hatte. Ganz oben dominierten gedeckte Farben, Leinen und Staub. Vincent überflog einige Titel auf den Buchrücken.

Luftkampf über Caen.

Tiger vor Donezk.

In den unteren Reihen ging es bunter und frischer zu,

definitiv weniger kriegerisch. Neben dem Regal hingen Plakate, die aktuelle Titel anpriesen. Nach dem Tod des Verlagsgründers hatte seine Witwe offenbar den Schwerpunkt auf Regionales verlegt.

Die schönsten Radtouren am Niederrhein.

Kraftorte im Bergischen Land.

Vincent zeigte seine Kripomarke und stellte sich vor. Den Grund seines Besuchs hatte er bereits am Telefon erklärt.

»Spannend«, meinte die Verlegerin. »Hätten Sie nicht Lust, ein Buch über Ihre spektakulärsten Fälle zu schreiben? True Crime ist momentan ein bärenstarker Trend.«

»Ich fürchte, mir fehlt die Zeit dazu.«

Gesine Sudhoff fand das offenbar sehr schade.

Dann begann sie zu erzählen. Wie Erwin Sudhoff an seinem achtzehnten Geburtstag beschlossen hatte, Verleger zu werden. Weltkriegsliteratur, so nannte die Witwe die frühen Titel von Talos. Vincent erinnerte sich, dass auch sein Großvater einige Bände zu Hause im Regal stehen hatte. Landser-Kameradschafts-Kitsch, der die nationalsozialistische Wehrmacht verherrlichte, angebliche Heldentaten feierte und die Gräuel ausblendete.

Bald begann Jungverleger Sudhoff dem Zeitgeist nachzuspüren und erweiterte sein Spektrum um Aufklärungsliteratur, wie die Witwe es ausdrückte. Vincent konnte sich den Inhalt vorstellen.

Im tiefen Schatten von Erfolgen wie *Der große Sexualreport* wuchs schließlich das heran, was Talos von den Siebzigerjahren an so berüchtigt machte.

»Mein Mann war selbst nie rechtsradikal«, beteuerte Gesine Sudhoff. »Ein Patriot, ja. Ein Nationalist, nein. In einer Partei war er nie. Er hat diese Bücher nur wegen des

Geschäfts gemacht. Und weil es seinem Verständnis von Meinungsfreiheit entsprach. Irgendjemand muss es ja tun, hat er immer gesagt.«

Ihr Lachen klang etwas bemüht.

Vincent ließ das unkommentiert und griff nach einem Keks.

»Man vergisst immer, dass Talos vor allem Mainstream gemacht hat. Biografien, Erinnerungsbücher, völlig unpolitisch. Mein Mann hatte einen unglaublichen Riecher. Von seinem letzten großen Erfolg haben Sie sicher gehört. *Mittendrin geradeaus* von Christoph Urban.«

Womit wir zum Thema kommen, dachte Vincent.

Der Keks war weich und schmeckte nach Pappe. Er spülte ihn mit einem Schluck Kaffee hinunter und bereute auch das. Die Plörre schmeckte säuerlich.

»Erzählen Sie mir von dem Raubüberfall«, forderte er die Verlegerin auf.

»Eine tragische Geschichte. Erwin hat das nie verwunden. Ein Jahr danach ist er verstorben. Fast auf den Tag genau. Herzattacke. Drüben in seinem Büro.«

»Wo der Safe stand.«

»Richtig.«

»Kann ich es sehen?«

Die Frau im wehenden Kaftan führte ihn nach nebenan.

»Sie müssen die Unordnung entschuldigen, Herr Kommissar.«

Vincent hatte schon Schlimmeres gesehen. Das Zimmer war klein und schmal. Regale, Bücher, der Schreibtisch zur Gänze mit Papier bedeckt. An einer Wand stapelten sich Kartons.

»Den Safe suchen Sie hier vergebens«, erklärte Gesine Sudhoff. »Ich hab ihn nicht ersetzt. Heutzutage braucht man kein Bargeld mehr. Mein Mann gehörte noch einer anderen Generation an.«

»Wie hoch war die Summe, die gestohlen wurde?«, fragte Vincent, obwohl er den Betrag aus der Ermittlungsakte kannte.

»Rund neunzigtausend Euro.«

Demnach hätte Schubert zwanzigtausend Euro seinem Komplizen abgegeben.

»Eine hübsche Summe«, sagte Vincent.

»Erwin war nebenbei im Konzertgeschäft und gab auch CDs heraus. Das Label hieß Talos Funny Music. Ich habe nach seinem Tod damit aufgehört. War nicht so mein Ding.«

Rechtsrock, so viel hatte Vincent bereits in Erfahrung gebracht. Eingängige Melodien, rassistische, gewaltverherrlichende Texte. Das Versandgeschäft mit den Tonträgern spielte hohe Renditen ein.

»Wer wusste von dem Geld im Safe?«

»Natürlich die Angestellten. Aber für die lege ich die Hand ins Feuer. Sicher auch einige Geschäftspartner. Und irgendwann hat die Legende vom vermeintlichen Nibelungenschatz in Erwins Büro wohl auch die Runde gemacht.«

»Inwiefern?«

»Erwin stand kurz davor, sich zur Ruhe zu setzen. Wir wollten nach Italien umziehen, den Lebensabend genießen. Es gab Leute, die uns das nicht gönnen wollten. Erwin hat Briefe erhalten. Man hat ihn aufgefordert, Geld zu spenden. Es gab sogar Drohungen.«

Vincent erinnerte sich, dass ein anonymes Schreiben der Akte beigeheftet war. Darin hatte man Erwin Sudhoff dazu aufgerufen, seine angeblich unrechtmäßig gehorteten Rücklagen der »Bewegung« zurückzugeben. Die Spurensicherung hatte nichts Verwertbares ergeben und das Gericht keinen direkten Zusammenhang mit dem Raub festgestellt.

»Und vor allem haben die Linken uns geschadet, wo sie nur konnten. Hetze, Stinkbomben, Schmierereien. Womöglich wusste auch die Antifa von dem Safe.«

Dafür hatte das Gericht ebenfalls keinen Anhaltspunkt gefunden.

»Die Räuber wurden überrascht, als sie hier eindrangen«, sagte Vincent.

»Herr Naumann hat ihnen sogar aufgemacht, weil er wohl einen Gast erwartete.«

»Und dann?«

»Ich war nicht dabei, aber Karin hat es mir erzählt. Karin Baltes, unsere langjährige Sekretärin, die leider nicht mehr bei uns ist. Sie hat an dem Abend Überstunden gemacht, weil die Verlagsvorschau verschickt werden musste. Das ging damals noch nicht digital. Sie hörte Stimmen und eilte auf den Flur, um nachzusehen. Da zog einer der Räuber seine Pistole. Sie haben alle Handys eingesammelt, die Festnetzleitungen gekappt und die unliebsamen Zeugen in ihre Büros eingesperrt.«

»Karin Baltes, Ole Naumann und Christoph Urban.«

»Stimmt. Herr Urban war an dem Abend ebenfalls hier.«

»Warum?«

»Er hat für Erwin eine Zeitschrift mit Aufsätzen zur aktuellen Politik herausgegeben. Leider mussten wir das Projekt nach wenigen Ausgaben einstellen, denn es machte Verluste, und unser finanzielles Polster war ja gestohlen worden. Letztlich ist der Raub auch der Grund dafür, dass ich heute noch weitermache.«

»Statt im Süden das Meer zu genießen«, sagte Vincent.

Sie hob bedauernd die Hände.

Ihm fielen ihre zahlreichen Ringe sowie ihr Perlenarmband auf.

»Kann ich die beiden Zimmer ebenfalls sehen?«

»Natürlich.«

Die Verlegerin klopfte an die Tür nebenan und öffnete sie. Das Kabuff war genauso schmal wie Sudhoffs Büro. Eine junge Frau wandte den Blick von ihrem Monitor ab und musterte den Besuch. Auf der Straße unter dem gekippten Fenster bimmelte die Straßenbahn.

»Frau Preiss, die Nachfolgerin von Frau Baltes. Unser Engel, sage ich immer. Frau Preiss, das ist Herr Veih von der Kripo. Er ist wegen des Raubüberfalls vor zehn Jahren hier. Lange vor Ihrer Zeit, zum Glück!«

Ein scheues Lächeln, ein Nicken.

Vincent blickte hinter die Tür. Der Schlüssel steckte auf der Innenseite. Für die Räuber musste es ein Kinderspiel gewesen sein, die Leute einzuschließen, um sich ungestört ans Werk zu machen.

Vincent bedankte sich.

Gesine Sudhoff öffnete die gegenüberliegende Tür. Ein deutlich größerer Raum. Zwei aneinandergeschobene Schreibtische. Daran saßen zwei recht korpulente Frauen, beide etwa Mitte fünfzig, einander gegenüber. Ein dritter Tisch an der Wand war unbesetzt. In den Regalen nur wenig Lesestoff aus dem Talos Verlag. Dafür zahllose schwarze Aktenordner.

»Hallo, Mädels. Das ist Kommissar Veih von der Kripo. Einer der Männer, die uns überfallen haben, ist ermordet worden.«

»Wir waren's nicht!«, sagte eine der beiden Angestellten.

Gelächter.

Vincent trat ans Fenster. Er blickte auf das Flachdach

eines Anbaus, der in der Akte erwähnt wurde. Der Innenhof war gepflastert. Müllcontainer, Fahrräder.

Vincent und die Verlagschefin kehrten in den Besprechungsraum zurück.

»Jetzt haben Sie Talos kennengelernt.«

»War Ole Naumann hier angestellt?«

»Nein, er hat frei für uns gearbeitet. Aber er war sehr häufig hier. Er und mein Mann waren miteinander befreundet. Die Bücher von Herrn Naumann waren allerdings auch ein Verlustgeschäft. Nicht weil sie schlecht gelaufen wären, sondern weil Herr Naumann darauf bestand, dass sie für einen geringen Preis verkauft wurden, der gerade mal die Herstellungskosten gedeckt hat. Weiß der Teufel, warum sich mein Mann darauf eingelassen hat. Einmal musste fast eine gesamte Auflage eingestampft werden. Ärger mit der Justiz, irgendetwas Unkorrektes. Aber auch das ist schon ewig her. Bei Erwins Beerdigung habe ich Herrn Naumann zum letzten Mal gesehen.«

»Und Urban?«

»Nachdem die Zeitschrift eingestellt wurde, hat Herr Urban mit seinem YouTube-Kanal begonnen. Wie man davon leben kann, weiß ich nicht. Aber jetzt ist er ja wieder beim richtigen Fernsehen.«

Wie man's nimmt, dachte Vincent.

»Im Abstand von zehn Jahren ergeben sich manchmal neue Blickwinkel«, sagte er, um seine letzten Fragen einzuleiten. »Irgendeine Vorstellung, wer der zweite Räuber war? Oder wer Dennis Schubert den Tipp gegeben hat, dass im Büro Ihres Mannes etwas zu holen war?«

»Nein. Vielleicht fragen Sie Karin.«

»Das werden wir tun«, antwortete er. »Haben Sie das weitere Schicksal von Dennis Schubert verfolgt?«

»Den Prozess natürlich. Als mein Mann seine Zeugenaussage machte, saß ich im Publikum. Am Schluss hat dieser Schubert zehn Jahre bekommen, stimmt's?«

»Das ist richtig.«

»Vermutlich kam er nach der Hälfte raus. Die Gesetze sind ja heutzutage viel zu lax.«

»Nein, er wurde erst Anfang des Monats entlassen.«

»Ach.«

»Wussten Sie das wirklich nicht?«

»Glauben Sie etwa, *ich* hätte ihn umgebracht?«

»Sie geben ihm die Schuld am Herztod Ihres Gatten. Und daran, dass Sie Ihren Umzug in den Süden auf Eis legen mussten.«

Sie lachte, als wäre der Gedankengang absurd.

»Noch einen Kaffee?«, fragte sie.

»Nein, danke.«

Gesine Sudhoff zog ein Buch aus dem Regal und reichte es Vincent. »Schenke ich Ihnen.«

Mittendrin geradeaus.

Die Sportreportermemoiren, die Urban im Alter von sechsunddreißig Jahren geschrieben hatte, nachdem man ihn wegen einer rassistischen Entgleisung gefeuert hatte.

»Im Jahr 2010 stand es wochenlang ganz oben auf der *Spiegel*-Bestsellerliste. Ist immer noch vergnüglich zu lesen. Voller Insider-Einblicke.«

Vincent wog den Hardcoverschinken ratlos in der Hand.

»Und bitte, überlegen Sie es sich!«

»Was?«

»Das True-Crime-Buch. Ihre wichtigsten Fälle. Wir bringen Sie ebenfalls in die Bestsellerlisten. Sie werden in allen Talkshows sitzen!«

32

DÜSSELDORF-HAFEN

CHRISTOPH BETRAT DAS HYATT REGENCY im Düsseldorfer Medienhafen, ging auf die Rezeption zu und sprach die Frau hinter dem Tresen an.

»Zum Artilleriekorps der Prinzengarde Rot-Blau?«

Er trug natürlich keine Karnevalsuniform, doch das würden die Leute, mit denen er verabredet war, auch nicht tun. Und der Hotelangestellten war es egal, ob der Tagungsraum unter einem echten Namen oder einer Fantasiebezeichnung reserviert war.

Hauptsache, jemand bezahlte die Miete.

»Executive Boardroom«, antwortete sie und beschrieb den Weg.

Ein Flur führte zum Vorraum, einer Bar mit Stehtischen. Durch die Fensterfront ging der Blick auf ein Hafenbecken und die dahinter aufragenden Getreidemühlen. Auf einer Seite führte eine Tür zum *Ball Room*, wie die Aufschrift verriet. Christoph klopfte an die andere Tür.

Fünf Männer saßen um einen Tisch aus dunklem Eichenholz. Ein Ledersessel war noch frei. Christoph blickte auf seine Uhr, um sich zu vergewissern, dass er pünktlich war.

Ein junger Mann sprang auf und begrüßte ihn mit Handschlag. Christoph erkannte Lukas Hauschild, Osterkamps Assistenten, der gestern mit ihnen zum Flughafen gefahren war. Er machte Christoph mit den anderen bekannt.

Der Mann an der Stirnseite des Tisches war etwa in Christophs Alter und schien das Sagen zu haben. Grauer Anzug, Brille mit rechteckigem Metallgestell, akkurater Seitenscheitel. Eine dunkel schimmernde Narbe spannte sich quer über die linke Wange.

Schlagende Verbindung, mutmaßte Christoph.

Hauschild stellte ihn vor: »Herr Urban, Tristan Bovert, Staatssekretär im Kanzleramt und Geheimdienstkoordinator der Bundesregierung, gerade aus Berlin eingetroffen.«

»Ehemaliger Staatssekretär«, korrigierte der Mann mit der Narbe. »Die Bundeskanzlerin hat mich heute Morgen entlassen.«

Er verzog die Mundwinkel, als amüsiere ihn der Rauswurf.

Hauschild ging weiter im Uhrzeigersinn vor.

»Frank Meiring, Vizepräsident des Bundesnachrichtendienstes.«

»Ist mir eine Ehre«, sagte Christoph.

Den Dritten kannte er bereits: Michael Kramer, Programmdirektor von Deutschland-TV.

Der ihm mit seinen Umzugsvorschlägen auf den Wecker gegangen war.

Kramer lächelte säuerlich, aber für Christoph war das Kriegsbeil begraben.

Zuletzt stellte Hauschild ihm einen älteren Herrn aus dem Aufsichtsrat der Osterkamp-Gruppe vor. Dessen Namen vergaß Christoph gleich wieder.

Tristan Bovert ergriff das Wort. »Ich freue mich, dass wir Ihnen unser Angebot erläutern dürfen, Herr Urban.«

Unser Angebot – als agiere der Mann auf Augenhöhe mit Hartmut Osterkamp.

Christoph nahm sich vor, sich nichts vorschreiben zu lassen. Seit mehr als zehn Jahren war er unabhängig. Sollte er Parteichef werden, hätte ausschließlich er das Kommando.

»Medias in res.« Bovert schob einen Ordner quer über den Tisch. »Satzung und Programm stehen. Der Gründungsparteitag wird in knapp zwei Wochen stattfinden. Sie moderieren Ihre Show noch bis zum Freitag. An dem Abend werden Sie vor laufender Kamera Ihre Kandidatur bekanntgeben.«

»Für den Vorsitz der Freiheitspartei.«

»Das war der Name, den wir uns zuerst überlegt hatten. Aber Ole geht davon aus, dass die FDP wegen mangelnder Unterscheidbarkeit dagegen klagen würde.«

»Ole Naumann?«

»Ich weiß, dass Sie sich kennen. Der Alte berät uns in rechtlichen Fragen. Er freut sich schon auf die Zusammenarbeit.«

»Mit Verlaub, Ole steht am äußersten rechten Rand. Mit solchen Leuten ist für die Partei kein Blumentopf zu gewinnen.«

»Damit hier kein Missverständnis entsteht: Wir sind nur der Thinktank. Nach außen treten wir nicht in Erscheinung. Weder Ole noch ich oder Frank. Auch Osterkamp wird sich höchst bedeckt halten.«

»Das Image von ›Team Urban‹ wird ganz dem Zeitgeist entsprechend gestylt«, erklärte Kramer, der Programmdirektor. »Jung, weiblich, divers.«

»Team Urban?«, fragte Christoph nach.

»Genau. Klingt frisch und modern!«

Bovert ergriff erneut das Wort. »Wir richten die Partei ganz auf Sie aus. Programmatik ist zweitrangig. Team Urban bündelt den Protest gegen das Festgefahrene. Rechts und Links sind als Kategorien nicht mehr zeitgemäß. Team Urban steht für Freiheit und Fortschritt. Können Sie sich das vorstellen?«

Verrückt, dachte Christoph.

Eine Partei, die seinen Namen trug.

»Und nun zu Ihrer heutigen Show. Sie haben gestern die Nation bezüglich der Kanzlerin neugierig gemacht. Heute werden Sie den Faden aufnehmen und enthüllen, warum sich Ute Frings-Fassbinder in psychiatrische Behandlung begeben hat. Sie erhalten eine Tonaufzeichnung, deren Veröffentlichung zwangsläufig den Sturz von Frau Frings-Fassbinder zur Folge haben wird. Voraussichtlich wird es auch Bildmaterial geben. Ganz exklusiv für Sie.«

Kramer räusperte sich. »Können wir die Bilder nicht schon in unseren Nachrichten bringen?«

»Nur ein paar Sekunden als Teaser. Wir wollen die Aufmerksamkeit der Nation voll und ganz auf *Urban direkt* und den Moderator lenken.«

»Um was geht es bitteschön konkret?«, fragte Christoph.

Bovert klappte einen Laptop auf, tippte etwas in die Tastatur und lehnte sich zurück.

Dann hörte Christoph die Frau, die seit zwei Jahren Deutschlands Regierungschefin war. Jeder im Land kannte diese Stimme.

Der Kleine war mit seinem Fahrrad unterwegs. Er kam auf dem Radweg von hinten, mit Tempo. Beim Abbiegen habe ich ihn völlig übersehen. An das Geräusch werde ich mich mein Leben lang erinnern. Mein Gott! Ich weiß, ich hätte Hilfe rufen müssen. Aber er hat geatmet, das habe ich überprüft. Und er ist aufgestanden. Das habe ich noch im Rückspiegel gesehen.

Die Stimme brach ab, die Frau schniefte und schluchzte.

»Si tacuisses, cancellaria mansisses«, spottete Tristan Bovert.

»Unfallflucht?«

»Und fahrlässige Tötung. Der Junge ist an den Folgen des Zusammenpralls verstorben.«

Christoph erkannte die Brisanz der Aufnahme.

»Und sie ist noch nicht zurückgetreten?«, fragte er.

»Großartig, nicht wahr? Alle werden morgen von Ihnen reden. Der Mann, der Frings-Fassbinder zu Fall gebracht hat!«

»Ich frag Sie jetzt besser nicht, wie Sie an das Material gelangt sind.«

»Und Sie werden nicht verraten, dass Sie es von mir haben.«

»Quellenschutz ist jedem Journalisten heilig.«

»Mit Ihrer heutigen Sendung werden Sie der Kanzlerin den finalen Tritt verpassen. Die Würfel sind gefallen und der Rubikon überschritten. Der Weg für Neuwahlen ist frei. Für Team Urban und eine Regierung, in der wir vertreten sein werden.«

»Wie von Herrn Osterkamp vorausgesagt«, antwortete Christoph.

»Wie von uns seit Langem geplant.«

Bovert zog einen USB-Stick aus dem Laptop. Christoph wollte danach greifen, doch Bovert hielt ihn außerhalb seiner Reichweite in die Höhe.

»Erst die Antwort auf die Gretchenfrage!«

Christoph wusste, dass er nicht länger lavieren konnte.

Er stand vor der Entscheidung seines Lebens.

»Werden Sie die neue Partei in den nächsten Bundestag führen?«

»Team Urban«, ergänzte Meiring, der Vizepräsident des BND. »Sie werden die Geheimdienste an Ihrer Seite haben. Zumindest in Teilen.«

»Und unseren Sender«, sagte Kramer.

»Ein Angebot, das man nicht ablehnen kann«, fasste Bovert mit breitem Lächeln zusammen.

Christoph spürte, wie ihm heiß wurde.

»Okay.«

»Prima, Urban.« Bovert händigte ihm den Stick aus. »Dann haben wir nur noch ein paar Instruktionen für Sie.«

33

DÜSSELDORF-LOHAUSEN

MELIA HATTE KEIN GUTES GEFÜHL bei der Sache.

Ein Personenschutzkommando des BKA aus vier Männern in dunklen Anzügen, die verdeckte Bewaffnung und Ohrstöpsel mit Funkempfang trugen, nahm sie beim Verlassen des Helikopters in Empfang. Die Kanzlerin nannte ihnen die Zieladresse. Sie verteilten sich auf zwei Fahrzeuge, verließen das Gelände des Düsseldorfer Airports abseits der Terminals durch ein Tor, unterquerten die Autobahn und fuhren in Richtung Innenstadt.

Melia war die Route nicht geläufig. Vermutlich war es die kürzeste, um in das Viertel zu gelangen, in dem Frings-Fassbinder früher gelebt hatte.

Sie dachte an ihren Vater. Gestern Abend hatte er agiert, als hätte er nie die politische Bühne verlassen. Dass der Rücktritt der Kanzlerin fällig war, stand für Andreas fest.

Vermutlich war er sauer, dass sie ihn nicht schon vollzogen hatte.

Melia überprüfte die WhatsApp-Nachrichten.

Warum antwortete ihr Vater nicht?

Sie schrieb: *Wir sind gleich da.*

Das ARAG-Hochhaus kam in Sicht. Ein kurzer Stau

vor dem großen Knotenpunkt. Danach ging es zügig die Brehmstraße entlang.

Im Herzen des Zooviertels bogen sie von der Hauptstraße ab.

Frings-Fassbinder deutete aus dem Fenster.

»Hier hab ich sechs Jahre lang gewohnt.«

Melia spürte, wie ihre Anspannung wuchs. Sie überquerten eine Kreuzung. War es hier geschehen? Gleich darauf hielten sie in zweiter Reihe vor einem Restaurant.

Eine von Säulen flankierte Tür, darüber ein Schriftzug, weiß auf blauem Grund.

Taverna Delphi.

Melias Hals wurde eng, sie musste schlucken. Noch immer keine Nachricht ihres Vaters. Sie beschloss, der Kanzlerin zu folgen.

Frings-Fassbinder ging voran. Die Eingangstür war verriegelt. Nach der Lunch-Zeit schloss die Gaststätte für zwei Stunden, wie ein kleines Schild verriet.

Die Kanzlerin klingelte.

Gleich darauf öffnete ein stämmiger Mann mit Schnauzbart.

»Guten Tag, Herr Papandreou«, grüßte Frings-Fassbinder freundlich, aber bestimmt. »Kalimera!«

»Frau Bundeskanzlerin«, antwortete der Wirt fast tonlos. »Kommen Sie herein.«

Etwas stimmt hier nicht, dachte Melia.

Der Mann wirkte, als habe er den Besuch aus Berlin bereits erwartet.

Sie sah sich um. Zwei Personenschützer hatten ihr Auto verlassen, sicherten aber nur den Straßenbereich vor dem Eingang. Melia betrat als letzte die Gaststätte.

Eine Frau in geblümter Bluse hatte sich zu Herrn Papandreou gesellt. Offenbar die Wirtsfrau, Konstantins Mutter. Sie wirkte in Melias Augen zu mondän für die Taverne. Make-up, viel Schmuck, aufgespritzte Lippen.

Ihr Gesicht sprach Bände: Abscheu, Verachtung.

Die Kanzlerin ignorierte sie.

Auf einem Tisch standen Gläser bereit. Flaschen mit Wasser und Ouzo.

»Ich möchte Sie um einen Gefallen bitten«, sagte die Kanzlerin.

»Ich weiß, was Sie wollen«, antwortete der Wirt.

»Woher ...«

Papandreou hob beide Hände. »Unsere Antwort lautet Nein.«

34

DÜSSELDORF-HAFEN

CHRISTOPH SPAZIERTE MIT Tristan Bovert am Hafenbecken entlang. Er steckte seine Hand in die Hosentasche und schloss die Faust um den USB-Stick, den er dort aufbewahrte. Ein paar Fragen hatte er noch an den ehemaligen Staatssekretär.

»Verbessern Sie mich, wenn ich etwas Falsches sage, Herr Bovert. Aber wird der Bundespräsident nach dem Rücktritt von Frings-Fassbinder nicht den Vizekanzler zum geschäftsführenden Bundeskanzler ernennen?«

»Das ist richtig.«

»Im Anschluss kann der sich vom Bundestag zum neuen Kanzler wählen lassen, und Neuwahlen gibt es dann wie vorgesehen erst am Ende der Legislaturperiode.«

»Theoretisch ja. Aber die Union wird es nicht zulassen, dass sich jemand aus den Reihen des kleineren Partners den Hut aufsetzt.«

»Also wird sich die Koalition auf einen CDU-Mann einigen.«

»Das wird wiederum die SPD scheitern lassen, weil sie Morgenluft wittert.«

»Sicher?«

»Erstens legen das die Meinungsumfragen nahe.« Bovert zeigte ein böses Lächeln. »Zweitens betreiben wir Feindbeobachtung und zapfen unsere Quellen an. In Echtzeit und aus erster Hand. Roma locuta, causa finita.«

»Das heißt?«

»Der SPD-Vorstand hat insgeheim längst entschieden.«

»Verstehe.«

»Also werden wir Ende September ein neues Parlament wählen.«

»Ist das nicht zu knapp, um Team Urban an den Start zu bringen?«

»Die ersten Planungen begannen schon vor über einem Jahr. In vielen Regionen steht die Organisation bereits. Es gibt prominente Überläufer aus anderen Parteien. Wir haben das bloß noch nicht öffentlich gemacht, weil wir den Startschuss abwarten wollen.«

»Und die Kosten? Selbst ein Osterkamp kann so einen Wahlkampf nicht aus der Portokasse finanzieren.«

»Wir verfügen über potente Partner im Hintergrund. Das Budget liegt bei vierzig Millionen. Doppelt so viel, wie die CDU offiziell beim letzten Mal ausgegeben hat.«

»Und wer sind diese …«

Bovert schnitt ihm das Wort ab. »Stellen Sie sich schon mal darauf ein, dass Sie nach der Wahl als Minister und Vizekanzler in die Regierung gehen.«

So weit hatte Christoph noch gar nicht gedacht.

Aber warum nicht?

»Außenminister«, antwortete er.

»Lässt sich einrichten.«

Wer dieses Amt bekleidet, genießt höchstes Ansehen, überlegte Christoph. Und ich bringe mit, was man dafür braucht. Die Fernsehvisage. Das Köpfchen. Die Eier.

Er würde die Beziehung zu Polen verbessern, dem Land seiner Eltern.

Er würde der Ukraine Panzer liefern und Putin die Meinung geigen.

Nie wieder durfte ein Imperialist die Völker Europas unterjochen.

»Ich stehe für alle Schandtaten zur Verfügung«, erklärte Christoph.

Bovert hob die Hand. Sie klatschten einander ab.

35

DÜSSELDORF-DÜSSELTAL

FRINGS-FASSBINDER IGNORIERTE DAS NEIN.

»Sie *müssen* mir helfen, Herr Papandreou. Jemand besitzt eine Aufnahme davon, wie ich mit meinem Therapeuten über Konstantin spreche. Jetzt stellt er Forderungen. Aber eine Kanzlerin der Bundesrepublik Deutschland darf sich nicht erpressen lassen. Das sehen Sie doch ein, Herr Papandreou!«

Der Mann schwieg.

»Falls diese Aufnahme veröffentlicht wird, werden wir mit einer Pressekonferenz darauf reagieren. Hier im Delphi. Herr Papandreou, Sie werden erklären, dass mich keine Schuld trifft und Sie mir längst vergeben haben.«

Der Wirt blickte kurz zu seiner Frau.

»Das geht nicht«, antwortete er.

»O doch. Denken Sie an Ihre Villa in der Ägäis. An die geplante Erweiterung Ihres Betriebs. An Ihren Sitz im Rat der Stadt und an den Posten bei den Stadtwerken, den wir Ihrer Tochter verschafft haben.«

»Sie haben unser Schweigen gekauft, aber nicht unsere Seele.«

»Der Mann, der mich erpresst, ist ein Rechtsradikaler,

der Migranten wie Sie hasst. Wenn diese Leute gewinnen, verlieren Sie alles!«

»Herr Götz hat gesagt, dass wir Ihnen gegenüber zu nichts mehr verpflichtet sind.«

Für einen Moment schien es der Kanzlerin die Sprache zu verschlagen.

»Wie bitte?«, rief sie schließlich. »Hat er Sie informiert, dass wir kommen?«

»Schmeiß sie endlich raus«, mischte sich die Mutter ein. »Ich kann die Mörderin nicht länger ertragen!«

»Herr Papandreou, lassen Sie uns das in Ruhe und mit Besonnenheit regeln. Sie wissen, ich konnte nichts dafür. Ihr Junge ist mir ins Auto gelaufen.«

»Er war mit dem Fahrrad unterwegs.«

»Jedenfalls konnte ich nicht ahnen, dass er eine Gehirnblutung hatte. Ich bitte Sie doch nur, genau das der Presse zu sagen.«

»Niemals, Kostas!«, rief die Mutter.

»Ohne unsere Finanzspritze wäre Ihr Lokal längst dicht. Wir haben Ihnen auch in der Pandemiezeit geholfen. Sie stehen in unserer Schuld. Das wissen Sie. Und ich will Deutschland weiterhin dienen. Wenn ich stürze, herrscht Chaos im Land. Wollen Sie das?«

Der Wirt schüttelte den Kopf. »Ihre Zeit als Kanzlerin ist vorbei.«

»Hat Herr Götz Ihnen das eingeredet?«

Frau Papandreou sprang auf. »Verschwinden Sie!«

Frings-Fassbinder wandte sich jetzt an sie. »Denken Sie doch mal nach. Es lohnt sich, die Bundeskanzlerin zur Freundin zu haben. Wir machen das Delphi zum Hotspot der Prominenz. Sie können expandieren. Filialen, ein Hotel. Ich vermittle Ihnen alle nötigen Genehmigungen. Weiteres Geld. Kredite in jeder Höhe. Sagen Sie mir, was Sie brauchen!«

Die Mutter wollte auf Frings-Fassbinder losgehen.

Melia drückte sie auf ihren Stuhl zurück.

»Wir sollten besser gehen«, empfahl die Büroleiterin.

Doch die Kanzlerin rührte sich nicht vom Fleck.

Sie hob den Finger in die Richtung der Papandreous. »Ich kann Sie auch fertigmachen. Ihre Entscheidung.«

Erneut drängte die Wirtsfrau nach vorn. Melia bekam einen Schlag ab, der Frings-Fassbinder gegolten hatte. Sofort spannte die Haut auf ihrer Stirn, eine Beule kündigte sich an.

Sie hielt die aufgebrachte Griechin fest.

Endlich sah die Kanzlerin ein, dass sie hier nichts zu gewinnen hatte.

Die Büroleiterin hielt ihnen die Eingangstür auf.

»Ihr Vater ist schuld«, zischte die Kanzlerin, als sie wieder auf der Straße vor dem Lokal standen. »Er hat die Papandreous aufgehetzt.«

»Warum sollte er das tun?«, entgegnete Melia.

»Weil er selbst Kanzler werden will. Da gehe ich jede Wette ein.«

Melia bemerkte, dass Frings-Fassbinder zitterte. Bis zuletzt hatte sie an ihre Chance geglaubt. Jetzt war der letzte Hoffnungsschimmer erloschen.

Plötzlich tauchte ein Mann mit einer Kamera vor ihnen auf. Von der anderen Seite trat ihnen eine junge Frau in den Weg. Sie hielt der Kanzlerin ein Mikrofon vor das Gesicht. Der Windschutz aus Schaumstoff trug ein rotes Logo.

Deutschland-TV.

Auch das noch, dachte Melia.

»Sie haben ein Kind getötet«, rief die Reporterin. »Wie lebt es sich mit dieser Schuld?«

Passanten blieben stehen, gafften und raunten.

Frau Papandreou trat aus der Tür und schrie: »Lügnerin, Mörderin!«

Der Kameramann schwenkte auf das Delphi und wieder zurück auf die Kanzlerin, die auf die Limousinen des Bundeskriminalamts zuging und seltsam unentschlossen wirkte. An der Bordsteinkante geriet sie ins Straucheln. Ihre Büroleiterin hatte Mühe, sie zu halten.

Die Reporterin rief: »Wie skrupellos muss man sein, um sich danach noch zur Parteichefin und Bundeskanzlerin wählen zu lassen?«

Melia schirmte die Fernsehleute ab. Frings-Fassbinder war nur noch ein Nervenbündel. Sie wusste, dass sie vernichtet war. Melia bugsierte sie auf den Rücksitz des BKA-Wagens, der am nächsten stand.

Der Kameramann wollte durchs Fenster das Innere filmen. Die Personenschützer drängten ihn weg. Aber die Blamage war bereits perfekt.

Melia fragte sich, wie das geschehen konnte.

Ein Desaster für die Kanzlerin.

Für Deutschland-TV dagegen die Sensation des Jahres.

Melia stürmte zum Delphi zurück, schob Konstantins Mutter beiseite und lief im Gastraum auf den Vater zu. Dass die Eltern Geld genommen hatten, fand sie nicht weniger abscheulich als die Fahrerflucht der Kanzlerin.

Sie wurde laut. »Warum haben Sie dem Fernsehen Bescheid gegeben?«

»Wir?« Der Wirt tat ahnungslos. »Damit haben wir nichts zu tun! Ich schwör's!«

»Natürlich waren Sie das! Woher sollte Deutschland-TV denn sonst von unserem Besuch wissen?«

»Herr Götz hat uns Ihr Kommen erst vor einer Viertelstunde angekündigt. Wir haben die Frau Bundeskanzler nicht ans Fernsehen verraten. Das ist die Wahrheit!«

Melia wusste nicht, was sie glauben sollte.

Wem sie noch vertrauen konnte.

36

KASSEL

BRIGITTE LAS DIE NACHRICHTEN auf ihrem Handy. Es hieß, die Dumpfbacken seien zur Karlsaue weitergezogen. Und es gab Reaktionen von Politikern.

Die einen lobten das besonnene Verhalten der Polizei. Andere verurteilten die Steinewerfer der Antifa. Ein Hardliner forderte die dauerhafte Schließung der Documenta aus Sicherheitsgründen.

Die Kulturbeauftragte der Bundesregierung kritisierte dagegen die Reaktion der Stadt.

Nicht alle knicken ein, stellte Brigitte fest.

Ihre Düsseldorfer Galeristin hatte eine WhatsApp-Nachricht geschickt.

Liebe Brigitte, pass auf dich auf!

Ihr Sohn, der Kriminalbeamte, ebenfalls.

Bist du bereits in Kassel?

Vincent spielte mal wieder den Aufpasser.

Im Hauptquartier der Documenta-Leitung sollte gleich eine Pressekonferenz beginnen. Brigitte machte sich auf den Weg. Das Haus lag an der Oberen Königstraße, wo auch die Demo der Rechten entlanggezogen war.

Der Anblick war erschütternd.

Sprühereien an der Außenfront. Eingeschlagene Fensterscheiben, die Löcher wurden gerade mit Folie geflickt. Unter dem Vordach stank es nach faulen Eiern. Das Glas der Eingangstür war mit Aufklebern zugepflastert.

Faschosprüche, zum Erbrechen islamfeindlich und rassistisch.

Brigitte wusste nicht, wen sie mehr hassen sollte. Die Dumpfbacken, die Bullen, die sie gewähren ließen, oder die Stadtverwaltung, die alles stillgelegt hatte. Das war kein Schutz der Kunst, sondern vorauseilender Gehorsam.

Der bürgerliche Staat kapitulierte gerade.

Im Foyer war das Pressemeeting bereits im Gange. Als eine Art Performance. Dutzende von Künstlern, Ausstellungsmachern und Mitarbeitern stimmten »Bella Ciao« an. Eine Atmosphäre, die keinen kaltließ. Die Vertreter der internationalen Medien sangen mit.

Brigitte begann zu fotografieren.

Plötzlich wurden Gerüchte laut.

Der Obelisk von Olu Oguibe sei zerstört worden.

Das Kunstwerk, das von der vorigen Documenta stammte, stand an der Treppenstraße, gleich um die Ecke. Es war stets ein Politikum gewesen.

Alle brachen auf, um nachzusehen. Draußen schlossen sich immer mehr Menschen an. Kasseler Bürger, Documenta-Besucher aus allen Ländern. Eine seltsame Stimmung lag in der Luft. Als könnte jederzeit alles geschehen.

Der Obelisk stand noch.

Nur der Sockel war beschädigt worden.

Trümmer lagen überall herum. Die Inschrift war nicht mehr zu entziffern. Es war ein Bibelzitat gewesen, Brigitte erinnerte sich an den Wortlaut.

Ich war ein Fremdling, und ihr habt mich beherbergt.

Ein Mahnmal der Humanität, das von Beginn an den Hass völkischer Hetzer auf sich gezogen hatte. Der Bürgermeister hatte schon damals nachgegeben und den Obelisken vorübergehend auf dem städtischen Bauhof einlagern lassen.

Jetzt legten hier einige Leute Blumen ab und entzündeten Lichter.

Jemand summte erneut »Bella Ciao«.

Brigitte wandte sich ab und folgte der Spur der Nazisticker an den Laternenmasten. Den ersten knibbelte sie noch ab, dann sah sie ein, dass es zu viele waren. Sie hob einen Flyer vom Pflaster auf.

Es war die Ankündigung einer Gegen-Documenta auf den Wiesen an der Fulda. Ein hunderttägiges Festival »nationaler Kultur«. Volkslieder, Tanzgruppen, Bierzelt und Rockbands – für jeden rechten Geschmack etwas dabei.

Von langer Hand vorbereitet, dachte Brigitte.

Sie beschleunigte ihren Schritt, überquerte den Friedrichsplatz und eilte weiter.

Hinunter zur Karlsaue.

37

DÜSSELDORF-UNTERBILK

VINCENTS HANDY VIBRIERTE, WÄHREND er dem Team der Mordkommission Baustelle von seinem Besuch im Talos Verlag berichtete.

Melia, vermutete er.

Sie hatte seit Berlin nichts von sich hören lassen.

Vincent blickte in die Runde und fasste abschließend zusammen: »Talos ist eine wenig glamouröse, aber tüchtige Vier-Frauen-Klitsche. Eigentlich sympathisch, wenn da nicht der braune Schatten des Verlagsgründers wäre. Uns stellen sich folgende Fragen: Haben Dennis Schubert und sein unbekannter Komplize tatsächlich auf eigene Rechnung gehandelt oder im Auftrag eines Dritten? Und warum haben Urban und Naumann so lange mit dem Notruf gewartet?«

»Sie waren eingeschlossen«, antwortete Anna.

»Ja, aber sie hätten durch das Fenster entkommen können. Über das Dach des Anbaus und die Mülltonnen geht es relativ bequem in den Hof hinunter. Stattdessen haben die beiden fast zwei Stunden in dem Zimmer ausgeharrt, bis die Räuber weg waren. Ist das glaubwürdig?«

»Das sind Schreibtischtäter, keine Actionhelden. Die

wollten sich nicht auf der Flucht erschießen lassen. Wahrscheinlich hätte sich jeder so verhalten.«

Ich nicht, dachte Vincent.

Er beschloss, das Thema nicht weiter zu vertiefen.

Anna Winkler und Kim Brandstätter hatten Schuberts Schwester befragt. Sie hatte ihren Bruder am Freitag zuletzt gesehen, sich aber keine großen Sorgen gemacht.

Über den Raub bei Talos hatten sie angeblich nie gesprochen.

Kein Wort über seinen Komplizen oder etwaige Auftraggeber.

Dominik Roth hatte unterdessen die geschiedene Frau des Mordopfers ausfindig gemacht und für morgen ins Präsidium bestellt. Das telefonische Vorgespräch ließ keine besonderen Erkenntnisse erwarten. Agata Schubert, geborene Krychowiak, lebte wie Schuberts Schwester in Benrath und arbeitete dort als Friseurin. Sie hatte sich bereits ein Jahr vor dem Raub von ihrem Mann getrennt.

Dominik machte sich über den Mädchennamen von Schuberts Ex lustig. Vincent fragte sich, seit wann der Kollege etwas gegen Polen hatte. Oder gegen Leute mit Migrationsgeschichte generell. So kannte Vincent ihn eigentlich nicht.

Ihm fiel Melia ein und dass sein Handy vibriert hatte. Er hielt es unter die Tischkante und checkte WhatsApp. Melia hatte ihm geschrieben.

Können wir uns in meinem Büro treffen?

Vincent antwortete: *Lieber bei mir.*

Auf der Teppichbodenetage residierte auch Kriminaldirektor Engel. Vincent hatte keine Lust, dem Kripochef über den Weg zu laufen.

Nicht vor Melias Tür.

Es ärgerte ihn, dass er sich solche Gedanken machen musste.

Melia wirkte gestresst, als sie sein Büro betrat. Vincent nahm sie in den Arm. Er fuhr über ihre kurz geschnittenen Locken. Es war als zärtliche Geste gemeint, die sie beruhigen sollte. Dabei entdeckte er eine Schwellung an ihrem Haaransatz.

Sie blieb angespannt und löste sich rasch wieder von ihm.

»Ein Scheißtag«, entfuhr es ihr.

Während er Kaffee machte, berichtete Melia, was vorgefallen war.

Daraufhin fragte er: »Was hat die Kanzlerin erwartet? Absolution für die Tötung ihres Jungen?«

»Mein Vater hat vor sechs Jahren die Papandreous gekauft, damit sie stillhalten. Die Kanzlerin dachte, ein gemeinsamer Medienauftritt sei im Paket noch enthalten.«

»Wo ist sie jetzt?«

»Zurück in Berlin. Ich habe sie in den Hubschrauber verfrachtet und ihrem Mann Bescheid gegeben, damit er sie für ein paar Tage abschirmt.«

»Damit bist du raus, und das ist gut so.«

»Ich frag mich, wie das passieren konnte«, sagte Melia.

»Du meinst das Fernsehen?«

Sie nickte. »Die Papandreous behaupten, niemanden informiert zu haben.«

»Glaubst du ihnen?«

»Sie sind anscheinend noch die Ehrlichsten in dem ganzen Schlamassel.«

»Kann einer der Personenschützer die undichte Stelle gewesen sein?«

»Bis wir zu ihnen eingestiegen sind, wussten die gar nicht, wo es hingeht.«

Und dann wäre die Zeit zu kurz gewesen, dachte Vincent. Kein Kamerateam der Welt hätte das geschafft.

»Und die Büroleiterin?«

Melia schüttelte den Kopf. »Sie ist seit Jahren die engste Vertraute von Frings-Fassbinder. Das wäre sie nicht, wenn sie Geheimnisse ausplappern würde. Ich hab da eine andere Theorie.«

Sie griff nach ihrem Handy und schaltete es aus.

Vincent dachte an das metallene Kästchen im Büro der Kanzlerin, von dem Melia erzählt hatte, in das jeder Besucher sein Smartphone hineinlegen musste.

»Bovert?«, fragte er.

Sie zuckte mit den Schultern.

»Glaubst du, er kann auch unsere Geräte verwanzen lassen?«

»Er oder Leute beim Geheimdienst, die ihm verpflichtet sind, wer weiß?«

Vincent schaltete ebenfalls sein Handy aus.

Und spürte sofort, dass ihm etwas fehlte.

38

KASSEL

DIE GEGEN-DOCUMENTA GLICH EINEM wilden Campingplatz. Zelte, Schlafsäcke, Lagerfeuer. Grillgeruch wehte Brigitte entgegen.

Eine Gruppe junger Männer stieß mit Bierflaschen an. Sie trugen T-Shirts eines Mixed-Martial-Arts-Vereins aus Dortmund. Armbinden über aufgepumpten Muskeln wiesen die Kerle als Ordner aus. Sie ließen Brigitte passieren.

Mit siebzig Jahren halten sie dich für harmlos.

Oder für eine von ihnen.

Brigitte begann zu fotografieren.

Handwerker bauten eine Bühne auf. Leute trugen Lautsprecher herbei und setzten sie auf Stative. Vor einer Bratwurstbude, die ein Traktor auf die Grasfläche geschleppt hatte, bildete sich eine Schlange. Brigitte konnte nicht fassen, wie unbehelligt alles geschah.

Mitten im historischen Park an der Fulda.

Sie knipste halb nackte Männer in Camouflagehosen. Frauen mit blonden Zöpfen. Frakturschrift auf Mottoshirts. Anti-Antifa-Symbole.

Vor einem Zelt klampfte ein Typ mit langem Zottelbart

auf der Gitarre. Zwei minderjährige Mädels im Trachtenkleid sangen dazu und kicherten.

Ein korpulenter Glatzkopf verbot sich, abgelichtet zu werden.

Die meisten ignorierten sie jedoch.

Brigitte gelangte an einen Bücherstand. Schriften lagen auf Tapeziertischen aus. Kopierte Traktate, geheftete Pamphlete. Brigitte entdeckte Werke von Ole Naumann aus dem Talos Verlag.

»Drei Stück für nur fünf Euro«, sagte ein Mann, der in ihrem Alter war.

»Hab kein Geld dabei«, erwiderte sie.

»Ich kenn Sie doch«, rief er plötzlich. »Sind Sie nicht ...«

Brigitte wollte weitergehen, doch sie wurde bereits von Leuten umringt.

»Die Baader-Meinhof-Schlampe! Weg mit der Kamera, verdammt noch mal!«

Hasserfüllte Rufe wurden von allen Seiten laut.

»Kulturparasit am Volkskörper!«

»Für Zecken wie dich wurden Gaskammern erfunden!«

Spucke traf Brigittes Nacken. Ein Stoß in ihren Rücken ließ sie gegen einen schrankförmigen Kerl mit Walrossbart prallen.

»Hey, hört auf!«, rief eine Lautsprecherstimme.

Eine Rückkopplung ließ die Boxen aufjaulen.

Brigitte wandte den Kopf.

Umgeben von Technikern stand ein älterer Herr auf der Bühne. Offenbar wollte er gerade das Mikro testen. Der weiße Kinnbart und die Glatze waren Brigitte bereits beim Frühstück aufgefallen.

Ole Naumann rief: »Lasst die Frau in Ruhe!«

Ich hasse dich trotzdem, dachte Brigitte.

Sie wollte gehen, doch nicht jeder hörte auf Ole. Ein Schlag traf sie in den Magen. Ein Rempler schickte sie zu Boden. Sie wollte sich hochrappeln, doch jemand stieß sie zurück ins verdreckte Gras.

Eine Stiefelspitze krachte gegen ihren Kopf.

Schmerz explodierte, die Welt verlor ihre Konturen und löste sich in einem Blitz auf.

Dann versank Brigitte in tiefer Dunkelheit.

39

DÜSSELDORF-PEMPELFORT

AUF DER FAHRT ZU VINCENTS Wohnung war Melia noch ganz aufgewühlt. Das Schicksal von Ute Frings-Fassbinder berührte sie. Von der Alphafrau zum Nervenbündel. Auf der Straße bedrängt von Leuten mit Mikro und Kamera, die scheinbar aus dem Nichts aufgetaucht waren.

Und womöglich zapfte die Gegenseite Smartphones an.

Melia kannte Berichte über eine Spionagesoftware namens Pegasus, die teuerste und beste auf dem Markt, die eine israelische Firma entwickelt hatte. Das Lieblingsspielzeug der Scheichs und Autokraten dieser Welt.

Auch deutsche Behörden nutzten die Software. Angeblich in einer abgespeckten Version, deren Anwendung nicht gegen die Verfassung verstieß. Aber wer überprüfte das?

Melia redete sich ein, es sei wenig wahrscheinlich, dass ihr eigenes Handy betroffen war. Außerdem wollte sie auf das Gerät nicht verzichten. Aber sie würde es ab jetzt ausschalten, sobald sie es nicht benutzte.

Konnte man Pegasus aufspüren und eliminieren? Melia nahm sich vor, Reinhard Zacharias danach zu fragen, ihren Vertrauten beim Landesamt für Verfassungsschutz.

Vincent schloss die Haustür auf. Melia war froh, die

Nacht nicht allein verbringen zu müssen. Die vergangene war schon schrecklich genug gewesen.

Im Treppenhaus begegneten sie einer Frau in Sportklamotten. Auf dem Weg zum Joggen, schätzte Melia. Unter der engen Funktionskleidung zeichnete sich ein drahtiger Körper ab.

Die Hausbewohnerin warf ihr einen abschätzigen Blick zu und grüßte Vincent mit einem Leuchten in den Augen, das Melia unangemessen fand.

Vincent öffnete seine Wohnungstür, Melia schloss sie hinter ihnen.

»Wer war das?«, fragte sie.

»Antonia, meine Nachbarin. Wieso fragst du?«

»Vielleicht sollte ich auch mit dem Laufen anfangen.«

»Wäre sicher nicht verkehrt.«

»Findest du mich dick?«

»Quatsch. Aber ein bisschen Fitness schadet nicht. Wir könnten ja gemeinsam laufen. Was meinst du?«

Besser, als wenn du es mit dieser Antonia tust, dachte Melia. Sie ging in die Küche und öffnete den Kühlschrank. Der Weißwein war angebrochen. Melia goss zwei Gläser halb voll und trug sie ins Wohnzimmer.

Vincent erzählte ihr von dem Verlag, den er besucht hatte. Von schrägen Büchern und deren Autoren. Melia hörte zunächst nur mit einem Ohr zu.

Dann fragte sie nach: »Von welchen verfassungsfeindlichen Umtrieben sprichst du?«

»Talos Verlag und Talos Funny Music waren eine Zeit lang die kulturellen Säulen der rechtsextremen Szene. Das ging von kriegsverherrlichenden Schmökern für alte Nazis bis hin zu Programmschriften der identitären Bewegung. Auch Ole Naumanns Pamphlete sind dort erschienen.«

Der Name war Melia ein Begriff, obwohl sie beim Verfassungsschutz für Linksextremismus zuständig gewesen war.

Sie nahm sich vor, Reinhard Zacharias auch nach Talos zu fragen, um Vincent zu unterstützen.

Ihr Freund schaltete den Fernseher ein. Er tippte eine hohe zweistellige Nummer in die Fernbedienung. Die Nachrichtensendung von Deutschland-TV begann.

Melia setzte sich in angespannter Erwartung dazu.

Gleich würde sie die Ereignisse von heute Nachmittag noch einmal erleben.

Zu ihrer Überraschung machte die Sendung jedoch nicht mit den Bildern vor dem Delphi auf, sondern mit einer Demo in Kassel.

Sie richtete sich gegen die Documenta – eine teure und abgehobene Kunstschau, wie es hieß. Linke Künstler feierten auf Kosten der Steuerzahler eine hunderttägige, perverse Sause.

»Ruf nachher mal Brigitte an«, schlug Melia vor.

»Damit sie mir wieder vorwirft, dass ich sie überwachen will?«, fragte Vincent zurück.

In den Fernsehnachrichten folgte nun das Einerlei dieser Tage. Der Unmut der Verbraucher über Spritpreise und Inflation. Hunger in Somalia, dem Geburtsland ihrer Mutter. Und die Deutschen müssten sich darauf einstellen, im Winter zu frieren.

Während die Sanktionen gegen Russland verpufften.

Zumindest stellte es Deutschland-TV so dar.

Putin lache nur darüber und verkaufe sein Öl nach Indien.

Und der Westen provoziere den dritten Weltkrieg.

»Statt die politische Krise zu bewältigen, gönnt sich die

Kanzlerin unterdessen eine persönliche«, setzte der Nachrichtensprecher an. »Heute erlitt sie einen Nervenzusammenbruch. Diese Bilder haben uns gerade erreicht.«

Melia straffte sich und stieß Vincent an.

Das Delphi-Desaster.

Die Kanzlerin stolperte. Die Wirtin beschuldigte sie des Mordes. Die Kamera zoomte ganz nah ran. Tränen und verschmierte Wimperntusche, Elend und Verzweiflung.

Melia ärgerte sich, dass sie die Kanzlerin nicht davor hatte bewahren können.

Sie tat ihr leid.

Schnitt auf den Nachrichtensprecher und seine gespielte Betroffenheit.

»Alle Hintergründe sowie das schockierende Geheimnis einer Bundeskanzlerin, die jegliche Kontrolle verloren hat über sich und die Republik – gleich nach dem Wetter bei *Urban direkt*. Bleiben Sie dran, es lohnt sich wirklich!«

Melia holte die Weinflasche aus der Küche und goss nach. Sie musste an ihren Vater denken, dessen jüngsten Tweet sie vorhin gelesen hatte. Seine Partei beauftragte ihn, die Verhandlungen mit dem Koalitionspartner zu führen.

Andreas, der Pensionär, stand plötzlich in der Pflicht.

Den Zusammenhalt zu bewahren, um Neuwahlen zu verhindern. Noch immer kannte er die wichtigsten Figuren. Seine Qualitäten als Vermittler waren gefragt wie eh und je.

Melia wunderte sich, was ihn antrieb.

40

DÜSSELDORF-ELLER

GEBANNT VERFOLGTE VIOLA KAISER die heutige Sendung des Mannes, den sie noch als *Sportschau*-Moderator in Erinnerung hatte.

Christoph Urban – sie musste unweigerlich an Dr. Jekyll und Mr. Hyde denken.

Da war der charmante, gut aussehende Mann im Bio-Imbiss, der sich formvollendet für sein Missgeschick entschuldigte und sie geistreich umgarnte. Auch in seiner Polit-Talkshow punktete er mit Humor und Sachkenntnis.

Um im nächsten Moment jeden Anstand über Bord zu werfen.

Faszinierend und abstoßend zugleich.

Fassungslos lauschte Viola der Aufnahme eines Gesprächs zwischen Ute Frings-Fassbinder und ihrem Psychiater, in dem sie den Zusammenprall mit einem Nachbarsjungen schilderte. Statt Hilfe zu leisten, hatte sie sich danach aus dem Staub gemacht. Und der Junge hatte nicht überlebt.

Wo hatte Urban das Material nur her?

Damit veränderte er gerade das politische Koordinatensystem.

Urban schaltete den Leiter des Berliner Studios von Deutschland-TV zu, der die Fahrerflucht der Kanzlerin als beispielhaft für den Zustand des Landes bezeichnete.

Die Verkommenheit der liberalen Gesellschaft.

Der Berlinkorrespondent malte den Tod des deutschen Volks an die Wand. Die einstmals große Kultur von Dichtern und Denkern und Ingenieuren werde überrollt, vergewaltigt und umerzogen durch Migranten aus dem globalen Süden.

Viola erinnerte das an ihre Zeit in den USA. An Donald Trump und seine Fans und Speichellecker. An die Moderatoren von Fox News, deren Sendungen sie manchmal verfolgt hatte, um das Land zu begreifen, in dem sie lebte.

Und wieder dachte sie an die zwei Seiten des Mannes, mit dem sie sich vorgestern um ein Haar auf ein Date getroffen hätte.

Dr. Jekyll gab sich empathisch. Der kleine Konstantin, die armen Eltern.

Mr. Hyde feuerte seinen fanatischen Gast auch noch an.

Der schließlich für eine Partei warb, die gerade entstand. Viola hörte zum ersten Mal davon. Offenbar hatte sie noch keinen offiziellen Namen.

Urban sagte: »Dann ist Deutschland vielleicht doch noch zu retten.«

Gelassen, mit leichtem Augenzwinkern.

Viola glaubte, eine Prise Ironie herauszuhören.

Sie konnte nicht anders, als den Mann faszinierend zu finden.

Jekyll oder Hyde – wer war der wahre Christoph Urban?

TEIL ZWEI

AUSERWÄHLT

Immer der Erste zu sein und voranzustreben vor andern.

(Homer, *Ilias*, 6. Gesang)

MITTWOCH, FRÜHER MORGEN

41

NEANDERTAL

CHRISTOPH HATTE WÄHREND DER gesamten Nacht kaum ein Auge zugetan. Die Richtung, die sein Lebensweg gerade einschlug, empfand er als verwirrend. Er grübelte über Chancen und Risiken nach.

Bald würde er im Fokus der öffentlichen Aufmerksamkeit stehen.

Die Politik zu kommentieren war etwas anderes, als selbst zum Objekt ständiger Beobachtung zu werden. Und im Zeitalter der sozialen Medien gab jeder Bürger seinen Senf dazu. Spielte sich zum Richter auf, senkte oder hob den Daumen je nach Tageslaune.

Würde ihn die neue Partei überhaupt wählen?

Wie wollten Osterkamp und sein Thinktank das durchsetzen?

Nach gerade mal vier Stunden im Bett stand er auf. Der Tag brach gerade an. Die Singvögel lärmten aufgeregt in den Büschen entlang der Düssel. Christoph war wie gerädert und entschied sich für einen Spaziergang an der frischen Luft.

Und dann begegnete er dem Silberreiher.

Er war vielleicht zwanzig Minuten gewandert, allein mit sich und seinen Gedanken, als der Weg ihn aus einem kleinen Wäldchen zum Fluss führte, dessen Biegung eine Wiese umrahmte.

Und darauf der weiße Vogel.

Minutenlang standen sie sich gegenüber, Auge in Auge, nur die plätschernde Düssel zwischen ihnen. Und plötzlich spürte Christoph, dass sie kommunizierten.

Wir verstehen einander.

Unsere Seelen sind verwandt.

Schließlich breitete der einsame Vogel seine Schwingen aus und ließ Christoph mit dem Gefühl zurück, etwas Besonderes zu sein.

Auserwählt – ja, das Wort traf es.

42

DÜSSELDORF-PEMPELFORT

MELIAS SCHRITTE WECKTEN IHN.

Vincent versuchte vergeblich, sich daran zu erinnern, was er gerade noch geträumt hatte. Bis auf ein vages Gefühl der Bedrohung war alles weg. Er blickte auf den Radiowecker – zwanzig vor sieben.

Er setzte sich auf und streckte sich. Das Sonnenlicht schmerzte. Er ärgerte sich. Warum mussten wir gestern noch eine zweite Flasche Wein trinken?

Im Bad plätscherte die Dusche.

Vincent deckte den Frühstückstisch. Sein Handy lag auf dem Sideboard. Er hatte es gestern noch im Präsidium ausgeschaltet, Melias Beispiel folgend.

Jetzt, im Licht des neuen Tages, hielt er das für Unsinn.

Er schaltete das Smartphone wieder ein und tippte den PIN-Code in das Zahlenfeld. Es piepste kurz. Im Lauf des Abends hatte er drei Anrufe verpasst.

Jeweils dieselbe Nummer.

Festnetz, Kasseler Vorwahl.

Vincent dachte an seine Mutter, die er gestern nicht erreicht hatte.

Er legte das Handy neben seinen Teller. Es war noch zu

früh, um sie zurückzurufen. Als Künstlerin stand sie später auf als er.

Melia kam aus dem Bad und gab ihm einen Guten-Morgen-Kuss.

Vincent duschte, rasierte sich und überlegte, was er anziehen sollte. Ein warmer Tag war vorhergesagt, die Schafskälte endgültig vorbei. Er wählte ein Poloshirt und freute sich auf den Sommer. Auf einen längeren Urlaub mit Melia, irgendwann.

Süden, Mittelmeer.

Nach dem Frühstück wählte er die Nummer in Kassel. Er erwartete, Brigittes Stimme in ihrem Hotelzimmer zu hören. Stattdessen meldete sich ein Mann.

»Tenkhoff, Polizeipräsidium.«

Vincent spürte, wie sich alles in ihm verkrampfte.

»Veih, Düsseldorf. Sie haben gestern versucht, mich zu erreichen.«

»Sind Sie der Sohn von Brigitte Veih?«

»Was ist mit ihr?«

»Ihre Mutter ist gestern ins Krankenhaus eingeliefert worden.«

»Was hat sie? Wie geht es ihr?«

Melia sah ihn besorgt an. Vincent versuchte zu lächeln, um sie zu beruhigen, doch es misslang ihm.

»Ich habe eben noch mal mit der Ärztin telefoniert«, antwortete der Kollege. »Der Zustand ist stabil. Ihre Mutter wird wohl in den nächsten Stunden operiert.«

»Was heißt das? Was ist passiert?«

»Der genaue Sachverhalt ist noch unklar. Wir ermitteln wegen Mordversuchs gegen Unbekannt. Zeugen haben mehrere Täter beschrieben. Der Staatsschutz ist eingeschaltet. Im Rahmen der gestrigen Unruhen …«

Vincent ließ die Hand mit dem Handy sinken.
»Brigitte?«, fragte Melia besorgt.
Er holte tief Luft. »Ich muss sofort nach Kassel.«

43

NEANDERTAL

ALS CHRISTOPH ZURÜCKKEHRTE UND das Fachwerkhaus mit seinen Nebengebäuden in seinen Blick geriet, empfand er sein Zuhause als Burg. Als Ort des Schutzes und der Kraft. Was für ein Glück war ihm beschieden gewesen, als er es vor zehn Jahren hatte erwerben können!

Kurz darauf saß er an seinem Rechner und checkte die Resonanz auf seine gestrige Sendung. Sie war überwältigend.

Zwar mokierten sich einige Mainstreammedien über die Penetranz des Kamerateams von Deutschland-TV, das der Kanzlerin aufgelauert hatte. Und vereinzelte Kommentatoren versuchten zu skandalisieren, dass ein vertrauliches Arztgespräch an die Öffentlichkeit gelangt war. Trotzdem würdigten alle Kommentatoren seinen investigativen Coup.

Der die Kanzlerin erledigte.

Es dämmerte Christoph, dass er Geschichte geschrieben hatte.

In den einschlägigen Foren feierte man ihn überschwänglich. Erstmalig forderten User ihn auf, die Opposition gegen den linksliberal-grünen Einheitsbrei anzuführen. Ein neuer Hashtag machte die Runde.

#kanzlerurban.

Christoph wusste, dass Ex-Staatssekretär Tristan Bovert und seine Spezialisten dabei ihre Finger im Spiel hatten. Ohne ihr Wirken gäbe es auch die neue Partei nicht. Peer Dombachers Westkreuz-Kameradschaften stellten das Fußvolk. Das nötige Geld stammte aus Osterkamps stillen Reserven.

Und von ominösen Partnern, über die Christoph gern mehr gewusst hätte.

Seine diesbezügliche Frage hatte Bovert ihm gestern einfach abgeschnitten.

Als gäbe es da ein Geheimnis.

Christoph hielt Ausschau nach dem Hashtag und entdeckte ihn immer öfter.

Er setzte ebenfalls einen Tweet ab.

Ohne Neuwahlen kein Vertrauen in die Politik. Wir werden das korrupte System umstürzen. Aber wer führt die neue Partei an? Der Kandidat des Volkes muss unbestechlich sein. Jemand mit Kopf und Eiern.

Christoph warf die Kaffeemaschine an und gab reichlich Pulver in den Filter. Gleich darauf setzte er sich wieder vor den Rechner, um zu erfahren, was sich sonst noch in der Welt tat.

Das Neueste zum Mordfall, der Düsseldorf erregte. Immer mehr Leichenteile auf Osterkamps Baustelle und einer Deponie am Rand der Stadt. Die Polizei wusste nun, um wen es sich bei dem Toten handelte. Um einen Installateur, der auf die schiefe Bahn geraten war. Zuletzt hatte der Mann zehn Jahre in der JVA Hagen abgesessen.

Dennis Schubert.

Christoph dachte an den Talos-Raub.

Er spürte eine Unruhe, die nicht nur vom starken Kaffee herrührte.

Geräusche an der Haustür, dann Schritte im Flur.

Patrycja oder Leif, schätzte Christoph.

Er blickte auf die Zeitangabe am Rand des Monitors: Christoph hatte fast drei Stunden im Netz verbracht.

44

DÜSSELDORF-UNTERBILK

WEIL DER KRIPOCHEF EINEN Termin im Innenministerium wahrnehmen musste, leitete Melia die Konferenz der Kommissariatsleiter. Sie wunderte sich, dass Vincent daran teilnahm und nicht bereits unterwegs zu seiner Mutter war.

Er trug Neuigkeiten im Mordfall Baustelle vor. Die Suche nach Leichenteilen war auf die Deponie in Hubbelrath ausgedehnt worden. Prompt hatte man weitere Säcke gefunden.

Die DNA wurde zur Stunde noch analysiert, aber Vincent ging davon aus, dass auch sie von Dennis Schubert stammte, dem jüngst aus der Haft entlassenen ehemaligen Räuber.

Melia fiel auf, mit welchem Respekt man sie in der Runde behandelte. Es ging das Gerücht um, dass für die Nachfolge von Kriminaldirektor Engel nur eine Frau infrage käme. Natürlich würden sich auch Beamtinnen anderer Polizeibehörden für die Stelle bewerben.

Aber Melia begann, sich Chancen auszurechnen.

Nach der Sitzung sprach sie Vincent an.

»Noch nicht nach Kassel unterwegs?«

»Brigittes OP ist für Mittag vorgesehen. Eine Fraktur am Jochbein muss gerichtet werden. Vor 13 Uhr wird sie nicht wach sein, heißt es auf der Station. Es reicht also, wenn ich in einer guten Stunde losfahre.«

»Sag ihr einen lieben Gruß.«

»Danke.«

»Hat man den Täter?«

»Es waren mehrere, aber es gibt keine brauchbare Beschreibung. Übrigens, rate mal, wer den Krankenwagen gerufen hat.«

»Woher soll ich das wissen?«

»Ole Naumann.«

»Ich dachte, der sitzt im Gefängnis.«

»Schon eine Weile nicht mehr.«

»Hat er gesehen, wer deine Mutter verletzt hat?«

»Er will ebenfalls niemanden erkannt haben.«

Melia verzog das Gesicht. »Natürlich nicht.«

»Die Kasseler Kollegen glauben ihm.«

»Hast du einen Termin mit ihm gemacht?«

»Sollte ich das?«

Die Frage erstaunte Melia. Vincent ging doch sonst jedem noch so vagen Anhaltspunkt nach. Der hartnäckigste und sorgfältigste Kriminalist, den sie kannte.

»Weil er ein Zeuge in der Raubsache war«, erinnerte sie ihn. »Hast du mir gestern erzählt. Schon vergessen?«

Zurück in ihrem Büro rief Melia ihren Vater an. Sie befürchtete, dass er sich aus Pflichtgefühl übernahm. Statt seinen verdienten Ruhestand zu genießen.

Und sie hatte dringende Fragen an ihn.

»Passt es gerade?«

»Du störst nie«, antwortete Andreas. »Was gibt es?«

»Tu's nicht.«

»Was?«

»Du weißt, was ich meine. Überlass die Suche nach dem neuen Kanzler den anderen. Denk an den Ärger. Die Intrigen, die nächtelangen Sitzungen. Du hattest in deinem Leben genug davon!«

»Ach, Amelie. Du kannst dir nicht vorstellen, welchen Scherbenhaufen diese Idiotin uns hinterlässt!«

Sie bemerkte, dass er lieber über Frings-Fassbinder redete als über sich.

»Und dann lügt sie uns auch noch an! Wollte uns weismachen, der Junge sei ihr in den Wagen gelaufen. Dabei hat sie ihm die Vorfahrt genommen, und er war eine Weile lang bewusstlos.«

Melia nahm an, dass die Kanzlerin sich eine Erinnerung zusammengebastelt hatte, mit der sie leben konnte. Auch wenn die Aufnahme des Psychiaters etwas anderes erzählte.

»Daran gibt es nichts zu entschuldigen«, schimpfte Andreas. »Und alles fällt auf die Partei zurück!«

Melia fragte: »Warum hast du den Papandreous damals Geld gegeben?«

Plötzlich erklärte Andreas, dass er ein zweites, dringliches Gespräch in der Leitung hatte. Im nächsten Moment war ihr Telefonat beendet.

Melia atmete tief durch.

Er weicht mir aus.

Sie öffnete den Internetbrowser und rief eine Nachrichtenseite auf.

Breaking News.

Ute Frings-Fassbinder hatte dem Bundespräsidenten ihren Rücktritt erklärt, woraufhin dieser den Wirtschaftsminister zum geschäftsführenden Bundeskanzler ernannt hatte.

Das hätten wir gestern schon haben können, dachte Melia.

Ohne die Abfuhr im Delphi.

Ohne die beschämenden Bilder auf Deutschland-TV.

Und ohne dass sich ein Christoph Urban in seiner Show zum Moralapostel aufspielte.

45

NEANDERTAL

ES KLOPFTE, PATRYCJA STAND in der Tür. Sie trug ein leichtes geblümtes Sommerkleid, das ihre Figur zur Geltung brachte. Schade, dass ihr Mann nicht öfter unterwegs war. Christoph hätte den Ausflug mit ihr vom vergangenen Samstag gern wiederholt.

»Auf dem Weg hierher hab ich durch das Radio gezappt«, sagte Patti. »Überall ist unsere gestrige Sendung Gesprächsstoff Nummer eins. Und gerade wurde gemeldet, dass Frings-Fassbinder zurückgetreten ist.«

Christoph nickte.

Dann fiel ihm auf, dass Patti bedrückt wirkte.

»Was hast du?«, fragte er.

»Stimmt es, was Leif sagt? Dass sein Vater die Partei juristisch berät, die du anführen willst?«

Er lächelte. »Team Urban.«

Sie verschränkte die Arme. »Du weißt schon, wer der Mann ist, oder?«

»Hast du schlechte Laune, Patti, oder was ist los?«

»Leifs Vater ist ein Holocaustleugner!«

»Er *war* es«, versuchte Christoph sie zu beruhigen. »Aus Protest gegen das Verbot der Holocaustleugnung. Im

Grunde ist Ole Naumann nur ein besonders radikaler Verfechter der Meinungsfreiheit.«

»Er lehnt die Demokratie ab. Die Parteienvielfalt. Die Unabhängigkeit der Justiz. Wenn er könnte, wie er wollte, würde er sämtliche Ausländer aus Deutschland verjagen. Also auch mich!«

»Dich doch nicht. Du stammst aus einem EU-Land. Du hast den deutschen Pass. Und du bist weiß.«

»Mir gefällt es nicht, dass sein Sohn hier arbeitet.«

»Wie bitte? Leif macht den Job gut. Bist du etwa auf den Praktikanten eifersüchtig?«

»Er spielt sich manchmal auf, als wäre er der Chef.«

»Unsinn. Und mit dem Vater habe ich keinen Kontakt, und ich suche auch keinen. Ich hoffe, damit ist alles geklärt, Patti. Okay?«

Ihr war nicht anzusehen, ob seine Antwort sie zufriedenstellte.

»Wer ist heute unser Studiogast?«, fragte sie ausweichend.

»Tristan Bovert. Bis gestern war er Staatssekretär im Kanzleramt. Er wird uns das System Frings-Fassbinder erklären und uns darlegen, warum er da nicht länger mitmachen wollte.«

Und am Ende wird er mich öffentlich fragen, ob ich die neue Partei anführen werde.

Woraufhin ich mich noch etwas zieren werde.

»Noch so einer von den Leuten im Vorfeld der Parteigründung, die du erwähnt hast?«

»Der brillante Stratege.«

»Der sich mit einem Holocaustleugner und Neonazi-Vordenker an einen Tisch setzt. Chris, in welche Gesellschaft begibst du dich?«

»Solche Leute laden wir schon lange ab und zu in unsere Talkshow ein. Ich weiß nicht, was du plötzlich hast.«

»Chris, ich habe Angst um dich. Musst du wirklich in die Politik gehen?«

Was hatte Patrycja nur? Sie übertrieb maßlos.

Außerdem stand einer Assistentin diese Art von Kritik nicht zu.

Er zitierte einen Spruch, den er mal gelesen hatte: »Um ein Sieger zu sein, musst du dich dem Bösen stellen.«

Sie hob abwehrend die Hand. »Gilt nicht für mich. Diesen Leuten will ich nicht begegnen.«

Er wurde etwas lauter. »Patti, du warst nett zu Dombacher, du wirst auch nett zu Tristan Bovert sein.«

»Es gibt Grenzen, Chris. Du wirst dem Kerl selbst die Tür öffnen müssen.«

Sie drehte sich um und verschwand in ihrem Büro.

Christoph fragte sich, warum er diese Frau für attraktiv gehalten hatte. Von Politik begriff sie nicht die Bohne. Du brauchst Verbündete, um etwas zu bewegen. Wer eine breite Front schmieden will, kann nicht mit Ausgrenzung starten.

Ihm wurde klar, dass er sich spätestens nach der Wahl von Patrycja trennen würde.

Wenn ich nach Berlin gehe, bleibst du hier.

Team Urban braucht dich nicht.

Fick doch deinen Fußballtrainer.

46

KASSEL

DIE KONTUREN KEHRTEN ZURÜCK.

Zunächst sah Brigitte alles doppelt. Dann zeichnete sich vor der weißen Zimmerdecke ein Infusionsständer ab, an dem eine Flasche hing, halb voll mit klarer Flüssigkeit, die in einen Schlauch tropfte. Ein leises, gleichmäßiges Piepsen war das einzige Geräusch im Raum.

Ich liege im Krankenhaus.

Es piepst im Rhythmus meines Pulsschlags.

Und etwas liegt auf meiner Hand.

Brigitte spürte zudem einen Druck im Gesicht, der schmerzhaft wurde, als sie den Kopf zur Seite wandte. Sie schloss die Augen, ließ den Schmerz vergehen und öffnete sie behutsam wieder.

Ein Mann saß dicht an ihrem Bett. Weißer Mundschutz, freundlicher Blick. Faltiges Gesicht. Glatze bis auf einen weißen Haarkranz.

Was will der Mistkerl hier?

»Tut mir leid, was passiert ist«, sagte Ole Naumann.

Das Sprechen fiel Brigitte schwer.

»Finger weg!«, stieß sie hervor.

Er nahm seine Hand von ihrer, aber das genügte ihr nicht.

»Verschwinde!«

Sie konnte den Mund kaum bewegen.

Ich bin ein verdammtes Wrack.

»Seit Jahren verfolge ich, was du machst«, erklärte Naumann.»Engagierte Kunst. Finde ich gut, ehrlich.«

»Du lügst.«

»Ich möchte, dass wir uns wieder vertragen. Wir haben so vieles gemeinsam. Der alte Krach verdient einen Schlussstrich. Meinst du nicht auch, Brigitte?«

Sie schlug mit der rechten Hand nach Naumann. Dabei löste sich ein Clip von ihrem Finger.

Ihr Kopf dröhnte wieder. Zugleich stach etwas im Brustkorb. Was war da los?

Das Piepsen wurde schneller.

»Lass mich in Ruhe, du Monster!«

»Ich hab Fotos gefunden. Wir beide in der Kanzlei. Die WG in der Sybelstraße. Mein Gott, waren wir jung. So verliebt war ich in meinem ganzen Leben nicht mehr. Erinnerst du dich an unsere Segeltour?«

»Ich bin ins eiskalte Wasser gefallen. Die Zeit mit dir war der Reinfall meines Lebens!«

Ein durchgehender Warnton mischte sich in das aufgeregte Piepsen.

Was ist jetzt los, muss ich sterben?

Eine Krankenschwester eilte herein. Weiße Hose, kurzärmliger Kittel. Sie stellte den Ton ab, blickte auf den Monitor hinter Brigittes Kopfteil, dann befestigte sie den Clip wieder an ihrem Finger.

»Ich bin Schwester Karin«, erklärte sie und kontrollierte den Tropf. »Sie sind im Klinikum Kassel im Aufwachraum der chirurgischen Klinik. Gratulation, Frau Veih, Ihre Operation ist gut verlaufen.«

Brigitte zeigte auf ihren Besucher. »Werfen Sie diesen Kerl raus!«

Sie sprach so deutlich, wie sie konnte.

Die Schwester nickte Ole zu: »Ihre Frau braucht jetzt Ruhe.«

»Das ist nicht mein Mann!«

Die Frau im Kittel guckte irritiert.

Ole erhob sich von seinem Stuhl. »Gute Besserung, Kleines. Bis morgen.«

»Wehe!«

Der Alte verließ den Raum. Schwester Karin folgte ihm.

Vorsichtig betastete Brigitte ihr Gesicht dort, wo es drückte und stach. Ihr linkes Auge war geschwollen. Sie spürte ein Pflaster auf der Wange, ein weiteres bedeckte die Augenbraue.

Sie lauschte dem Piepsen.

Dann schlief sie wieder ein.

Vincent folgte der Beschilderung. Auf der Station begegnete ihm eine Frau in Weiß. Am Kittel ein Namensschild: *Karin*.

Er fragte nach seiner Mutter.

Zu seiner Verwunderung bat die Schwester ihn, sich auszuweisen.

»Gerade war ein älterer Herr hier, der sich als ihr Ehemann ausgab.«

»Meine Mutter ist unverheiratet. Da gab's nie einen Ehemann.«

Sie gab ihm den Ausweis zurück und nickte.

»Zimmer sechzehn.«

»Wie geht es ihr?«

»Sie ist jetzt um ein paar Plättchen und Schräubchen aus

Titan reicher. Der Oberarzt hat das Jochbein fixiert. Die gebrochene Rippe heilt von alleine. Wir werden Ihre Mutter noch zwei, drei Tage dabehalten. Zu Hause sollte sie sich dann eine Weile schonen. Auch wegen der Gehirnerschütterung.«

»Danke, Schwester Karin.«

Sie wandte sich zum Gehen.

»Wie sah der ältere Herr aus?«, fragte Vincent.

»Elegant, weißer Bart, angenehme Stimme.«

»Haare auf dem Kopf?«

»Nicht mehr viele.«

Vincent bedankte sich. Er dachte an den Mann, der die Sanitäter gerufen hatte.

Aber was wollte Ole Naumann nach über fünfzig Jahren von Brigitte?

Sie erwachte. Wieder Doppelbilder und das Piepsen. Die Flasche am Ständer war inzwischen leer.

Brigitte erschrak.

Schon wieder streichelte jemand ihre Hand.

Es war Vincent.

Okay, du darfst das. Ausnahmsweise.

»Ich hoffe, du wirfst mich nicht ebenfalls raus«, sagte ihr Sohn.

Seinem mitleidigen Blick nach zu urteilen, sah sie wirklich übel aus.

Brigitte bat ihn, das Kopfteil des Betts höher zu stellen. Er fand die Steuerung und drückte die Taste, bis sie ihm das Zeichen gab, dass es genug war.

»Tut es sehr weh?«, fragte Vincent.

»Nur, wenn ich atme.«

»Was wollte Naumann?«

»Mich ärgern. Hat er auch geschafft. Kann der Typ sich nicht einfach von einer Klippe stürzen? Die Menschheit wäre besser dran.«

Vincent erzählte ihr, dass die Kasseler Polizei das Lager in der Karlsaue geräumt hatte. Seit heute war die Documenta wieder geöffnet. Der Spuk war vorbei.

Dank meines Opfers, dachte Brigitte. Dass eine über siebzigjährige Künstlerin vermöbelt wurde, hatte die Spießer offenbar geschockt und wachgerüttelt.

Sie bemerkte, dass sie immer noch schwach und müde war.

Schmerzmittel, Antibiotika und sicher auch etwas zur Beruhigung.

Es tat gut, dass sie nicht allein war.

Dass sie einen Sohn hatte.

Er darf nie erfahren, wer sein Vater ist.

47

DÜSSELDORF-UNTERBILK

DIE KANTINE LAG IM ERDGESCHOSS der Festung. Nach einer Renovierung hatte sie der Pächter in »Kasino« umbenannt, vermutlich weil es vornehmer klang. An der Qualität der Speisen hatte er jedoch nichts geändert.

Während Melia das heutige Angebot studierte, musste sie an Vincents Nachbarin denken, der sie gestern begegnet war. Gemessen an ihr bin ich fett, dachte Melia, und entschied sich für einen Salat.

Wenn ich schon nicht jogge.

Während sie im Grünzeug stocherte, setzte sich Odile Lechtenbrink zu ihr, die Sekretärin der Kriminalabteilung. Auf ihrem Tablett dampfte eine Portion Putencurry mit Reis und Erbsen.

Sie zwinkerte Melia zu. »Gratulation.«

»Wozu?«

»Die Ausschreibung der Kripochefstelle. Ich hab gerade den Entwurf auf dem Tisch.«

»Sie machen mich neugierig, Odile.«

»Bei gleicher Qualifikation soll eine Frau bevorzugt werden.«

»Damit war zu rechnen, oder?«

»Außerdem soll Engels Nachfolgerin nachweisen können, dass sie eine Kriminalinspektion leiten kann. Und mit den Besonderheiten der Landeshauptstadt vertraut ist.«

Melia spürte so etwas wie Lampenfieber.

Eigentlich kam dadurch nur sie infrage.

»Und dann stand da noch etwas von ›Sensibilität für die kulturelle Vielfalt einer Großstadt‹ und ›spezifischen Anforderungen, die ein Migrationshintergrund weiter Teile der Bevölkerung an die Polizeiarbeit stellt‹.«

Sie wollen mich tatsächlich, dachte Melia.

»Klingt nach Soziologenchinesisch«, antwortete sie und lachte verlegen.

Odile zerteilte mit der Gabel ein Stück Pute.

Melia fragte: »Wie schmeckt das Curry?«

»Das Fleisch ist trocken, die Soße zu süß. Ich hätte den Salat nehmen sollen.«

»Wollen wir tauschen?«

In diesem Moment piepste Melias Handy.

Kriminaldirektor Benedikt Engel wollte sie sprechen.

Melia klopfte an die Tür des Kripochefs und betrat das Büro. Engel deutete auf die Stühle am runden Ende seines Schreibtisches. Der groß gewachsene Mann mit den ergrauten Koteletten trug einen Anzug. Die einzige Konzession an die sommerlichen Temperaturen war der geöffnete Hemdkragen anstelle der üblichen Krawatte.

Seit zwei Jahren war Engel ihr Vorgesetzter. Sie mochte seinen Stil. Elegante Schuhe, noble Uhr. Er fuhr einen Porsche, ein altes Modell. Manchen erschien er als Inbegriff des oberflächlichen, redseligen Düsseldorfers. Doch Melia wusste, dass Engel anders gestrickt war.

Er hatte sie bei der Hand genommen, als sie neu gewesen

war. Ihr Schutz gewährt, als ihr Anfangsfehler unterliefen. Sie ermuntert, jederzeit zu ihren Ansichten zu stehen. Initiative zu ergreifen, statt abzuwarten, wie Vorgesetzte entschieden.

Sie würde ihn vermissen.

»Was Neues in der Sache mit den Leichenteilen?«, fragte Engel.

»Sie stammen von ein und demselben Mann. Das Team durchleuchtet sein Umfeld und alle Personen, die auf der Baustelle zu tun hatten. Ich habe die Mordkommission um acht Beamte aus dem KK12 und dem KK13 verstärkt.«

»Wer leitet die Kommission?«

»Anna Winkler.«

»Eine erfahrene Beamtin. Schon ziemlich lange stellvertretende Leiterin im KK11, nicht wahr? Sie sollten ihr eine Perspektive aufzeigen, um sie zu motivieren.«

Melia fragte sich, worauf der Kripochef hinauswollte.

Er deutete auf den Wandkalender. »Sehen Sie die Markierung, Frau Adan? Freitag ist mein letzter Tag.«

»Ich dachte …«

»Ich hab noch Urlaubstage. Die lass ich mir nicht nehmen.«

Wir müssen eine Feier organisieren, dachte Melia. Für ein Abschiedsgeschenk sammeln.

Sie nahm sich vor, mit Odile darüber zu reden.

»Mein Ehrgeiz in dieser Behörde beschränkt sich nur noch darauf, den Posten an die bestmögliche Nachfolgerin zu übergeben. Und lassen Sie mich offen reden, Frau Adan. Ich bin mir mit unserem Präsidenten und den maßgeblichen Leuten im Ministerium einig, dass Sie das sind.«

»Das ehrt mich sehr!«

»Warum gucken Sie so erstaunt?«

»Weil ich nicht damit gerechnet habe. Sie hinterlassen große Fußstapfen, und ich bin noch gar nicht so lange hier.«

»Lang genug, um zu zeigen, was Sie können. Oder trauen Sie sich den nächsten Schritt nicht zu?«

»Doch, natürlich.«

Der Kriminaldirektor lachte. »Na also.«

»Ich danke Ihnen, Herr Engel. Für alles.«

»Es gibt nur noch eine letzte Hürde. Deshalb habe ich Sie zu mir gebeten.«

»Und die wäre?«

Er beugte sich nach vorn, sein Blick wurde streng. »Der Begriff Compliance ist Ihnen geläufig?«

»Natürlich.«

»Ich habe neulich schon mit Ihrem Leiter KK11 darüber gesprochen.«

Melia wusste jetzt, was Engel meinte.

»Wie ernst ist Ihre Beziehung?«, fragte ihr Chef.

»Falls sie der Beförderung im Weg steht …«

Engel hob bedauernd die Hände. »Ich bin nur der Bote. Mir ist das Thema äußerst unangenehm.«

»Ich werde mein Privatleben nicht opfern.«

»Das verlangt auch niemand.«

»Ich kann ihm auch nicht vorschreiben, das KK11 zu verlassen.«

»Genau das müssen Sie aber. Ihr Freund braucht ein neues Betätigungsfeld. Alles außer Kripo. Oder er wechselt in eine andere Behörde. In Bielefeld sucht man einen Leiter für das Raubkommissariat. Das wäre ideal. Dann bliebe uns ein Umsetzungskarussell im eigenen Haus erspart.«

Melia wusste, dass Vincent nicht erbaut sein würde.

Und sie hatte keine Lust auf eine Wochenendbeziehung. Auf lange Fahrten ans andere Ende des Bundeslandes.

»Unter Ihrer Leitung kann er jedenfalls nicht länger arbeiten. Nicht als Ihr Lebensgefährte. Das hat man mir heute unmissverständlich klargemacht, quasi als Bedingung.«

Melia wusste jetzt, warum Vincent so darauf bedacht gewesen war, ihre Beziehung geheim zu halten. Sie hatte das nicht ernst genug genommen.

»Geben Sie mir bitte bis Freitag Bescheid, wie Sie das lösen wollen, Frau Adan.«

48

KASSEL

DAS KASSELER POLIZEIPRÄSIDIUM BEFAND sich gleich neben dem Hauptbahnhof. Ein Kollege der Kriminaldirektion stellte Vincent sein Büro zur Verfügung. Es war hell und mit halbwegs neuen Möbeln ausgestattet. Zwei große Monitore auf dem Tisch. Auf einem halbhohen Schrank lagen Akten. Mit der Documenta oder dem Vorfall in der Karlsaue hatten sie nichts zu tun, wie Vincent feststellte, als er einen flüchtigen Blick darauf warf.

Er musste keine zehn Minuten auf Ole Naumann warten.

Die Kasseler Kripo hatte ihn bereits zur Körperverletzung gegen Brigitte befragt. Dabei hatte Naumann eine Handynummer hinterlassen. Als Vincent ihn anrief, hatte er ohne Zögern eingewilligt, sich auch zum Raubüberfall auf den Talos Verlag vernehmen zu lassen.

Ein Kollege brachte ihn von der Pforte herauf und ließ Vincent mit Naumann allein.

Die Krankenschwester im Klinikum hatte den prominenten Rechtsextremisten als elegant bezeichnet. Das entsprach auch Vincents Eindruck. Der Alte trug einen hellen Sommeranzug, war schlank und wirkte ausgesprochen agil.

»Freut mich, endlich Brigittes Sohn kennenzulernen!«

In der Hand hielt er einen Fedora-Strohhut, die andere streckte er Vincent entgegen. Vincent ergriff sie, aber es störte ihn, dass Naumann dem Gespräch eine private Note verlieh.

Vincent wies Naumann den Besucherstuhl zu und bat ihn, sich an den Abend vor zehn Jahren zu erinnern, als Dennis Schubert und sein Komplize in die Verlagsräume in Düsseldorf-Oberbilk eingedrungen waren.

Naumann schilderte das Geschehen anschaulich und ohne sichtliche Gedächtnislücken. Vincent schrieb möglichst viel davon mit. Abweichungen von der Darstellung in der Akte fielen ihm erst einmal nicht auf, aber er würde das in Düsseldorf näher prüfen.

Als Naumann fertig war, hakte Vincent zu einigen Punkten nach. Sein Gegenüber blieb gut gelaunt und auskunftsfreudig. Zugewandt und freundlich. Keine ersichtlichen Vorbehalte gegen den Vertreter eines Staates, den er bekanntlich ablehnte.

Ganz der liebenswerte Opa.

Vielleicht etwas eitel.

Vincent konnte nicht ausblenden, dass dieser Mann einst den Kaufhausbrandstifter Andreas Baader verteidigt und mit ihm die Terrorbande RAF gegründet hatte. Ebenso wenig, dass Naumann Jahrzehnte später die NPD vor dem Bundesverfassungsgericht vertreten hatte. Sogar erfolgreich – er hatte damals dafür gesorgt, dass der Verbotsantrag der Bundesregierung abgelehnt wurde.

Brigitte sprach nicht oft über ihren einstigen Arbeitgeber. Vincent hatte trotzdem recherchiert. Medienberichte bezeichneten den Mann als schillernden Selbstdarsteller. Als eifernden Rhetoriker. Vincent hatte sich sogar ein paar von

Naumanns Schriften besorgt und sie angelesen, um sich eine Meinung zu bilden.

Er wusste, wie der Mann tickte.

Nun saß er ihm gegenüber, live und in Farbe.

Eigentlich gruselig.

Vincent versuchte, seine Gefühle auszublenden, und spulte seinen Fragenkatalog ab.

»Haben Sie eine Vorstellung, woher die Räuber von dem Safe in Sudhoffs Büro wussten?«

»Es war kein Geheimnis, dass Sudhoff wohlhabend war. Bei den Konzerten, die Talos Funny Music veranstaltet hat, fielen regelmäßig größere Mengen Bares an. Der gute Sudhoff hat des Öfteren betont, dass er lieber Geldscheine hortet, als die Einnahmen zur Bank zu tragen. Ihm missfiel das Konzept des gläsernen Bürgers.«

»Steuerhinterziehung.«

Naumann nickte fröhlich, als handle es sich auch um seinen Lieblingssport.

Vincent ließ sich den Komplizen beschreiben. Auch hier erfuhr er zunächst nichts Neues. Ein schweigsamer Jugendlicher, vielleicht gerade mal volljährig.

Bartflaum auf der Oberlippe.

»Wenn Schubert ihn angesprochen hat, nannte er ihn dann beim Namen?«

»Nicht in meinem Beisein.«

»Okay, dann habe ich momentan keine weiteren Fragen. Haben Sie vielen Dank.«

»Da fällt mir ein …«

»Ja? Was denn?«

»Kann sein, dass ich den Jungen später wiedergesehen habe. Vor drei oder vier Jahren. Während einer Informationsveranstaltung, bei der ich aufgetreten bin.«

»Wo?«

»Irgendwo im Rheinland. Er hatte noch den gleichen Flaum im Gesicht. Und den gleichen nordisch-bäuerlichen Ausdruck.«

»Sie hätten das anzeigen müssen.«

Naumann verzog die Mundwinkel. »Ich war mir nicht sicher genug.«

Du wolltest keinen Gleichgesinnten verpfeifen, dachte Vincent.

»Ich weiß, was dir jetzt durch den Kopf geht«, sagte Naumann.

»Wir bleiben besser beim Sie.«

Naumann lächelte.

»Informationsveranstaltung«, wiederholte Vincent. »Das heißt, Sie haben vor Gesinnungsgenossen ihre Propaganda verbreitet.«

»In der nationalen Bewegung sprechen wir von Kameraden, nicht von Genossen.«

»Gut, dass wir das klargestellt haben.«

Ein Mittäter aus der Naziszene. Also konnte an der Theorie etwas dran sein, dass der Raub dazu dienen sollte, Sudhoffs Vermögen – zumindest einen Teil davon – an radikale Aktivisten zu verteilen.

Was bedeutete das für den Mord an Dennis Schubert?

Vincent fiel darauf keine Antwort ein.

Noch nicht.

Er stand auf, ging an Naumann vorbei und öffnete ihm die Tür.

»Danke, dass Sie sich zur Verfügung gestellt haben.«

»Darf ich dich auch um einen Gefallen bitten?«

Vincent ersparte es sich, den Alten noch einmal zurechtzuweisen.

»Kannst du bitte bei Brigitte ein Wort für mich einlegen? Ich würde sie gern wiedersehen. Was geschehen ist, tut mir leid. Sie ist eine wirklich tolle Frau.«

»Die nationale Bewegung ist eher nicht so ihr Ding, Herr Naumann.«

»Ich werde sie nicht missionieren.«

»Vergessen Sie's trotzdem.«

Naumann nahm seinen Hut vom Tisch und setzte ihn auf.

»Grüß sie wenigstens von mir«, sagte er.

Vincent schwieg.

Der Alte trat näher an ihn heran. »Verrätst du mir dein Geburtsjahr?«

Vincent packte die Türklinke fester. »Auf Wiedersehen, Herr Naumann.«

Endlich machte sich der Kerl vom Acker.

Vincent riss das Bürofenster auf, um frische Luft hereinzulassen. Er rieb sich die Schläfen und schloss für ein paar Sekunden die Augen. Dann ging es wieder.

49

DÜSSELDORF-BILK

ANNA WINKLER GELANGTE ÜBER die nördliche Zufahrt auf den Campus der Heinrich-Heine-Universität und schlug den vertrauten Weg zum Institut für Rechtsmedizin ein. An der Rückseite des zweistöckigen Gebäudes aus den Fünfzigerjahren befand sich das Tor, durch das die Bestatter die Leichen brachten. Und ein kleiner Parkplatz, auf dem jetzt, am späten Nachmittag, sogar eine Lücke frei war.

Neben dem Tor stand Dr. Gretel Schwab und rauchte.

Als hätte sie auf mich gewartet, dachte Anna.

Sie fragte sich, warum die Rechtsmedizinerin sie herbestellt hatte. Ein Telefonat hätte es auch getan. Sie stieg aus und ging hinüber.

»Sie leiten die Mordkommission in diesem Fall?«, fragte Dr. Schwab.

Anna bejahte.

»Bis auf einen Fuß ist der Leichnam vollständig. Die DNA der Teile stimmt überein.«

Die Ärztin trug Jeans mit Camouflagemuster. Ihr weißer Kittel stand offen. Darunter ein rosafarbenes Poloshirt, bedruckt mit dem Kopf von Micky Maus und dem Logo von Gucci.

Wenn ich in der Festung so rumlaufen würde, könnte ich mich vor Sprüchen nicht mehr retten, dachte Anna.

»Woran ist der Mann nun gestorben?«, fragte sie.

»Wollen Sie ihn sich ansehen? Ich habe das Puzzle bereitgelegt.«

»Wenn es nicht sein muss, erspare ich mir den Anblick lieber.«

»Herr Veih würde sich das nicht entgehen lassen.«

Anna fragte sich, warum die Ärztin ihr das unter die Nase rieb.

»Der ist heute nicht in der Stadt«, erwiderte sie.

»Es war stumpfe Gewalt«, erklärte Dr. Schwab. »Schädelfraktur. Ein Schläger von etwa zehn Zentimetern Breite. Das kann man sehr schön sehen.«

»Kann er auch auf einen solchen Gegenstand gefallen sein?«

»Das Trauma befindet sich oberhalb der Hutkrempenlinie.«

»Verstehe.«

»Ein einziger Schlag mit großer Wucht. Zerteilt wurde der Leichnam dann mit einer Säge. Bringen Sie mir ein Sägeblatt, und ich kann Ihnen sagen, ob es das richtige ist.«

»Wurde dabei viel Blut vergossen?«

»Weniger als man denkt. Wenn das Herz nicht mehr schlägt, spritzt nichts mehr aus den Arterien. Aber es läuft was raus, wenn man sie an Gliedmaßen und Hals durchtrennt. Eine gewisse Sauerei ist zu erwarten.«

Schwab stieß eine letzte Rauchwolke aus, ließ den Zigarettenstummel fallen und trat die Glut aus. Sie trug Sandalen. Die Zehennägel waren in der Farbe des Poloshirts lackiert.

»Und wann ist er gestorben?«, fragte Anna.

»An den Leichenteilen ließ sich keine Starre mehr feststellen. Hautflecken sind in dem Fall nicht sehr aussagekräftig. Der Verwesungszustand lässt auch keine brauchbaren Rückschlüsse zu.«

»Okay.«

»Aber zum Glück haben wir den Rumpf. Genauer gesagt, den Mageninhalt. Er bleibt nicht lange in dem Organ, und in dieser Zeit …«

»Mir genügt das Ergebnis Ihrer Berechnung.«

»Stimmt es, was Herr Roth mir mitgeteilt hat? Dass das Opfer am Samstagmittag einen Apfel zu sich genommen hat?«

Dennis Schubert hatte am Samstag seine Ex besucht. Er prahlte damit, dass er einen Job als Installateur gefunden hätte. Und dass er kurzfristig Geld erwartete, das er in eine Wohnung investieren würde. Er fragte Agata Schubert, ob er bis dahin bei ihr unterkommen könne.

Was sie vehement ablehnte.

Während des Gesprächs hatte ihr Ex-Mann einen Boskop vom Obstteller genommen. Sie bot ihm nichts anderes an, obwohl sie gerade gekocht hatte. Sie wollte, dass Schubert rasch wieder ging, was er dann auch tat.

Dominik Roth hatte die Frau befragt.

»Gegen zwölf Uhr«, bestätigte Anna.

»Etwa eine Stunde später trat der Tod ein.«

»Also wurde Dennis Schubert gegen 13 Uhr erschlagen.«

»Plus/minus.«

Sie zündete sich eine neue Zigarette an.

»Danke«, sagte Anna.

»Stimmt es, dass Sie vielleicht einen neuen Chef bekommen?«

»Wer sagt so etwas?«

»Herr Roth hat das angedeutet. Dass Herr Veih aus Compliance-Gründen genötigt sein könnte, seinen Posten zu räumen. Ich bin ja nicht neugierig und will gar nicht wissen, um was es da geht. Aber falls es zutrifft, tut es mir leid. Ich habe mit Herrn Veih stets gut zusammengearbeitet.«

»Wir auch.«

Die Ärztin nahm einen tiefen Zug.

»Keine Ahnung, ob da was dran ist«, sagte Anna. »Hoffentlich nicht.«

Auf dem Weg zu ihrem Auto grübelte sie über die Neuigkeiten nach.

50

KASSEL

VINCENT VERLIESS SEINE MUTTER mit einem guten Gefühl. Er war zu ihrem Hotel gefahren, hatte ihre Sachen gepackt und das Zimmer gekündigt. Anschließend hatte er sie noch einmal in der Klinik besucht.

Diesmal war Brigitte hellwach.

Sie unterhielten sich über eine Stunde lang, und zum ersten Mal gab ihm seine Mutter nicht das Gefühl, dass sie als Rebellin und er als Polizist auf verschiedenen Seiten einer Kampflinie stünden.

Nähern wir uns einem ganz normalen Mutter-Sohn-Verhältnis?

Brigitte zeigte ihm, wie viele Mails voller Anteilnahme sie erhalten hatte. Ihre Freude darüber hatte nichts mit Eitelkeit zu tun. Die Schläger der Gegen-Documenta hatten sie nicht nur physisch verletzt. Jede gute Nachricht baute sie ein Stück weiter auf.

Sie las ihm vor, was Melia ihr geschrieben hatte.

Ihren Sohn in guten Händen zu wissen mache sie glücklich, bemerkte Brigitte.

Also schien sie sich auch an Melias Beruf nicht zu stören.

Die Grüße Ole Naumanns richtete Vincent nicht aus. Auch Brigitte erwähnte ihn nicht noch einmal. Doch das Thema war nur aufgeschoben. Wenn er sie am Samstag nach Hause fuhr, würde er sie darauf ansprechen, beschloss Vincent. So lange würde er sich noch gedulden.

Was ihm nicht leichtfiel.

Die Frage des Alten ließ ihn nicht los.

Verrätst du mir dein Geburtsjahr?

Auf der Autobahn nutzte Vincent die Zeit für Telefonate. Er rief Anna Winkler an, die ihn auf den neuesten Stand der Ermittlungen brachte.

Am Samstag war Dennis Schubert gegen 13 Uhr erschlagen worden.

Mit einem Baseballschläger oder Ähnlichem.

Vincent erzählte Anna von Ole Naumann. Dass Schuberts Raubkomplize der rechten Szene angehörte. Zumindest hatte der junge Mann vor vier Jahren damit sympathisiert.

Anna richtete Vincent Grüße von Dr. Schwab aus.

»Du klingst bedrückt«, fragte er. »Ist was?«

»Muss an deiner Freisprechanlage liegen«, antwortete die Kollegin.

Anschließend rief er Melia an, um sein Kommen anzukündigen.

Sie fragte nach Brigitte.

»Sie mag dich«, sagte er.

»Ich sie auch. Meistens.«

Vincent musste lachen.

Melia sagte: »Du kennst doch Reinhard Zacharias.«

Vincent erinnerte sich an den Namen. Ex-Kollege von ihr. Geheimdienstmann.

»Ich hab ihm erzählt, dass du an Talos dran bist. Er hat sich dazu schlaugemacht. Willst du dabei sein, wenn ich ihn treffe?«

»Unbedingt.«

Nach dem Gespräch fand Vincent, dass auch Melia anders klang als sonst.

Es musste tatsächlich an seinem Empfang liegen.

Oder die beiden Frauen verschweigen mir etwas.

Ein großes Schild kündigte das Kreuz Dortmund/Unna an. Vincent wechselte rasch auf die rechte Spur. Eine lange Schlaufe brachte ihn auf die A1.

Vincent gab Gas.

51

KASSEL

SO GING ES CHRISTOPH HÄUFIG. Erst versetzte eine rundum gelungene Ausgabe von *Urban direkt* ihn und sein Team in Hochstimmung. Doch nachdem sich alle in den Feierabend verabschiedet hatten und er allein war, fiel er in ein mentales Loch.

Wie heute nach der Sendung mit Tristan Bovert.

Es hätte nicht besser laufen können. Der Ex-Staatssekretär hatte nur ein einziges lateinisches Sprichwort zitiert. Das Christoph sogar verstand und übersetzen konnte.

Sie spielten sich die Bälle zu, als würden sie sich schon ewig kennen. Sie übertrafen sich gegenseitig darin, die neue Partei lobzupreisen. Ein Projekt, das Deutschland vereinen und aus der Sackgasse führen würde. Nicht links, nicht rechts. Und offen für eine Koalition mit allen gutwilligen Demokraten, für die Freiheit keine Floskel war.

»Wenn Sie eintreten, tue ich das auch«, sagte Bovert.

»Dann machen wir das.«

Sie gaben sich die Hand darauf, live, vor den Augen des Publikums.

»Sie wären der perfekte Parteivorsitzende«, sagte Bovert daraufhin.

Christoph lachte.

»Nein, ehrlich!«, beteuerte der Gast.

Christoph ließ sich nicht festnageln. Noch nicht.

Lass dich rufen, dräng dich nicht auf.

Christoph checkte jetzt die sozialen Netzwerke.

Und stellte fest, dass die Taktik aufging.

Er wurde gerufen.

Der Hashtag *#kanzlerurban* tauchte überall auf.

Eine prominente Schlagersängerin, die bekanntermaßen die Sammlungsbewegung unterstützte, forderte Christoph via Twitter auf, sich zur Wahl zu stellen. Sie postete einen Vorschlag für den Namen der Partei.

Der prompt als neuer Hashtag aufblühte.

#teamurban.

Christophs mentales Loch war Vergangenheit.

Der Silberreiher hat mir am Morgen prophezeit, dass ich durchstarten werde.

Christoph wechselte zu Facebook. Dort wurde seine heutige Sendung in höchsten Tönen gelobt. Nur ein paar Hardliner fanden sie zu mainstreamig.

Das ist Taktik, ihr Lieben.

Allein mit euren Stimmen gewinne ich keinen Blumentopf.

Das Telefon klingelte.

Viola Kaiser meldete sich.

»Gibst du mir noch mal 'ne Chance?«, fragte Christoph erstaunt.

»Was ist das für eine Partei, für die du dich zum Aushängeschild machen willst?«

»Das steht noch gar nicht fest.«

»Lügner. Du kokettierst, damit dich alle erst recht auf Händen tragen. Wann macht ihr das offiziell?«

»Warum fragst du mich das? Erhöht das meine Chancen bei dir, falls ich in die Politik wechsle?«

»Wenn du das tust, will ich dich dabei mit einem Kamerateam begleiten. Ich will dich exklusiv haben und überall dabei sein.«

»Du planst eine Doku?«

»Das ist mein Beruf.«

»Für welchen Sender?«

»Alles ist möglich. Außer Deutschland-TV.«

»Womit wir wieder beim Schubladendenken wären. Das ist sowas von 20. Jahrhundert.«

»Versprichst du mir, Christoph, dass du mich zuerst informierst?«

Sie war eine Linke. Durch und durch rot. Sie würde versuchen, ihn in die Pfanne zu hauen, dessen war er sich bewusst. Aber er war Profi, und das Fernsehen war seine Welt.

Er würde bestimmen, was sie zu sehen bekam.

Und ihr die Gelegenheit geben, ihn kennenzulernen.

Den wahren Christoph Urban.

Exklusiv und überall dabei.

Er und Viola würden einander nahekommen.

»Sag deinem Team, am Freitag geht es los.«

Christoph legte auf. Er lehnte sich in seinem Sessel zurück und blickte durch die Terrassentür auf einen furiosen Sonnenuntergang.

Team Urban. Außenminister in spe.

Und die rote Königin seines Herzens würde ihm auf die Pelle rücken.

Er konnte es kaum erwarten.

52

DÜSSELDORF-BILK

MELIA DIRIGIERTE VINCENT ÜBER eine Hofeinfahrt auf den Parkplatz eines Getränkemarkts, der vor gut zwei Stunden Feierabend gemacht hatte. Eben war Vincent noch von Wuppertal kommend in die Rheinebene hinuntergefahren, auf die Sonne zu, die als Feuerball über dem Horizont lag. Jetzt herrschte Dämmerung.

Melia deutete auf eine Stahltreppe an der Seitenwand des Gebäudes.

»Hier geht's hoch.«

Sie stiegen zu einer großen Terrasse hinauf, die mit Blumenkübeln und Gartenmöbeln vollgestellt war. Lichterketten spannten sich über die Sträucher. Windräder, Mobiles, zum Teil mit bunten, blinkenden Leuchtdioden bestückt. Ein surrealer Garten.

Dahinter erhob sich ein Loft. Unbeleuchtete Glasfronten.

»Was ist das für ein Ort?«, fragte Vincent.

»Hier wohnt jemand, den ich mal als Vertrauensperson geführt habe.«

»Ein Spitzel?«

Im Schatten stand eine Hollywoodschaukel. Ein Mann löste sich aus ihr.

»Guten Abend, ihr zwei.«

Melia stellte ihm Reinhard Zacharias vor.

Vincent nahm an, dass es sich um einen Tarnnamen handelte; so wie er Melia vor drei Jahren zunächst als Frau Khalid kennengelernt hatte. Der Geheimdienstbeamte wirkte schlaksig, etwa sechzig Jahre alt. Die John-Lennon-Brille verlieh ihm etwas Bohèmehaftes.

Zuerst umarmte er seine ehemalige Chefin, dann gab er Vincent die Hand.

»Wieso treffen wir uns hier?«, fragte Melia.

»Die Bewohner sind im Urlaub. Ich kümmere mich so lange um die Pflanzen. Hier draußen gibt es keine Wanzen, wir sind ungestört. Die Handys habt ihr hoffentlich im Auto gelassen.«

Vincent bejahte.

Melia fragte: »Stefan und Sina sind noch zusammen?«

»Sie hat ihm verziehen und arbeitet nun ebenfalls für uns.«

»Wow.«

»Gin Tonic?«

Zacharias öffnete einen Kühlschrank, der unter dem Vordach vor sich hin brummte. Im Lichtschein, der aus dem Inneren herausfiel, entdeckte Vincent farbig bemalte Holzskulpturen zwischen den Pflanzen. Totemartige Stelen. Er fragte sich, was die beiden Spitzel des Verfassungsschutzes beruflich trieben.

»Fährst du noch regelmäßig nach Berlin?«, fragte Melia.

»Einmal die Woche. Morgen wieder.«

»Wie ist dort die Stimmung?«

»Das übliche, also Paranoia. Das aktuelle Thema heißt Spionageabwehr. Die Russen und wo sie überall ihre Finger drin haben.«

»Sorgt Boverts Abgang nicht für Erleichterung bei euch?«

»Da ändert sich nicht viel. Bovert hat wichtige Stellen mit seinen Leuten besetzt. Die Lage bleibt heikel. Habt ihr vorhin *Urban direkt* geguckt?«

Melia und Vincent verneinten.

»Bovert war zu Gast.«

»Als Bezwinger der Kanzlerin?«

»Im Gegenteil. Er hat Krokodilstränen vergossen. Ihre eigene Partei hätte sie abgesägt, nur weil sie seine, also Boverts Vorschläge umsetzen wollte.«

»Es war genau umgekehrt«, antwortete Melia bitter.

»Angeblich hat jetzt ein gewisser Andreas Götz die Zügel in der Hand. Aber wem sag ich das?«

Zacharias verteilte die Drinks. Sie stießen an. Melias Ex-Kollege hatte am Gin nicht gespart. Es gab sogar Eiswürfel und Zitronenspalten.

Vincent nahm sich vor, bei einem Glas zu bleiben. Er wollte den Wagen ungern stehen lassen.

»Was habt ihr zu Talos?«, fragte er. »Wir duzen uns doch, oder?«

Noch einmal prostete Zacharias ihm zu. »Ich heiße Reinhard.«

»Vincent.«

»Vincent *Che*. Deine Mutter ist mir ein Begriff.«

»Beruhigend zu wissen, dass der Verfassungsschutz über die Familie wacht.«

Reinhard brach in lautes Lachen aus, das in einen rasselnden Husten überging. Es klang, als zerreiße es seine Lunge.

Melia sagte: »Geh mal zum Arzt.«

»War ich. Meine Hausärztin hat nichts festgestellt.«

»Hol dir eine zweite Meinung.«

Reinhard winkte ab und fuhr fort: »Wir haben einiges über Talos gesammelt. Der Verlag war seinerzeit mit seiner Buch- und Musiksparte das umsatzstärkste Unternehmen im rechtsextremen Spektrum. Die Szene hatte dann so ihre eigenen Vorstellungen, wohin das Geld fließen sollte. Von Siedlungsprojekten war die Rede. Von Schulungszentren, Fahrzeugen und Waffen. Aber der alte Sudhoff dachte nicht daran, sich von seinem Geld zu trennen.«

»Und?«

»Als klar wurde, dass er und seine Frau sich zur Ruhe setzen wollten und angeblich eine Villa am Gardasee im Auge hatten, gab es reichlich Unmut. Die Pläne der Sudhoffs hat der Raub bekanntlich vereitelt. Soweit die Fakten.«

»Laut Ermittlungsakte waren neunzigtausend Euro im Safe.«

»Damit hätte man keine Villa kaufen können.«

»Das stimmt.«

»Wir gehen von mindestens zwei Millionen aus. Realistisch sind drei. Können auch mehr sein.«

Das ergibt Sinn, dachte Vincent. Die siebzigtausend, die man in Dennis Schuberts Wohnung gefunden hatte, waren allenfalls die Anzahlung gewesen. Er hatte im Prozess geschwiegen, weil viel mehr in Aussicht stand.

Dafür hatte Schubert zehn Jahre seines Lebens investiert.

»Gibt es Erkenntnisse, wo das Geld geblieben ist?«

Zacharias schüttelte den Kopf.

»Siedlungsprojekte, Schulungszentren, Waffen?«

»Keine signifikante Steigerung der Aktivitäten seit dem Raub.«

»Also ging die Beute nicht an die Rechten.«

»Und wenn der Überfall aufs Konto der Antifa geht?«, warf Melia ein.

Vincent verneinte. »Ole Naumann hat mir erzählt, dass er den jüngeren Komplizen von Schubert ein paar Jahre später wiedergesehen hat, als er einen Vortrag hielt. Sprich: auf einer Naziveranstaltung.«

Einen Moment lang schwiegen sie zu dritt. Reinhard Zacharias hatte sein Glas bereits geleert und schüttelte es, als könne er es dadurch wieder füllen. Die Eiswürfel klingelten hell.

»Wir haben drei Zeugen des Raubüberfalls«, sagte Vincent. »Karin Baltes, die Sekretärin, sowie Ole Naumann und Christoph Urban. Wäre schön, wenn wir an den Komplizen von Schubert rankämen.«

»Ich hör mich mal um. Aber ich habe keinen umfassenden Zugriff auf die Unterlagen. Und jede Recherche wird im System dokumentiert. Einfach wird das nicht.«

»Reinhard ist für Linksextremismus zuständig«, erklärte Melia. »Die einzelnen Referate hüten ihr Wissen wie Rumpelstilzchen seinen Namen. Zu meiner Zeit waren sie einander sogar spinnefeind.«

»Manche Vorgänge sind so geheim, dass sie nur der Amtsleiter höchstpersönlich hüten darf«, sagte Reinhard.

Bis auf die Terrassenlichter war es stockdunkel geworden. Der Verfassungsschützer war im Schatten der Hollywoodschaukel kaum noch zu erkennen. Im Osten nahm Vincent Wetterleuchten und leichtes Donnergrollen wahr.

Melia ergriff Vincents Hand. Das Zeichen, dass sie aufbrechen wollte.

Ihr Ex-Kollege sagte: »Ihr hättet sehen sollen, wie Urban in der Sendung von unserem ehemaligen Amtsleiter umgarnt worden ist. Und wie sie beide von der neuen populistischen Partei geschwärmt haben.«

Er goss sich Gin nach und lachte.

»Bovert und Urban, da haben sich zwei gefunden!«

DONNERSTAG

53

DÜSSELDORF-DERENDORF

MELIA ERWACHTE VOLLER SORGEN. Morgen würde die Frist ablaufen, die Kriminaldirektor Engels ihr gesetzt hatte.

Wie soll ich es Vincent beibringen?

Sie deckte den Frühstückstisch für zwei. Dazu eine Vase mit Kornblumen. Servietten im gleichen Blau. Sie bereitete Grüntee zu, den Vincent mochte.

Nebenan begann die Dusche zu rauschen. Vincent würde sich nicht lange im Bad aufhalten. Inklusive Rasur fünf Minuten, schätzte Melia.

Die Zeit musste reichen, um ihren Vater anzurufen.

Auch er war schon auf den Beinen.

»Störe ich?«, fragte sie.

»Niemals«, antwortete Andreas. »Weißt du doch.«

»Ich hab ein Problem.«

»Um was geht es?«

»Vincent und ich …«

»Habt ihr euch gestritten?«

»Nein, aber unsere Beziehung verstößt angeblich gegen Compliance-Regeln. Sogar im Ministerium weiß man inzwischen Bescheid. Das zerschießt mir die Chancen auf die Beförderung zur Kripochefin.«

»Nicht wenn Vincent in eine Dienststelle außerhalb der Kripo wechselt. Ist das denn so schlimm?«

Das kann ich ihm unmöglich vorschlagen, dachte Melia.

»Sag bloß, ihr habt noch nicht darüber geredet?«

»Kannst *du* nicht etwas drehen?«

»Wie stellst du dir das vor, Amelie?«

Entrüstung in seiner Stimme, ein schlechtes Zeichen.

»Ich weiß, dass du den Minister kennst«, antwortete sie. »In deiner Zeit im Parteipräsidium war er Schatzmeister.«

Andreas schwieg.

»Hat er für dich die Bestechung der Papandreous geregelt?«

Er ging nicht darauf ein. »Amelie, ich kann da nichts tun. Echt nicht. Selbst wenn ich wollte. Das wäre Vetternwirtschaft.«

»Ich bitte dich zum ersten Mal um etwas.«

»Was meinst du, was los ist, wenn das rauskommt?«

»Dir fährt doch keiner mehr an den Karren. Du bist Pensionär, Andreas. Du hast keine Karriere zu verlieren.«

»Von wegen.«

»Wie meinst du das?«

»Wenn alles gut geht, bin ich bald der neue Bundeskanzler.«

»Was sagst du da?«

»Vor zwei Jahren war ich gerade mal mächtig genug, meine Rivalen kleinzuhalten und Frings-Fassbinder zur Kanzlerin zu machen. Jetzt werden die Karten neu verteilt, und ich stehe vor dem Höhepunkt meiner Karriere. Soll ich alles aufs Spiel setzen, nur damit dein neuer Freund seine Stelle nicht wechseln muss?«

Der Mann meint es ernst, dachte Melia. Der Ruhestand ist nur eine Art Fassade gewesen. Andreas hat sich die ganze Zeit über in Lauerstellung befunden.

»Dann habe ich dir also geholfen, Ute Frings-Fassbinder zu stürzen«, sagte Melia.

»Ich weiß nicht, was du meinst.«

»Du bist mir was schuldig.«

»Was du redest, ist Unfug.«

Melia beendete das Gespräch.

Ihr wurde klar, wie wenig sie ihren Vater kannte.

Vincent kam herein. Er warf einen Blick auf die Zeitung, griff nach der Teetasse und nippte.

»Hat jemand angerufen?«

Melia bemerkte, dass sie das Telefon immer noch in der Hand hielt.

Sie sah Vincent an.

»Was ist, mein Schatz?«, fragte er.

»Mein Vater hat mich reingelegt.«

»Wie bitte?«

»Er hat mich benutzt, um die Kanzlerin abzusägen.«

»Ernsthaft?«

»Und inzwischen glaube ich auch, dass er dem Fernsehsender Bescheid gegeben hat. Ich traue Andreas alles zu.«

Tränen schossen ihr in die Augen. Sie wandte sich ab.

»Und der Kripochef«, fuhr sie mit brüchiger Stimme fort, »hat mir gesagt, es sei beschlossene Sache, dass ich seinen Posten bekomme.«

»Aber das ist doch großartig!«

Melia wischte sich mit dem Handrücken über das Gesicht. »Engel hat die Compliance-Sache angesprochen.«

Vincent drückte sie an sich.

Er sagte: »Wir werden einen Weg finden.«

54

DÜSSELDORF-GRAFENBERG

AUF DEM WEG ZU KARIN BALTES, der ehemaligen Talos-Sekretärin und Zeugin des Raubüberfalls, dachte Vincent über berufliche Alternativen nach.

Polizeibeamte gingen im Regelfall mit zweiundsechzig in den Ruhestand. Also hatte er noch zehn Jahre. So lange könnte er in die Öffentlichkeitsarbeit wechseln. Oder Kindern erklären, wie man die Straße überquerte.

Aber das war nicht seine Welt.

Er war Kriminalist.

Zugleich fand er es großartig, dass Melia die Chance hatte, zur Nummer drei der Behörde aufzusteigen. Keinesfalls wollte er ihr das verbauen.

Eine Zwickmühle.

Frau Baltes wohnte in einem Altbau im Osten der Stadt. Zwei Blocks von ihrer Adresse entfernt fand er einen Parkplatz. An einem Kiosk stach ihm die Schlagzeile des überregionalen Boulevardblatts ins Auge.

Christoph Urban: Wechselt TV-Star in die Politik?

Vincent beschleunigte seinen Schritt und erreichte das Haus. Der Name der Rentnerin stand an der untersten Klingel.

Mit dem Summton drückte Vincent die Haustür auf. Karin Baltes erwartete ihn am Eingang der Erdgeschosswohnung. Eine runde Frau im silbergrauen Top, zu dem sie schwarze Leggings trug.

Er zeigte seine Marke. »Vincent Veih, wir haben telefoniert.«

Sie führte ihn in das Wohnzimmer.

Der Blick aus dem Fenster ging auf eine schmale, gepflasterte Terrasse mit Plastikmöbeln, die vor einer hohen Hecke endete. Durch die geöffnete Glastür schlich eine schwarze Katze herein. Sie strich um Vincents Beine und schnurrte sofort.

Frau Baltes' Schilderung des Raubüberfalls vor zehn Jahren entsprach dem, was Gesine Sudhoff erzählt hatte. Nur detaillierter, wie es von einer Tatzeugin zu erwarten war. In einem Punkt blieb sie allerdings vage.

»Was genau war im Safe?«, fragte Vincent.

»Hauptsächlich Bargeld, soviel ich weiß.«

»Welche Summe?«

»Die kannte nur der Chef.«

»Herr Sudhoff gab an, es seien neunzigtausend Euro gestohlen worden.«

»Dann wird das wohl auch stimmen.«

»Laut Gerüchten soll es viel mehr gewesen sein.«

»Davon habe ich nichts gehört.«

»Erwin Sudhoff ist tot, Frau Baltes. Und seine Witwe wird das Finanzamt nach so langer Zeit nicht belangen. Mich interessiert nur der Mord an Dennis Schubert. Wenn Sie mir verraten, was Sie wissen, schaden Sie niemandem, helfen aber der Gerechtigkeit enorm. Verstehen Sie das?«

Die Ex-Sekretärin bestätigte das nur zögerlich.

»Also, Frau Baltes, was war im Safe?«

»Außer dem Bargeld?«

»Außer den Neunzigtausend, die sich die beiden Räuber geteilt haben.«

»Der Chef hatte einiges in Gold angelegt. Münzen und Barren. Aber fragen Sie mich nicht, was die insgesamt wert waren.«

Vincent bedankte sich und wechselte das Thema.

»Können Sie mir den Komplizen von Dennis Schubert beschreiben?«

»Er war jung. Achtzehn, höchstens zwanzig. Blond, glaube ich. Er hatte einen dünnen Schnurrbart und lange Koteletten. Hat kaum gesprochen.«

»Was fällt Ihnen noch ein?«

»Er war fast so groß wie Sie. Und sehr dünn. Jeans und eine weinrote Bomberjacke mit weißer Aufschrift. Er trug die Tasche mit dem Werkzeug und wirkte, als hätte er genauso viel Schiss wie wir. Ein eingespieltes Team waren die zwei sicher nicht. Der Ältere hat ihn ständig rumkommandiert.«

»Hat er den jungen Mann mit Namen angesprochen?«

»Björn.«

Das war neu. Sicherheitshalber fragte Vincent nach.

»Kein Zweifel?«

»Einmal, als er die Pistole zog und ihm befohlen hat, uns die Handys abzunehmen. Da hat er ihn Björn genannt. Das weiß ich noch genau.«

»In der Akte taucht kein Name auf. Warum haben Sie den Ermittlern das nicht gesagt?«

»Bei der ersten Befragung war ich zu aufgeregt, um alles parat zu haben. Beim zweiten Mal dachte ich, die Polizei wüsste das längst.«

»Wieso?«

»Na ja, Herr Naumann und Herr Urban sind ja auch befragt worden, nehme ich an.«

»Die beiden haben den Namen also auch gehört?«

»Wir standen zusammen. Mit erhobenen Händen wie im Film. Es war schrecklich. Ich hab mir fast in die Hosen gemacht.«

»Und dann?«

»Zwei Stunden eingesperrt zu sein ist kein Spaß. Und nebenan waren die Kerle am Bohren. Als sie endlich weg waren, hab ich versucht, die Tür aufzukriegen. Mir ist fast die Blase geplatzt. Herr Naumann rief mir zu, dass Hilfe unterwegs sei. Herr Urban war übers Fenster raus und hat die Polizei geholt. Das ging dann zum Glück recht schnell.«

Vincent bedankte sich noch einmal.

Als er im Auto saß, rief er Melia an und bat sie um die Nummer von Reinhard Zacharias, die er gleich darauf wählte. Der Verfassungsschützer meldete sich nach dem ersten Klingeln.

»Zacharias.«

Vincent sprach ihn beim Vornamen an, obwohl er nach dem gestrigen Treffen ein Fremder für ihn geblieben war. Ein arroganter Geheimniskrämer, so schien es ihm.

Deine Mutter ist mir ein Begriff.

Er nannte Reinhard Zacharias den Namen Björn, gab die Beschreibung des Raubkomplizen weiter und erwähnte, dass Ole Naumann den jungen Mann vor etwa vier Jahren bei einer Zusammenkunft mutmaßlicher Neonazis wiedergetroffen hatte.

»Ich weiß, dass die Rechten nicht in dein Ressort fallen. Aber …«

»Mal sehen, was sich machen lässt.«
»Danke.«
»Aber gern, Vincent Che. Und schöne Grüße an Melia!«

55

NEANDERTAL

EIN KLOPFEN, DANN LEIFS STIMME. »Haben Sie 'ne Minute, Chef?«

»Komm rein«, antwortete Christoph.

Er brütete gerade über dem Fragenkatalog für seinen heutigen Gast. Ein populärer Liedermacher, der bis vor Kurzem der Linkspartei angehört hatte. Aber weil ihm die Belange der deutschen Rentner wichtiger waren als die der Trans-, Inter- und Pansexuellen dieser Welt, war er dort ins Abseits geraten und sympathisierte nun öffentlich mit der neuen Partei.

Laut und auf Rebellion gebürstet.

Das Gegenstück zum Mainstream.

Christoph erkannte, dass er Gespräche mit solchen Leuten schon zu oft geführt hatte. Da war nichts mehr, was ihn noch überraschte. Er unterdrückte ein Gähnen. Sein Gast kam eigentlich nur, um ihn aufzufordern, die Partei anzuführen – der krönende Schluss der heutigen Sendung.

Team Urban.

Er konnte es nicht erwarten, endlich loszulegen, die Scheune am Waldrand abzuschließen und hinaus in die Festsäle und Bierzelte des Landes zu ziehen. In Talkshows den etablierten Kolleginnen eine Nase zu drehen. Auf den Marktplätzen die großen Bühnen zu besteigen. Sich der Schlacht zu stellen, bei Demonstrationen in der ersten Reihe zu marschieren und das Volk mitzureißen.

Den Sturm auf den Reichstag anführen, wenn es sein musste.

Ich bin den alten Trott leid.

»Was gibt's, Leif?«, fragte er.

»Sie haben seit heute mehr als vierhunderttausend Follower bei Twitter.«

»Wir wollten uns doch duzen.«

Der junge Mann strahlte. »Unter Deutschlands Politikern hat nur Christian Lindner mehr Follower. Aber dessen Marke werden wir sicher bald knacken.« Er legte ein paar Zettel auf den Tisch. »Du solltest ab jetzt die Schlagzahl erhöhen.«

»Wie meinst du das?«

»Na ja, sechs oder sieben Tweets am Tag dürfen es schon sein. Ich habe mal die aktuell gängigsten Hashtags ausgewertet. Mit diesen Tools leiten wir Meinungsströme und generieren Follower. Ich werde das ab jetzt täglich analysieren.«

Christoph fragte sich, ob die Idee von Tristan Bovert stammte.

»Prima, danke«, sagte er.

»Falls du Fragen hast …«

»Ja, eine hab ich wirklich noch. Hast du am Samstag die Schwimmhalle benutzt?«

»Wie kommst du darauf?«

»Die Putzfrau hat sich beschwert, weil dort jemand mit Straßenschuhen zugange war.«

Leif hob abwehrend die Hände. »Ich war das nicht.«

»Sorry, dann vergiss meine Frage.«

»Mein Vater lässt dich grüßen. Er findet es großartig, dass du in die Politik gehst.«

»Das ist noch nicht offiziell.«

»Klar!«

Oles Sohn lachte und verschwand.

Das Telefon klingelte.

Eine Frau war dran. Sie schluchzte mehr als sie sprach. Es dauerte einen Moment, bis er Daryna erkannte, die ukrainische Frau seines polnischen Cousins Dawid.

»Beruhige dich, Daryna. Was ist los?«

»Dawid hat sich zum Armeedienst gemeldet! Du musst mit ihm reden. Er soll damit aufhören und sofort nach Hause kommen!«

Christoph begriff. Sein Cousin war einer Einheit ausländischer Legionäre beigetreten, die in der Ukraine gegen die russischen Aggressoren kämpften. Zuletzt hatte Dawid einen Transporter mit Medikamenten nach Kramatorsk gefahren, Darynas Heimatstadt. Sie lag im Osten des Landes, nahe der Separatistengebiete, und stand momentan unter russischem Beschuss.

Die Hilfslieferung nach Kramatorsk hatte Daryna noch unterstützt. Doch jetzt fürchtete sie um das Leben ihres Mannes. Zu Recht, wie Christoph wusste.

Die Legionäre galten als Draufgänger und taugten vor allem dazu, verheizt zu werden.

Christoph wollte ebenfalls nicht, dass sein Lieblingscousin den Heldentod starb.

Mochte die Sache noch so tugendhaft sein.

»Ich rufe ihn an, versprochen.«

Daryna gab ihm Dawids aktuelle Handynummer.

Christoph erinnerte sich an die Hochzeit der beiden in

Warschau. Damals hatte er noch die *Sportschau* moderiert. Über eines seiner Geschenke hatte sich Dawid am meisten gefreut.

Es war ein Fußball, den die drei Polen signiert hatten, die zu der Zeit in Dortmund spielten. Lewandowski, Blaszczykowski und Piszczek.

Die Feier ging über ein ganzes Wochenende. Sie tranken Wodka und lagen sich in den Armen. Am Ende fing Mareike aus der WDR-Sportredaktion, die Christoph begleitet hatte, den Schleier der Braut. Und Dawid warf Christoph seine Fliege zu.

Damit war nach polnischem Brauch das nächste Brautpaar vorherbestimmt.

Doch daraus wurde nichts.

Christoph wählte Dawids Nummer immer wieder.

Er sprach seinem Cousin auf die Mailbox.

Der Möchtegernkriegsheld rief nicht zurück. Womöglich lag er im Dreck. Unter feindlichem Feuer. Blutete oder war schon tot.

Christoph spürte den Drang, etwas mit seinen Fäusten zu zertrümmern.

56

KASSEL

BRIGITTE FÜHLTE SICH SCHON DEUTLICH besser. Solange sie Bewegung vermied. Und nicht in den Spiegel sah – der Anblick ihres übergroßen Veilchens war ein Schock.

Sie nutzte den Klinikaufenthalt, um Pläne zu schmieden. Mit dem Laptop auf dem Schoß recherchierte sie, was die Stadt Düsseldorf auf dem ehemaligen Kaufhof-Gelände vorhatte. Sie stieß auf Entwürfe verschiedener Architekturbüros. Sie alle sahen vor, in die Höhe zu bauen. Auf den Zeichnungen flanierten Passanten, Grün war die vorherrschende Farbe. Auf das neue Opernhaus würde man zahlreiche Büroetagen setzen, ein Luxushotel, ein Rooftoprestaurant für High-Society-Gourmets.

Brigitte überlegte, wie sie die Pläne mit ihren Baustellenfotos zu einer Installation kombinieren könnte.

Sie landete bei der Onlineausgabe der *Düsseldorfer Morgenpost*.

Eine Meldung, nur wenige Tage alt.

Bizarrer Fund bei Abrissarbeiten.

Der Artikel handelte von einem Fuß in einem schwarzen Müllsack. Weitere Körperteile tauchten am folgenden

Tag auf. Eine zerstückelte Leiche war auf der Großbaustelle entsorgt worden. Die Kripo ermittelte.

Vincents Name wurde erwähnt.

Warum redete er eigentlich nie mit ihr über seine Arbeit?

Brigitte rechnete nach.

Den ersten Fund hatte man am Sonntag gemacht. Am späten Samstagabend hatte sie an diesem Ort fotografiert. Sie erinnerte sich an den Mann, der durch dieselbe Lücke gekommen war wie sie. An die Beutel, die er ablud.

Brigitte atmete vor Aufregung schneller.

Ich habe den Mörder gesehen.

Die Aufnahmen befanden sich auf der Festplatte. Sie schloss den Browser und öffnete den Ordner, dann klickte sie sich durch die Fotos.

Es war ihr um die Stimmung gegangen, nicht um Details. Sie hatte sich weit vom Zaun und dem Schutthügel entfernt. Zwar konnte sie den Ausschnitt mit dem Mann vergrößern, doch mit jedem Schritt verminderte sich die Bildqualität.

Sie mailte die Fotos an Vincent.

Sicher verfügte seine Behörde über entsprechende Programme und die nötige Rechnerleistung, um mehr aus den Bilddateien herauszuholen.

Ich denke schon wie ein verdammter Bulle.

Brigitte kehrte zu den Nachrichtenseiten zurück. Dennis Schubert hieß der Mann, der ermordet worden war. Ein Installateur aus Mettmann, der vor zehn Jahren in Düsseldorf einen Raubüberfall verübt hatte und auch zuvor schon polizeibekannt war.

Er hatte den Safe eines Verlegers geknackt, der sich ganz rechts außen getummelt hatte. Bei Talos waren die Hetzschriften von Ole Naumann erschienen.

Der Räuber ist ein Held gewesen, überlegte Brigitte.

Seine Tat ein Akt des Antifaschismus.

Sie blickte auf die Uhr. Vor zehn Minuten hatte sie die Fotos an ihren Sohn gesendet.

Er hatte sie noch immer nicht angerufen.

Undankbarer Kerl.

Dann klingelte ihr Telefon. Es war Vincent.

Ich habe ihm unrecht getan.

Ihr Sohn fragte: »Der Typ auf den Bildern – hat er die Beutel abgelegt oder vergraben?«

Brigitte fiel ein, dass er und Ole sie gestern in kurzem Abstand besucht hatten. Waren sie einander begegnet?

»Hörst du mir zu?«, fragte Vincent.

Wenn der alte Nazi meinen Sohn dumm anmacht, bekommt er es mit mir zu tun, dachte Brigitte.

57

DÜSSELDORF-UNTERBILK

VINCENT ZOG EINEN FREIEN Stuhl heran und setzte sich neben den Kollegen von der Kriminaltechnik. Der große Monitor auf seinem Tisch zeigte die Kaufhof-Ruine in dramatischer Lichtstimmung. Schwarze Mauern, der violett schimmernde Himmel und ein weißer Halbmond über der Silhouette eines Mannes im Hintergrund.

Der prallvolle Tüten trug.

»Besser geht es nicht?«

»Nope.«

»Ich dachte, ihr könntet ...«

»So sieht der Ausschnitt ursprünglich aus.« Der Kollege klickte ein paarmal, das Bild auf seinem Monitor wurde noch unschärfer. »Ich kann noch mehr Pixel errechnen lassen, aber irgendwann spekuliert das Programm nur noch. Dann haben wir eine gestochen scharfe Nase, aber mit der Realität hat sie nichts zu tun. Sei zufrieden mit dem, was ich dir zeige.«

Für ein Fahndungsbild taugt das nicht, dachte Vincent.

Der Techniker wählte ein anderes Bild. Hier sah man den möglichen Täter von hinten.

»Der Kerl hat eindeutig helle Haare.«

Er klickte, um den Kopf zu vergrößern.

»Und er trägt einen kleinen Dutt auf dem Kopf. Hat nicht jeder, oder?«

»Und der ist nicht von deinem Programm herbeispekuliert?«

»Nope.«

Vincent bedankte sich.

»Nimm beim nächsten Mal ein Tele«, sagte der Kollege. »Oder geh einfach näher ran.«

Alle Mitglieder der Mordkommission waren zum Meeting erschienen. Auch Melia nahm teil, außerdem Oberstaatsanwalt Kilian und Hauptkommissar Braun, der Pressesprecher der Behörde.

Vincent erzählte vom Gold.

Das bedeutete, dass Schuberts Geldbündel nur ein Teil der Beute gewesen waren, wie Zacharias vom Verfassungsschutz vermutet hatte. Die Münzen und Barren hatte der Auftraggeber behalten, um sie in Euro umzutauschen.

Vincent tippte darauf, dass es sich dabei um Naumann oder Urban handelte.

Er legte die Fotos auf den Tisch. Es folgte eine kurze Diskussion darüber, was seine Mutter auf der Baustelle zu suchen hatte.

»Kann uns egal sein«, wiegelte Vincent schließlich ab. »Eine Anzeige liegt nicht vor.«

Das Team nahm die Ausdrucke unter die Lupe.

»Blond, groß und kräftig«, fasste Anna zusammen.

»Und er trägt einen Dutt«, sagte Vincent. »Der Mann ist unser Täter oder hat für ihn die Leiche weggeschafft. Alles andere wäre ein äußerst unwahrscheinlicher Zufall.«

»Kim hat sich das Haus von Christoph Urban vorgeknöpft«, sagte Anna. »Das heißt, die amtlichen Unterlagen, die es dazu gibt.«

»Es ist, wie Vincent vermutet hat«, sagte Kim Brandstätter. »Urban hat den Bauernhof im Neandertal kurz nach dem Raubüberfall bei Talos erworben. Genau gesagt, zwei Monate danach. Es ist also denkbar, dass er den Großteil der Beute für sich behalten und in das Anwesen investiert hat.«

»Und dass er Dennis Schubert tötete, als der zu ihm kam, um seinen Anteil zu fordern«, schlussfolgerte Dominik Roth.

»Reicht das für einen Durchsuchungsbeschluss?«, fragte Vincent den Staatsanwalt.

»Den Versuch ist es wert. Ich rede morgen mit dem Richter.«

»Wir müssen Urban fragen, wo er am Samstag war«, warf Dominik ein.

»Bevor wir ihn vorladen, warten wir erst mal den Durchsuchungsbeschluss ab«, entschied Vincent. »Sonst ist Urban vorgewarnt und macht gründlich sauber.«

»Und bis dahin drehen wir Däumchen?«

»Haben Sie Argumente für einen Gegenvorschlag?«, fragte Melia kühl. »Schießen Sie los, Herr Roth, wir sind ganz Ohr.«

Dominik verdrehte die Augen, blieb aber still.

»Wir sollten Urban in der Zwischenzeit im Auge behalten«, schlug Vincent vor.

»Okay, ich rede mit dem Leiter der Spezialeinheiten«, antwortete Melia.

Vincent sah ihr an, dass sie nicht daran glaubte, ein Mobiles Einsatzkommando bewilligt zu bekommen. Aber immerhin wollte Melia es versuchen. Ihr Vorgänger auf diesem Posten hatte sich stets nur für Anliegen eingesetzt, bei denen er offene Türen einrannte.

Melias Handy gab einen Ton von sich. Sie wischte über das Display und vertiefte sich ins Lesen.

Währenddessen sagte Kim: »Christoph Urban ist weder blond noch trägt er einen Männerdutt. Vorausgesetzt, er hat Schubert getötet, dann hätte deine Mutter zumindest einen Helfer erwischt.«

»Der Blonde muss einen Bezug zur Baustelle haben«, ergänzte Vincent. »So wie meine Mutter es geschildert hat, gab es eine präparierte Halde, die der Mann zum Einsturz gebracht hat, um die Beutel zu begraben. Der Ort war also nicht spontan gewählt, sondern vorbereitet.«

»Könnte sein, dass wir den Komplizen haben«, sagte Melia und steckte ihr Handy weg.

Alle sahen sie an.

Sie korrigierte sich. »Ich meine nicht den Blonden mit dem Dutt, sondern den Komplizen bei Schuberts Raubüberfall auf Talos vor zehn Jahren. Ein Kollege beim Verfassungsschutz ist die Kontaktdaten der einstigen Westkreuz-Miliz durchgegangen, soweit sie dort bekannt sind. Unter den Mitgliedern gab es einen Björn. Wir sollten prüfen, ob dieser Björn vom Alter her infrage kommt.«

Anna beauftragte Dominik Roth mit der Aufgabe. Melia notierte die Daten aus Zacharias' Nachricht und reichte den Zettel weiter. Dominik steckte ihn wortlos ein.

Vincent sah ihm an, dass er noch sauer auf die Inspektionsleiterin war.

Anna schloss ihre Bürotür hinter Vincent und Melia. Weil es nur zwei Stühle im Zimmer gab, blieben sie alle drei stehen.

»Was gibt's, Frau Winkler?«, fragte Melia.

»Sie sind Dominik ganz schön über den Mund gefahren, Frau Adan.«

»Er hat es verdient«, warf Vincent ein.

»Ich glaube, er war's, der sie beide beim Kripochef verpetzt hat.«

»Dominik Roth?«, fragte Melia. »Wie kommen Sie darauf?«

»Von Dr. Schwab weiß ich, dass er ihr erzählt hat, Vincent müsste die Leitung unserer Dienststelle abgeben.«

»Gretel Schwab ist Rechtsmedizinerin an der Uni«, erklärte Vincent.

»Wie sollte Dominik auf so was kommen?«, fuhr Anna fort. »Ich kann es mir nur so erklären, dass er selbst die Lawine losgetreten hat.« An Vincent gewandt fügte sie schnippisch hinzu: »Ich war's nämlich nicht.«

»Passt ins Persönlichkeitsbild, hilft uns aber auch nicht weiter«, antwortete Melia.

»Aber sobald Sie die neue Kripochefin sind …«

»Langsam, Frau Winkler. Die Stelle wird gerade erst ausgeschrieben.«

»Falls ja, dann bekommen wir einen neuen Inspektionsleiter. Und dann sollte es aus Gründen der Compliance kein Problem mehr sein, dass Sie beide … Ich meine, Sie sind ja dann nicht mehr die unmittelbare Vorgesetzte unseres Chefs.«

Vincent hatte auch schon daran gedacht.

Melia fuhr sich mit beiden Händen durchs Haar. »Ich fürchte, das ist Auslegungssache, und darüber zu entscheiden liegt leider nicht in unserer Macht.«

Vincent bedankte sich bei Anna und trat mit Melia auf den Flur.

Leise fragte er sie: »Warum liefert Zacharias dir die Daten dieses Björn, wenn ich ihn darum bitte?«

»Geheimdienstgewohnheit. Eine Quelle hat immer nur eine Bezugsperson. Außerdem war Reinhard mein Mitarbeiter. Die Gewohnheit eines alten Vertrauten.«

»Er scheint dich sehr zu mögen.«

Melia lachte. »Höre ich da Eifersucht heraus?«

Sie blickte sich kurz um, dann drückte sie ihm die Lippen auf den Mund.

Vincent erwiderte den Kuss. Dann musste er grinsen.

Mochte sein, dass sein Kommissariat Augen und Ohren hatte.

Aber es gab Momente, da war ihm das egal.

58

NEANDERTAL

»WEISST DU WAS, CHRIS?«, sagte der Liedermacher. »Wir brauchen dich als unseren Vorsitzenden!«

Live auf Sendung.

Dem Script folgend.

Die Gitarre hing noch vor seinem Bauch, nachdem er seinen neuesten Song dargeboten hatte. Er handelte von einem solidarischen Land, in dem es den Alten gut ging und nicht der zweifelhafte Drang herrschte, die Menschen mit Verboten zu gängeln und die gesamte Welt auf Kosten des eigenen Wohlstands zu retten.

Christoph sang den Refrain mit, ein zweistimmiges Duett. Danach umarmten sie sich und beschlossen vor laufender Kamera, einander zu duzen.

Werbung für das neue Album des Liedermachers.

»Wir sind bereit für Team Urban!«

»Ich bin aber kein Politiker!«, kokettierte Christoph.

»Genau darum geht es doch. Politiker denken ausschließlich an ihre Karriere. Irgendwann verlieren sie alle an Bodenhaftung und fahren Deutschland gegen die Wand. Höchste Zeit für einen Neustart. Echte Menschen wie du, Chris, müssen ans Ruder!«

»Das ehrt mich sehr. Und es berührt mich, aber …«

»Das ist nicht bloß meine Meinung. Hör dich um. Man will dich als unseren Oppositionsführer gegen das korrupte System!«

»Ich habe gehört, dass ich einige Follower in den sozialen Netzwerken habe.«

Der Liedermacher lachte auf. »Genau das meinte ich! Einige Follower. Ein Politiker wäre niemals so bescheiden. Christoph Urban weiß nicht mal, dass ihm fast eine halbe Million Menschen auf Twitter folgen!«

Hinter der Kamera gab Jakub Zeichen.

Nur noch zwanzig Sekunden.

»Heute bist du der Bewegung beigetreten, Chris. Mach den nächsten Schritt und führe uns in den Bundestag!«

»Ich muss darüber nachdenken.«

»Okay!«, antwortete der Liedermacher euphorisch.

»Morgen werde ich mich erklären. In dieser Sendung.«

Der Liedermacher hielt beide Daumen hoch.

Christoph rief in die Kamera: »Das war *Urban direkt*. Bleiben Sie dran!«

Die Schlussmelodie ertönte. Das rote Licht erlosch.

Jakub befreite ihn und seinen Gast von den Ansteckmikros.

»Danke für die Promo«, sagte der Liedermacher. »Und dass ihr die Tourdaten eingeblendet habt!«

»Gern geschehen.«

»Und sollte es mit Team Urban nicht klappen, touren wir gemeinsam durch die Hallen. Das klang doch eben gar nicht übel.«

Der Sänger meinte das ebenso wenig ernst wie Christoph, als er ihm zustimmte.

Christoph holte sein Handy in der Garderobe ab. Gleich darauf begann es auch schon zu klingeln. Er rechnete mit Bovert von der Denkfabrik. Oder mit einem von Osterkamps Assistenten. In diesen Tagen war ständig etwas zu bereden.

Zu seiner Überraschung war es Dawid, sein Cousin.

»Ich dachte mir, ich warte ab, bis deine Sendung vorbei ist«, sagte er.

»Wie geht's dir?«

Christoph vernahm keine Antwort. Da war nur ein Rauschen, das er nicht einordnen konnte.

»Dawid, was ist los, wo steckst du?«

»Ich ... wir waren heute in Kampfhandlungen verwickelt.«

»Schon am ersten Tag?«

»Es war schrecklich.«

»Du musst das nicht machen, hörst du?«

»Doch, Krzyś. Du hast nicht gesehen, was ich erlebt habe. Kramatorsk, Darynas Verwandtschaft ...« Dawids Stimme stockte.

»Du tust bereits eine Menge. Du fährst Hilfstransporte. Denk an deine Frau. Daryna braucht dich lebend und gesund. Fahr nach Hause. Ich bitte dich.«

»Wenn alle Ukrainer so handeln würden, Krzyś, dann hätten die Orks freie Bahn.«

»Du bist kein Ukrainer!«

»Polen ist als Nächstes dran. Wollen wir das? Nein!«

»Ich kümmere mich darum.«

»Du? Mit deiner Fernsehshow?«

»Ich plane, in die Politik einzusteigen. Bei uns stehen Neuwahlen an. Ich werde mich dafür starkmachen, dass Deutschland den Russen Einhalt gebietet. Schwere Waffen, Flugzeuge, Raketen. Alles was die Ukrainer brauchen.«

»Du, Krzyś? Echt jetzt?«

»Lass uns einen Deal machen, Dawid. Ich kämpfe an der politischen Front. Dafür gibst du dein Gewehr an Leute ab, die damit umgehen können. Fahr heim nach Warschau zu Daryna. Organisier meinetwegen weiterhin Hilfstransporte. Jeder tut, was er am besten kann. Hörst du, Dawid?«

»Du meinst, die Leute wählen dich, einen Polen?«

»Ich bin deutscher Staatsbürger. Ich spreche akzentfrei, fahre ein deutsches Auto und lache über Polenwitze. Nach der Wahl werde ich Einfluss haben.«

»Und welchen Deal gehst *du* dabei ein?«

Christoph dachte eine Sekunde lang nach.

Nein, da gibt es keinen falschen Kompromiss.

Nichts, wofür ich mich schämen müsste.

»Ich tu's für dich und Daryna«, sagte er. »Für den Frieden in Europa.«

»Fuck Putin.«

»Yeah! Fuck Putin!«

»Krzyś, mein deutscher Held, ich drück dir beide Daumen!«

59

BERLIN-WILMERSDORF

ERST AM ABEND FLAUTE die Wirkung ihrer gestrigen Dröhnung ab. Ute Frings-Fassbinder hatte sich die Kante gegeben, nachdem sie beim Bundespräsidenten ihren Rücktritt erklärt hatte. Tabletten gegen die plötzlich wieder aufflammende Angststörung, Rotwein zur Beruhigung. Für die Nacht eine Pille zum Einschlafen.

Der heutige Tag hatte mit einem Brummschädel begonnen.

Inzwischen sah sie klarer.

Die ehemalige Kanzlerin griff zum Telefon.

In Düsseldorf hatte sie Freunde. In der Landeshauptstadt am Rhein hatte ihre Karriere begonnen. Es war Zeit zu testen, was diese Beziehungen nach der Katastrophe vom Dienstag noch wert waren.

Dagmar Spörl, die Vorsitzende des Düsseldorfer Kreisverbands, meldete sich sofort.

Vor einem Jahr hatten sie und ihr Partner noch Urlaub mit den Frings-Fassbinders gemacht. Dabei hatten die Frauen in Jugenderinnerungen geschwelgt und ihre Urlaubslektüren getauscht, die Männer bewegten ihre Rennräder und kümmerten sich um den Grill.

»Ich bin's, Ute.«

»Mein Gott, wie geht's dir?«

»Ach, ich versuch gerade, mich neu zu orientieren. Der Schock sitzt noch tief, wie du dir denken kannst, meine Liebe. Dass ausgerechnet die Papandreous mir eine solche Falle gestellt haben. Ich bin zutiefst enttäuscht.«

Dagmar schwieg. Was Ute stutzig machte.

Du wirst dich doch nicht auf deren Seite schlagen?

»Ich weiß, dass die Papandreous ihr Restaurant um einen Hotelbetrieb erweitern wollen«, fügte Ute hinzu. »Soweit ich mich erinnere, geht das in einem Wohnviertel nicht so einfach.«

Dagmar räusperte sich. »Ich habe Manolis bereits meine Unterstützung zugesagt.«

Sie und der Delphi-Wirt sind also Duzfreunde, stellte Ute fest.

»Meine Liebe, diese Leute haben mich zerstört. Sie sind letztlich sogar verantwortlich für das Auseinanderbrechen der Koalition im Bund. Willst du ihnen das so einfach durchgehen lassen?«

»Manolis ist Ratsherr. Er hat uns die Stimmen der griechischen Community gesichert. Ohne ihn würden wir nicht den Oberbürgermeister stellen. Ich kann nicht einfach …«

»Du musst die Unterstützung für Papandreou zurückziehen. Mach den Mann fertig. Tu es mir zuliebe!«

»Aber Ute …«

»Ich bitte dich. Such dir einen anderen Vorzeigegriechen. Papandreou und seine Frau haben keinen Charakter. Das haben sie am Dienstag bewiesen.«

»Ich find's ja auch nicht gut, wie mit dir umgesprungen wurde …«

»Die beiden haben mir Deutschland-TV auf den Hals

gehetzt. Ich habe zwei Tage gebraucht, um wieder auf die Beine zu kommen. Wie boshaft müssen Menschen sein, um jemanden so fertigzumachen? Das habe ich wirklich nicht verdient!«

»Nein, hast du nicht.«

»Und nicht bloß mein Leben liegt nach zwei Jahren Amtszeit in Trümmern. Wenn wir im Bund verlieren, schlägt das auch auf die Parteibasis durch. Wann habt ihr die nächsten Kommunalwahlen? Nächstes Jahr?«

»Meinst du wirklich, es war Manolis Papandreou, der das Fernsehen informiert hat?«

»Wer sonst? Der Mann ist völlig durchgedreht. Seine Frau erst recht. Düsseldorf darf ihnen keine Plattform mehr für ihre zwielichtigen Umtriebe bieten. Wer weiß, aus welchen Quellen ihr Geld stammt.«

»Du hast recht, Ute. Was die Papandreous dir angetan haben, ist ein absolutes No-Go.«

»Danke dir, Dagmar. Ihr solltet sie aus der Stadt jagen. Übrigens, habt ihr schon Pläne für die Weihnachtsferien?«

Kurz darauf suchte sie das kleine Büro ihres Mannes auf, das sich in ihrer Maisonettewohnung im Stadtteil Wilmersdorf unter dem Dach befand. Gereon Fassbinder hatte nach ihrem Amtsantritt vor zwei Jahren seinen Journalistenberuf an den Nagel gehängt. Jetzt wollte er wieder einsteigen. Mit dreiundsechzig Jahren war er noch fit genug und dank seiner Kenntnis der politischen Landschaft für einen Job als Hauptstadtredakteur prädestiniert.

Nur hielt Ute ihn für zu feinsinnig. Mit robusteren Manieren hätte er es längst zum Chefredakteur gebracht, und die Medienkonzerne der Republik würden ihn mit Herausgeberposten locken.

»Wie läuft es?«, fragte sie.

»Ernüchternd.«

Gereon resümierte seine Anstrengungen seit gestern: Sämtliche Chefs von früher waren nicht mehr auf ihren Posten, und die neuen, jungen Redaktionsleiter hatten noch nie von ihm gehört. Zudem bauten fast alle Zeitungshäuser Stellen ab. Redaktionen fusionierten oder machten dicht.

Momentan sah Gereon keine Chance auf eine Mitarbeit, die ihm regelmäßige Einnahmen garantierte. Und Ute wusste nicht, wie sie ihm helfen konnte. Sie lag selbst am Boden.

Ute drückte ihn und strich ihm durchs volle, weiße Haar, das sie so mochte.

»Macht nichts«, versuchte sie ihn aufzumuntern. »Ich bekomme noch für eine Weile mein Übergangsgeld. Das reicht locker für uns beide. Vielleicht sollten wir verreisen.«

»Jetzt, wo auf Malle der Teufel los ist?«

»Meinst du dein Hotel? Was ist damit?«

»Ich wollte dich in den letzten Wochen nicht damit behelligen, aber die Bank drückt mir gerade die Luft ab.«

Gereon hatte eine kleine Erbschaft gemacht und alle Ersparnisse in eine Finca auf Mallorca gesteckt. Wegen ihrer Lage – auf einem Hügel mit traumhaftem Blick aufs Meer – war sie geradezu prädestiniert, um als Boutique-Hotel zu dienen. Lokale Handwerker renovierten die Bausubstanz. Ein Architekt, den Ute kannte, stattete die Zimmer aus. Ein befreundeter Koch sollte das Restaurant übernehmen.

Natürlich wurde ein Kredit nötig, aber die Investition sollte sich lohnen.

Ein Parteifreund hatte das für Gereon durchgerechnet.

Doch dann funkte ihm die Pandemie dazwischen.

Während der Lockdowns türmten sich die Kosten ins Uferlose. Gereon musste die Kalkulationen über den Haufen werfen. Die Handwerker stoppten die Arbeit und mahnten ihre Rechnungen an. Der Koch ließ Gereon im Stich.

Die Eröffnung des Hotels verschob sich immer weiter.

»Banca March wird die Finca übernehmen«, antwortete Gereon betrübt. »Aber das ist noch nicht alles.«

»Du verlierst dein Hotelprojekt?«

»Sie werden auch unser Haus in Peguera pfänden.«

Sie ließ ihren Mann los, trat einen Schritt zurück und sah ihm in die Augen.

Die Augen eines geschlagenen Hundes, dachte Ute.

»Wie kann das sein?«

»Es war alles, was ich als Sicherheit bieten konnte.«

»Gerade habe ich Dagmar Spörl und ihren Mann dorthin zu Weihnachten eingeladen!«

»Tut mir leid.«

»Ist das alles, was dir dazu einfällt?«

Gereon schwieg betreten. Ute bedauerte, dass sie laut geworden war.

»Um welche Summe geht es?«, fragte sie.

»Drei Millionen.«

Ute dachte nach. Sie hatte Dagmar belogen. Die Papandreous hatten sie nicht hereingelegt, sondern stets nur für ihr Schweigen kassiert. Aber wo dieses Geld herkam, würde noch mehr zu holen sein.

Sie würde den Mann bluten lassen, der sie wirklich gelinkt hatte. Der nun im Begriff war, sich die Partei zu unterwerfen. Und der an ihrer Stelle Kanzler werden wollte.

Andreas Götz, ich werde deine Nemesis sein.

Sie tätschelte die Schulter ihres Mannes. »Ich hab da eine Idee.«

TEIL DREI

DIE ZWEITE ERPRESSUNG

Verdecktes Feuer brennt mit größerer Kraft.

(William Shakespeare, *Die beiden Veroneser*)

FREITAG

60

DÜSSELDORF-UNTERBILK

MELIA STAND SO STARK unter Strom, dass es fast schon schmerzte.

Odile Lechtenbrink hatte Getränke und Blumen besorgt. Am Nachmittag würde es eine kleine Bürofeier zum Abschied des Kripochefs geben. Für die Stunde davor war ihre Unterredung mit Kriminaldirektor Engel anberaumt.

Vincent hatte ihr angeboten, die Kripo zu verlassen. Einen Posten in einer Wache anzunehmen. Zur Not beim Verkehr oder bei der Wasserschutzpolizei.

Er wollte ihrer Karriere nicht im Weg stehen.

Seine Rücksichtnahme brach ihr das Herz.

Der Strohhalm, an den sie sich klammerte, war Anna Winklers Bemerkung zum Thema Compliance. Im Fall ihrer Beförderung würde sie zwei Hierarchiestufen über ihrem Freund stehen. Ihr Nachfolger als Inspektionsleiter könnte überwachen, dass Vincent durch sie keine Vorzugsbehandlung erfahren würde.

Selbst in einer stur auf Prinzipien gebauten Behörde sollte das in Ordnung sein.

Davon muss ich Engel überzeugen.

Und wenn er mir nicht folgt?

Sie rief Vincents Mutter an, erkundigte sich nach ihrem Gesundheitszustand und bedankte sich für die Fotos von der nächtlichen Baustelle.

»Wie kommt Vincent voran?«, fragte Brigitte.

Melia wunderte sich, dass sie Anteil an der Arbeit ihres Sohnes nahm. War die einstige Staatsfeindin unter die Hobbydetektivinnen gegangen?

Melia konnte nicht anders, als ihr von dem Dilemma mit den Compliance-Regeln zu berichten.

»Ein Freund von mir ist Anwalt«, sagte Brigitte. »Freimuth Auersberg. Ich maile dir seine Nummer.«

Womöglich ein ehemaliger RAF-Verteidiger, ging es Melia durch den Kopf. »Ich werde meine Behörde nicht verklagen. Und Vincent würde das erst recht nicht tun.«

»Hör dir einfach mal an, was Auersberg dir rät.«

Melia bedankte sich aus Höflichkeit.

Kurze Zeit später meldete ein Piepton den Eingang einer WhatsApp von Vincent.

Guck mal auf tagesschau.de!

Melia rief auf ihrem Rechner die Website auf. In diesem Moment wurde ihr bewusst, dass sie in den letzten Tagen mehr Deutschland-TV verfolgt hatte als die seriösen Nachrichten.

Sie überflog die Headlines.

Koalition steht vor dem Ende.

Union will mit Andreas Götz in Neuwahlen gehen.

Ute Frings-Fassbinder beklagt »Mobbing der Silberrücken«.

Melia widerstand dem Impuls, die Artikel zu lesen. Sie ärgerte sich schon genug über ihren Vater.

Das Telefon klingelte.

Es war Oberstaatsanwalt Kilian.

»Stimmt es, dass Kriminaldirektor Engel heute seinen Ausstand feiert? Wie die Zeit vergeht. Ich erinnere mich noch daran, wie wir den Kannibalen von Heerdt zur Strecke gebracht haben. Ende der Neunziger. Da war ich blutjunger Berufsanfänger.«

Und ich ging noch zur Schule, dachte Melia.

»Übrigens«, fuhr Kilian fort. »Wie ich befürchtet habe: Der Richter verweigert mir sein Autogramm unter den Durchsuchungsbeschluss gegen Christoph Urban.«

»Mit welcher Begründung?«

»Die Sache ist ihm zu heiß. Gibt nur schlechte Publicity.«

»Im Ernst?«

»Wir haben Urban unterschätzt. Der Mann hat eine riesige Fangemeinde. Und diese Leute halten ohnehin nicht viel von der Unabhängigkeit der Justiz. Die glauben, wir hätten sie alle auf dem Kieker. Die warten nur auf einen Anlass, um Rabatz zu machen.«

»Dürfen wir also nur noch Beweismittel sammeln, wenn es politisch opportun ist?«

»Urban wird immerhin als designierter Vorsitzender einer Partei gehandelt, die in den Umfragen Woche für Woche an Zustimmung gewinnt. Es heißt, im September wird neu gewählt. Wer weiß, wie sich das politische Klima bis dahin entwickelt. Man redet schon vom Wutwinter.«

»Und deshalb soll Urban unantastbar sein?«

»Natürlich nicht. Aber Ihre Leute sollten mehr als nur vage Mutmaßungen gegen ihn vorbringen.«

»Danke, dass Sie es probiert haben.«

»Gern geschehen, Frau Adan. Ach, und stimmen eigentlich die Gerüchte, die man so hört?«

»Welche Gerüchte?«

»Darf man schon zur Beförderung gratulieren?«

Wieder dachte sie an Vincent und daran, dass sie keine Lösung hatte.

Es schmerzte.

61

DÜSSELDORF-UNTERBILK

SPÄTER AM VORMITTAG KLOPFTE Dominik Roth an seine Tür. Vincent war gerade vom Treffen der Kommissariatsleiter zurück. Melia hatte es geschwänzt, warum auch immer.

»Was gibt's?«, fragte Vincent.

»Neues über den gesuchten Björn«, antwortete Dominik.

Vincent beschloss, Anna Winkler dazuzuholen. Er machte Kaffee. Dominik berichtete.

Björn Küppers war Jahrgang 1992, also im passenden Alter, um Schuberts Helfer beim Talos-Raub gewesen zu sein. Dominik hatte seine Freundin ausfindig gemacht, die ein Kind von ihm hatte. Am Telefon bestätigte sie, dass sich Küppers einst der Westkreuz-Miliz angeschlossen hatte, und sie war bereit, sich mit der Polizei zu treffen.

Angeblich war Küppers jedoch vor drei Jahren von der Bildfläche verschwunden.

»Soziale Netzwerke?«, fragte Anna.

»Kein Eintrag seitdem. Er hat nicht mal seinen Ausweis verlängert.«

»Was haben wir über die Freundin?«

»Christina Wacker, sechsundzwanzig Jahre«, las Dominik aus seinen Notizen vor. »Arbeitet in Teilzeit als Verkäuferin bei Breuninger. Keine Akte bei uns. Wir haben nicht viel Zeit, denn um zwölf muss sie ihren Kleinen von der Kita abholen, um ihn zur Oma zu bringen. Dann fährt sie auch schon zur Arbeit.«

»Wer spricht mit ihr?«, fragte Vincent.

Anna winkte ab. »Ich habe gleich ein Gespräch mit dem Manager von Osterkamp Firm & Secure, der für die Sicherung der Baustelle am Wehrhahn zuständig ist. Endlich jemand, der etwas zu sagen hat. Hoffe ich zumindest.«

Vincent nickte Dominik zu. »Also wir beide. Besorgst du einen Wagen?«

Zehn Minuten später fuhr Dominik auf dem Hof der Festung in einer babyrosa lackierten Corvette vor. Vincent stieg zu ihm ein.

»Die Karre hat einem Dealer gehört«, erklärte er breit grinsend. »Haben die Kollegen vom Rauschgift letzte Woche beschlagnahmt.«

Sie fanden keine Gelegenheit, die Fahreigenschaften des Sportwagens auszukosten. Die Straßen waren voll, der Weg ohnehin nicht weit. Die Freundin des gesuchten Björn wohnte im benachbarten Ratingen, ein kleines Apartment im Zentrum.

Christina Wacker bat Vincent und Dominik als Erstes, die Schuhe auszuziehen. Sie trug schwarze Kleidung, ein T-Shirt mit glitzernder Stickerei zur hautengen Hose. Dominik glotzte ihr auf den Hintern, während sie die beiden Kommissare ins Wohnzimmer führte.

Überall auf dem Fußboden lagen Legosteine. Buntstifte auf dem Tisch. Dominik schob sie beiseite und stellte seinen Laptop auf. Vincent nahm vollgekritzelte Papierblätter vom Stuhl, bevor er sich setzte.

Blumen und Sterne. Personen mit großen Köpfen und kurzen Gliedmaßen.

»Da wächst ein Talent heran«, sagte er, um das Eis zu brechen. »Wie alt ist das Kind?«

»Im Oktober wird Otto drei. Ich war hochschwanger, als Björni verschwand. Otto hat seinen Vater nie gesehen.«

»Wir haben ein paar Fragen, die Ihren Freund betreffen. Ich muss Sie vorab darauf hinweisen, wahrheitsgemäß zu antworten, denn sonst machen Sie sich strafbar. Sie dürfen die Antwort verweigern, falls Sie sich selbst oder einen nahen Verwandten wegen einer Straftat belasten würden. Habe ich mich verständlich ausgedrückt?«

»Ja.«

Vincent nickte Dominik zu, damit er auch die Zeugenbelehrung protokollierte.

»Sie haben tatsächlich nie wieder von Ihrem Freund gehört?«, fragte er dann.

Sie schüttelte traurig den Kopf. »Ich glaube, die haben ihn abgeholt.«

Die Formulierung irritierte Vincent.

»Wen meinen Sie?«, fragte er.

»Westkreuz-Leute. Die eigenen Kameraden. Sagt Ihnen der Name Jonas Meingart etwas?«

Vincent erinnerte sich. Meingarts Leiche war vor drei Jahren nahe der niederländischen Grenze aufgetaucht.

»Der Typ ist damals erschossen worden. Stand in allen Zeitungen. War ein Schulfreund von Björni.«

»Was wissen Sie darüber?«

»Jonas hat bei ihm übernachtet, bevor man ihn umgebracht hat. Und ein paar Tage später war auch Björni weg. Es hieß, er wäre zu einem Konzert gefahren. Aber inzwischen glaube ich, dass es einen Zusammenhang gibt.«

Die Sache Meingart war nie aufgeklärt worden.

»Soll das auch ins Protokoll?«, fragte Dominik.

Vincent bejahte. Sein Kollege schrieb weiter, die Tastatur des Laptops klackerte.

»Ich hab Westkreuz damals nicht ernst genommen«, sagte Christina Wacker. »Eine Menge Spinner, oder?«

»Kann man wohl sagen.«

»Björni hat sich manipulieren lassen. Er war stolz auf seine niedrige Mitgliedsnummer. Mir gegenüber hat er so getan, als sei das nur ein Gag. Aber unter seinen Kameraden hieß es, dass es sich nach der Machtergreifung auszahlen würde, zu den ersten Mitgliedern zu zählen.«

»Wer waren diese Kameraden?«, fragte Dominik.

Christina Wacker senkte den Blick, vergrub die Hände zwischen den Schenkeln und schüttelte den Kopf.

Sie kennt keine Namen, dachte Vincent.

Oder sie hat Angst, sie zu nennen.

Auch nach drei Jahren noch.

Vincent bat Christina um ein Foto, das ihren verschwundenen Freund zeigte. Karin Baltes, die Talos-Sekretärin und Zeugin des Raubs, würde bestätigen können, ob es sich um den zweiten Täter handelte.

Ein dünner Junge mit traurigem Blick, dessen Schnäuzer und Koteletten wie eine Maskerade wirkten.

Vincent fragte: »Erinnern Sie sich, ob Björn mal den Namen Ole Naumann erwähnt hat?«

»Ja, den fand er super. Er hat ihn bei einer Schulung reden gehört. In Osterath war das, glaube ich.«

»Wie lange ist das her?«

Die junge Frau neigte den Kopf. »Ein Jahr vor seinem Verschwinden?«

Passt, dachte Vincent.

»Der eigentliche Grund, warum wir hier sind, heißt Dennis Schubert«, sagte er.

»Wer soll das sein?«

»Ein Installateur aus Mettmann. Mitte vierzig. Nie von ihm gehört?«

»Nein.«

»Kann sein, dass Björn ihm vor zehn Jahren mal geholfen hat, ein Ding zu drehen.«

»Also vor meiner Zeit.«

»Hat er Ihnen nie davon erzählt? Die beiden sind in Geschäftsräume eingedrungen und haben einen Geldschrank aufgebrochen. Ein Verlag in Düsseldorf-Oberbilk namens Talos. Die Beute war nicht gerade unerheblich.«

Wieder senkte sie den Blick. Die Reaktion sprach Bände.

»Was ist, Frau Wacker?«, fragte Vincent.

»Nichts, wieso?«

»Ihr Freund war an einem bewaffneten Raubüberfall beteiligt. Er und Schubert haben die anwesenden Angestellten in ihren Büros eingeschlossen. Es hat lange gedauert, bis der Safe geknackt war. Ein einschneidendes Erlebnis für einen Zwanzigjährigen. Und Ihnen hat er vertraut. Frau Wacker. Ich sehe Ihnen an, dass Sie wissen, wovon ich rede.«

»Er hat mir Geld gegeben. Für das Baby.«

»Seinen Anteil aus der Beute?«

»Dreitausend Euro. Ist aber nichts mehr übrig davon.«

»Keine Angst. Niemand wird von Ihnen etwas zurückverlangen, Frau Wacker. Uns geht es allein darum, was Sie über den Überfall wissen.«

»Er sagte, ein Arbeitskollege von früher hätte ihn gebeten, ihm auszuhelfen. Kann sein, dass das der Typ war, den Sie meinen.«

»Woran erinnern Sie sich außerdem? Wie sind die beiden auf Talos gekommen?«

»Über eine polnische Verbindung.«

»Ist das die Formulierung, die Ihr Freund benutzt hat?«

Die junge Frau nickte.

»Wer könnte damit gemeint sein?«

»Weiß nicht. Ich kenne keine Polen. Hab auch nicht nachgefragt. Sorry, ehrlich. Hab mich einfach nur über das Geld gefreut. So viel auf einmal hab ich noch nie in der Hand gehalten. Vorher nicht und hinterher auch nicht.«

»Wann hat Björn es Ihnen gegeben?«

»Das war kurz vor seinem Verschwinden. Meinen Sie, er hat geahnt, dass man ihn abholen würde?«

»Hat er in Zusammenhang mit dem Raub Ole Naumann erwähnt?«

»Nein.«

»Christoph Urban?«

»Diesen YouTube-Influencer?«

»Inzwischen hat Urban eine eigene Fernsehsendung bei Deutschland-TV.«

»Ich schau keine Glotze. Höchstens Netflix bei Freunden. Nein, er hat keine Namen erwähnt.«

»Okay, kommen wir zurück zu Westkreuz.«

Die junge Frau verschränkte die Arme.

»Wenn wir Björns Verschwinden aufklären sollen, müssen wir wissen, wer dort seine Kameraden waren.«

Sie starrte ihn schweigend an. Ein zu hartes Gesicht für eine Sechsundzwanzigjährige, dachte Vincent. Ihre Füße hakten sich hinter die Stuhlbeine.

Abwehrhaltung. Fluchtreflex.

»Als seine Freundin haben Sie doch sicher einige von den Leuten kennengelernt.«

Sie schüttelte den Kopf und vollführte eine Geste vor ihrem Mund, als ziehe sie einen Reißverschluss zu und drehe einen Schlüssel.

Das konnte sich auf den Björn Küppers von damals beziehen.

Oder auf sie, die heute noch eingeschüchtert war.

Christina Wacker sagte: »Ich muss jetzt meinen Jungen abholen.«

Es war gerade mal halb zwölf.

Vincent stand auf. »Wir brauchen in den nächsten Tagen noch eine Unterschrift unter dem Protokoll. Wir melden uns. Danke erst mal, Frau Wacker. Wenn noch etwas ist, rufen Sie an.«

Er verabschiedete sich, ließ sein Kärtchen da und blickte sich nach seinen Schuhen um.

Dominik folgte ihm nach unten zum Auto.

»Bullshit!«, sagte der Kollege, nachdem er den Motor gestartet hatte. »Und wenn die Tussi doch noch Kontakt mit ihrem ›Björni‹ pflegt?«

Er trat aufs Gas, die Corvette röhrte los.

Vincent verwarf den Impuls, Dominik darauf anzusprechen, dass er ihn wegen seiner Beziehung zu Melia beim Kripochef verpfiffen hatte. Es würde nichts bringen außer gespielter Empörung und verkrampften Ausflüchten.

Womöglich sind meine Tage als Dominiks Chef ohnehin gezählt.

»Zwei Dinge«, sagte Vincent stattdessen. »Erstens bitte ich dich, den Freundeskreis von Björn Küppers und Christina Wacker zu checken. Fang bei Instagram und Facebook an. Vielleicht hast du recht, und Küppers ist nicht verschwunden. Zweitens knöpfst du dir die Akte zum Fall Jonas Meingart vor.«

»Die Leichensache von vor drei Jahren?«

»Falls es tatsächlich kein Lebenszeichen von Küppers gibt, müssen wir dem Verdacht nachgehen, den seine Freundin geäußert hat. Dass Küppers von den gleichen Leuten getötet wurde wie Meingart.«

Der Kollege nickte, den Blick stur nach vorn gerichtet.

Vincent spürte seinen Widerwillen.

Seit wann ist Dominik so eingestellt? Was habe ich falsch gemacht?

»Vorher fährst du mich nach Benrath.«

»Sagst du mir auch, wozu?«

»Agata Schubert, geborene Krychowiak.«

»Die Ex von unserem Zerstückelten.«

»Richtig. Du hast mit ihr gesprochen. Setz mich bei dem Friseurladen ab, in dem sie arbeitet.«

Die polnische Verbindung.

Irgendwo musste Vincent ja ansetzen.

62

NEANDERTAL

CHRISTOPH HASSTE VIDEOKONFERENZEN. Als Journalist hatte er es stets geschafft, sie auf ein Minimum zu begrenzen.

Diese war seine erste als Parteimitglied. Und gleich zu Beginn wurde ihm klar, dass die Runde kein einheitlicher Haufen war.

Es gab Strömungen und Flügel. Es gab widerspenstige Egos. Und jede Menge Deppen.

Leute, die sich für geeigneter hielten, die neue Partei zu leiten.

»Sie wollen also unser Bundesvorsitzender werden«, fragte eine Frau mit auffällig rotem Lockenkopf, die erst am vergangenen Wochenende in Hessen zur Landesvorsitzenden gewählt worden war.

Schnippischer hätte ihr Ton nicht sein können.

Das Zoom-Meeting nannte sich »Parteirat«.

Vertreter aus allen Bundesländern nahmen teil. Außerdem einige externe Berater ohne Stimmrecht, darunter Ex-Staatssekretär Tristan Bovert sowie Hauschild, Osterkamps Assistent. Am Ende wählte man Christoph ohne Gegenkandidaten zum designierten Parteichef. Auch die Hessin votierte für ihn, doch er machte sich auf Turbulenzen gefasst.

An der Diskussion um den Namen der Partei nahm er nur mit einem Ohr teil, weil Patti ihm den Fragenkatalog zu seinem heutigen Studiogast brachte. Christoph meldete sich erst zu Wort, als er vom Parteirat angesprochen wurde.

Wieder war es die Hessin, die minutenlang ihr Bedauern darüber ausdrückte, dass »Freiheitspartei« aus juristischen Gründen nicht möglich war.

»Mit ›Team Urban‹ fokussieren wir uns ja sehr eng«, sagte sie. »Vielleicht sogar zu eng, nämlich auf unseren Vorsitzenden. Das geht nur, wenn er selbst damit einverstanden ist. Deshalb meine Frage, Herr Urban: Wollen Sie das wirklich?«

Christoph hob die Stummschaltung seines Mikros auf. »Da bin ich völlig leidenschaftslos. Hauptsache, der Name ist prägnant und kommt an.«

Das Stichwort für die Leute aus dem Thinktank.

Hauschild zählte auf, wie häufig der entsprechende Hashtag bereits im Netz kursierte.

Bovert erklärte, dass der Name den Gegensatz zur etablierten Politik betone, indem er das Wort »Partei« aussparte.

Ein PR-Profi schwärmte vor, »Team Urban« spreche gerade auch junge Wähler an.

Der Parteirat votierte mit großer Mehrheit für den Vorschlag.

Patti hatte zugehört und verließ mit einem Kopfschütteln das Büro.

Dumme Nuss, dachte Christoph.

Engagierter beteiligte er sich an der Auseinandersetzung um ein Papier, das erstmals inhaltliche Leitlinien festlegte.

Senkung der Steuern, Schluss mit Gendern und linker Identitätspolitik, härtere Verfolgung von Straftätern, die Ausweisung arbeitsloser Migranten – die meisten Kernpunkte standen rasch fest.

»Mir fehlt noch die Ablehnung des russischen Angriffskriegs«, sagte Christoph. »Die Ukraine braucht unsere volle Unterstützung, nicht nur mit Worten. Wenn wir schon ständig von Freiheit reden – dort wird täglich um sie gekämpft.«

Zum ersten Mal erlebte er offenen Widerspruch.

Ihm dämmerte, wie viele Putin-Versteher sich in seiner Partei versammelt hatten.

Ein Mann aus Sachsen behauptete, die Ukraine sei eigentlich ein Teil Russlands. Bis auf den äußersten Westen, der früher österreichisch gewesen sei. Andere gaben der NATO die Schuld an der Invasion der russischen Truppen. Russland verteidige sich quasi nur.

Dann tauchte sogar der Vorschlag auf, die Ukraine zum Verzicht auf weite Landesteile aufzufordern. Eine Delegierte aus Hamburg nannte diesen Vorschlag »Friedensplan« und wollte ihn in das Papier aufnehmen.

Christoph stand kurz davor, ein Machtwort zu sprechen.

Saß er schon fest genug im Sattel, um zu diesem Mittel zu greifen?

Bovert wiegelte gerade noch rechtzeitig ab. »Der Krieg fällt streng genommen unter Tagespolitik. Wir sollten das Leitlinienpapier nicht unnötig aufblähen.«

Hauschild mischte sich ein. »Und wenn wir uns ganz allgemein für Frieden aussprechen? Dagegen kann doch niemand etwas haben.«

»Und für das Ende der Sanktionen«, beharrte die Delegierte aus Hamburg. »Die schaden uns mehr als Putin.«

Christoph wartete darauf, dass Bovert diese Meinung korrigierte. Als ehemaliger Geheimdienstkoordinator musste er wissen, wie sehr Russlands Wirtschaft litt. Dass es möglich war, die Kriegsmaschinerie des Aggressors zu lähmen und den Autokraten im Kreml zu stürzen. Zumindest langfristig.

Doch Bovert schwieg.

Am Ende konnte Christoph mit knapper Mehrheit das Schlimmste verhindern. Das Ja zum Frieden wurde ins Papier aufgenommen. Die Aufhebung der Sanktionen blieb draußen. Aber auch die Verurteilung des Angriffskriegs und die angemessene Unterstützung des ukrainischen Freiheitskampfes.

Eine Stunde im Amt, und schon schließe ich Kompromisse.

In einem Punkt, der mir am Herzen liegt.

Er dachte an seinen Cousin Dawid.

An sein Versprechen.

Christoph beruhigte sich mit der Überlegung, dass er bald mächtig genug sein würde, solche Leitlinien im Alleingang zu formulieren.

Er notierte die Namen seiner ärgsten Opponenten.

Die Hessin, der Sachse, die Frau aus Hamburg.

Unmittelbar nach der Zoom-Sitzung rief Tristan Bovert ihn an.

»Gratulation«, sagte der Kopf des Thinktanks. »Jetzt geht es richtig los. Die ruhigen Zeiten sind für dich vorbei, Chris. Showtime! Freu dich darauf!«

Christoph fragte sich, seit wann sie sich duzten.

Er entgegnete: »Der Rotschopf aus Hessen könnte für Ärger sorgen.«

»Keine Bange. Die haben wir in der Hand.«

»Wie meinst du das?«

»Mein Geschäft ist das Sammeln von Nachrichten. Ich besitze Dossiers über Hunderte von Politikern. Natürlich auch im eigenen Laden. Wer nicht funktioniert, der fliegt. Ich sage nur Frings-Fassbinder.«

»Dossiers? Über mich etwa auch?«

Bovert lachte.

Christoph wurde flau im Magen.

Bovert fragte: »Sonst noch jemand, den ich für dich in Augenschein nehmen sollte?«

»Der Delegierte aus Sachsen scheint ein besonders eifriger Putin-Freund zu sein.«

Stille in der Leitung.

»Ich will nicht, dass er fliegt, aber er sollte meinem Team keinesfalls den Stempel aufdrücken. Wir geben ein schlechtes Bild ab, wenn ein Landesverband aus der Reihe tanzt.«

Immer noch keine Reaktion.

»Ist was?«, fragte Christoph.

»Krieg ist Scheiße. Da hast du völlig recht, Chris. Aber wenn zwei sich streiten, ist nie bloß eine Seite schuld daran.«

»Meinst du das ernst?«

»Mit Gesprächen erreichst du mehr als mit Säbelrasseln.«

»Sollen wir uns Putin unterwerfen?«

»Es geht um Partnerschaft auf Augenhöhe.«

»Mit einem Kriegsverbrecher?«

Bovert räusperte sich. »Über das Thema sprechen wir später. Unter vier Augen. Okay, Chris?«

Draußen schien die Sonne, aber Christoph fröstelte in seinem Zimmer.

Das Sammeln von Nachrichten.

Wusste Bovert über die Talos-Geschichte Bescheid?
Eigentlich unmöglich.
Ich muss mich vor dem Kerl in Acht nehmen.

63

DÜSSELDORF-UNTERBILK

ANNA WINKLER HOLTE IHREN Besucher von der Pforte ab und führte ihn zum Paternoster, mit dem sie in das zweite Stockwerk fuhren. Der Mann hieß Olaf Rickmers, war nicht größer als sie und wirkte schmächtig. Untypisch für einen Angestellten einer Sicherheitsfirma, fand Anna.

»Kaffee?«, fragte sie, während sie den Code in das Tastenfeld an der Glastür eingab, die den Flur des KK11 abtrennte.

Rickmers lehnte dankend ab.

Sie führte ihn in ihr Büro und wies ihm den Besucherstuhl zu.

»Schön, dass Sie kommen konnten.«

»Wenn ich Ihnen helfen kann, tu ich das gern.«

»Sie disponieren also das Personal Ihrer Firma.«

»Im Bereich Düsseldorf, abgesehen von den Großkunden Flughafen und Landtag.«

»Aber für die Baustelle am Wehrhahn sind Sie zuständig.«

»Das ist richtig.«

»Bisher hat uns niemand sagen können, wer von Ihrer Firma dort am Wochenende Dienst hatte. Ich hoffe, Sie können uns weiterhelfen.«

Rickmers beugte sich zu der Tasche, die er neben dem Stuhl abgestellt hatte, und zog ein Tablet hervor.

»Um welche Zeit geht es speziell?«

»Samstagabend.«

»Ich bin erst seit Montag aus dem Urlaub zurück, habe das entsprechende Team also nicht selbst zusammengestellt. Aber die Namen sind im System. Kein Problem.«

Er wischte über das Display und tippte etwas.

»Seltsam.«

»Was meinen Sie?«

Der Mann kratzte sich den Nacken. »Es sollten stets zwei Leute sein. Aber hier steht nichts. Gar kein Name.«

Anna beschloss, die Schrauben anzuziehen. »Ehrlich gesagt, Osterkamp Firm & Secure scheint mir wirklich nicht sehr kooperativ zu sein. Sie halten mich seit Tagen nur hin. Wir können auch anders, Herr Rickmers.«

»Mir ist das ein Rätsel. Warten Sie einen Moment.«

Er holte sein Handy hervor und telefonierte mit einem Mitarbeiter. Er bellte Rückfragen und wurde immer ungehaltener. Anna erkannte, dass der schmächtige Mann durchaus autoritär auftreten konnte. Schließlich beendete er das Gespräch.

»Und?«, fragte sie.

»Es gab da einige Änderungen, die nicht eingetragen wurden. Leute haben den Dienst getauscht, oder ihnen wurde kurzfristig ein anderer Einsatzort zugewiesen. Ich werde der Sache nachgehen, das verspreche ich Ihnen, Frau Kommissarin.«

Anna überlegte, ob sie mit einem Durchsuchungsbeschluss und einer Hundertschaft an Einsatzkräften in den Büros der Sicherheitsfirma aufkreuzen und sämtliche Computer der OFS-Zentrale beschlagnahmen lassen sollte.

Der Schaden für die Firma wäre enorm.

Der Arbeitsaufwand für die Mordkommission noch höher.

»Bis wann?«, fragte sie barsch.

»Am Montag weiß ich mehr.«

Sie holte tief Luft und versuchte ihn möglichst streng anzusehen.

»Spätestens!«, ermahnte sie.

Dann legte sie ihm die Fotos vor, die Vincents Mutter am fraglichen Abend geschossen hatte.

»Wir suchen diesen Mann. Blondes Haar, zum Dutt gebunden.«

Rickmers beugte sich über das Bild.

»Kevin?« Er klang unsicher.

»Hat er auch einen Nachnamen?«

»Kevin Koch, einer unserer Mitarbeiter. Von der Figur her könnte er es sein. Ich hatte ihn aber langfristig für die Führerscheinstelle am Höherweg eingeteilt. Das war noch vor meinem Urlaub.«

Er tippte wieder auf dem Tablet herum, schüttelte den Kopf und biss auf seine Unterlippe.

»Wo finden wir diesen Kevin Koch?«

»Laut System …«

»Dem wir nicht trauen können«, warf Anna ein.

»… sollte er heute … ja, richtig … im Straßenverkehrsamt seinen Dienst tun. Höherweg 101.«

Rickmers nannte zudem die Wohnadresse des Angestellten und den Geburtstag Kochs. Alles, was das Tablet hergab.

Er bemüht sich, dachte Anna, sparte sich den Dank jedoch für später auf. Vorerst gab sie sich ungeduldig und grimmig.

»Können Sie herausfinden, wer Ihr System manipuliert hat?«

»Es gibt ein Back-up. Übers Wochenende durchforste ich die Protokolle. Am Montag gebe ich Ihnen Bescheid. Spätestens.«

Sie schrieb ihre Handynummer auf ein Kärtchen und gab es ihm.

»Versprochen«, sagte der OFS-Manager.

»Ich nehme Sie beim Wort«, sagte sie.

64

DÜSSELDORF-BENRATH

AGATA SCHUBERT FÜHRTE VINCENT durch den Hintereingang des Friseursalons auf einen asphaltierten Hof. Ein parkendes Auto, mehrere Müllcontainer, rankender Efeu in zwei Kübeln links und rechts der Tür. Vincent fiel auf, dass die Pflanzen dringend Wasser brauchten.

Die Ex des Ermordeten steckte sich eine Zigarette an.

»Noch mehr Fragen zum Mord an Dennis?«

»Ja. Wer hat ihn zum Raubüberfall auf den Talos Verlag von Erwin Sudhoff angestiftet?«

»Das wollte Ihr Kollege auch schon wissen.«

»Und?«

»Wie gesagt: Als der Überfall stattfand, waren wir schon seit einem Jahr getrennt und hatten keinerlei Kontakt mehr.«

Vincent fand, dass ihr die Antwort zu glatt über die Lippen kam.

Er hakte nach: »Jemand hat uns verraten, dass Dennis' Komplize von einer, ich zitiere, ›polnischen Verbindung‹ gesprochen hat.«

»Und jetzt ist jede Person mit polnischen Wurzeln für Sie verdächtig?«

»Natürlich nicht«, beteuerte Vincent. »Aber ich dachte,

Sie hätten vielleicht eine Idee, wer damit gemeint sein könnte. Ich meine … Sie stammen doch selbst aus Polen.«

»Was sagt der Komplize?«

»Der scheint leider vom Erdboden verschwunden zu sein.«

»Ebenfalls zerstückelt und irgendwo in Mülltüten entsorgt?«

»Das wissen wir noch nicht.«

»Na super.«

Vincent entschloss sich zu einem Schuss ins Blaue. »Kennen Sie Christoph Urban?«

Sie lachte kurz auf. »Der Promi in unserer Clique, zumindest früher.«

»Erzählen Sie mehr.«

»Ich bin mit seiner kleinen Schwester zur Schule gegangen. Ihre Familie ist in den Achtzigern aus Krakau nach Deutschland ausgesiedelt. Meine auch, allerdings etwas später. Wussten Sie, dass sich Christoph ursprünglich ›Krzysztof‹ schrieb?«

Sie buchstabierte die polnische Version.

»Er hat sich gut assimiliert«, fuhr die Friseurin fort. »Und eine ordentliche Karriere hingelegt. Unsere Community hat ihn vergöttert, unseren *Sportschau*-Moderator aus Krakau. Auch wenn er sich nur selten blicken ließ.«

»Christoph Urban und Dennis Schubert kannten sich also über Sie.«

»Natürlich.«

»Damit haben wir die polnische Verbindung, nicht wahr?«

»Wollen Sie damit sagen, dass Krzysztof …«

Es passt, dachte Vincent.

Allein oder gemeinsam mit Ole Naumann hatte der Mann, der heute als Moderator von Deutschland-TV arbeitete, den Entschluss gefasst, Verlagschef Sudhoff um den Schatz in seinem Geldschrank zu erleichtern. Urban kannte die handwerklichen Skills von Dennis Schubert. Ebenso seine finanziellen Probleme nach der Scheidung von Agata, der Freundin seiner jüngeren Schwester.

Und kurz nach dem Raub kaufte sich Urban sein Anwesen bei Erkrath.

Die Indizienkette schloss sich Glied für Glied.

»Korrigieren Sie mich, falls ich falschliege«, sagte Agata Schubert.

Sie zog an der Zigarette, legte den Kopf in den Nacken und stieß den Rauch aus, weit an Vincent vorbei.

»Da hat es also jemand auf die Leute abgesehen«, fuhr sie fort, »die etwas über den Raub von vor zehn Jahren wissen. Wer alles mitgemacht hat, was genau im Safe war und so weiter.«

»Was wissen Sie darüber?«, fragte Vincent.

Agata warf den Stummel auf den Asphaltboden und schüttelte ihren Kopf.

»Nichts. Nur dass ich nicht die Nächste sein will.«

Sie eilte in den Friseurladen zurück.

In dem Moment klingelte Vincents Handy.

Anna Winkler meldete sich.

»Wir haben den Kerl, der die Leichenteile auf die Baustelle gebracht hat!«

Vincent machte sich sofort auf den Weg.

65

DÜSSELDORF-CARLSTADT

WENIGE GERÄUSCHE WECKTEN IN Melia ein so starkes Gefühl der Vertrautheit wie die Türklingel des Dog's Best.

In dem Laden in der Nähe des Wochenmarkts am Carlsplatz verkaufte ihre Mutter Accessoires für Hundehalter wie edle Fressnäpfe oder Halsbänder aus besticktem Leder. Vor allem aber kam die Kundschaft wegen der Hundekekse in Bioqualität, die Zeinab in Handarbeit herstellte.

Nero, der Labrador ihrer Mutter, hob träge den Kopf. Niemand sonst im Geschäftsraum. Es roch nach Essen. In der Küche wurde ein Stuhl gerückt.

Melia ging nach hinten.

Zeinab war von ihrem Mittagsimbiss aufgestanden und umarmte sie.

»Hast du Ärger?«, fragte sie.

»Wie kommst du darauf?«, erwiderte Melia.

»Weil heute nicht Samstag ist und du mich sonst nie spontan besuchst.«

Sie nahm einen zweiten Teller aus dem Schrank.

»Setz dich zu mir. Es gibt Huhn mit Salbei und Polenta.«

»Klingt ganz nach deinem Hundefutter.«

»Bitte?« Zeinab gab sich empört, aber ihre Augen strahlten.

Beim Essen erzählte sie, dass ein Konkurrenzunternehmen seine Ware nun auch übers Internet verkaufe und sie sich gezwungen sehe, denselben Service anzubieten. Die Software für einen Onlineshop sei zwar teuer, aber sie hoffe, dass sich die Investition amortisieren werde.

»Was meinst du, Süße?«, fragte Zeinab.

»Zu dem Schritt hab ich dir schon längst geraten«, antwortete Melia.

»Du könntest bei mir einsteigen. Onlinegeschäft heißt bundesweiter Verkauf, also Expansion. Das bedeutet Mehrarbeit in Produktion, Vertrieb und Marketing. Ich werde Verstärkung benötigen.«

Nicht zum ersten Mal schlug Zeinab das vor.

»Mama, ich steige jetzt zur Kripochefin auf. Zumindest besteht die reelle Chance.«

»Ehrlich? Gratuliere!«

»Noch gibt es einen Haken.«

Melia erzählte von dem Problem, das die Entscheider in Behörde und Innenministerium in dem Umstand sahen, dass sie mit einem ihrer Kommissariatsleiter liiert war.

Die Türklingel.

Zeinab ging nach vorn, um eine Kundin zu bedienen.

Als sie zurückkam, berichtete Melia, was Vincents Mutter in Kassel passiert war. Die beiden Frauen kannten und schätzten einander. Zeinab schlug vor, sich zu viert zum Essen zu treffen, sobald es Brigitte Veih besser ging.

Bei Mama dreht sich alles ums Essen, dachte Melia.

Sie stellte ihren leeren Teller in die Spüle. »Und was soll ich meinem Vorgesetzten sagen, wenn ich ihn nachher treffe?«

»In Sachen Compliance?«

»Richtig.«

Zeinab winkte ab. »Du und Vincent, ihr könnt beide bei mir einsteigen. Wär das nicht wunderschön?«

»Ach, Mama!«

»Im Dog's Best gelten ausschließlich meine Compliance-Regeln. Zu dritt ziehen wir das Geschäft richtig groß auf!«

Melia bedankte sich fürs Essen, umarmte ihre Mutter noch einmal und brach auf.

Zeinab hatte ihr zwar keinen Rat geben können, sie aber immerhin zum Lachen gebracht.

66

DÜSSELDORF-BENRATH

VINCENT LIEF DIE KURZE STRECKE zum S-Bahnhof Benrath zu Fuß, erwischte einen Regionalexpress und stieg am Hauptbahnhof in die Straßenbahn um, die vor dem Polizeipräsidium hielt. Unterwegs rief er seine Mutter an, der es bereits viel besser ging.

Danach versuchte er, Melia zu erreichen. Er wollte ihr für das Gespräch mit Kripochef Engel Mut zusprechen. Doch sie hatte offenbar ihr Handy ausgeschaltet.

Vincent betrat die Festung, nahm den Paternoster und klopfte an Annas Bürotür. Sie rief ihn herein und brachte schnell ihr Telefonat zu Ende.

Anna legte auf und strahlte ihn an. »Wie gesagt, wir haben den Kerl, den deine Mutter fotografiert hat. Sag ihr noch mal, dass sie einen guten Job gemacht hat.«

»Hab ihr gerade ein Set unserer Werbeartikel versprochen. Kugelschreiber, Kaffeebecher und Notizblock. Das hat sie aber nicht in Begeisterung versetzt.«

Anna lachte. »Ist klar, Vincent *Che*.«

Er fragte: »Um wen handelt es sich?«

»Kevin Koch, neunundzwanzig Jahre, Angestellter bei Osterkamp Firm & Secure.«

»Sieh an.«

»Die Kollegen haben ihn in der Führerscheinstelle angetroffen und festgenommen.«

»Was hat er dort gemacht?«

»Seinen Job, was sonst? Hast du in letzter Zeit mal versucht, am Höherweg einen Termin zu bekommen? Das geht nur online, und zwar ausschließlich exakt um Mitternacht, wenn neue Termine vergeben werden. Nach wenigen Minuten sind die dann vergriffen. Und deshalb braucht es Security, um die Leute abzuwimmeln, die ohne Termin aufs Amt wollen.«

»Verstehe. Statt mehr Sachbearbeiter einzustellen, heuert die Stadt einen privaten Sicherheitsdienst an.«

»Den Marktführer. Osterkamps Wachschutzunternehmen OFS.«

»Irgendwer muss die Steuergelder ja bekommen.«

»Und jetzt?«

»Koch will ohne seinen Anwalt keine Angaben zur Mordsache machen. Ich habe ihn erst mal im Gewahrsam untergebracht. Sein Verteidiger ist angeblich auf dem Weg.«

»Jemand, den wir kennen?«

Anna schüttelte den Kopf.

»Was wissen wir sonst?«

»Koch ist blond und trägt die Haare zum Dutt zusammengebunden. Sein Vorgesetzter hat ihn auf den Fotos identifiziert. Wer am vergangenen Samstag eigentlich die Baustelle bewachen sollte, ist unklar. Jemand hat kurzfristig umdisponiert, während der Vorgesetzte im Urlaub war. Eigentlich hätte es ein Zweierteam sein sollen.«

»Der Einsatzplan wurde manipuliert?«

»So sieht's aus.«

»War Koch derjenige?«

»Das wissen wir noch nicht.«

»Haben wir eine Verbindung zwischen Koch und Dennis Schubert?«

In der Akte zum Talos-Raub hatte Vincent keinen Kevin Koch gefunden. Auch sonst hatte seines Wissens niemand zuvor den Namen erwähnt.

»Du meinst, zu Schuberts Lebzeiten?«, fragte Anna nach. »Nein, nicht, dass ich wüsste. Aber Fakt ist, dass er dem Kerl auf den Fotos verdammt ähnlich sieht. Und der Vorgesetzte hat ihn wiedererkannt.«

Trotzdem bewegen wir uns mit der Festnahme auf dünnem Eis, dachte Vincent. Womöglich reichten die Fotos als Beweis nicht aus. Zu unscharf, zu dunkel. Ein gerissener Strafverteidiger würde Kochs Vorgesetzten unter Druck setzen, bis er einräumte, sich nicht hundertprozentig sicher zu sein.

»Was ist mit dem Staatsanwalt?«, fragte er.

»Soll ich ihn anrufen, oder machst du das?«

»Am besten weder noch. Je mehr Leute, desto größer die Wahrscheinlichkeit, dass unser Täter Schiss bekommt und schweigt. Fürs Kennenlernen genügt es, wenn wir ihm gegenübersitzen.«

»Wie du meinst.«

»Sag mir Bescheid, wenn Kochs Verteidiger da ist und es losgehen kann.«

Vincent schloss Annas Tür hinter sich, nahm die Treppe in die Teppichbodenetage und eilte zum Büro der Leiterin der Kriminalinspektion eins.

Melia war nicht da.

Er rief sie an und hinterließ eine Nachricht auf ihrer Mailbox. Sie sollte wissen, dass die Mordkommission einen großen Schritt vorangekommen war. Und eigentlich wollte er noch über eine weitere Sache mit ihr reden.

Wo steckte Melia nur?

Zwei Türen weiter residierte Kriminaldirektor Engel. Vincent ging in das Vorzimmer, grüßte die Sekretärin und trug ihr sein Anliegen vor. Sie griff nach dem Telefon. Dann nickte sie ihm zu.

Der Kripochef war zu sprechen.

Vincent klopfte und trat ein.

Engel war gerade dabei, das Inventar seines Büros zu sortieren und die letzten privaten Dinge wegzupacken. Er nahm seine Lesebrille ab und bot Vincent einen Stuhl an.

»Wo drückt der Schuh?«, fragte der scheidende Kripochef.

67

DÜSSELDORF-PEMPELFORT

DIE KANZLEI DES ANWALTS Freimuth Auersberg residierte in einem großbürgerlichen Altbau an der Kaiserstraße. Im Treppenhaus ein abgewetzter weinroter Teppich auf knarrenden Holzstufen, von Messingstangen gehalten. Ockerfarbene Tapeten mit floralem Muster. Halbblinde Spiegel in barocken Rahmen an den Wänden des Treppenabsatzes. Eine zweiflügelige Holztür im ersten Stock.

Melia klingelte und trat beim Summton ein.

In der Diele moderne Designerlampen und Stuck an der Decke.

Die Höhle des Löwen, dachte Melia.

Der Rechtsanwalt war ein Tipp von Vincents Mutter gewesen. Melia kannte den Ruf, den Auersberg in Polizeikreisen genoss. Er war verhasst wie kaum ein anderer Vertreter seines Metiers, was daher rührte, dass er die Beamten, die als Zeugen der Anklage auftraten, stets aufs Glatteis führte und meist schlecht aussehen ließ.

Zum Wohl seiner Mandanten.

Die Empfangsdame wollte sie abwimmeln.

Melia ließ nicht locker. »Ich brauche nur zehn Minuten.«

Die Frau hinter dem Tresen schüttelte ungerührt den Kopf.

»Fünf Minuten«, brummte eine Männerstimme. »Kommen Sie!«

Der Strafverteidiger war aus seiner Bürotür getreten. Schütteres Haar, weißes Hemd. Sowohl die Hosenträger als auch die Krawatte waren braun-grün kariert. Melia wandte sich ihm zu.

»Ich eile gerade zu einem Termin am Landgericht«, sagte er. »In drei Sätzen, um was geht es?«

Er bat sie nicht in sein Zimmer. Also eine Flurbesprechung.

»Mein Name ist …«

»Ich weiß, wer Sie sind, Frau Adan. Wessen will man Sie belangen?«

»Man bietet mir den Posten der Kripochefin an, aber nur unter der Bedingung, dass mein Freund, der das Kriminalkommissariat 11 leitet, die Düsseldorfer Kripo verlässt. Was soll ich tun?«

»Mein Gebiet ist Strafrecht, nicht Arbeitsrecht.«

»Okay.«

»Aber nach all den Kämpfen, die ich mit der Polizei ausfechten musste, hätte ich Spaß daran, Ihr Mandat zu übernehmen. Für mich klingt das Ansinnen Ihres Arbeitgebers eindeutig sittenwidrig.«

»Die Behörde begründet es damit, ich sei …«

»Klar, aber trotzdem ist das vermutlich sittenwidrig. Lassen Sie sich von Frau Förster einen Termin geben.«

Die resolute Dame am Empfang spitzte die Ohren.

Melia sah auf ihre Uhr. »Ich habe in dreißig Minuten das Gespräch, in dem ich mich meinem Vorgesetzten erklären muss.«

»Verstehe.«

»Was soll ich tun?«

»Unterschreiben Sie nichts. Keine konkreten Zusagen. Die Gegenseite soll erst mal ihre Vorstellungen auf den Tisch legen. Und im Anschluss fertigen Sie ein detailliertes Gedächtnisprotokoll an. Wir sehen uns!«

68

DÜSSELDORF-UNTERBILK

VERNEHMUNGEN WAREN EINE SENSIBLE Angelegenheit. Die erste Begegnung mit einem Verdächtigen war es erst recht. Vincent bemühte sich um eine möglichst entspannte Atmosphäre, ließ sich auf Temperament und Ausdrucksweise seines Gegenübers ein, ahmte manchmal sogar dessen Körperhaltung nach. Damit er sich wohlfühlte.

Damit sich der Täter letztlich öffnete und gestand.

Anna war Vincent als Zeugin des Gesprächs willkommen, aber Oberstaatsanwalt Kilian hätte den Verdächtigen mit seiner spröden, formellen Art nur eingeschüchtert.

Kevin Koch ähnelte dem Mann auf Brigittes Fotos sehr, wie Vincent bemerkte. Der Dutt, die breite Gestalt. Athletisch und schwer wie der Stammkunde einer Muckibude, der außerdem keinem Hamburgerladen aus dem Weg gehen konnte. Seine Miene war trotzig, seine Körperspannung strahlte eine fiebrige Unruhe aus.

Anna, die er bereits kannte, stellte ihm Vincent vor. Koch musterte ihn misstrauisch. Vincent zitierte die Belehrungsformel und klärte den jungen Mann in möglichst kumpelhaftem Ton darüber auf, was ihm vorgeworfen wurde.

Koch konnte seine Beine nicht ruhig halten.

Vincent sagte seinen üblichen Einstiegssatz auf: »Dann erzählen Sie uns mal, Herr Koch, wie Sie den vergangenen Samstag verbracht haben.«

»Sie müssen darauf nicht antworten«, mahnte der Anwalt.

Koch fragte Vincent: »Sie sind Hauptkommissar?«

»Ganz richtig.«

»Also haben Sie etwas zu sagen, oder?«

Anna lächelte. »Er ist mein Chef, aber ganz in Ordnung.«

»Okay. Ich bin bereit, meine Aussage zu machen. Aber nicht ohne eine Gegenleistung. Ist das klar?«

Vincent lehnte sich zurück und wechselte einen Blick mit Anna. Sie nickte kaum merklich.

Es könnte interessant werden.

»Was schwebt Ihnen denn vor?«, fragte Vincent.

»Ich verlange Sicherheit. Für Kronzeugen gibt es Schutz, das ist doch richtig, oder?«

Wieder schaltete sich der Anwalt ein. »Wir sollten das Gespräch an dieser Stelle beenden. Mein Mandant und ich müssen erst …«

»Nein, schon okay«, unterbrach ihn Koch. »Ich will das geklärt haben.«

»Das ist eine gute Idee«, sagte Vincent. »So verringert sich die Strafe erheblich, Kevin. Im Gerichtsprozess ist es meistens zu spät dafür.«

»Ich wurde reingelegt. Echt wahr. Ich wusste nicht, was in den Müllsäcken war, ehrlich!«

Selbst wenn nicht alles davon stimmte, war das ein Teilgeständnis. Vincent versuchte, sich sein Triumphgefühl nicht anmerken zu lassen.

Sie hatten den richtigen Mann.

»Das mag sein, Kevin. Und ich glaube, das mit dem Schutz kriegen wir hin. Aber dafür müssen Sie uns etwas liefern, damit wir den Richter überzeugen können, Ihnen den Kronzeugenstatus zu gewähren.«

Der Anwalt legte Koch die Hand auf den Arm. »Mein Mandant hat seinen Willen zur Kooperation bereits zur Genüge bewiesen.«

Vincent beeilte sich, einen Fuß in die Tür zu bekommen, die sich gerade schloss.

»Du hast also nur die Säcke transportiert, Kevin?«

»Ganz genau.«

Vincent registrierte, dass der Anwalt den Arm seines Mandanten nicht bloß berührte, sondern drückte.

»Wo hast du sie abgeholt?«

»Bei diesem Bauernhof. Wo der Fernsehfritze sein Studio hat. Schickes Hallenbad und so.«

»Es reicht jetzt wirklich«, ermahnte der Anwalt seinen Mandanten. »Die Polizei kann Ihnen gar nichts versprechen.«

Vincent ignorierte den Einwand. »Hat Christoph Urban dir den Auftrag gegeben?«

»Erst der Deal.« Koch nickte seinem Anwalt zu. »Ich will das schriftlich haben. Kronzeugenregelung und Schutzprogramm. Erst dann rede ich weiter.«

Vincent sah ein, dass er heute nicht mehr bekommen würde.

Aber was er hatte, sollte für einen Haftbefehl gegen Koch genügen.

Und der Durchsuchungsbeschluss für Urbans Haus war überfällig.

69

DÜSSELDORF-UNTERBILK

MELIA WAR SPÄT DRAN. Odile Lechtenbrink, die Sekretärin der Kriminalabteilung, hatte bereits alles für die Abschiedsfeier organisiert. Gläser standen bereit, Salzgebäck, Engels Lieblingskuchen. Für die Blumen hatte Odile eine Vase besorgt.

In wenigen Minuten würden die Kollegen eintreffen. Angeblich hatte auch der Polizeipräsident zugesagt.

Melia klopfte an die Tür zum Chefbüro.

Engel rief sie herein.

Ihr Herz pochte. Sie hatte keine Idee, was sie sagen sollte. Der Besuch beim Anwalt hatte ihr nicht geholfen.

Der Kripochef kam ihr mit breitem Lächeln entgegen. Er umfasste ihre Rechte mit beiden Händen und wollte sie kaum loslassen.

»Jetzt, da meine Stunden in diesem Haus gezählt sind, wird mir so richtig klar, was es bedeutet, dass mich nicht irgendein Bürokrat in meinem Amt beerbt. Auf Sie warten neue Aufgaben, und das wird anfangs nicht leicht für Sie sein. Aber in wenigen Jahren werden Sie eine bessere Leiterin dieser Abteilung sein, als ich es jemals war.«

»Herr Engel, ich …«

»Widersprechen Sie mir nicht. Sagen Sie mir lieber, was Odile im Schilde führt. Muss ich etwa eine Ansprache halten?«

Melia wusste, dass er kokettierte. Engel war sehr gut darin, auch in größerer Runde die passenden Worte zu finden.

»Wir alle brennen darauf«, sagte sie.

»Na gut.« Er sah auf die Uhr. »Wollen wir?«

Von nebenan waren bereits Stimmen zu vernehmen.

»Ist das alles?«, fragte Melia.

»Wie meinen Sie das?«

»Wollten Sie nicht mit mir über die Compliance-Sache sprechen? Über meine Beziehung zu Vincent Veih?«

Engel strahlte. »Aber das haben Sie doch wunderbar gelöst!«

Melia war sprachlos. Was meinte der Mann?

»Ihr Freund war vorhin bei mir und hat um seine Umsetzung auf einen Posten in einer Polizeiwache gebeten. Alles gut!«

Melia wusste nicht, wie sie reagieren sollte.

»Er hat Anna Winkler als seine Nachfolgerin vorgeschlagen, aber das liegt dann in Ihrer Hand.«

Melia spürte, wie ihre Knie weich wurden. Sie hielt sich an einer Stuhllehne fest.

Kriminaldirektor Benedikt Engel plapperte munter weiter: »Ehrlich gesagt, als ich von Ihrer Beziehung hörte, fand ich, Herr Veih sei eventuell ein wenig zu sehr oldschool für jemanden wie Sie. Aber ich habe mich gründlich geirrt. Entweder haben Sie ihn gut im Griff, oder er himmelt Sie an und stellt Ihre Interessen vor die eigenen. Dazu kann ich Ihnen nur gratulieren. Vor vielen Jahren saß ich selbst auf seinem Posten, und glauben Sie mir, ich hätte ihn nicht so ohne weiteres geräumt, auch nicht aus Liebe.«

Melia musste schlucken.

»Dann wollen wir Odile und die anderen nicht länger warten lassen.«

Er öffnete die Tür und berührte Melias Schulter, um sie hinauszugeleiten.

Das Meeting war beendet.

Im Geschäftszimmer war Engel rasch von den ersten Gästen umringt, die zum Abschiednehmen gekommen waren. Melia schlich sich davon. Auf dem Gang kam ihr Oberstaatsanwalt Kilian entgegen und wollte sie ansprechen. Sie ließ ihn stehen und zog sich in ihr Dienstzimmer zurück.

Melia brach in Tränen aus.

Sie heulte Rotz und Wasser und suchte nach einem Taschentuch.

Ich bin ein mieses Stück Scheiße, dachte sie.

Mache Karriere auf Kosten meines Freundes.

70

NEANDERTAL

DAS FILMTEAM, DAS VIOLA KAISER mitbrachte, bestand aus einem hageren Kameramann mit Beanie auf dem Kopf und einer zierlichen jungen Frau, die für den Ton zuständig war. Unter ihrem Auge schimmerte die Haut dunkel. Ein Veilchen, was Christoph irritierte.

Die Dokumentarfilmer gingen diskret vor. Sie hatten lediglich eine kleine LED-Flächenleuchte aufgestellt, um dem Licht des späten Nachmittags, das durch das Bürofenster fiel, die Härte zu nehmen. Sie wechselten kaum ein Wort, auch Viola hielt sich still im Hintergrund.

Dennoch konnte Christoph nicht ausblenden, dass jedes seiner Worte, jeder Blick und jede Geste aufgenommen wurden, während er mit Patrycja den Ablauf der heutigen Sendung besprach.

Zum Glück benahm sich seine Assistentin völlig unbefangen. Christoph hatte befürchtet, dass Patti es ablehnen würde, gefilmt zu werden. In letzter Zeit hatte sie an allem, was er tat, nur herumgenörgelt.

Stattdessen behandelte Patti die Filmemacherin auffällig freundlich. Es schien, als hätten sie und Viola schon beim ersten Kontakt eine stumme Übereinkunft getroffen. Als verbinde sie eine gemeinsame Wellenlänge, obwohl sie einander nie zuvor begegnet waren.

Was Christoph ebenfalls irritierte.

Sein heutiger Gast würde Jennifer Arnold sein, noch immer eine der bedeutendsten Schauspielerinnen Deutschlands, auch wenn ihre Hollywood-Zeit schon einige Jahre zurücklag. Sie hatte mit Johnny Depp und George Clooney gedreht, geflirtet und zumindest Filmküsse ausgetauscht. Heute fesselte sie als taffe Kommissarin Tara Held das Millionenpublikum der gleichnamigen Krimireihe im ZDF.

Bis vor Kurzem hatten sich die Talkshows, Promimagazine und Quizsendungen um sie gerissen. Keine Woche verging, in der man Jennifer Arnold nicht auf der Mattscheibe sah. Doch plötzlich war damit Schluss gewesen, und fast hätte man ihr auch die Rolle als Tara Held gestrichen. Nur weil ihr im *Kölner Treff* des WDR ein Satz herausgerutscht war, von dem sich die LGBTQ-Szene beleidigt fühlte.

Sie wolle auf dem Damenklo keinem Mann begegnen.

Auch nicht, wenn er sich als Frau fühle.

Transfrauen aus ganz Deutschland waren nach Mainz-Lerchenberg gereist und hatten vor dem ZDF-Hochhaus gegen die Weiterbeschäftigung Arnolds protestiert. Der Fernsehstar erhielt Morddrohungen und musste sich zeitweise von Bodyguards schützen lassen.

Über all das würde Christoph mit ihr heute plaudern.

Über die Cancel Culture der finsteren linken Kräfte, deren Fanatismus die abendländische Identität zerstörte. Die den Menschen eine neue Sprache aufzwangen und verboten, was die Mehrheit liebte. Um es durch ihr totalitäres, antifreiheitliches Gedankengut zu ersetzen und sie zu versklaven.

Er freute sich auf seinen Gast, während Violas Kameramann ihn und Patti umkreiste.

Christoph würde sich mit der Schauspielerin glänzend verstehen.

Und ihr den Posten der Kulturbeauftragten im Team Urban antragen.

Das verriet er jetzt noch nicht – es sollte nachher spontan wirken.

Er und Patti waren fertig.

»Habt ihr die Besprechung im Kasten?«, fragte Christoph.

Der Kameramann setzte seine Mühle ab und hob den Daumen.

Christoph wandte sich an die Tonfrau und deutete auf ihr Auge.

»Was ist passiert?«

»Montagsdemo. Durchgeknallte Wutbürger. Haben vermutlich zu oft Ihre Sendung gesehen. Mein Mischpult ist dabei draufgegangen.«

»Dafür kann ich nichts, und ich verstehe das auch nicht«, sagte Christoph. »Man demonstriert doch, um sein Anliegen öffentlich vorzutragen. Wenn die Medien berichten, umso besser!«

»Sagen Sie das mal Ihren Anhängern.«

Werde ich tun, dachte Christoph.

Es klingelte.

Jennifer Arnold – jetzt schon?

Viola gab ihrem Team ein Zeichen. Die drei folgten Christoph zum Hauseingang. Leif, der Praktikant, war bereits herbeigeeilt und öffnete.

Tristan Bovert trat ein, gefolgt von Michael Kramer, dem Programmchef von Deutschland-TV, der heute Abend ebenfalls eine wichtige Rolle spielen würde. Sie begrüßten einander herzlich mit Handschlag.

Kramer würde ab Sonntag Christophs Sendung übernehmen. Sie würde nur noch *Direkt* heißen. Ohne »Urban«, aber mit Christoph als häufigem Studiogast.

Bovert würde Kramers Posten als Programmdirektor übernehmen. Damit war er ab sofort einer der einflussreichsten Medienmanager des Landes.

Christoph führte die beiden in seinen Wintergarten, wo das Filmteam außen vor bleiben musste. Er war gespannt, was Bovert ihm zu Russland erklären wollte. Der ehemalige Staatssekretär beunruhigte ihn. Diesem Mann hatten die Geheimdienste unterstanden.

Und er pflegte noch immer enge Kontakte.

Ich bin gläsern für ihn, dachte Christoph. Er weiß Bescheid.

Boverts Worte: *Mein Geschäft ist das Sammeln von Nachrichten.*

Es klingelte wieder.

Endlich – die Schauspielerin. Christoph schüttelte die düsteren Gedanken ab und setzte ein Strahlen auf, während er nach vorn ging.

Ein jüngerer Mann begleitete den Star. Arnold stellte ihn als ihren Freund vor. Aus dem Augenwinkel nahm sie Kamera und Mikro der Filmcrew wahr und reagierte professionell. Sie tauschte Wangenküsse mit Christoph, als seien sie beste Freunde.

Die Diva wusste noch nichts von Team Urban. Auch nicht, dass er ihr ein Ehrenamt in seiner Partei antragen würde. Vermutlich würde sie ihm einen Korb geben. Dann würde Christoph den Vorschlag wie einen gut gelaunten Gag aussehen lassen.

Mir genügt, wenn sie sich geschmeichelt zeigt und wohlwollend reagiert.

Leif brachte die Schauspielerin und ihren farblosen Begleiter in die Garderobe.

Gleich darauf kehrte er zurück und nahm Christoph beiseite.

Er senkte die Stimme. »Da stehen Fahrzeuge an der Straße.«

»Die Autos unserer Gäste.«

»Nein, die parken auf dem Hof.«

Christoph winkte ab. »Einfach ignorieren.«

»Und wenn jemand unsere Sendung sabotieren will? Linke Randalierer, Antifa? Woke Transfrauen auf Kriegspfad gegen Arnold? Ich könnte Dombacher anrufen, damit er seine Leute herbringt.«

»Lass mal, Leif.«

Er konnte keinen Krawall gebrauchen. Keinen Aufmarsch martialischer Ordnungskräfte, die womöglich ein Blutvergießen anrichten würden.

Nicht vor Violas Kamera.

Womöglich handelte es sich um Fans, nicht um Störer. Anhänger, die dem frisch gekürten Chef von Team Urban zujubeln wollten. Sie wären natürlich willkommen.

Christoph beugte sich zu Leifs Ohr. »Wer auch immer etwas von mir will, ich stehe nach der Sendung zur Verfügung.«

Er schlenderte zu Viola, der kritischen Filmemacherin, hinüber und legte alles in seinen Blick, was man angeblich an ihm schätzte: Fernsehvisage, Charisma.

»Na, meine gestrenge rote Königin, wie ist dein Eindruck bis jetzt?«

Viola lächelte auf eine Art, die er nicht durchschaute.

»Unentschieden«, antwortete sie. »Noch halten sich Dr. Jekyll und Mr. Hyde die Waage.«

71

NEANDERTAL

MIT OBERSTAATSANWALT KILIAN HATTE Vincent besprochen, das Ende der Livesendung abzuwarten. Das Team der Mordkommission blockierte mit drei zivil lackierten Pkw die einzige Zufahrt zu Urbans Bauernhof. Niemand sollte sich vom Gelände entfernen, ohne dass die Personalien überprüft wurden. Gäste und Besucher würden passieren dürfen, während man Urbans Mitarbeiter noch vor Ort befragen würde – so der Plan.

Verstärkung traf ein. Uniformierte Kräfte und eine Kripofrau der Kreispolizei Mettmann, auf deren Territorium sie sich befanden. Schließlich auch die Kriminaltechnik aus Düsseldorf – Fabris Leute fuhren gleich mit zwei Transportern vor.

Auf sie wartete die meiste Arbeit.

Neben dem Haupthaus kam der ehemalige Stall als Tatort infrage, außerdem die Scheune, in der Urban sein Studio eingerichtet hatte. Sollten sie drinnen nichts finden, würden sie die Suche auf das umliegende Gelände ausdehnen.

Der Schlag auf Dennis Schuberts Kopf und das Zerstückeln seiner Leiche mussten eine blutige Angelegenheit gewesen sein. Selbst nach gründlichem Saubermachen blieben mikroskopische Spuren. Diese zu sichern war das Hauptziel der Aktion.

Eine Suche, die Geschick und Geduld erforderte.

Aber Vincent wusste, wohin er die Techniker zuerst schicken würde.

Ein weiteres Auto stoppte hinter seinem. Scheinwerfer erloschen. Eine einzelne Tür wurde zugeschlagen. Schritte auf dem Kiesweg, dann ein Klopfen an der Scheibe.

Melia.

Vincent stieg aus, und sie fielen sich um den Hals. Mehr als ein Dutzend Kollegen sahen zu, aber das war ihm jetzt egal. Melia drückte sich fest an ihn, und er spürte, dass ihre Wangen glühten und feucht waren.

»Was hast du meinem Chef erzählt?«, fragte sie. »Ich wollte das nicht!«

»Das ist meine Sache.«

Sie löste sich von ihm und blickte ihn ernst an. »Nein, unsere.«

Er wischte ihr eine Träne aus dem Gesicht.

»Wir haben den Durchsuchungsbeschluss.«

»Ich weiß. Kilian hat mir Bescheid gegeben.«

»In wenigen Minuten ist Urbans beschissene Show vorüber und unsere beginnt.«

Sie nickte und lächelte. Dann boxte sie ihm spielerisch gegen die Brust.

Zwischen uns ist alles gut, dachte Vincent. Ich habe das Richtige getan.

Mit lautem Rumpeln öffneten sich die Schiebetüren der beiden Transporter. Die Leute der Spurensicherung stiegen mit ihren Koffern aus. Fabri kam herüber und räusperte sich.

»Frau Adan«, grüßte er die Inspektionsleiterin. Dann wandte er sich an Vincent.

»Schon eine Idee, wo wir am besten anfangen?«

Vincent nickte und sah auf die Uhr. Dann drückte er Melia den Beschluss in die Hand.

»Ich finde, du solltest es tun.«

Sie wischte sich mit dem Handrücken über die Nase und schniefte.

»Okay«, sagte sie.

72

NEANDERTAL

JAKUB, DER HINTER DER Hauptkamera stand, gab Christoph das verabredete Zeichen. Zwei Drittel der Sendezeit waren um. Es galt, die Katze aus dem Sack zu lassen.

Der Moment, auf den sie in den letzten Tagen hingearbeitet hatten, und den nicht nur seine heutigen Zuschauer, sondern ein bedeutender Teil Deutschlands herbeisehnte, war gekommen.

Jennifer Arnold hatte gerade davon berichtet, dass sie nach all den Jahren als taffe Kommissarin Tara Held ein neues Kapitel aufschlagen werde. Quentin Tarantino hatte sie für seinen nächsten Spielfilm gecastet.

»Bei mir gibt es ebenfalls spannende Neuigkeiten, Jennifer«, sagte Christoph.

»Du gehst in die Politik, stimmt's?«

»Der Parteirat hat mich gerade zum designierten Vorsitzenden gewählt.«

»Gratuliere, das ist toll!«

»Aber woher wusstest du's?«

»Hab's erraten. Du wurdest ja mächtig umworben. Christoph Urban als Phönix aus der Asche, nachdem die Bundeskanzlerin abgestürzt und hoffnungslos verbrannt ist.«

»Wow, große Worte!«

»Alle reden davon. Und du hast das Zeug dafür. Davon bin ich überzeugt.«

»Danke, Jennifer.«

»Viel Erfolg!«

»Willst du meine Kulturbeauftragte sein?«, fragte Christoph. »Mit deinem Esprit wärst du das Juwel in meinem Team!«

»Parteipolitik ist nicht so mein Ding.«

»Klar, Quentin zahlt mehr.« Ein Augenzwinkern.

Die Schauspielerin lachte. »Wenn ich mich für etwas politisch einsetze, dann fürs Klima. Aber das ist nicht so euer Thema, fürchte ich.«

»Doch, ich liebe diesen Sommer! Im Ernst, die Landwirte tun mir natürlich sehr leid wegen der Dürre. Team Urban wird die deutsche Bauernschaft nicht im Stich lassen, das kann ich jetzt schon versprechen.«

»Und wie steht ihr zum Krieg in der Ukraine? Das ist mir noch nicht ganz klar. Für mich ein sehr wichtiger Punkt.«

Das war nicht abgesprochen.

Vor den Bildschirmen der Nation verfolgte ein Millionenpublikum die Sendung. Die Fans erwarteten eine schlagfertige und klare Reaktion von ihrem Lieblingsmoderator. Kein Zögern, kein Lavieren.

Sie erwarteten die richtige Antwort.

»Für mich auch, Jennifer«, antwortete Christoph. »Zentral wichtig, natürlich.«

Im Nebenraum sah Bovert zu. Leiter der Denkfabrik. Der neue Programmchef, ohne Frage weit mächtiger als der bisherige. Der Mann, der *Nachrichten sammelte.*

Keine Chance, sich zu beraten.

Und im Hintergrund des Studios lauerte Viola Kaiser

mit ihrer Crew darauf, dass er ins Schleudern geriet. Während es sein Plan war, Viola positiv zu überraschen. Jetzt bloß nicht hinübergucken und Zeit verlieren.

Christoph dachte an seinen Cousin Dawid, der einen Tag lang Kämpfer im Donbass gewesen war. An dessen Frau Daryna und ihre Eltern in Kramatorsk.

All das schoss ihm gleichzeitig durch den Kopf.

Er nickte in die Kamera. »Team Urban steht für Freiheit. Putin hat die Ukraine angegriffen, weil er Freiheit nicht ausstehen kann. Deshalb müssen wir die Ukraine unterstützen, wo es nur geht.«

»Was sagst du zum Zögern der Bundesregierung?«

»Deren Worte sind nichts als Heuchelei. Wer keine Panzer und Kampfjets schickt, und zwar so rasch wie möglich, macht sich mitschuldig am tausendfachen Tod der Helden, welche die Freiheit Europas gegen die Horden des Autokraten verteidigen.«

»Du triffst es auf den Punkt, Christoph.«

»Ich weiß, wovon ich rede. Ich habe Freunde in der Ukraine.«

Arnold wandte sich direkt an die Kamera. »Wählen Sie diesen Mann!«

Christoph lachte. »Wer hat das in dein Drehbuch geschrieben? Quentin?«

»Das ist meine volle Überzeugung!«

»Jennifer, ich danke dir, du bist großartig. Und viel Erfolg für die Zukunft. Du bist und bleibst der Star meines Herzens. Danke, dass du da warst!«

Christoph klatschte in die Hände und wünschte sich ein Studiopublikum. Diese Frau hätte viel größeren Applaus verdient.

Dann stellte er den zweiten Gast des Abends vor. Michael

Kramer, der ab Montag seine Sendung moderieren würde. Von München aus. In einem Studio mit allem Schnickschnack. Band, Designermöbel, Publikum.

»Du wirst fehlen«, sagte Kramer, mit dem sich Christoph bislang gesiezt hatte.

»Dafür kriegst du ein tolles Studio.« Christoph zwinkerte. »Das gleicht dann manches aus.«

Ein boshafter Scherz. Kramer lachte trotzdem.

»Und was machst du mit deiner Scheune?«, fragte er zurück.

»Hier zieht ab morgen die Wahlkampfzentrale von Team Urban ein. Die ersten Kisten stehen schon zum Auspacken bereit.«

Sie vereinbarten, sich häufig gegenseitig zu besuchen.

Mit Deutschland-TV im Rücken war Christoph nicht bang.

Einen Moment lang stellte er sich vor, sogar die Union bei der Wahl zu übertreffen und die Nummer eins im bürgerlichen Lager zu werden.

Dann setzte die Schlussmelodie ein, und Christoph rief: »Das war *Urban direkt*, am Sonntag folgt *Direkt* mit Michael Kramer, schauen Sie unbedingt rein!«

Das rote Licht erlosch.

Christoph ging hinüber zu Viola.

»Na, meine Königin, wie war ich?«

»Du hast wie ein echter Freiheitskämpfer geklungen.«

»Ganz in deinem Sinn, nicht wahr?«

»Dr. Jekyll hat momentan die Nase vorn.«

Violas warme Stimme berührte sein Innerstes. Er begehrte sie wie noch nie eine Frau zuvor. Ihr undurchschaubares Lächeln und ihre unverhohlene Skepsis taten dem keinen Abbruch.

Aber er wusste, dass es zu früh war, sie auf ein Tête-à-Tête in seine privaten Gemächer einzuladen. Der Champagner, den er kaltgestellt hatte, würde warten müssen. Nur ein paar Tage.

Plötzlich nahm er Tumult im Haupthaus wahr. Ein Durcheinander von Stimmen – Anweisungen und Proteste.

Violas Kameramann schulterte seine Mühle und fokussierte. Die zierliche Tonkollegin rückte ihren Kopfhörer zurecht und hielt das Mikro in den Raum.

Eine Gruppe von Leuten kam herein. Sie trugen Westen mit der Aufschrift *POLIZEI*. Eine Farbige mit schwarzen Locken wedelte mit einem amtlichen Schreiben, als habe sie etwas zu sagen.

73

NEANDERTAL

CHRISTOPH URBAN BAUTE SICH vor Melia auf. Er war kleiner, als er auf dem Bildschirm wirkte. Da mochte er sich noch so breitbeinig benehmen.

»Das Imperium schlägt zurück«, sagte er mehr in die Kamera des hageren Typen mit Beanie als zu ihr. »Ich habe mit Gegenwind gerechnet. Aber nicht, dass die Staatsgewalt gleich von der ersten Minute an so brachial gegen mich und Team Urban vorgehen würde. Wer sind Sie überhaupt?«

Spar dir dein Märtyrergehabe, dachte Melia.

Sie schickte das Kamerateam, das ihre Unterhaltung aufnehmen wollte, aus dem Studio.

»Das sind russische Verhältnisse«, zeterte der Moderator. »Ich werde vor dem Europäischen Gerichtshof dagegen klagen!«

»Ist klar.«

Melia stellte sich vor und erläuterte Urban die Rechtslage. »Wenn Sie mögen, können Sie einen Zeugen zur Durchsuchung hinzuziehen. Falls nicht, bitte ich Sie, den Verzicht im Durchsuchungsprotokoll zu quittieren.«

Sie hielt ihm das vorbereitete Schreiben hin.

»Ich bestehe auf einen Zeugen«, sagte er zu ihrer Überraschung. »Tristan Bovert. Er muss hier irgendwo sein.«

Melia schickte einen Uniformierten. Vermutlich saß Bovert zur Feststellung der Personalien draußen in einem der Fahrzeuge. Falls er nicht schon nach Hause geschickt worden war.

Dann wies sie Urban an, den Ermittlern Zugang zu jedem Raum zu verschaffen und sich für eine Zeugenbefragung bereitzuhalten.

Der Möchtegernpolitiker zeigte erstmals Anzeichen von Nervosität.

»Worum geht es hier eigentlich?«

»Schön, dass Sie fragen. Sie haben sicher vom Mord an Dennis Schubert gehört.«

»Stand in der Zeitung. Schreckliche Sache.«

»Meine Kollegin Hauptkommissarin Winkler leitet die Ermittlungen.«

Sie winkte Anna herbei, damit sie Urban unter ihre Fittiche nahm.

Melia bemerkte, dass ihr die Kripofrau der Kreispolizei Mettmann mit hochrotem Kopf vom Studioeingang aus zuwinkte. Melia ging hinüber.

»Was gibt's?«

Außer Atem berichtete die Frau: »Draußen findet ein riesiger Medienauflauf statt. Alle wollen den neuen Oppositionsführer interviewen. Jetzt fragen sie, was wir hier machen, und verlangen nach der Einsatzleiterin.«

Melia ging, um nach dem Rechten zu sehen.

Oppositionsführer – war es wirklich schon so weit?

Auf dem Weg durchs Haus kam ihr der Uniformierte entgegen, den sie auf die Suche nach Tristan Bovert geschickt hatte. Ihm folgte der ehemalige Staatssekretär und

Geheimdienstbeauftragte der Bundesregierung, der während einiger turbulenter Wochen vor drei Jahren auch ihr Chef beim NRW-Verfassungsschutz gewesen war.

Bovert trug das gleiche Brillenmodell mit den eckigen Gläsern wie eh und je. Seine Narbe zeichnete sich als Linie auf seiner Wange ab. Sein Gesicht blieb unbewegt, als er sie erkannte.

»Sieh an, Frau Khalid.«

Ihr Tarnname beim Inlandsgeheimdienst.

»Welche Geheimoperation führen Sie im Schilde?«, fragte er.

»Und Sie, Herr Bovert?«

Melia ließ ihn stehen und ging nach draußen.

Vor den uniformierten Beamten, die das Tor zum Grundstück sicherten, hatten sich erstaunlich viele Leute versammelt. Weiter hinten stand auf der Böschung jenseits der Zufahrt eine Reporterin, die von einem Scheinwerfer beleuchtet wurde und in eine Kamera sprach – offenbar live für eine Nachrichtensendung.

Melia holte tief Luft und näherte sich der Meute. Die Reporter entdeckten sie und bestürmten sie mit der Bitte um eine Erklärung.

Erst jetzt wurde sie sich der politischen Brisanz bewusst.

Sie war die Ranghöchste vor Ort. Sie musste sich stellen. Mit dem Staatsanwalt an ihrer Seite wäre ihr wohler gewesen.

Melia schob sich durch die Reihe der Kollegen, öffnete das Tor und trat vor die Mikrofone, Notizblöcke und Handys, die sich ihr entgegenreckten.

Stabiler, schulterbreiter Stand, gerader Rücken. Möglichst feste Stimme.

Sie stellte sich vor und erklärte: »Die Kripo Düsseldorf nimmt gerade im Rahmen der Ermittlungen zu einem Gewaltdelikt eine Durchsuchung vor. Das geschieht auf Veranlassung der Staatsanwaltschaft und aufgrund eines richterlichen Beschlusses.«

»Warum können wir nicht mit Christoph Urban sprechen?«

»Sobald wir mit ihm gesprochen haben, steht er Ihnen zur Verfügung.«

»Hat die Durchsuchung einen politischen Hintergrund?«

»Nein.«

»Was werfen Sie Herrn Urban vor?«

»Ich möchte betonen, dass der Hausherr zum jetzigen Zeitpunkt nicht als tatverdächtig gilt. Die Kollegen der Düsseldorfer Kripo befragen ihn als möglichen Zeugen.«

Eine Fragestellerin drängte sich vor. Auf dem Windschutz ihres Mikros prangte das Logo von Deutschland-TV. Melia erkannte die Frau. Am Montag hatte sie vor dem Delphi gelauert.

Einen Moment lang ballte Melia die Fäuste.

Die Reporterin rief ihr zu: »Nur Minuten, nachdem Christoph Urban bekannt gegeben hat, dass er als Vorsitzender von Team Urban in den Wahlkampf ziehen wird, besetzt die Polizei sein Haus und sein Fernsehstudio. Ihre Aktion kann doch kein Zufall sein!«

»War das eine Frage oder der Versuch einer Legendenbildung?«

Einige Umstehende lachten.

Die Reporterin ließ nicht locker. »Schließen Sie aus, dass Sie im Rahmen eines Rachefeldzugs der ehemaligen Kanzlerin bei Christoph Urban eingedrungen sind?«

Melia antwortete in die Runde: »Ich kann Ihnen versichern, dass niemand aus der Politik diesen Einsatz veranlasst hat, sondern ein unabhängiger Richter, und zwar aufgrund von Erkenntnissen im Rahmen einer kriminalpolizeilichen Ermittlung.«

Jemand fragte: »Um welches Delikt geht es?«

Melia verwarf den Impuls, daraus ein Geheimnis zu machen.

Die Öffentlichkeit hatte ein Recht auf Information.

»Um den Mord an Dennis Schubert vom vergangenen Samstag«, antwortete sie. »Also den Fall, den Sie den Baustellenmord nennen.«

Plötzlich brach Chaos aus. Die Medienvertreter rückten immer näher. Fast jeder rief ihr eine Frage zu. Melia hob die Hände, bis endlich halbwegs Ruhe eintrat.

»Bitte haben Sie Verständnis, dass ich zur Stunde aus ermittlungstaktischen Gründen nicht mehr sagen kann. Das wär's für heute Abend. Vielen Dank.«

Sie nickte den Leuten einen Abschiedsgruß zu und kehrte ins Haus zurück. Das Herz klopfte ihr bis zum Hals. Aber sie fand, dass sie sich ganz passabel geschlagen hatte.

74

NEANDERTAL

WEIL DER MOND HEREINSCHIEN und die Kollegen von der Kriminaltechnik hier kein Licht gebrauchen konnten, verhängten sie die große Glasfront der Schwimmhalle mit schwarzen Stoffbahnen. Im Vorraum hatte Fabri mehrere Glasflaschen abgestellt. Er öffnete eine davon, schüttete etwas aus einer anderen hinzu, rührte kurz um und füllte den Inhalt behutsam in eine Sprühflasche ab.

Vincent erkannte den scharfen Geruch von Luminol.

»Warum willst du, dass wir hier anfangen?«, fragte Fabri.

»Du weißt, dass wir den Mann geschnappt haben, der die Leichenteile in den Ruinen des Kaufhofs abgeladen hat.«

»Und?«

»Er gibt an, dass er die Säcke bei Urbans Bauernhof abgeholt hat.«

»Schon klar.«

»Dabei hat er das Hallenbad erwähnt. Das heißt, er war möglicherweise hier drinnen. Und dafür kann es dann nur einen Grund geben.«

»Verstehe.«

Unterwasserscheinwerfer ließen das Becken blau leuchten. Im Hintergrund eine Gruppe von Loungemöbeln aus dunklem Geflecht. Vincent erkannte den Durchgang zur Dusche und zum Saunabereich.

Er hätte die Leiche dort drüben zerteilt. Unter der Dusche waren die Flächen am einfachsten zu säubern. Was für die Polizei die Chancen schwinden ließ, noch Blut oder Gewebereste mit DNA zu finden.

Wie Fabri und seine Leute trug auch Vincent die volle Montur der Spurensicherung. Weißer Overall, Handschuhe, Kopfhaube, Mundschutz sowie Überzieher für die Schuhe. Sie wollten Spuren finden, nicht legen.

Die Fliesen rings um das Becken strahlten weiß. Mit bloßem Auge war keine Verschmutzung zu erkennen. Als sei dieser Raum seit seiner Fertigstellung nie benutzt worden.

Oder jemand hatte gründlich geputzt.

Zwei Kollegen hielten Kameras bereit.

»Passt auf, dass euer Blitz ausgeschaltet ist«, sagte Fabri.

Vincent überprüfte die Videofunktion seines Handys.

Fabri erklärte: »Ich habe der Lösung etwas Spülmittel beigemischt. Das Leuchten wird dadurch intensiver, aber auch kürzer, vielleicht nur für wenige Augenblicke. Also höchste Konzentration, Leute. Wir wollen doch nicht, dass ein Mörder freigesprochen wird, nur weil wir gepfuscht haben.«

Ein Kollege löschte die Lichter. Es dauerte ein wenig, bis er alle Schalter gefunden hatte. Dann konnte es losgehen.

Fabri begann, den Boden einzusprühen. Vincent erinnerte sich an einen lange zurückliegenden Lehrgang. Wenn die Lösung in einem abgedunkelten Raum auf noch so geringe Mengen von Blutfarbstoff stieß, entstand ein fluoreszierender bläulicher Schimmer. Das hatte etwas mit der Oxidation des Luminols zu tun. Das Eisen im Hämoglobin diente dabei als Katalysator. Noch bis zu einer Verdünnung von einem halben Promille konnte Blut auf diese Weise nachgewiesen werden.

Fabri ging systematisch vor, in Bahnen von links nach rechts. Vincent erwartete kein schnelles Ergebnis. Deshalb überraschte es ihn, als schon nach einigen Metern eine Kamera klickte und der Chef der Kriminaltechnik seine Arbeit unterbrach.

»Habt ihr das gesehen?«

»Ja«, bestätigte ein Kollege und zeigte das Foto auf dem Display seiner Kamera, mit der er ein blaues Aufblitzen eingefangen hatte. Vincent hatte es verpasst.

Sie schalteten das Licht wieder ein und kratzten an der betreffenden Stelle – eine Fliesenfuge, aus der eine Auftropfung nicht vollständig entfernt worden war. Hoffentlich genug Material, um daraus DNA zu gewinnen.

Für die nächste halbe Stunde war das der einzige Fund.

Auch die Wände, der Beckenrand, die Möblierung – alles sauber.

Sie rückten zu den Duschen vor.

Fabri füllte die Sprühflasche neu auf. Vincent erblickte rundum Schiefer, schwarze Platten, rau und uneben. Halogenstrahler in der Decke, blitzblanke Armaturen, Kopfbrausen und Massagedüsen aus glänzendem Chrom.

Erneut wurde das Licht gelöscht.

Luminol zischte, die Chemikalie stank. Vincent hob sein Handy, tippte auf das Aufnahmesymbol und filmte. Schon wenig später glomm das geisterhafte Leuchten auf.

An einer Wand war nur oberflächlich geputzt worden.

In den Fugen, Rillen und Poren der Schieferplatten hatten sich Reste von Blut gehalten. Fabris Overall reflektierte sekundenlang den blauen Schein.

Vincent spürte Genugtuung, fast Euphorie.

Als gleich darauf alle Strahler wieder brannten, schabten die Kollegen die winzigen Anhaftungen auf Spurenträger, tüteten sie ein und beschrifteten die Beutel.

»Todsicher ist hier die Leiche zerlegt worden«, sagte Fabri.

»Falls die DNA übereinstimmt«, antwortete Vincent.

»Alter Pessimist!«

»Gut, dass der Täter geschlampt hat.«

»Auf schwarzen Flächen übersieht man schon mal etwas. Vor allem, wenn der Stein nicht glattpoliert ist. Sieht schick aus, taugt aber nichts bei Blutbädern.«

»Du solltest ein Lehrbuch für Killer schreiben.«

»Hier wurde nur kurz abgebraust und dann dem Augenschein vertraut. Aber sauber und richtig sauber sind eben zweierlei.«

»Wie kann man dich und deine Leute nur so unterschätzen?«

»Ich nehm das jetzt mal als Lob, Vincent.«

Die Kriminaltechniker beschlossen, auch den Rest des früheren Stalls unter die Lupe zu nehmen, die Sauna und den Vorraum mit der Bar. Mit Urbans Fernsehstudio und dem Haupthaus würden sie morgen fortfahren. Vincent dankte und verabschiedete sich.

Er war gespannt, wie der Hausherr das vergossene Blut erklären würde.

75

NEANDERTAL

CHRISTOPH BERIET SICH KURZ mit Tristan Bovert, dann beschloss er, sich den Medienvertretern zu stellen, die noch immer draußen vor der Polizeiabsperrung ausharrten. Immerhin standen sie seinetwegen dort.

Viola und ihre Filmcrew folgten ihm. Während es sich die Polizei verbat, aufgenommen zu werden, ließ Christoph die Dokumentarfilmerin frei gewähren. Sie sollte ihn zu den Guten zählen.

In seinem Kopf hallte nach, dass sie ihn mit Jekyll und Hyde verglich.

Glaubt sie, ich hätte eine zweite, weniger angenehme Seite?

Er trat aus dem Haus. Sofort richtete sich die Medienmeute nach ihm aus. Scheinwerfer blendeten, Mikros reckten sich ihm entgegen.

Schon von Weitem rief ihm die Vertreterin von Deutschland-TV Glückwünsche zu und pries seine Entscheidung, Team Urban als Spitzenkandidat in den Wahlkampf zu führen. Er trat vor ihre Kamera, bedankte sich und setzte zu einer kurzen Ansprache an.

Er betonte die große Ehre und Herausforderung. Er

attackierte den grün-liberalen Mainstream, die Regierung und sämtliche Altparteien. Er beschwor die Gefahr eines linken Faschismus, der die Freiheit abschaffen wolle.

Die anderen Reporter riefen dazwischen.

»Einer nach dem anderen«, wies Christoph sie zurecht.

Er musste sich auch ihnen stellen.

»Warum ist die Polizei bei Ihnen?«

»Das frage ich mich auch. Ich verlange eine unabhängige Untersuchung, wie es zu diesem Willkürakt kommen konnte. Kaum hat sich der freiheitliche Widerstand als Team Urban formiert und mich zum Anführer gewählt, besetzt die Polizei mein Haus und hindert mich an der politischen Arbeit. Das wird unseren Protest nicht stoppen, sondern erst recht entfachen!«

»Es geht um Mordermittlungen, heißt es.«

»Falls ich dazu etwas beitragen kann – okay. Aber glauben Sie wirklich, dass es hier nicht in erster Linie um Politik geht?«

»Was haben Sie mit den Leichenteilen zu tun, die auf der Opernbaustelle in Düsseldorf aufgetaucht sind?«

»Jeder Zusammenhang mit meiner Person ist völlig aus der Luft gegriffen! Wer auch immer diese Aktion gegen die Parteizentrale von Team Urban befohlen hat, missbraucht die Polizei und verfolgt eine schändliche, eindeutig politische Agenda. Ich appelliere an Sie als Vertreter der vierten Gewalt: Gehen Sie diesem Skandal nach! Ich verlange vom Rechtsstaat, die Drahtzieher mit aller Härte des Gesetzes zu bestrafen. An diesem Beispiel wird sich zeigen, ob Deutschland noch eine Demokratie genannt werden kann, oder ob die linken Kräfte bereits ihre Träume von der totalitären Unterdrückung umsetzen.«

»Kannten Sie Dennis Schubert?«

»Ich verlange, dass die Besetzung der Zentrale von Team Urban sofort beendet wird. Noch nie seit 1945 hat es eine solche Beschneidung der politischen Freiheit gegeben. Deutschland muss endlich aufwachen. Und ich werde nicht zurückstecken. Mit Team Urban für Deutschland. Ich danke Ihnen!«

Christoph eilte ins Haus zurück.

Die letzte Frage hatte ihn besonders aufgewühlt.

Natürlich kannte er den Ex-Mann der besten Freundin seiner Schwester.

Und jetzt?

Zwei Beamte in Zivil, ein Mann und eine Frau, empfingen Christoph an der Tür, als hätten sie nur auf das Ende der improvisierten Pressekonferenz gewartet. Sie führten ihn ins Wohnzimmer. Ihr dominantes Auftreten schien keinen Widerspruch zu erlauben. Als seien sie die Hausherren, nicht er.

Christoph rief sich in Erinnerung, wie empört er gerade noch gewesen war.

Den Mann hatte er bereits kennengelernt. Er fragte ihn: »Wie heißen Sie noch mal?«

»Vincent Veih. Ich leite die Dienststelle für Tötungsdelikte bei der Düsseldorfer Kripo. Und das ist Anna Winkler. Sie ist meine Stellvertreterin und führt die zuständige Mordkommission.«

Beide waren etwas älter als er, um die fünfzig, schätzte Christoph. Sicherlich erfahrene Kriminalisten, denen er nichts vormachen konnte. Was wussten sie bereits über Dennis?

Violas Kameramann kam herein. Die Kommissarin stand auf und komplimentierte ihn in rüdem Ton hinaus, dann schloss sie die Tür.

»Wann sind Sie endlich fertig mit Ihrer Durchsuchung?«, fragte Christoph.

»Hängt ganz von Ihnen ab.«

»Was heißt das? Wie kann ich helfen?«

»Indem Sie uns erst mal erzählen, wie Sie den vergangenen Samstag verbracht haben.«

»Es war mein freier Tag, wie jeder Samstag. Ich habe das Haus gegen zehn Uhr verlassen und fuhr mit meiner Assistentin Patti ans Meer. Nach Cadzand, um genau zu sein. Am Nachmittag ging es weiter nach Brügge, wo wir im Hotel Bonifacius übernachtet haben. Am Sonntag waren wir zur Mittagszeit wieder zurück.«

»Kann das jemand bezeugen?«, fragte die Kommissarin.

»Ja, Patti war die ganze Zeit bei mir.«

»Patrycja Ziegler?«

»Meine Assistentin, wie gesagt.«

Die beiden Kripoleute blickten sich an.

»Stimmt etwas nicht?«, fragte Christoph.

»Das widerspricht der Version von Frau Ziegler.«

»Wie bitte?«

»Sie sagt, sie war vormittags einkaufen und hat den Rest des Tags zu Hause verbracht.«

»Patti? Im Ernst? Die blöde Kuh!«

Christoph konnte es nicht fassen. Damit Patrycjas Affäre mit ihm nicht herauskam, ritt sie ihn in die Scheiße. Der Samstag schien der Angelpunkt zu sein.

Offenbar war Dennis Schubert an diesem Tag umgebracht worden.

Plötzlich wurde Christoph alles klar.

Um mich nach meinem Alibi zu fragen, müssen die Kripoleute nicht mein Haus auf den Kopf stellen. Die Mordkommission glaubt, Schubert sei *hier* umgebracht worden.

Man hält mich ernsthaft für den Mörder.

Christoph schlang die Arme um seinen Leib und schüttelte den Kopf.

Fast hätte er laut losgelacht.

Die Leute waren so dumm.

Verbohrt und verblendet.

76

DÜSSELDORF-STADTZENTRUM

KURZ VOR MITTERNACHT LIESS sich Tristan Bovert vor seinem Hotel im Herzen Düsseldorfs absetzen. Ein junger Angestellter in adretter Fantasieuniform hielt ihm die Tür auf und begrüßte ihn mit Namen. Bovert bedauerte, dass er in ein paar Tagen ausziehen und nach München umsiedeln würde.

Er suchte die Bar auf und bestellte ein Glas Chablis.

In vino veritas – die amerikanische Cocktailkultur, die der Mann hinter dem Tresen angeblich perfekt beherrschte, lehnte Bovert ab.

Er hatte die Durchsuchung des Anwesens im Neandertal als Zeuge begleitet und nicht verhindern können, dass die Polizei Urbans Rechner und etliche Unterlagen beschlagnahmte. Nebenher hatte er die Gelegenheit genutzt und das Büro des neuen Parteichefs verwanzt. Er war zwar zu der Ansicht gelangt, dass Osterkamp mit dem Fernsehmann eine gute Wahl getroffen hatte, aber sicher war sicher.

Angesichts aller Makel, die Urban anhafteten.

Von denen die Talos-Geschichte nur einer war.

Urban war ein Mann mit zwei Gesichtern. Einerseits verkörperte er überzeugend den Cäsar, der kam, sah und siegte. Zugleich war sein Nervengerüst durchaus labil. Die Sache mit dem zerstückelten Safeknacker ging ihm gehörig an die Nieren.

Was verständlich war.

Der Wein kam in einem hauchdünnen Kelch einer ostbayerischen Manufaktur. Auf einem Silbertablett mit gestärkter Stoffserviette und einem Schälchen gesalzener Cashewkerne. Kondenswasser bildete sich am Glas. Bovert probierte einen Schluck und war zufrieden.

Er zog sein Smartphone hervor und checkte die Nachrichtenlage. In den morgigen Tageszeitungen würde Christoph Urbans Kandidatur wie geplant die Schlagzeilen bestimmen. Die Razzia im Neandertal hatte erst nach Redaktionsschluss stattgefunden.

Aber die Onlineausgaben waren schon jetzt einen Schritt weiter.

Die Durchsuchung bei Urban überschattete hier alles. Der neue Parteichef hatte in Bedrängnis die beste Reaktion gezeigt. Und sie zeigte Wirkung, wie Bovert feststellte.

Ein Großteil der Medien hielt einen politischen Hintergrund der Polizeiaktion für denkbar. Urban als Opfer des autoritären Mainstreams – plötzlich erschien der Moderator auch jenen Gazetten sympathisch, die seine Sendung stets verteufelt hatten.

Bovert wechselte zu Twitter, Telegram, Facebook. Überall kochte die Stimmung hoch. Nie war die Wut so groß gewesen. Und der Graben, der die feindlichen Lager teilte, so tief.

Bovert scrollte durch die Kommentarspalten und rieb sich die Hände.

Das Momentum werden wir nutzen.

Ihm fiel Cato ein, Chronist der Punischen Kriege, ein

großer Redner und Bewahrer konservativer Tugenden: Carthaginem esse delendam. Boverts Karthago war das Berlin der Altparteien, das die abendländischen Werte zunehmend mit Füßen trat.

Und er sah sich seinem Ziel näherkommen.

Mit Christoph Urban als Wegbereiter. In einer Koalition mit Andreas Götz, der sich gerade bemühte, die Union zusammenzuhalten. Der eine als Kanzler, der andere als Vize – das Gespann könnte schon im Herbst die konservative Wende einläuten.

Zumindest einen wichtigen Schritt dazu tun.

Dank meiner Arbeit.

Das Handy klingelte. Bovert blickte aufs Display. Es zeigte das antike Porträt des steinreichen Marcus Licinius Crassus, der einst die Wahlkämpfe Cäsars finanziert hatte.

In Boverts Kontaktliste stand Crassus für Hartmut Osterkamp.

Ein Anruf mitten in der Nacht?

Glaubt Osterkamp, weil er das Geld verteilt, stünde ich rund um die Uhr zur Verfügung?

Bovert nahm das Gespräch an, ließ sich seinen Unmut aber nicht anmerken. Er rieb sich die Wange. Seine Narbe juckte.

»Wie schlägt sich unser Parteivorsitzender?«, fragte der Multimilliardär.

»Macht das Beste draus.«

»Guter Mann. Weshalb ich anrufe: Morgen um zehn habe ich eine Videokonferenz mit meinem wichtigsten Partner. Können Sie dafür sorgen, dass uns niemand dabei belauscht?«

»Ihre Leitungen werden regelmäßig überprüft, wie Sie wissen.«

»Ich meine, wirklich niemand. Auch nicht die Briten oder Amerikaner.«

»Wo werden Sie das Gespräch führen?«

»In meinem Büro.«

»In welchem?«

»Medienhafen.«

Also in der Zentrale der Osterkamp Group. Sag das doch gleich.

»Ich werde da sein«, antwortete Bovert.

Er ahnte, mit wem der Milliardär konferieren würde.

Und was das Thema war.

77

BERLIN-TIERGARTEN

ANDREAS GÖTZ MUSSTE GÄHNEN. Er achtete zwar auf seine Gesundheit und war stolz auf seine Kondition. Aber mehrstündige Meetings bis in den späten Abend ließen ihn sein Alter spüren.

Und auf seinem Weg zur Kanzlerschaft würde es noch viele davon geben.

Wie hatte Adenauer das geschafft?

Der Koalitionspartner war endgültig abgesprungen. Der Bundespräsident drängte auf einen baldigen Termin für Neuwahlen. Ein kurzer, aber intensiver Wahlkampf stand bevor.

Seit der heutigen Sendung von *Urban direkt* stand für Andreas und seine Berater endgültig fest, was noch vor wenigen Wochen undenkbar schien: Der größte Rivale der CDU würde die neue Querdenkerpartei sein. Rasend schnell gewann Christoph Urban auch im bürgerlichen Lager an Zustimmung.

Noch hatte Andreas die Nase vorn. Und so musste es auch bleiben. Er war fest entschlossen, Kanzler zu werden.

Um jeden Preis.

Sie hatten einen Maulwurf in der Werbeagentur, die für

die Wahlkampagne von Team Urban arbeitete. Der Etat schien riesig zu sein, die Geldmittel unerschöpflich. Angeblich steckte Hartmut Osterkamp dahinter. In der Rangliste der reichsten Deutschen, die das *Manager Magazin* alljährlich veröffentlichte, stand er auf Platz zwölf.

Und Tristan Bovert redete bei allen wichtigen Entscheidungen mit, wie es hieß.

Der Mann, der die Regierungskrise ausgelöst hatte.

Von dem es hieß, er bestimme demnächst das Programm von Deutschland-TV.

Was nicht weniger bedeutete, als dass ein ganzer scheiß Fernsehsender für Christoph Urban und sein verdammtes Team trommelte. Eine solche Medienpower exklusiv für eine Partei – das hatte es noch nie gegeben.

Andreas spürte ein Kribbeln, das durch seinen gesamten Körper lief.

Ein mächtiger Gegner.

Eine ernsthafte Herausforderung.

Als die Nachricht von der Hausdurchsuchung bei Urban das Meeting im sechsten Stock der Bundesgeschäftsstelle erreichte und Jubel in der Runde ausbrach, blieb Andreas unbeeindruckt. Er wusste, dass der Polizeieinsatz den Kampfeswillen der Populisten nur noch steigern würde.

Er ging hinaus auf den Flur und rief seine Tochter an.

Es klingelte schier endlos, bis sie endlich das Gespräch annahm.

»Weißt du, wie spät es ist?«

»Ich bin stolz auf dich, Amelie. Du hast bei deinem Pressestatement heute Abend sehr souverän gewirkt.«

»Danke, Papa.«

»Was hat es mit der Razzia auf sich? Welche Rolle spielt Christoph Urban in dem Mordfall, den ihr da untersucht?«

»Du hast doch mitbekommen, was ich in die Kameras gesagt habe.«

»Die Kurzfassung in den Spätnachrichten, und dann habe ich es in Gänze noch einmal online nachgelesen.«

»Und dem hab ich nichts hinzuzufügen. Alle weiteren Details der Ermittlungen sind vertraulich. Du kannst ja mal bei unserer Pressestelle nachhaken. Vielleicht gibt es am Wochenende eine neue Stellungnahme.«

»Komm schon, Amelie. Gib deinem Vater einen Tipp, was gegen Urban vorliegt!«

»Das kann ich nicht, sorry. Und hör endlich auf, mich Amelie zu nennen. Das wollte ich dir schon immer mal sagen.«

Es tutete. Seine Tochter hatte das Gespräch beendet.

Andreas blickte ungläubig auf sein Handy.

Also konnte er den Plan vermutlich knicken, sein kraushaariges Cappuccino-Mädchen in sein Wahlkampfteam aufzunehmen. Andreas bedauerte das.

Ein wenig Geheimdienst-Knowhow hätte gutgetan, um der Gegenseite Paroli zu bieten.

Um Ex-Staatssekretär Bovert etwas entgegenzusetzen.

Andreas kehrte in das Meeting zurück.

Alle blickten ihn an.

Er sagte: »Stünde der polnische Fernsehfuzzi unter Mordverdacht, hätte die Polizei ihn längst festgenommen. Womöglich schadet uns die Razzia mehr als ihm. Und bis zum Wahltag haben die Leute die Ereignisse von heute Abend ohnehin längst vergessen.«

»Warum musst du unsere gute Stimmung zerreden, Andreas?«, fragte Rüdiger Olsberg.

Der Mann war nicht bloß Vorsitzender der Bundestagsfraktion, sondern als Parteivize nach dem Rücktritt von Frings-Fassbinder momentan die Nummer eins der CDU.

Zumindest nominell.

Andreas wandte sich direkt an ihn. »Lass uns die Flucht nach vorn antreten und Urban den Wind aus den Segeln nehmen.«

»Und was schwebt dir vor?«

»Morgen wirst du mich zum Kanzlerkandidaten erklären, Rüdiger. Damit bestimmen wir die Nachrichten, nicht der Pole.«

Zumindest für einen Tag, dachte er.

Andreas trat hinaus auf die Klingelhöferstraße. Der nächtliche Berliner Wind wehte scharf durch das Tiergartendreieck. Sollte nicht ein Fahrer auf ihn warten?

Oder war die weiße Limousine, die schräg auf dem Radweg stand, für ihn bestimmt?

Fernlicht flammte auf und blendete Andreas.

Das Fahrerfenster glitt nach unten.

Er trat näher und rief: »Was soll das?«

»Steig ein«, antwortete eine Frauenstimme, die Andreas kannte.

Widerwillig ging er zur Beifahrerseite hinüber und folgte der Aufforderung.

»Hallo, Ute«, grüßte er.

»Rate mal, Andreas, warum ich da bin.«

»Um mir Glück zu wünschen.«

»Nachdem du mich verraten hast?«

»Ach was. Du hast es ganz allein vermasselt.«

»Du wirst dafür bezahlen, was du mir angetan hast.«

»Ute, sei nicht kindisch!«

Er packte den Türgriff, um wieder auszusteigen.

Sich mit einer Frau zu unterhalten, die nicht mehr zählte, war verschwendete Zeit.

Sie hielt ihn fest und sagte: »Drei Millionen Euro.«

»Wie bitte?«

»Dafür, dass ich niemandem erzähle, wie du meinen Unfall vertuscht hast. Dass du die Papandreous bestochen hast. Mit illegalem Parteigeld.«

»Drei verdammte Millionen?«

»Ist das Mindeste, findest du nicht?«

»Wie stellst du dir das vor? Soll ich mein Haus verkaufen oder was? Und mit meiner Familie im Grunewald zelten?«

Sie lachte. »Du hast Zugriff auf die schwarzen Kassen.«

»Schon lange nicht mehr.«

»Dann lass dir etwas einfallen, Andreas. Und jetzt raus aus meinem Auto. Wenn wir uns das nächste Mal treffen, hast du drei Millionen Euro in bar dabei.«

TEIL VIER

SPETSOPERATSIYA

Die Götter stürzen, richten wieder auf.

(Sophokles, *Ödipus auf Kolonos*)

SAMSTAG

78

DÜSSELDORF-HAFEN

ZEHN UHR. DRAUSSEN EIN herrlicher Sommertag. Im Inneren des Bürokomplexes der Osterkamp Group kühlte die Klimaanlage die Luft auf die Temperatur seines gestrigen Chablis herunter, so kam es Tristan Bovert vor.

Er hatte gemeinsam mit einem Geheimdienstspezialisten, den Frank Meiring geschickt hatte, die Leitungen in der Chefetage und alle angeschlossenen Geräte überprüft.

Jetzt nickte er Hartmut Osterkamp zu und hob den Daumen.

Wir sind safe, alles sauber.

Der Unternehmer setzte sich an seinen Monitor und krempelte die Ärmel hoch. An der Wand prangte ein Banner mit dem Leitspruch der Osterkamp Group.

The Future Is Now.

Wie verabredet verzog sich Bovert nach nebenan. Er nahm neben Peer Dombacher Platz, seinem alten Freund und Vorgesetzten während ihrer gemeinsamen Zeit beim Bundesamt für Verfassungsschutz in Köln. Nun arbeiteten sie beide für die Osterkamp Group. Als Vertraute des Milliardärs.

Als Partner mit unterschiedlichen Aufgaben.

Sicherheit und Medien – Schild und Schwert.

Westkreuz ist Geschichte, dachte Bovert. Der General musste seine Uniform und das berühmte Barett ablegen. Und ich wurde hochkant aus dem Kanzleramt geworfen.

Dennoch sind wir mächtiger denn je.

Die Zukunft der Wölfe ist jetzt.

Ein Signalton ertönte. Ihr Bildschirm zeigte denselben Inhalt wie der des Konzernchefs nebenan. Osterkamps Gesicht füllte das kleine Fenster rechts oben. Im großen Fenster erschien der breite, kantige Kopf seines Geschäftspartners in Moskau.

Arkadi Romanowitsch Rotenberg.

Putins Vertrauter.

»Russland grüßt dich, Hartmut, mein Freund!«

»Grüße zurück, Arkadi Romanowitsch. Ist bei euch der Sommer auch so heiß?«

Sie sprachen englisch.

Die beiden Milliardäre waren etwa gleich alt. Auf dem Papier galt Osterkamps Vermögen als rund zehnmal so groß. Doch Gewinne warf nur das Geschäft mit Russland ab. Hotels in Sankt Petersburg, Shoppingmalls in Moskau. Gemeinsam hatten die beiden Partner in der gesamten Föderation Autobahnen und Stadien errichtet.

Osterkamps Geld war russisches Geld, wie Bovert wusste.

Pecunia non olet. Das galt schon zu Kaiser Vespasians Zeiten.

»Fürchterlich heiß«, antwortete Rotenberg. »Aber im Kreml funktioniert die Klimaanlage. Daran ändert auch euer Wirtschaftskrieg nichts, mein Freund.«

Er lachte, aber seine Augen wirkten wie die eines sibirischen Fuchses, der einem Schneehuhn auflauerte. Bovert registrierte Rotenbergs akkuraten Kurzhaarschnitt. Unwillkürlich fuhr er sich über den Nacken, der dringend eine Rasur nötig hatte.

»Es sind nicht meine Sanktionen«, erwiderte Osterkamp.

»Ich weiß, Hartmut.« Rotenberg zupfte fiebrig an seiner breiten Nase. »Grüße auch von Wladimir Wladimirowitsch.«

»Danke. Geht es ihm gut?«

»Wird immer jünger. Bist du allein im Büro?«

»Ja, und du?«

»Mein guter Freund Dmitri ist hier.«

Rotenberg bewegte seinen Monitor. Die Kamera erfasste einen zweiten Mann, der mit ihm am Tisch saß. Ein Koloss mit der Statur eines Gewichthebers. Er winkte und lachte. Seine Augen verschwanden fast hinter den feisten Wangen.

»Wer ist das?«, fragte Dombacher leise.

»Deine Branche, Peer, nur eine andere Liga«, antwortete Bovert. »Dmitri leitet von Malta aus eine international tätige Söldnertruppe. Syrien, Libyen, Mali. In der Ukraine erledigt sie die Drecksarbeit hinter den Linien. Es wird spekuliert, dass Putin diesem Prachtkerl die Leitung der gesamten Operation übertragen könnte.«

Dombacher pfiff leise durch die Zähne.

Rotenberg drehte das Bild wieder in die ursprüngliche Position.

Osterkamp fragte: »Was liegt dir auf dem Herzen, Arkadi Romanowitsch?«

»Diese Fernsehnase, die du zum Chef der neuen Partei gemacht hast.«

Ich wusste es, dachte Bovert.

»Christoph Urban, guter Mann«, sagte Osterkamp.

»Nicht dein Ernst.«

»Was hast du gegen ihn?«

»Der Idiot erzählt nur gequirlte Scheiße im Fernsehen. Kriegst du das nicht mit?«

»Du darfst das nicht alles so ernst nehmen. Urban hat nicht viel zu melden.«

»Als dein Spitzenkandidat? Machst du Witze? Ihm geht euer Wirtschaftskrieg noch nicht weit genug. Er stellt sich öffentlich auf die Seite der Neonazis, die Russland angreifen. Das ist das Gegenteil von dem, was wir uns vorgestellt haben. Dafür geben wir keine vierzig Millionen Euro aus!«

»Kein Problem. Ich rede mit ihm.«

Bovert wusste, dass Osterkamp diese Aufgabe an ihn delegieren würde.

Rotenberg schüttelte den Kopf. »Dmitri soll das regeln. Er beschäftigt Spezialisten, die bestens ausgebildet sind.«

»Nein, ich krieg das schon hin.«

»Wie denn?«

»Er hört auf mich. Ohne uns ist er ein Nichts. Das weiß er.«

Bovert war sich da nicht so sicher.

»Hab nur etwas Geduld«, fügte Osterkamp hinzu.

Rotenberg hob den Zeigefinger in Richtung der Kameralinse. »Wladimir Wladimirowitsch hat die Geduld bereits verloren. Er ist völlig außer sich und will die Reißleine ziehen. Auch was unsere Geschäfte anbelangt.«

»Das redest du ihm doch hoffentlich aus!«

»Ich will es versuchen, Hartmut. Aber falls dein ›guter Mann‹ seine antirussische Hetze noch ein einziges Mal äußert, schlägt nicht nur für Team Urban die letzte Stunde.«

»Was heißt das?«
»Dann schickt Dmitri seine Spezialisten.«

79

NEANDERTAL

ZOOM-KONFERENZEN, TELEFONATE, unzählige E-Mails, die beantwortet werden mussten. Noch fehlte ein professioneller Apparat, trotzdem galt es, eine Partei aus dem Boden zu stampfen und auch schon den Wahlkampf ins Rollen zu bringen.

Eine Herkulesaufgabe, dachte Christoph.

Patti hatte er fristlos gefeuert. Stattdessen halfen ihm Jakub und Leif. Sie organisierten Reisen, Interviews, Talkshowauftritte.

Christoph nahm online an regionalen Zusammenkünften seiner Partei teil, um sich vorzustellen. Fast stündlich ein neues Meeting. Der neue Chef war gefordert. Er hatte Mühe, all die Namen und Orte nicht durcheinanderzubringen.

Er ließ sich feiern.

Der Enthusiasmus der Basis trieb ihn an.

Übermorgen würden in zahlreichen Städten Montagsdemonstrationen anstehen. Christoph wollte an mehr als einem Ort auftreten.

Eine logistische Herausforderung, aber sie war zu schaffen.

Er würde für alle sichtbar an der Spitze der Bewegung stehen.

Ihn irritierte nur, dass Viola sich nicht blicken ließ. Einerseits kam es Christoph gelegen, sich nicht auch noch um sie und ihre Crew kümmern zu müssen. Zugleich vermisste er sie.

Sie wird doch nicht das Interesse verloren haben?

Zwischen zwei Konferenzen bat er Jakub um eine Zigarette. Er hatte das Rauchen vor vielen Jahren aufgegeben. Ihm war, als wäre es gestern gewesen. Er trat vor das Haus und inhalierte den Dreck, als hinge sein Leben davon ab. Er genoss es.

Wie hatte Tristan Bovert es formuliert?

Die ruhigen Zeiten sind für dich vorbei.

Freu dich darauf!

Leif kam nach draußen und reichte ihm das Telefon. »Bovert.«

Christoph meldete sich. »Gerade habe ich an dich gedacht, Tristan.«

»Wir müssen reden«, sagte der Vordenker des Thinktanks.

»Wo und wann?«

»Ich bin in einer halben Stunde bei dir. Versprich mir, Chris, dass du dich in der Zwischenzeit nicht zu Russland äußerst.«

»Warum, was ist los?«

»Kein Wort über den Krieg in der Ukraine, über Sanktionen oder Waffenlieferungen. Und wehe, du erwähnst in irgendeiner Weise den Namen Putin.«

Christoph vernahm den scharfen Unterton in Boverts Worten. Er beschloss, mit einem Scherz zu kontern.

»Hat er sich etwa beschwert?«

»Das ist nicht lustig. Dein Leben steht auf dem Spiel.«

Aufgelegt.

Christoph reichte Leif das Telefon. Sie gingen zurück ins Büro. Jakub blickte von seinem Bildschirm auf und winkte Christoph zu sich.

»Die Verbindung zur Regionalkonferenz in Nürnberg steht. Sie erwarten dein Grußwort in drei Minuten.«

Christoph stand am Ufer der Düssel, rauchte eine weitere von Jakubs Zigaretten und hielt nach dem Silberreiher Ausschau. In seiner Ansprache an die Nürnberger Parteifreunde hatte er den Russland-Komplex vorsichtshalber ausgeklammert.

Wieder kam Leif mit dem Telefon.

»Nicht jetzt«, sagte Christoph.

»Viola Kaiser«, erwiderte Leif.

»Okay, gib her.«

Er nahm das Gerät in die Hand und drehte dem Praktikanten den Rücken zu.

»Hallo, Viola, was hast du mit mir gemacht?«

»Wieso?«

»Ich fange schon an, dich zu vermissen.«

Sie ließ sich nicht auf seinen Flirtversuch ein. »Wir sind gerade in Brügge. Die Wirtin des Hotel Bonifacius hat uns bestätigt, dass Patti und du am Samstag dort eingecheckt habt.«

»Du hast sie interviewt?«

»Ja, wir haben dein Alibi im Kasten.«

Christoph war perplex. Die Dokumentarfilmerin hatte kurzerhand das Drehbuch geändert und ihre Neutralität aufgegeben. Seine rote Königin kämpfte für ihn.

»Großartig, Viola, ich danke dir!«

»Mir imponiert deine Haltung zu Russlands Überfall. Und dass du dich nicht von der putinfreundlichen Stimmung unter den Querdenkern korrumpieren lässt.«

Christoph musste schlucken.

Er dachte an Tristan Boverts Warnung.

»In dir steckt ein guter Kern«, sagte Viola.

»Ich fürchte nur, dass dir Jekyll ohne Hyde auf Dauer langweilig wird.«

Sie lachte herzhaft.

»Ich möchte dich zum Essen einladen«, schlug er vor. »Wie wäre es mit heute Abend?«

Ein zweiter Anlauf. Das Momentum nutzen, wie Bovert sagen würde.

Viola zögerte.

»Ein Arbeitsessen«, sagte sie schließlich. »Und ich bestehe auf getrennten Rechnungen. Viola Kaiser lässt sich nicht bestechen.«

Bester Laune ging Christoph zurück ins Büro.

Stimmen drangen aus dem Flur. Leif empfing gerade einen Gast.

»Bovert«, erklärte Jakub und runzelte die Stirn.

80

KASSEL

VINCENT BETRAT DAS KRANKENZIMMER. Seine Mutter empfing ihn fertig angezogen und mit gepackter Reisetasche. Sie saß auf der Bettkante, ihr ausgeprägtes Veilchen hatte sich ins Grünliche verfärbt. Die beiden Pflaster um das Auge waren durch kleinere Exemplare ersetzt worden.

Vincent spürte ihre Ungeduld.

»Morgen, Mama! Wie geht es dir?«, fragte er und griff nach der Tasche.

»Die Visite war vor zwei Stunden«, sagte sie vorwurfsvoll und ging voraus.

»Ich kann nicht hexen. Es sind zweihundertvierzig Kilometer.«

Er machte sich auf eine lange Rückfahrt mit einer schlecht gelaunten Mutter gefasst.

»Ole Naumann ist heute ebenfalls ins Rheinland gefahren«, bemerkte sie auf dem Weg nach unten. Sie nahm die Treppe, weil der Aufzug auf sich warten ließ. Offenbar hatte sich Brigitte gut erholt.

»Was soll das heißen?«, fragte Vincent.

»Er hat mir angeboten, mich mitzunehmen.«

»Warum hast du das ausgeschlagen?«

»Na, hör mal!«

Vincent bezahlte das Parkticket. Kurz darauf saßen sie im Auto. Nichts wie los.

»Wir haben den Typen gefunden, den du fotografiert hast«, sagte er nach einer Weile.

»Hat er den Mord gestanden?«

»Ich glaube, es waren weitere Leute an der Tat beteiligt. Kann sein, dass er gegen sie aussagt. Momentan verhandelt sein Anwalt wegen einer Kronzeugenregelung.«

»Also ist deine alte Mutter doch noch zu etwas nutze.«

»Wer mit siebzig eine Gehirnerschütterung so gut wegsteckt, ist noch verdammt jung.«

»Seit wann machst du mir Komplimente?«

»Seit du für die Polizei arbeitest.«

»Ich? Niemals. Genügt schon, dass mein missratener Sohn auf der anderen Seite der Barrikade steht.«

Vincent sah weit und breit keine Barrikade, aber er wollte das Thema nicht vertiefen.

»Naumann hat sich also wieder bei dir gemeldet?«

»Er findet dich übrigens ganz nett.«

»Vielleicht sollte ich Zeit mit ihm verbringen statt mit dir.«

»Ich glaube fast, du meinst das ernst.«

»Nein. Igitt.«

Über die Audioanlage ertönte das Klingeln des Handys. Vincent drückte den Schalter am Lenkrad, um das Gespräch anzunehmen.

Anna Winkler meldete sich.

»Es gibt Neues von Kevin Koch.«

Der Kerl mit dem Dutt, der die Leichenteile auf der Baustelle entsorgt hatte.

»Ich sitze im Auto. Meine Mutter ist bei mir.«

»Tolle Fotos, Frau Veih.«

»Ich fürchte, das hört sie nicht so gern«, kommentierte Vincent.

»Doch«, mischte sich Brigitte ein. »Von Komplimenten kann ich nicht genug bekommen. Mein Sohn ist bloß nicht so gut darin.«

Anna lachte. »Was meinen Sie, wie es erst ist, ihn zum Chef zu haben!«

»Sie tun mir leid.«

»Was ist mit Kevin Koch?«, fragte Vincent ungeduldig.

»Sein Anwalt hat der Staatsanwaltschaft eine schriftliche Aussage übergeben.«

»Das heißt, der Deal steht?«

»Nein, im Gegenteil. Er hat die gestrige Aussage widerrufen.«

»Wie bitte?«

»Er behauptet, wir beide hätten ihn unter Druck zu falschen Angaben veranlasst.«

»Was soll das?«

»Vielleicht hat jemand anders Druck auf ihn ausgeübt.«

»Wie lautet seine Aussage jetzt?«

»Dass kein Dritter etwas mit dem Mord zu tun hat. Dass er allein Dennis Schubert getötet und zerstückelt hat.«

»Gibt er dafür ein Motiv an?«

»Er sagt, er sei Schuberts Komplize beim Talos-Raub vor zehn Jahren gewesen und hätte ihn getötet, um ihm nicht den Rest seines Anteils geben zu müssen.«

»Und das sollen wir ihm glauben?«

»Ein kluger Vorgesetzter hat mir mal erklärt, dass es in unserem Beruf nicht darauf ankommt, etwas zu glauben, sondern …«

»Schon klar. Sobald ich zurück bin, knöpfen wir uns den Bengel noch einmal vor.«

81

NEANDERTAL

AUF BOVERTS WUNSCH UNTERNAHMEN sie einen Spaziergang durch Wald und Wiesen entlang der Düssel. Damit uns dabei niemand abhören kann, vermutete Christoph. Als gebe es Wanzen in meinem Haus.

Der ehemalige Staatssekretär hatte eine Geheimdienstvergangenheit und war mit allen Wassern gewaschen. Aber auch ziemlich paranoid, wie Christoph fand.

»Wieso ist mein Leben in Gefahr, wenn ich über Putin rede?«, fragte er.

Keine Lust, lang um den heißen Brei herumzureden.

Und komm mir jetzt nicht mit Redensarten auf Latein.

Bovert reckte beide Hände zum Himmel. »Wir wollen verhindern, dass dieses Land vor die Hunde geht. Eine neue bürgerliche Regierung bilden. Dem linken Mainstream die Stirn bieten. Und Deutschland zu neuer Stärke führen. Sind wir d'accord?«

»Ja, natürlich.«

»Dafür sind wir bereit, vierzig Millionen Euro in ein Projekt zu stecken, dessen Aushängeschild du sein sollst, Chris.«

»Aber?«

»Bis gestern lief alles wie am Schnürchen.«

»Tristan, ich habe mit dem Mord an Schubert wirklich nichts zu tun. Den wollen mir die Systemknechte in die Schuhe schieben. Aber es gibt inzwischen einen Beweis für mein Alibi.

Die Wirtin meines Hotels in Brügge bestätigt, dass ich am Samstag dort war.«

»Wann seid ihr angekommen?«

»Im Hotel?«

»Ja.«

»So gegen 17 Uhr.«

Bovert rieb sich über die Narbe. »Schubert wurde in der Mittagszeit erschlagen. So weit ist Brügge nicht entfernt, dass du nicht trotzdem als Täter infrage kämst.«

»Mittags war ich mit Patti …«

Christoph unterbrach sich selbst und schüttelte den Kopf. Wie sollten sich für den Strandspaziergang Zeugen finden lassen? Es war zum Verzweifeln.

Patrycja, die untreue Geliebte.

Ließ ihn in größter Not im Stich.

Bovert legte ihm die Hand auf die Schulter. »Vielleicht kann ich die Frau davon überzeugen, ihre Aussage zu ändern.«

Christoph war sicher, dass der Ex-Staatssekretär das konnte. Mit welchen Mitteln auch immer.

»Aber dann steht noch deine Beteiligung am Raubüberfall auf den Talos Verlag vor zehn Jahren im Raum. Glaubst du im Ernst, jemand würde bei der Bundestagswahl sein Kreuz neben deinen Namen machen, wenn das rauskommt?«

Christoph war schockiert. Stellte Bovert bloß Vermutungen an, oder wusste er etwas?

Mein Geschäft ist das Sammeln von Nachrichten. Wer nicht funktioniert, der fliegt.

Ich bin diesem Mann ausgeliefert.

Ich muss funktionieren.

»Da kommt nichts raus«, antwortete Christoph trotzig.

»Quod esset demonstrandum.«

»Was willst du?«

»Dass du endlich vernünftig wirst.«

»In Sachen Russland?«

»In allen anderen Punkten bist du die Idealbesetzung, aber da ist wirklich noch Luft nach oben.«

»Ich soll mich also für ein Ende der Sanktionspolitik einsetzen? Gegen weitere Waffen für die Ukraine? Verlangst du das allen Ernstes von mir?«

»Die Menschen verlangen das. Die Konfrontationspolitik kommt uns als Industrienation teuer zu stehen. Und du bist der Volkstribun. Hör auf mit deiner albernen Russenphobie. Damit stößt du deine Anhänger vor den Kopf. Das können wir uns nicht leisten.«

»Russenphobie? Albern? Geht's noch? Was ist mit Butscha, Irpin, Olinevka? Die Russen foltern ukrainische Zivilisten zu Tode und massakrieren Kriegsgefangene. Putin ist ein Lügner und Kriegsverbrecher. Wie können wir von Freiheit reden und zugleich einen Angriffskrieg mitten in Europa dulden?«

»Ganz einfach. Unsere vierzig Millionen kommen aus Russland.«

Christoph blieb stehen.

Er konnte nicht fassen, was er gerade gehört hatte.

»Man beißt nicht die Hand, die einen füttert«, sagte Bovert.

»Also sind wir nur ein Werkzeug Putins?«

»Umgekehrt, Chris«, sagte Bovert. »Putin gefällt, wofür wir stehen, und er zeigt sich von seiner spendablen Seite. Wir wären dumm, das nicht auszunutzen.«

»Vierzig Millionen. So viel bin ich also dem Kreml wert?«

Bovert verzog die Mundwinkel. »Bilde dir bloß nicht zu viel ein, Chris. Team Urban, das bist nicht bloß du. Zehntausende protestieren jeden Montag auf der Straße und bilden das Herz des Widerstands. General Dombacher aktiviert seine Westkreuz-Reserve. Und ich führe demnächst einen ganzen Fernsehsender.«

»Ich bin für dich nur das Aushängeschild, das du jederzeit auswechseln kannst?«

»Der Sahneklecks auf der Torte.«

»Auf dem russischen Zupfkuchen«, erwiderte Christoph.

Er fühlte sich mies. Als stünde er auf einem wackligen Brett über einer Jauchegrube, die in der Sonne dampfte.

»Worauf muss ich mich gefasst machen? Wirst du mich öffentlich vernichten, wie du es mit der Kanzlerin gemacht hast?«

»Das wäre deine geringste Sorge.«

»Oder wird Putin einen Killer auf mich ansetzen?«

»Die Drohung steht tatsächlich im Raum.«

»Hört, hört!«

»Das ist kein Scherz, mein Lieber, sondern eine reale Option.«

»Dann tu was dagegen, Tristan! Ich will nicht vergiftet werden wie Litwinenko.«

Bovert zuckte mit den Schultern. »Wenn wir dich aus der Schusslinie nehmen, gerätst du in Vergessenheit und bist vielleicht keine Kugel mehr wert. Aber wetten würde ich darauf nicht.«

»Wollt ihr mich ersetzen?«

»Noch wäre das ohne größeren Schaden möglich. Die andere Option halte ich allerdings für besser. Hängt ganz von dir ab, Chris.«

Für Team Urban habe ich meine Sendung geopfert, dachte er. Sie war alles, was ich hatte. Und niemand wird mir in meinem Metier wieder eine Chance geben. Nicht als Sportreporter, nicht als Gastgeber einer Talkshow. Ich kann nicht einfach zurück.

Bovert sagte: »Falls du an deinem Anti-Russland-Kurs festhältst, hast du ernsthaft Putins Killer an der Backe. Dazu den Überfall auf den Talos Verlag. Und den Mord an dem armen Kerl, den du damals beauftragt hast, den Safe zu knacken. Glaub mir, das stehst du nicht durch, Chris.«

Das Brett wackelte. Die Jauche stank bestialisch. Die Grube war zu tief, um nicht darin zu versinken.

»Was ich dir anbiete, Chris, ist ein Interview bei Deutschland-TV zur besten Sendezeit. Darin rückst du deine Haltung zurecht, damit sich unser großzügiger Spender nicht länger ärgern muss. Meinst du, du schaffst das?«

»Gib mir etwas Bedenkzeit, Tristan.«

»Nein, Chris. Dafür ist es zu spät. Wenn du jetzt noch zögerst, bist du fehl am Platz.«

Es ist absurd, dachte Christoph.

In welchem Irrenhaus bin ich gelandet?

82

NEUSS-UEDESHEIM

VINCENT FUHR AN DÜSSELDORF vorbei, überquerte den Rhein und verließ die Autobahn an der nächsten Ausfahrt. Seine Mutter war eingenickt. Oder tat so, weil sie sich mit ihm nicht unterhalten wollte.

Sie passierten ein Industriegebiet. Felder zu beiden Seiten. Dann erreichten sie Uedesheim, das zu Neuss gehörte, und bogen in die Rheinfährstraße ein. Vorgärten und rotbraune Ziegelfassaden – das Dorf seiner Jugend.

Erinnerungen wurden wach.

Auch Brigitte war hier aufgewachsen.

Sein Opa hatte es gut mit ihm gemeint. Die Regeln, die er aufstellte, und die Strenge, mit der er ihre Einhaltung überwachte, sollten das Böse fernhalten, das er Tag für Tag auf der anderen Seite des Flusses bekämpfte.

Vincent dachte an seinen eigenen Start bei der Düsseldorfer Polizeibehörde in den Neunzigern. Gerhard Veih galt zu diesem Zeitpunkt als Legende, was Vincent mit Stolz erfüllte. Bis er nach dem Tod der Großeltern einen Packen alter Briefe fand. In einer Schuhschachtel auf dem Dachboden. Sie steckten allesamt noch in ihren originalen Umschlägen. Hitlers Kopf auf den Briefmarken.

Vincent brauchte mehrere Anläufe, um sie zu lesen.

Danach verstand er seine Mutter besser. Ihre Weigerung, sich anzupassen. Ihren moralischen Eifer. Dabei hatte sie selbst keine Ahnung, was Gerhard Veih in Polen getan hatte.

Sein Opa war in den frühen Vierzigerjahren als junger Polizist dorthin versetzt worden und hatte regelmäßig an seine spätere Frau geschrieben. Der liebevollen Anrede folgten besorgte Fragen nach den Angehörigen der beiden Familien. Dann beschrieb Gerhard regelmäßig seinen Arbeitsalltag in der Region um Lublin.

Die Langeweile, die Erfolgserlebnisse, die Feiern danach.

Die Lektüre erschütterte Vincents Bild von seinem Opa.

Und er wusste nun, was Polizeiarbeit unter den Nazis bedeutet hatte.

Die Beamten wirkten am Holocaust mit. In den besetzten Gebieten noch mehr als im sogenannten Reich. Gerhards Bataillon machte Jagd auf Juden, denen auf den Transporten in die Vernichtungslager die Flucht gelungen war.

Der Auftrag verwandelte naive Neunzehnjährige in enthemmte Bestien. Die Briefe waren eindeutig. Dass seine Oma trotzdem nicht an ihrem Gerhard gezweifelt hatte, würde Vincent nie verstehen.

Er stellte den Motor ab und weckte seine Mutter. Das ehemalige Haus der Großeltern wirkte klein im Vergleich zu den Nachbarhäusern, die im Lauf der Jahrzehnte mit Anbauten und Dachgauben versehen worden waren. Auf dem Rasen dieses Hauses gab es kein Kinderspielzeug, keinen Gartenzwerg mit Greenpeace-Fahne.

Brigitte hatte jedoch viele andere Dinge verändert, seit

sie hier eingezogen war. Keine Gitterstäbe mehr vor den Fenstern. Statt einer leeren Rasenfläche gab es Sträucher und Blumen. Gärtnern war ihr großes Hobby.

Er trug ihr die Tasche zum Haus.

»Danke«, sagte sie an der Tür und erwartete offenbar, dass er ging.

»Wie wär's mit Kaffee?«

»Musst du nicht den Kerl verhören, den ihr festgenommen habt?«

»Erstens heißt das bei uns Vernehmung. Verhöre gab's bei den Nazis. Und zweitens kommt es auf die Stunde nicht an. Der Mann kann uns nicht davonlaufen.«

Brigitte ließ die Tür offen und ging in die Küche.

Er folgte ihr. »Warum hat sich Ole Naumann nach meinem Geburtsjahr erkundigt?«

Seine Mutter erstarrte.

»Wie standet ihr damals zueinander, Naumann und du?«

»Ich habe neben dem Studium in seiner Kanzlei gejobbt.«

»Das weiß ich, Brigitte. Hör endlich auf, mir auszuweichen.«

»Was willst du wissen?«

»Ist Naumann mein Vater?«

»Was hat er dir erzählt?«

»Dass er dir immer noch nachtrauert. Sag, hattet ihr ein Verhältnis?«

»Ole hat mich beeindruckt. Sein Charme, sein Engagement, seine klaren Analysen.«

»Der Irrsinn mit der Stadtguerilla.«

»Hinterher weiß man immer mehr. Dass Oles Hass auf Amerika und sein Eintreten für das Selbstbestimmungsrecht der Völker schon damals auf einem völkischen Nationalismus beruht haben, ist mir erst später klar geworden. Damals tobte ein imperialistischer Krieg in Vietnam, und die Bundesrepublik hat die USA unterstützt. Ich wollte gegen die Ungerechtigkeit ankämpfen und war blind vor Eifer.«

Die Kaffeemaschine brodelte, doch Brigitte schenkte ihr keine Beachtung.

»Und auch vor Liebe. Ja, Vincent. Deine Mutter ist alle Irrwege gegangen, die man nur gehen kann. Ich habe Ole geliebt.«

»Also ist er …«

Plötzlich kam Brigitte auf ihn zu und umarmte ihn. Aus Reflex legte auch er seine Arme um sie. Aber die innige Geste war ungewohnt für ihn.

»Denk nicht an Ole«, sagte sie. »Wir sind nicht unsere Väter. Wir sind wir. Mit unseren eigenen Fehlern und Schwächen.«

Ihre Worte trösteten ihn nicht.

Ich bin das Kind des Teufels, dachte er.

83

NEANDERTAL

CHRISTOPH ERKANNTE SEIN EIGENES Studio kaum wieder. Er hatte die Pläne zwar abgesegnet, aber die fertigen Kulissen wirkten weit beeindruckender als die Zeichnungen, die ihm der Typ von der Design-Agentur vorgelegt hatte.

Die Großbuchstaben und die Sterne, die sie umrahmten, machten was her. Viel Blau, Weiß und Rot. Der Anblick ließ Christoph an Donald Trumps Präsidentschaftskampagne denken. Aber es waren auch die Farben Russlands.

Den Slogan fand Christoph gut.

TEAM URBAN – ALLE KRAFT FÜR DEUTSCHLAND!

Jakub bediente die Kamera. Die Leitung nach München stand. Eine Nachrichtenmoderatorin von Deutschland-TV stellte Christoph die Fragen. Das Interview würde das Kernstück einer Sondersendung am Abend bilden.

Dann sitze ich mit Viola beim Essen.

Die rote Königin wird nicht mitbekommen, wie ich zu Kreuze krieche.

Allenfalls hinterher.

Christoph nahm sich vor, zu dem Thema, das ihm wehtat, nur das Allernötigste zu sagen. Seine Hundertachtziggradwende sollte nicht allzu drastisch wirken. Andere Punkte waren ihm ohnehin wichtiger.

Doch die Moderatorin befragte ihn fast ausschließlich zum Russland-Komplex. Immer wieder hakte sie nach.

Und Christoph antwortete gegen seine Überzeugung.

Um am Leben zu bleiben.

Schließlich wurde die Frau in München, die auf den Monitor vor ihm geschaltet war, auch noch persönlich, und er verfluchte sie dafür. Er spürte, wie ihm immer wärmer wurde. Die Scheinwerfer, das Sakko aus Schurwolle. Die Anstrengung, die es kostete, locker zu bleiben.

Hoffentlich bleibt meine Stirn trocken.

»Aber gestern klang das in Ihrer Sendung noch anders«, sagte die Moderatorin.

Warum betont sie das? Muss das sein?

»Meine Haltung ist auch heute dieselbe«, antwortete Christoph. »Ich bin gegen jeden Krieg. Und ich bin dafür, der Ukraine beizustehen. Aber weitere Waffen befeuern nur die Vernichtung von Menschenleben. Und Sanktionen verfehlen ihren Zweck, wenn sie vor allem Deutschland schaden. Die Bundesregierung hat einen beispiellosen Wirtschaftskrieg vom Zaun gebrochen und uns horrende Gas- und Strompreise beschert. Wir müssen diesen Teufelskreis so rasch wie möglich durchbrechen.«

»Sie fordern also die Aufhebung der Sanktionen statt einer Verschärfung. Woher rührt das Umdenken bei Ihnen, Herr Urban?«

Christoph erkannte, dass er deutlicher werden musste. Seine Unterwerfung ging noch nicht weit genug. Putin verlangte den Beweis, dass seine vierzig Millionen gut angelegt sein würden.

Damit er keine Killer schicken musste.

Ich brauche eine gute Geschichte, dachte Christoph.

»Sie wissen, dass ich als investigativer Journalist über vielfältige Kontakte verfüge.«

»Ja, Sie haben auf diesem Sender als Erster darüber berichtet, dass Ute Frings-Fassbinder einen kleinen Jungen getötet und Fahrerflucht begangen hat. Ein unglaublicher Coup!«

»Richtig. Und nun bin ich an brisante Geheimdienstinformationen gelangt, die mich vieles klarer einschätzen lassen. Vertrauliche Berichte, die mir zeigen, wie nah wir vor dem Atomkrieg stehen. Ja, ich habe nach dieser Recherche umgedacht. Wir alle sollten schleunigst zur Besinnung kommen!«

»Ihre Gegner behaupten, Angst sei ein schlechter Ratgeber.«

»Ich lasse mich von Vernunft leiten, nicht von Angst. Dabei denke ich vor allem an die Menschen in der Ukraine. Nur ein sofortiger Waffenstillstand kann sie vor der Bombe schützen.«

»Ist Waffenstillstand nicht illusorisch?«

»Das versucht uns das links-grüne Establishment einzureden. Aber ich weiß die halbe Welt auf meiner Seite. Italien, China, die Türkei. Und ich bin felsenfest überzeugt, dass auch der russische Präsident längst weiß, dass man ihn falsch beraten hat.«

»Wie kann die Lösung aussehen?«

»Frieden erreicht man nur am Verhandlungstisch. Eine neue Bundesregierung unter meiner Beteiligung wird die Konfliktparteien dorthin führen.«

»Amerika setzt aber auf eine militärische Lösung.«

»Damit werden die USA zum Haupttreiber der Eskalation. Das ist mir heute klar geworden. Ich bin bereit, Präsident Putin die Hand zu reichen, um den Irrsinn zu stoppen. Nur der Frieden bringt uns Freiheit und Wohlstand zurück. Team Urban ist Freiheitspartei und Friedensbewegung zugleich!«

»Herr Urban, ich danke Ihnen.«

Christoph lächelte angestrengt, bis er registrierte, dass die Aufzeichnung vorüber war. Er hoffte, dass seine Sätze den russischen Geldgebern genügten.

Und dass sein Cousin Dawid nie davon erfuhr.

Wie würde Viola es ausdrücken?

Dr. Jekyll trat in den Hintergrund.

Mr. Hyde zeigte sein hässliches Gesicht.

Christoph hasste sich selbst.

84

DÜSSELDORF-UNTERBILK

VINCENT FUHR ÜBER DIE Fleher Brücke und den Südring in die Stadt. Beim Kaffee war seine Mutter erneut auf Ole Naumann zu sprechen gekommen. Ihr Kennenlernen, die Zeit in Berlin, seine vielen Erfolge, als er Aktivisten der Studentenbewegung verteidigte.

All das lag weit außerhalb von Vincents Erinnerung. Schon bald nach seiner Geburt war Naumann als RAF-Mitglied verhaftet worden. Brigitte zog nach Hamburg, studierte dort weiter, engagierte sich in linken Kreisen. Vincent wuchs in einer Wohngemeinschaft auf, deren Besetzung sich ständig änderte. Er war das umhegte Nesthäkchen, nie allein, auch wenn seine Mutter oft abwesend war.

Er ließ sie reden. Noch immer benebelt vom Schock ihrer Enthüllung, obwohl er längst geahnt hatte, dass Ole Naumann sein Vater war. Seine Mutter sprach über ihren früheren Geliebten, als sei er der erste und letzte Mann in ihrem Leben gewesen. Zumindest der einzige von Bedeutung.

Für Vincent blieb Naumann der Nazi, vor dem er sich ekelte.

Auf der Völklinger Straße staute sich der Verkehr, und Vincent erkannte den Grund. Die rechte Spur blockierten Fahrer, die ihre Karossen zur Waschanlage bringen wollten, die sich hier befand. Jeden Samstag war der Betrieb überlastet. Vincent ärgerte sich, weil er keine andere Route gewählt hatte.

Das Telefon klingelte. Er drückte die Taste am Lenkrad.

Annas Stimme kam über die Freisprechanlage.

»Wo steckst du?«, fragte sie.

»Bin auf dem Weg. Gibt's was Besonderes?«

»Kevin Koch ist tot.«

»Wie bitte?«

»Gestern wollte er noch den Kronzeugen geben, jetzt fangen wir wieder bei null an.«

»Wie konnte das passieren?«

»Es heißt, er hat in seiner Zelle das Bettlaken in Streifen gerissen und sich am Stockbett aufgehängt.«

»Scheiße.«

»Das kannst du laut sagen.«

»Bin gleich da«, sagte er und legte auf.

Der Stau begann sich zu lösen. Vincent gelang es, auf die linke Spur zu wechseln und an der Schlange vorbeizuziehen.

Wieder klingelte das Telefon.

Dieses Mal war es Melia.

»Euer Tatverdächtiger hat sich in seiner Zelle erhängt«, sagte sie.

»Hab's gerade von Anna erfahren.«

»Wann kannst du in der Festung sein?«

»Gib mir fünf Minuten.«

»Wir müssen überlegen, wie wir reagieren. Hier bricht gerade der Wahnsinn aus. Offenbar hat die Behördenleitung beschlossen, dich zum Sündenbock für den Suizid von Kevin Koch zu erklären.«

»Mich? Warum, um alles in der Welt?«

»Ich versuche, das zu regeln.«

85

BERLIN-SCHLACHTENSEE

ENDLICH EIN GERUHSAMER Vormittag zum Krafttanken. Kein Wecker, der Andreas Götz aus dem Schlaf riss. Kein Fahrer, der wartete, um ihn abzuholen. Er verschlief die Morgenstunden, danach umsorgten ihn Frau und Tochter.

Annkathrin setzte ihm ein fürstliches Frühstück vor. Annalina, die seit einiger Zeit nur noch Lina genannt werden wollte, drängte ihn zu einem Spaziergang um den nahen Schlachtensee. Ein Marsch in flottem Tempo – sein Kreislauf kam auf Touren, und er genoss die frische Luft.

Bevor die Sommersonne Berlin in die übliche Ofenhitze tauchen würde.

Bevor ihn der nächste Sitzungsmarathon beanspruchte.

»Das werden wir jetzt öfter tun«, sagte Lina. »Außerdem solltest du deine Ernährung umstellen.«

Das freche Gör tätschelte seinen Bauch, den er für schlank hielt. Verglichen mit anderen Vertretern seiner Partei.

Lina war seit neuestem Veganerin.

Im September würde sie zum ersten Mal wählen können. Eigentlich war sie unentschlossen, ob sie die Grünen oder die FDP für angesagt halten sollte. Aber wenn ihr

Vater als Kanzler kandidierte, würde sie selbstverständlich ihn unterstützen, hatte sie erklärt.

Wie großzügig, dachte Andreas.

Wieder zu Hause angekommen, schloss er den Briefkasten auf.

Werbung quoll ihm entgegen. Dazwischen versteckten sich die Visitenkarte eines Immobilienmaklers und die eines Goldhändlers. Sowie der Benachrichtigungsschein eines Paketzustellers.

Obenauf lag ein Briefumschlag, auf dem nur sein Name stand. Keine Adresse, keine Marke.

Andreas blickte sich um. Fünfzig Meter entfernt stand auf der anderen Straßenseite die weiße Limousine von gestern Abend. Ein BMW mit Berliner Kennzeichen. Ob die Ex-Kanzlerin am Steuer saß, konnte Andreas von der Haustür aus nicht erkennen.

Mit einem Schlag fühlte er sich müde und alt.

Er versuchte, sich nichts anmerken zu lassen.

Die DHL-Nachricht drückte er seiner Tochter in die Hand. Vermutlich hatte sie sich online Klamotten bestellt, obwohl er stets predigte, dass der Berliner Einzelhandel alles bot, was man brauchte.

Dann zog sich Andreas in sein Arbeitszimmer zurück und riss den Umschlag auf. Er überflog die wenigen Zeilen. Sie waren per Laserdrucker aufs Papier gebracht worden. Es gab keine Unterschrift. Nichts, was sich zum Absender zurückverfolgen ließ, falls er sich entschloss, Anzeige zu erstatten.

Aber ihm war klar, dass das Schreiben von Ute stammte.

Sie erneuerte die Forderung nach drei Millionen Euro. Und nannte die Modalitäten der Geldübergabe. Sie meinte es tatsächlich ernst.

Andreas zermarterte sich den Kopf. Keinesfalls durfte es öffentlich bekannt werden, dass er vor sechs Jahren das griechische Ehepaar geschmiert hatte, um Ute aus der Schusslinie zu ziehen. Strafrechtlich war das womöglich Beihilfe zu fahrlässiger Tötung und Fahrerflucht gewesen.

Melia könnte das genau benennen.

Aber das war nicht nötig.

Ich wäre ebenso am Arsch wie Ute. Meine Kandidatur könnte ich vergessen.

Andreas warf die Werbepost in den Papierkorb.

Bei den Visitenkarten zögerte er.

Der Goldaufkäufer – so viel Schmuck besitzen wir gar nicht, um drei Millionen zu erzielen.

Der Makler – natürlich ist das Haus die Summe wert, aber das kann ich meiner Familie nicht antun.

Andreas drehte und wendete die beiden Kärtchen.

Dann ließ er sie ebenfalls in den Korb fallen.

Welche Lösung blieb ihm noch?

Andreas spürte, wie sein Puls raste. Er setzte sich, um zur Ruhe zu kommen. Er nahm das Telefon in die Hand und überlegte weiter.

Schließlich fasste er einen Entschluss, der ihm nicht leichtfiel.

Er rief Tristan Bovert an.

86

DÜSSELDORF-UNTERBILK

MELIA HATTE IHREN CHEF SELTEN so aufgebracht erlebt. Der Leitende Kriminaldirektor ignorierte ihre Bitte, neben Vincent und Anna Winkler Platz zu nehmen. Er schien auf alle und jeden wütend zu sein.

Auf den Innenminister, der bereits öffentlich Stellung bezogen und »schonungslose Aufklärung« versprochen hatte. Auf den Polizeipräsidenten, der nun intern Druck machte. Und vor allem auf Vincent.

»Gestern war mein letzter Tag, eigentlich bin ich gar nicht mehr da. Stattdessen muss ich mir noch einmal das Wochenende in dieser verdammten Festung um die Ohren schlagen. Ein großer Mist ist das!«

Melia versuchte ihn zu beruhigen. »Deswegen hätten Sie nicht zu kommen brauchen. Ich krieg das schon geregelt.«

Engel ging nicht darauf ein. Er wandte sich an Vincent und Anna und stützte sich auf dem Besprechungstisch ab, an dem sie saßen.

»Warum zum Teufel haben Sie dem Staatsanwalt ausgeredet, an der Vernehmung von Kevin Koch teilzunehmen?«,

Vincent blieb erstaunlich ruhig. »Damit sich der Verdächtige nicht wie in einem Tribunal fühlt und dichtmacht.«

»Das wäre das kleinere Übel gewesen, finden Sie nicht? Jetzt ist der Kerl tot, und der Minister will, dass Köpfe rollen. Zugleich redet Kochs Anwalt der Presse ein, dass Sie, Herr Veih, seinen Mandanten einer ›traumatischen psychischen Belastung‹ ausgesetzt hätten. Weshalb der junge Mann keinen anderen Ausweg mehr gesehen hätte, als sich umzubringen.«

»Ich habe Koch sogar mit Samthandschuhen angefasst.«

»Das kann ich bestätigen«, versicherte Anna.

Der scheidende Kripochef ignorierte den Einwand.

Melia mischte sich ein. »Wir sollten den Schwarzen Peter erst gar nicht annehmen. Warum sucht man nicht in der Justizvollzugsanstalt nach den Verantwortlichen? Neunzig Prozent aller Suizide unter Strafgefangenen finden während der ersten Tage in U-Haft statt. Man hätte Koch besser im Auge ...«

Engel unterbrach sie. »Wissen Sie, wie es aussieht, wenn Sie so argumentieren, Frau Adan?«

Melia wartete ab, bis er seine Frage selbst beantwortete.

»Wie der verzweifelte Versuch einer liebesblinden Vorgesetzten, ihren Liebhaber reinzuwaschen, der Scheiße gebaut hat.«

»Hat er aber nicht. Es gibt keinen Beweis, der gegen Vincent spricht.«

»Beweise zählen vor Gericht. In der Politik genügt der Verdacht.«

»Finden Sie das gut?«

»Spielt das eine Rolle?«

»Vielleicht hat jemand anders Kevin Koch in den Suizid getrieben. Und der Anwalt will nur davon ablenken. Vincent ist jedenfalls alles andere als aggressiv.«

»Zu Ihnen vielleicht, Frau Adan.«

»Werden Sie jetzt nicht unsachlich, Herr Engel.«

»Okay, Frau Adan. Ich erkläre Ihnen jetzt mal, wie das so läuft. Nehmen wir einmal an, die Behördenleitung attestiert Ihrem Kommissariatsleiter korrektes Verhalten. Was meinen Sie, was los ist, wenn anschließend öffentlich bekannt wird, dass seine Vorgesetzte mit ihm ein Verhältnis hat? Haben Sie denn nicht mitbekommen, wie die Medien auf die Durchsuchung bei Christoph Urban reagiert haben? Wir sind die Bösen, und die Meute wartet nur auf Fehler, die sie zum Skandal hochstilisieren kann!«

Melia konnte es nicht fassen. War das Urteil über Vincent bereits gefällt worden? Bestand sein Fehler darin, dass er sie liebte?

Anna räusperte sich. »Wie gesagt, ich kann bestätigen, dass die Vernehmung völlig korrekt verlief.«

»Natürlich halten Sie alle zusammen!«, rief Engel erbost. »Leider beeindruckt das bloß niemanden!«

Melia sagte: »So kommen wir nicht weiter, Herr Engel. Lassen Sie meinen Kommissariatsleiter eine politisch brisante Mordermittlung in Ruhe zum Abschluss bringen. Wir nehmen an, dass Dennis Schubert ermordet wurde, um zu vertuschen, dass Christoph Urban vor zehn Jahren die treibende Kraft hinter dem Raubüberfall war.«

»Ist die Mordsache nicht so gut wie gelöst?«

»Wie kommen Sie darauf?«

»Soweit ich informiert bin, hat Koch vor seinem Suizid erklärt, dass er der alleinige Täter war.«

»Ursprünglich hat er behauptet, nicht einmal gewusst zu haben, was in den Tüten war. Und dass er sie bei Urban abgeholt hat.«

»Man darf eine Aussage widerrufen, vor allem wenn sie unter widerrechtlichen Umständen zustande kam.«

Melia schüttelte den Kopf. Sie drehten sich im Kreis.

Vincent fragte: »Und wer hat die neue Version protokolliert? Wer kann sie bezeugen?«

»Sein Anwalt«, antwortete Engel.

»Warum soll ich einem Anwalt glauben, der mir psychische Misshandlung vorwirft?«

Engel schüttelte sichtlich genervt den Kopf. »Was Sie glauben oder nicht, spielt keine Rolle, Herr Veih. Fakt ist, dass Koch sich wenige Stunden nach Ihrer Vernehmung erhängt hat, und dass wir dazu Stellung beziehen müssen.«

»Auf eine Art, die zwar nicht korrekt ist, aber der Öffentlichkeit passt.«

Engel verdrehte die Augen.

Melia holte tief Luft. »Falls die Behörde wegen dieser Sache Vincent in irgendeiner Form bestraft, kündige ich.«

»Melia!«, entfuhr es Vincent.

Sie musterte den Kripochef. Er konnte sich ausrechnen, dass sie es ernst meinte. Denn sie hatte schon einmal hingeworfen, damals beim Verfassungsschutz, als ein Skandal unter den Teppich gekehrt wurde.

Ich mache nicht jeden Scheiß mit.

87

DÜSSELDORF-STADTMITTE

VIOLA KAISER WAR SICHER, dass es das Hochhaus noch nicht gegeben hatte, als sie in die USA gegangen war. Es beherbergte eines jener hippen Hotels, dessen junges Personal einen duzte, wenn man nach dem Weg zur Bar fragte. Der Aufzug brachte Viola ins oberste Stockwerk.

Sie musste nicht lange nach Christoph Urban suchen. Er hatte an der Theke gewartet und kam sofort auf sie zu. Während sie noch überlegte, wie sie eine Umarmung mit Küsschen vermeiden konnte, streckte Christoph nur die Hand aus – zum Glück kein peinlicher Einstieg in den Abend.

»Freut mich sehr«, sagte er. »Gehen wir nach draußen?«

Auf dem Weg zur Terrasse nahm Christoph zwei schmale Gläser vom Tresen, die mit etwas Sprudelndem gefüllt waren. Er reichte ihr eins davon und hielt ihr die Tür auf. Die Zugluft zerzauste ihre Frisur.

Der Blick vom siebzehnten Stock reichte weit über die Stadt. Im Westen glitzerte die Rheinschleife im Licht der Abendsonne, die noch immer gut wärmte.

Sie stießen an.

»Bollinger Rosé, Jahrgang 2014«, sagte Christoph.

»Kein Negroni-Vergleichstest?«

»Du würdest behaupten, er sei in Miami besser, und ich könnte dem nichts entgegensetzen.«

»Ist Christoph Urban ein schlechter Verlierer?«

»Weiß nicht. Bisher habe ich fast immer nur gewonnen.«

»Und wie war es, als sie dich beim WDR gefeuert haben?«

Er zuckte mit den Schultern. »Die Abfindung hat es mir ermöglicht, meinen Bestseller zu schreiben, und der angebliche Skandal hat meiner Popularität kein bisschen geschadet.«

»Warum haben sie dich gefeuert?«

»Ach, Viola. Das hast du sicher recherchiert.«

»Ich will es mit deinen Worten hören.«

»Es ging um ein paar flapsige Worte, die Hautfarbe eines Bundesligaprofis betreffend, mit dem ich übrigens befreundet war und auch heute noch bin.«

Sie beschloss, dieses sensible Thema nicht weiter zu vertiefen. Sie genoss den Champagner, den Wind, die Aussicht. Sie entdeckte weitere Häuser, die sie vorher noch nie gesehen hatte, und Kräne, die bereits die nächsten Prestigebauten errichteten. Hier war die Krise noch nicht angekommen, so schien es.

Dann fiel ihr das große Loch auf, das ins Herz der Stadt geschlagen worden war. Das Areal des ehemaligen Kaufhofs am Wehrhahn. Das Baugrundstück, das für den Neubau der Düsseldorfer Oper auserkoren war, wie man munkelte. Und für ein weiteres lukratives Hochhaus.

Letzten Sonntag hatte man hier Leichenteile entdeckt.

Der Mordfall, wegen dem die Polizei bei Christoph gewesen war.

»Danke für deinen Einsatz«, sagte er.

»Ich tu's für meinen Film. Ich dokumentiere, wie andere auf deine Kandidatur reagieren. Die Medien, die Polizei. Dazu gehört, ob etwas an dem Mordvorwurf dran ist, oder ob die Geschichte nur benutzt wird, um dir zu schaden.«

»Du warst eigens in Brügge.«

Viola lächelte. Sie waren sogar ans Meer gefahren. Kadzand. Die Strandbude, in der Christoph mit seiner Assistentin eingekehrt war. Ohne Ergebnis.

»Sehr malerisch«, sagte sie. »Das gibt auf jeden Fall schöne Bilder. Die Wahl deines Hotels beweist Geschmack. Oder hat deine Assistentin es ausgesucht?«

»Hör mir auf mit Patti!«

Viola lachte.

Christoph schlug vor, das Restaurant aufzusuchen, das sich in der Etage unter ihnen befand.

Er hatte einen Fenstertisch reserviert. Das Lokal war gut besucht, wie es an einem Samstagabend zu erwarten war. Die angebrochene Champagnerflasche wartete bereits im Weinkühler. Der Kellner schenkte ein und reichte ihnen die Speisekarten.

Christoph empfahl die Rinderschulter, angeblich butterzart.

»Oder bist du Vegetarierin?«, fragte er.

Viola folgte seiner Empfehlung und bestellte das Gleiche.

Dann sagte Christoph scheinbar beiläufig: »Übrigens hat Patti inzwischen den Rest des Alibis bestätigt. Vom Vormittag an.«

»Schön, dass ihr euch wieder vertragt.«

»Sie hat eingesehen, dass ihr eine Falschaussage mehr schadet als mir. Aber ich habe sie trotzdem entlassen.«

»Und wie geht es weiter?«

»Morgen stelle ich mich am Nachmittag auf einer Regionalkonferenz in Schwerin vor und treffe am Abend den Berliner Landesverband.«

»Mein Team und ich werden dabei sein.«

»Am Montag marschiere ich nacheinander auf drei Demonstrationen mit.«

»Mir genügt es, eine zu begleiten.«

»Dann schlage ich Leipzig vor. Zur Kundgebung erwarten wir zehntausend Teilnehmer. Ich werde der Hauptredner sein.«

Er lächelte, als sei er mit sich im Reinen.

Plötzlich schloss er die Augen und rieb mit der Hand über sein Gesicht.

»Müde?«, fragte sie. »Bevor es richtig losgeht?«

»War viel los heute. Und morgen früh habe ich einen Termin bei der Düsseldorfer Kripo.«

»Was wollen die noch von dir?«

»Keine Ahnung.«

»Soll ich dir beistehen?«

Er nahm ihre Hand. »Danke, Viola. Aber ich fürchte, ich bin deine Unterstützung gar nicht wert.«

Ein ungewohnter Ton. Sie musterte ihn. Was hatte er?

Christoph ließ sie rasch wieder los und blickte auf die Uhr.

»Ich muss dir was gestehen. Gerade läuft mein Interview auf Deutschland-TV. Ich äußere mich zu Putin und zum Krieg. Viola, ich habe meine Meinung um hundertachtzig Grad gedreht.«

»Und warum?«

»Das kann ich dir nicht sagen. Der Druck wurde einfach zu groß. Ich hätte Team Urban aufgeben müssen.«

»Was ist los, Christoph? Hab ich was verpasst?«

»Jetzt bin ich wieder Mr. Hyde, nicht wahr?«

Seine Augen schimmerten feucht.

Viola war unentschlossen, wie sie reagieren sollte. Sie fand Putin schrecklich, aber die Aussicht auf einen Atomkrieg ebenfalls. Wie man diesen verhindern konnte, ohne jenem die Ukraine zu opfern, das mussten Diplomaten herausfinden, internationale Konferenzen, die Vereinten Nationen. Vermutlich gab es dafür kein Rezept.

Sie wusste nur, dass Christophs ursprüngliche Haltung nachvollziehbar und sympathisch gewesen war.

Vielleicht zu simpel, um in der Realpolitik zu bestehen.

Aber Christophs Verunsicherung schien tiefer zu gehen.

Er fragte: »Soll ich Team Urban aufgeben?«

»Wie bitte?«

»Sag mir, was soll ich tun, Viola? Wie komm ich aus der verfickten Nummer raus?«

Einen Moment lang überlegte sie, was dann aus ihrem Film würde. Dann sagte sie sich, dass ein Hinschmeißen nicht zu Christoph passte. Er kokettierte nur damit.

Das Essen kam, große Teller, Fleisch in dunkler Soße.

Im Beisein des Kellners verwandelte sich Violas Gegenüber wieder in den Christoph Urban, den sie kannte. Selbstbewusst und tonangebend.

Das blieb er dann auch für den Rest des Abends. Ein aufmerksamer, charmanter Plauderer. Vielleicht distanzierter als sonst. Als geniere er sich dafür, für einen Augenblick seine Zweifel offenbart zu haben.

Keine plumpe Anmache, kein Rote-Königin-Getue wie neulich.

Die Frage, ob er aufgeben sollte, wiederholte er nicht.

Gegen zehn Uhr verabschiedeten sie sich in der Dämmerung vor dem Hotel. Auf dem Asphalt zwischen den

Fassaden lastete noch die Hitze des Tages. Christoph reichte ihr wieder die Hand.

Dieses Mal hätte Viola nichts gegen eine Umarmung gehabt. Einen Moment lang schien es ihr, als sei alles möglich. Aber etwas hielt sie davon ab, die Initiative zu ergreifen. Der Mann, der sich anschickte, die politische Landschaft Deutschlands umzupflügen, war sichtlich erschöpft.

Er stand unter Druck.

Fragte sich nur, wer den ausübte.

»Wir sehen uns morgen«, sagte Viola.

SONNTAG

88

DÜSSELDORF-UNTERBILK

AN DIESEM MORGEN HATTE sich Vincent bestmöglich abgesichert. Außer ihm und Anna nahm auch Melia als seine Inspektionsleiterin an der Vernehmung teil. Er konnte keine weiteren Anschuldigungen gebrauchen.

Und immerhin ging es um Christoph Urban.

Vincent wunderte sich, als er ihn an der Pforte abholte: Der Chef von Team Urban war ohne Rechtsbeistand erschienen. Nach der Hausdurchsuchung musste er eigentlich wissen, dass ihn die Kripo wegen Mordes im Fokus hatte. Es fehlte nicht viel, und sie würden ihn als Verdächtigen vernehmen.

Vincent brachte den Zeugen in sein Büro. Dann bat er Melia und Anna hinzu.

»Frau Adan, Leiterin der Kriminalinspektion eins«, erklärte Vincent. »Und Frau Winkler, meine Stellvertreterin. Sie kennen sich ja bereits.«

»Guten Morgen«, grüßte Urban.

Vincent kümmerte sich um den Kaffee. Die erste Tasse bekam Urban, der sofort danach griff und sich brav bedankte.

Der Rechtspopulist trug Sportschuhe und ein schwarzes T-Shirt zum Anzug. So kannte man ihn aus dem Fernsehen. Der Duft seines Rasierwassers umgab ihn. Er hatte Vincent angekündigt, dass sein Zeitfenster nur kurz war. Und dass er nichts über den Mord an Schubert wusste.

Anna trug die Zeugenbelehrung vor und fragte Urban ordnungsgemäß, ob er sie verstanden habe. Er bejahte, was Anna gleich in ihr Protokoll aufnahm.

Vincent servierte die restlichen Espressotassen sowie Milch und Zucker. Er setzte sich Urban so gegenüber, dass er auch seine Beine sehen konnte.

Körpersprache war etwas Ganzheitliches.

Dann begann er, indem er Urban noch einmal fragte, wann er am Samstag aufgebrochen war. Der Zeuge antwortete in aller Ruhe und Ausführlichkeit. Inzwischen war nicht nur belegt, dass er und seine Assistentin am späten Nachmittag in einem Hotel in Brügge eingecheckt hatten. Patrycja Ziegler hatte auch für die entscheidenden Stunden davor ein Alibi geliefert. Vincent staunte über ihren Sinneswandel.

Was Urban erzählte, stimmte mit ihrer aktuellen Schilderung überein.

»Wer hat einen Schlüssel für Ihr Haus?«, fragte Vincent.

»Außer Patti? Jakub Bednarek, mein Techniker. Und Leif Naumann, mein neuer Assistent.«

Vincent stutzte bei diesem Namen.

»Verwandt mit Ole Naumann?«

»Sein Sohn.«

Vincent erinnerte sich an den jungen Mann mit dem gezwirbelten Hipster-Bart, den sie bei der Razzia angetroffen hatten. Demnach sein Halbbruder.

Ein irritierendes Gefühl.

Urban fuhr fort: »Ach ja, und die Putzfrau natürlich. Sie heißt Agnieszka Wiedmann und wohnt in Erkrath-Hochdahl.«

»Sonst gibt es niemanden? Denken Sie genau nach.«

»Es kann sein, dass ein früherer Praktikant vergessen hat, seinen Schlüssel abzugeben. Oder die Vorgängerin von Frau Wiedmann. Eine Ex-Freundin womöglich. Ich gebe zu, dass ich vielleicht etwas sorglos mit den Schlüsseln umgegangen bin.«

»Ich frage, weil unsere Kriminaltechnik Blutspuren in Ihrer Schwimmhalle gefunden hat. Zum Teil stammen sie von Dennis Schubert.«

»Das kann nicht sein!«

Urban wirkte ehrlich erstaunt. Vincent nahm keinerlei Fluchtreflexe wahr. Keine Anzeichen von Nervosität, die üblich war, wenn man log oder etwas verbarg.

Vielleicht hat sich der Typ auch nur ganz gut im Griff, dachte Vincent.

»Zudem konnten wir Spuren einer zweiten Person sicherstellen, aber bislang noch nicht zuordnen.«

Von Kevin Koch stammten sie laut DNA-Analyse nicht. Weshalb Vincent davon ausging, dass es einen weiteren Täter gab. Offenbar hatte sich das Opfer gewehrt und einen Angreifer verletzt.

»Wer könnte am vergangenen Samstag in Ihrer Schwimmhalle gewesen sein?«

»Keine Ahnung. Ich weiß, das klingt seltsam. Aber wie mir gerade einfällt, hat die Putzfrau neulich bemerkt, dass jemand den Pool benutzt hat. Abdrücke von Schuhen, schmutzige Handtücher und so. Sie hat dann auch dort sauber gemacht.«

»Agnieszka Wiedmann«, fragte Anna nach.

»Ja, ich kann Ihnen die Nummer geben, falls Sie mit ihr sprechen wollen.«

»Gern.«

Urban suchte sie auf seinem Handy, dann schrieb er sie auf einen Zettel, den Anna ihm gereicht hatte.

Vincent sagte: »Um Sie selbst als Verursacher auszuschließen, Herr Urban, möchte ich Sie gern um eine Speichelprobe bitten.«

Vincent nahm das Testkit von seinem Tisch, das er zu diesem Zweck bereitgelegt hatte.

»Aber ich war doch gar nicht da!«

»Sicher ist sicher.«

»Muss ich dem zustimmen?«

»Nein.«

Im Fall einer Weigerung konnte die Kripo einen Verdächtigen zwangsweise zur Blutabnahme einem Arzt zuführen. Dazu bedurfte es allerdings eines richterlichen Beschlusses. Vincent sah eine simplere Alternative.

Urban hatte seinen Espresso ausgetrunken.

Vincent fuhr mit der Rechten in einen frischen Beweismittelbeutel, packte damit Urbans Tasse und stülpte die Tüte darüber. Mit dem Speichel haftete genügend DNA-Material am Tassenrand.

»So geht es auch«, sagte Vincent, während er einen Aufkleber beschriftete und auf den Beutel drückte.

Urban zuckte mit den Schultern. »Okay, war es das jetzt?«

»Nur noch ein paar Fragen. Kannten Sie Dennis Schubert?«

Sein Gegenüber räusperte sich. »Ja«, sagte er leise.

»Woher?«

»Über meine Schwester. Dennis war der Mann einer guten Freundin von ihr. Wir sahen uns manchmal auf Partys. Nachdem sich Dennis und Agata scheiden ließen, haben wir uns allerdings aus den Augen verloren.«

»Haben Sie mit Schubert je über den Talos Verlag gesprochen?«

Urban verschränkte die Arme. »Ich weiß gar nicht, ob ich zu der Zeit schon mit Talos in Kontakt stand.«

»Vielleicht haben Sie im Rahmen des üblichen Party-Smalltalks mal fallenlassen, dass Ihr Verleger Bargeld und andere Wertgegenstände in seinem Büro aufbewahrt?«

»Nein, warum sollte ich mit Dennis darüber reden?«

»Wie erklären Sie es sich, dass er ausgerechnet den Talos Verlag überfiel?«

»Okay, vielleicht hab ich mal erwähnt, dass Sudhoff einige Bareinnahmen aus dem Konzertgeschäft erzielt hat. Wie sollte ich ahnen, dass Dennis kriminelle Energie besaß?«

»Er war vorbestraft.«

»Aber nicht wegen Einbruchs, oder?«

»Womit haben Sie den Bauernhof im Neandertal bezahlt?«

»Mein Buch war ein Bestseller. Und ich habe damals eine kleine Erbschaft gemacht.«

Vincent wartete ab, bis Anna diesen Punkt fertig protokolliert hatte.

»Okay, letzte Frage: Hat Dennis Schubert in der letzten Zeit Kontakt mit Ihnen aufgenommen?«

Urban zögerte. Er verschränkte die Füße und löste sie wieder. Sein Blick schweifte über den Tisch. Sein Daumen rieb nervös über die Platte.

Er überlegt, ob wir einen solchen Kontakt nachweisen können, dachte Vincent.

Melia mischte sich ein. »Falls Herr Urban ab jetzt als tatverdächtig gilt, sollten wir ihn entsprechend über seine Rechte aufklären.«

Ein berechtigter Einwand. Sie bewegten sich auf schmalem Grat.

»Das ist nicht nötig, denke ich«, antwortete Vincent. »Herr Urban ist in diesem Zusammenhang lediglich Zeuge. Er antwortet bereitwillig, umfassend und wahrheitsgemäß. Nicht wahr, Herr Urban?«

»Ja, es stimmt. Dennis war bei mir. Vor etwa zwei Wochen. Er hat mir erzählt, dass er jetzt bei seiner Schwester wohnt und einen Job in Aussicht hat. Handwerker sind offenbar sehr gefragt.«

»Haben Sie über den Raub gesprochen?«

»Er hat gesagt, dass es ihm leidtut. Er hat sich entschuldigt.«

»Wofür?«

»Dafür, dass er mich mit der Waffe bedroht und eingesperrt hat! Ich weiß, worauf Sie hinauswollen, Herr Veih. Aber ich war weder Anstifter noch Mittäter bei dem Raub. Ich war eine der Geiseln in dem Überfall, also Opfer, vergessen Sie das bitte nicht. Der Vorfall hat mir noch lange danach zu schaffen gemacht.«

Vincent bedankte sich.

Er glaubte Urban kein Wort.

Anna hatte das Protokoll zu Ende getippt, druckte es aus und gab es Urban zu lesen. Vincent ermunterte ihn zu einigen handschriftlichen Berichtigungen, damit der Zeuge später nicht behaupten konnte, wegen Zeitdrucks seine Aussagen nicht geprüft zu haben.

Nachdem Urban unterschrieben hatte, brach er auf. Auch Anna Winkler hielt es nicht länger in der Festung.

Vincent verabschiedete Melia mit einem langen Kuss.

Als er allein war, griff er nach dem Testkit.

Er riss die Schutzfolie auf, zog den sterilen Wattestab aus dem Röhrchen und rieb damit ausführlich über seine Zunge und die Innenseiten der Wangen. Dann steckte er ihn in das Röhrchen zurück und verschloss es ordnungsgemäß.

Er schrieb Namen und Datum darauf und machte sich umgehend auf den Weg zum Landeskriminalamt, um die DNA-Probe persönlich beim Labor abzugeben. Er hoffte, dass auch am Sonntag jemand dort arbeitete und den Abgleich mit der Blutspur aus Urbans Schwimmhalle womöglich vorrangig behandelte.

Auch Ole Naumann war am Abend des Raubs dabei gewesen.

Ich bin das Kind des Teufels.

Und Leif Naumann ebenfalls.

89

DÜSSELDORF-DERENDORF

AUF DEM HEIMWEG MACHTE Melia bei ihrem Lieblingsbäcker halt und kaufte ein halbes Roggenbrot. Sie liebte die knusprige Rinde. Der Laib war noch warm. Sie hatte vor dem frühen Termin im Präsidium nichts gegessen und freute sich darauf, das in Ruhe nachzuholen.

Ihr Blick fiel auf den Ständer mit den Sonntagszeitungen.

Sämtliche Schlagzeilen handelten von dem Mann, den sie gerade vernommen hatten.

Urban warnt vor Atomkrieg
Keine weitere Eskalation: Urban will Kriegsparteien zu Verhandlungen bewegen
Urban: »Wir müssen zur Besinnung kommen.«
Kurswechsel: Urban fordert Stopp der Russland-Sanktionen

Melia kaufte je ein Exemplar. Sogar den *Blitz am Sonntag*, den sie sonst nie beachtete.

Zu Hause machte sie Rührei mit Tomaten, Schnittlauch und Chili. Sie bereitete Kaffee mit der Kapselmaschine zu, die Vincent ihr geschenkt hatte. Sie bedauerte, dass er den

Sonntag mit Arbeit verbrachte statt mit ihr. Und es tat ihr leid, wie viel Stress ihm die Behörde bereitete, nur weil er ihr Freund war.

Beim Essen studierte sie, was die Zeitungen über Urban berichteten.

Die Mordermittlungen wurden nirgendwo erwähnt. Erst recht nicht der Raub bei Talos. Nicht einmal die Razzia von Freitagabend war den Blättern noch eine Betrachtung wert.

Melia staunte, womit Urban seine neue Meinung zu Russland begründete.

Brisante Geheimdienstinformationen.

Melia fiel Tristan Bovert ein.

Sie war dem ehemaligen Geheimdienstbeauftragten der Bundesregierung in Urbans Haus begegnet. Bovert beriet den Chef von Team Urban. Hatte er vertrauliche Erkenntnisse des Bundesnachrichtendienstes verraten?

Dann liegt eine Straftat vor, überlegte Melia.

Die ich anzeigen muss.

Melia trug die Zeitung in ihr Arbeitszimmer und scannte den Artikel ein. Sie schrieb einen Vermerk und mailte beides an den Leiter des Kommissariats für Staatsschutz. Die zuständigen Kollegen sollten ihrem Verdacht nachgehen und Urbans Verbindung zu Bovert unter die Lupe nehmen.

Schließlich rief sie Reinhard Zacharias an, ihren Vertrauten beim nordrhein-westfälischen Verfassungsschutz.

»Es wird Zeit, dass wir uns mal wieder treffen«, sagte sie.

90

DÜSSELDORF-LOHAUSEN

TRISTAN BOVERT SASS NEBEN Hartmut Osterkamp im Fond der gepanzerten Limousine. Aus den Lautsprechern dröhnte »Burn« von Deep Purple. Auf den Vordersitzen nickten der Fahrer und Peer Dombacher im Takt des Rocksongs. Im Text war von einem roten Himmel über einer brennenden Stadt die Rede. Bovert musste an Mariupol denken. Charkiv, Cherson, Kiew.

Osterkamp saß mit geschlossenen Augen da und sang den Refrain mit. Er traf die Töne erstaunlich gut. »All I hear is ›Burn‹!«

Sie fuhren mit einhundert Stundenkilometern über den Kennedydamm in Richtung Flughafen.

Der Milliardär rief Bovert zu: »Hab ich schon erzählt, dass ich die mal live erlebt habe?«

Der Fahrer drehte die Lautstärke zurück, damit sein Chef nicht so brüllen musste.

»Medwedew hatte Geburtstag. Damals war er Ministerpräsident der Russischen Föderation. Guter Mann. Großer Fan. Hat sie nach Moskau einfliegen lassen. Sie haben im Kreml gespielt. Jon Lord lebte da noch. Ian Gillan hat gesungen. ›Burn‹ war der Opener. Oberhammergeil!«

»Super!«, antwortete Dombacher.

Bovert hätte nie vermutet, dass der General auf britischen Hardrock stand.

Sie erreichten das Executive Terminal. Osterkamps Assistent, der vorausgefahren war, wartete vor dem Eingang. Er öffnete seinem Chef die Wagentür und geleitete die Gruppe in das Gebäude.

Zwei Angestellte von Osterkamps Sicherheitsfirma bewachten den Besprechungsraum. Bullige, in die Jahre gekommene Skinheads, die Dombacher seit Westkreuz-Zeiten treu ergeben waren, wie Bovert vermutete. Einer von ihnen salutierte und hielt die Tür auf.

Auf dem Tisch standen Kaffee und Kekse bereit. Bodentiefe Fenster, der Blick ging hinaus auf das Rollfeld.

»Die Maschine sollte jeden Moment landen«, sagte der Assistent.

Bovert schenkte sich eine Tasse ein. Osterkamp nahm schwerfällig Platz und lehnte dankend ab. Bovert reichte die Kanne an Dombacher weiter. Weil die Sonne durch die Fenster brannte und die Klimaanlage überforderte, legten alle ihre Sakkos ab.

Der Privatjet des Unternehmers rollte vor das Gebäude. Bovert las den Slogan, der den Rumpf schmückte: *The Future Is Now.*

Der Assistent verließ den Raum, um den Gast abzuholen.

Osterkamp krempelte die Ärmel seines weißen Hemds hoch. Er tupfte seine Stirn mit dem Taschentuch trocken. Seine roten Wangen signalisierten erhöhten Blutdruck.

»Worum bittet er mich?«, fragte er.

»Drei Millionen«, antwortete Bovert.

»Und was krieg ich dafür?«

»Den künftigen Bundeskanzler.«

Die Tür ging auf, Andreas Götz kam herein. Osterkamps Assistent blieb draußen.

Bovert stellte die Männer einander vor.

Der ehemalige Chef der Unionsfraktion im Bundestag trug einen nachtblauen Anzug ohne Krawatte. Volles Haar, nur an den Schläfen grau. Er war schlanker als die meisten Politiker und wirkte jünger, als er war; nach achtundsechzig Jahren sah er nicht aus. Sie setzten sich wieder.

Bovert schenkte Götz Kaffee ein und stellte die Schale mit dem Würfelzucker vor ihn hin. Er spürte, dass der Mann ihn hasste. Was ihm ein Lächeln der Genugtuung ins Gesicht zauberte.

Deine Not ist so groß, dass du nur noch uns um Hilfe bitten konntest.

Es läuft für die nationale Revolution.

»Drei Millionen, drei Bedingungen«, sagte Osterkamp.

»Warum ist Herr Dombacher anwesend?«, fragte Götz.

»Er ist einer meiner Manager. Aus seiner Firma muss ich das Geld abzweigen. Sie müssen auch ihn überzeugen.«

Götz öffnete sein Sakko und lehnte sich zurück. »Erstens?«

»Nach der Wahl bilden Sie eine Koalition mit Team Urban«, antwortete der Oligarch.

»Was Ihnen nicht schwerfallen dürfte«, ergänzte Bovert. »Niemand wünscht sich eine Fortsetzung der Großen Koalition. Nicht im Volk und nicht in Ihrer Partei.«

»Nur dass Urban plötzlich seine Haltung zum Ukrainekrieg geändert hat. Pro Russland.«

»Das ist unerheblich, denn nach der Wahl wird seine Haltung auch Ihre Haltung sein.«

»Ist das die zweite Bedingung?«, fragte Götz, wieder an Osterkamp gewandt.

»Zweitens werden Sie die Privatisierung des Strafvollzugs einleiten.«

»Das ist nicht Ihr Ernst, Herr Osterkamp.«

»Doch. Meine Investition in Sie muss sich lohnen. Mehr an politischen Zugeständnissen verlange ich von der künftigen Bundesregierung nicht.«

»Na gut, was noch?«

»Herr Bovert sagte mir, Sie werden erpresst. Von wem und womit?«

»Ich vermute, dass Herr Bovert das längst weiß.«

»Ich will es aber aus Ihrem Mund hören. Das ist meine dritte Bedingung.«

»Ich möchte lieber nicht darüber reden.«

»Dann beenden wir unser Meeting an dieser Stelle. Mein Jet bringt Sie wieder nach Berlin zurück. Holen Sie sich Ihre drei Millionen anderswo.«

Bovert mischte sich ein. »Meine Herren, wir drücken jetzt auf Stopp, spulen etwas zurück und setzen neu an. Es geht hier nicht um einen Wettkampf zwischen Ihnen, sondern um einen strategischen Pakt, der beide Seiten nachhaltig voranbringt.«

Der Milliardär nickte.

Der Bundeskanzler in spe schwieg.

Bovert fuhr fort: »Herr Osterkamp will einfach nur wissen, mit wem er es zu tun hat. Wo die Schwachstellen seines strategischen Partners liegen. Nicht, um sie auszunutzen, sondern um maßgeschneiderte Hilfe zu liefern. Das Geld ist nicht der Punkt. Herr Osterkamp denkt langfristig. Beiderseitige Verlässlichkeit ist die Basis der Allianz, die er bietet.«

Er sah, wie es in Andreas Götz arbeitete.

Wir haben den künftigen Kanzler am Haken.

Götz sagte: »Es betrifft den Unfall, den Frings-Fassbinder verursacht hat. Der kleine Junge hat seinen Eltern davon erzählt, bevor er ohnmächtig wurde und kurz darauf verstarb. Ich habe dafür gesorgt, dass die Eltern die spätere Kanzlerin nicht angezeigt haben.«

»Wie?«

»Mit Geld, ganz einfach. Die Partei besaß damals eine schwarze Kasse auf einem Konto in der Schweiz. Sie stammte noch aus Zeiten Helmut Kohls, soweit ich weiß. Ich konnte eine gute Million für die Familie Papandreou bereitstellen lassen. Heute komme ich an das Konto nicht mehr heran. Keine Ahnung, ob es überhaupt noch existiert.«

»Also erpresst Sie Ute Frings-Fassbinder?«, fragte Osterkamp.

»Erraten. Sie hasst mich seit ihrem Fiasko von neulich, das sie das Amt gekostet hat. Sie glaubt, ich hätte sie in die Falle laufen lassen.«

»Ich bin froh, dass Sie das getan haben. Ein kluger Schachzug.« Der Milliardär stand auf, um Andreas Götz die Hand zu reichen. »Wir kümmern uns um Ihr Problem. Sie sind ab jetzt unser Mann. Niemand wird Ihr Geheimnis erfahren. Wir sorgen dafür, dass Sie die Wahl gewinnen. Mit Christoph Urban als starkem Partner an Ihrer Seite.«

Götz ließ sich für ein paar Augenblicke Zeit und tat, als denke er darüber nach.

Als hätte er eine Alternative.

Endlich stand er auf und ergriff Osterkamps Hand.

Die Allianz war geschmiedet.

Der Assistent geleitete Andreas Götz zurück zum Flieger, der gleich darauf zur Startbahn rollte. Bovert pflückte das würfelförmige weiße Mikro aus der Schale mit dem Zucker. Dann folgte er Osterkamp und Dombacher nach draußen vor das Terminalgebäude, wo der gepanzerte Mercedes wartete.

Auf der Rückfahrt in die Innenstadt hörte Bovert die Aufnahme ab. Das Beispiel Frings-Fassbinder hatte ihm einmal mehr bewiesen, wie wertvoll eine solche Audiodatei war – ein Geständnis aus erster Hand, das niemand leugnen konnte.

Die Partei besaß damals eine schwarze Kasse …

»Alles drauf?«, fragte Osterkamp.

Bovert zeigte den erhobenen Daumen.

Der Unternehmer holte eine Flasche Schampus aus der eingebauten Kühlbox. Er ließ den Korken knallen. Das edle Zeug perlte über seine Hand und tropfte auf den Wagenboden. Er füllte Gläser und verteilte sie.

»Drei Millionen«, sagte er und schüttelte den Kopf. »Dabei wird es nicht bleiben. Die hinterhältige Ziege wird Gefallen an ihrer Erpressung finden.«

Bovert nahm sein Champagnerglas entgegen. »Ich habe gehört, ihr Mann hat Schulden in Spanien.«

»Sehen Sie? Früher oder später siegt dann ihr Hass auf ihren Nachfolger, und sie geht trotz aller Zahlungen an die Presse. Nein, wir brauchen eine solide Lösung. Das Stichwort lautet Nachhaltigkeit.«

»Ich sehe das exakt wie Sie.«

»Und Sie, General?«

»Schon«, antwortete Dombacher. »Aber ich gebe zu bedenken, dass Frings-Fassbinder bei fast jedem ihrer Schritte von Personenschützern begleitet wird.«

»Keine Sorge«, sagte der Milliardär. »Es gibt Spezialisten.«

Er leerte sein Glas, dann klopfte er dem Fahrer auf die Schulter.

»Und jetzt ein Song, der richtig abgeht!«

91

DÜSSELDORF-UNTERBILK

ANNA WÄHLTE DIE NUMMER von Agnieszka Wiedmann, Urbans Putzfrau. Es meldete sich nur die Mailbox. Anna hinterließ die Bitte um Rückruf.

Gleich darauf klingelte es. Anna griff nach dem Telefon.

»Schön, dass Sie sich melden, Frau Wiedmann.«

»Ich bin's, Olaf Rickmers. Spreche ich mit Anna Winkler?«

Ihr fiel ein, wer der Mann war. Der OFS-Manager, der sie auf Kevin Koch hingewiesen hatte.

»Sorry«, sagte sie. »Ich habe gerade auf einen Rückruf gewartet.«

»Störe ich? Soll ich später …«

»Nein, Herr Rickmers, was gibt es Neues?«

»Ich weiß jetzt, wer den Dienstplan geändert hat, ohne das ordnungsgemäß zu vermerken. Jeder, der bei uns ins System geht, hinterlässt Spuren, und als Administrator kann ich das zurückverfolgen.«

»Und wer war es?«

»Jemand von ganz oben. Ehrlich gesagt, ich hatte das schon fast vermutet.«

»Ganz oben, was heißt das? Peer Dombacher? Hartmut Osterkamp?«

Rickmers lachte kurz auf. »Nein, aus unserem Vorstandsbüro ist der Zugriff nicht erfolgt. Erst recht nicht aus der Zentrale der Osterkamp Group. Aber es war jemand aus Dombachers Kommandostab.«

»Kommandostab? Klingt ja wie beim Militär.«

»Diese Sprache hat Dombacher eingeführt. Und er hat neue Leute mitgebracht, die das Ruder übernommen haben. Es ist wie ein Putsch. Das Klima verändert sich. Nicht unbedingt zum Guten, wenn Sie mich fragen.«

»Von wo aus rufen Sie an? Ich will nicht, dass Sie sich womöglich in Gefahr bringen.«

»Keine Sorge. Ich befinde mich weder im Büro noch benutze ich mein Firmenhandy.«

»Okay, das ist gut. Und wer konkret hat nun das System manipuliert?«

»Ich kann Ihnen nur sagen, wo der Rechner steht, von dem aus es geschehen ist.«

»Und?«

»Er steht in einem Zimmer, das laut Orga-Planung drei Leute nutzen. Drei vom Kommandostab. Ich kenne keinen von ihnen persönlich.«

»Dombachers Leute.«

»Ja, die Namen lauten Jens Fliege …«

Anna begann mitzuschreiben.

»… Lara Gebhard und Leif Naumann.«

»Leif Naumann?« Anna blätterte in ihren Notizen, bis sie auf die Personalien stieß, die sie bei der Razzia in Urbans Haus und Studio aufgenommen hatte. »Vierundzwanzig Jahre alt, wohnhaft in Dormagen, gepflegter Vollbart etwas altmodischer Art?«

»Wie er aussieht, weiß ich nicht. Alter und Dormagen stimmen mit den Daten überein, die mir vorliegen.«

»Aber wie kann das sein? Der junge Mann ist meines Wissens seit zwei Wochen Praktikant bei Christoph Urban in dessen Fernsehproduktionsfirma.«

»Einen Moment... Nein, hier steht nichts über eine Freistellung. Leif Naumann zählt zu Dombachers Kommandostab. Er wurde am 1. Februar dieses Jahres eingestellt. Das heißt, er fing am gleichen Tag an wie der neue Vorstandschef.«

Anna fand das interessant.

Entweder gab es den jungen Mann doppelt, oder der CEO des Sicherheitskonzerns hatte ihn vor Kurzem an Urban ausgeliehen.

Fragte sich nur, wozu.

92

DÜSSELDORF-FRIEDRICHSTADT

ALS MELIA DIE FRIEDRICHSTRASSE erreichte, schickte sie Reinhard Zacharias eine WhatsApp. Kurz darauf betrat sie das Foyer des Innenministeriums. Zeitgleich kam ihr Ex-Kollege aus dem Aufzug.

An der Pforte saßen ein Mann und eine Frau. Beide jung, stämmig und mit raspelkurzem Haar. An der Jacke ihrer Uniformen prangte das Logo von Osterkamp Firm & Secure. Reinhard ließ sie einen Besucherausweis für Melia ausstellen. Dann fuhren sie nach oben.

»Warum ausgerechnet die Wachschutzfirma, die General Dombacher anführt?«

»Der Minister hat sich für Outsourcing entschieden, und OFS waren die billigsten. Warte nur ab. Irgendwann sitzen die auch bei euch.«

»Wir haben unsere eigenen Leute.«

»Fremdfirma ist billiger als Beamte. Heißt es. Und gegen einen solchen Trend bist du machtlos. Die Gesetze des freien Marktes. Und Vorsicht: Wer die ewige Gültigkeit dieser Gesetze anzweifelt, firmiert bei uns schnell als Verfassungsfeind!«

Er lachte, was in ein Husten überging.

Melia fiel auf, dass ihr Ex-Kollege dünn geworden war.

»Warst du jetzt endlich mal beim Facharzt?«, fragte sie.

Er reagierte nicht darauf.

Sie verließen den Aufzug. Melia folgte Reinhard in dessen Büro, das früher ihres gewesen war. Alte Wirkungsstätte, ein seltsames Gefühl.

Reinhard wies ihr den Besucherstuhl zu.

»Was werdet ihr gegen Bovert unternehmen?«, fragte Melia.

»Heute ist Sonntag, Frau Khalid.«

»Nenn mich nicht so.«

»Hab dich immer so genannt. Kann mich an Adan einfach nicht gewöhnen.«

»Ich heiße Melia. Wir sind beim Du.«

»Jedenfalls wird bei uns am Wochenende nichts entschieden. Weißt du doch.«

»Aber wolltest du nicht den Abteilungsleiter informieren?«

»Habe ich. Er stand gerade auf dem Golfplatz. Er will sich den Zeitungsartikel, den du erwähnt hast, mal ansehen. In den nächsten Tagen, sagt er. Und deine Kollegen vom Staatsschutz?«

»Sagen das Gleiche.«

»Also seid ihr auch nicht schneller.«

»Vielleicht sollten wir unsere Arbeit ganz outsourcen.«

»Osterkamp würde sich freuen.« Ein kurzes Husten. »Aber wir können zumindest schon mal etwas Datenrecherche betreiben.«

Reinhard fuhr seinen Rechner hoch und loggte sich ein. Er drehte den Monitor zu ihr hin.

»Hier findest du alles, was du brauchst. Zumindest, soweit ich Zugriff habe. Offiziell hast du das nie gesehen.«

Sie zog Tastatur und Maus heran.

Und staunte darüber, was Reinhard anzapfen konnte. Sie war in der Datei des Kölner Bundesamts für Verfassungsschutz. Nirgendwo sonst waren so viele Informationen über Ole Naumann angehäuft wie hier, schätzte sie. Und nach ihm suchte sie in erster Linie.

Verschlusssache – nur für den Dienstgebrauch.

Also tabu für Normalsterbliche. Wie alles, was beim Geheimdienst gespeichert wurde.

Melia interessierte sich für die Zeit seit dem Talos-Raub. Denn neben Urban hatte sich auch Naumann, der alte Nazi, zur Tatzeit in den Verlagsräumen aufgehalten. Und Melia glaubte nicht an einen Zufall.

Urban hatte geerbt und am Honorar seines Bestsellers gut verdient. Er brauchte das Gold aus dem Raubüberfall nicht unbedingt, um das Anwesen im Neandertal zu erwerben.

Jede Behörde hatte ihre eigenen Ordnungsprinzipien. Es dauerte ein wenig, bis sich Melia zurechtfand. Schließlich durchschaute sie die Logik, klickte von Seite zu Seite und begann die Zusammenhänge zu verstehen.

Die Wahrheit hinter Zahlen und Namen.

Ein halbes Jahr nach dem Überfall, bei dem Rechtsaußen-Verleger Sudhoff seinen goldenen Nibelungenschatz eingebüßt hatte, kaufte Ole Naumann für eine knappe Million Euro ein Grundstück irgendwo in Nordrhein-Westfalen, auf dem sich ein abgeschiedener, unbewohnter und weitgehend verfallener Bauernhof befand.

Kein schickes Fachwerkensemble wie in Christoph Urbans Fall.

Kein Kleinod in einem malerischen Tal.

Naumann ließ die Gebäude restaurieren und bewohnte

sie zwar nicht, traf sich dort aber mit Leuten aus ganz Deutschland. Das Bundesamt für Verfassungsschutz identifizierte sie als Neonazis. Ihre Namen fehlten jedoch in der Datei. Ebenso die Berichte von Agenten im Außeneinsatz.

Hatte jemand sie gelöscht?

»Ich komme nicht weiter«, sagte Melia zu Reinhard.

Er trat an sie heran, griff nach der Maus und gab nach ein paar Klicks ein weiteres Passwort ein. Nun konnte sie in weiteren Vermerken stöbern.

Verschlusssache – vertraulich.

Das hieß: Die Weitergabe könnte den Interessen des Landes schaden.

Melia fragte: »Gehst du nicht gerade ein Risiko ein?«

Reinhard lachte mit rasselnden Bronchien.

Sie stöberte weiter und erfuhr, dass es Naumann vier Jahre später gelungen war, den Bauernhof für drei Millionen Euro zu veräußern. Ein Gewinn von schlappen zweihundert Prozent. Der Mann war nun wohlhabend.

»Wow!«, entfuhr es Melia.

Sie entdeckte die Anschrift des Bauernhofs: Am Kleeacker 2 in Meerbusch-Osterath, rund fünfzehn Kilometer von der Düsseldorfer Innenstadt entfernt. Ihr wurde klar, dass sie den Ort kannte.

Jahrelang hatte dort das bundesweite Schulungszentrum von Westkreuz seinen Sitz gehabt. Ole Naumann hatte die Liegenschaft der Miliz zur Verfügung gestellt. Die Puzzleteile fügten sich zusammen.

Aber seltsamerweise blieb Westkreuz in der Datei unerwähnt.

Was in Osterath geschah, erschloss sich hieraus immer noch nicht.

Als hätten es die Verfassungsschützer vom Bundesamt nicht für interessant befunden.

Oder wiederum im Nachhinein getilgt.

»Warum steht hier nichts über Dombacher?«

»Vielleicht weil er selbst mal für die Kölner gearbeitet hat.«

»Und jetzt?«

Er grinste und gab ein neues Codewort ein.

Geheim.

Das bedeutete: Die Wiedergabe kann gefährlich sein.

Melia fragte sich, wen man schützte, wenn man über das Treiben von Verfassungsfeinden einen Mantel des Schweigens breitete.

Die Verfassung wohl kaum.

Sie gelangte an weitere Einträge und setzte sie in Bezug zu dem, was sie wusste. Peer Dombacher hatte Westkreuz im Jahr des Talos-Überfalls gegründet. Zunächst beschränkten sich die Aktivitäten der Miliz offenbar auf Osterath. Die Angehörigen der ersten Stunde wurden zu Arbeitseinsätzen dorthin befohlen, um Naumanns Bauernhof bewohnbar zu machen.

Was dessen Wert beträchtlich erhöhte.

Später begann dort das Training: Kampfsport, Waffenkunde, ideologische Schulung.

Letztere leitete Ole Naumann.

Nach dem Verbot der verfassungswidrigen Organisation stieß Naumann den Bauernhof wieder ab.

An wen?

Reinhard erkannte, dass Melias Neugier noch nicht gestillt war.

Er hackte sich auf das letzte Level der Bundesamtsdaten.

Streng geheim.

Diesen Geheimhaltungsgrad erhielten Informationen, deren Weitergabe den Bestand der Bundesrepublik Deutschland gefährden würde.

Reinhard musste husten, heftig und lange.

Melia blickte ihn mahnend an.

»Ich hab deinen Rat befolgt«, wiegelte er ab.

»Und was sagt der Arzt?«

»Na ja, der Lungendoktor hat mich erst geröntgt und danach zum Radiologen geschickt. Das Röntgen hätte er sich also sparen können.«

»Und?«

»Das CT sah dann nicht ganz so gut aus.«

»Was heißt das, Reinhard?«

»Kommende Woche muss ich zur Biopsie in die Klinik. Nur ambulant. Mach dir keine Sorgen. Vielleicht ist es gar nicht bösartig.«

»Meine Güte!«

»Jedenfalls weißt du jetzt, warum es mir scheißegal ist, ob sie mich feuern. Du fängst wenigstens etwas mit den Informationen an.«

Melia atmete tief durch, dann wandte sie sich wieder dem Bildschirm zu.

Käufer des Schulungszentrums war ein Trust mit Sitz auf Grand Cayman. Die Kollegen vom Bundesamt vermuteten dahinter eine Firma aus dem Konzernkonglomerat von Hartmut Osterkamp. Tatsächlich hatte die Osterkamp-Entwicklungsgesellschaft kurz darauf mit dem Umbau der Gebäude in eine Seniorenresidenz der Luxusklasse begonnen.

Ole Naumann saß seit dem Verkauf auf einem kleinen Vermögen. Kein Wunder, dass er sich während seiner Prozesse wegen Volksverhetzung und Holocaustleugnung die besten Anwälte des Landes hatte leisten können.

Melia begriff, wie eng die Beziehung zwischen Ole Naumann und Westkreuz-General Peer Dombacher war.

Und wie sehr Hartmut Osterkamp, Immobilientycoon, Einzelhandelskrösus und König der Sicherheitsbranche, beide Männer zu schätzen schien.

»Danke, Reinhard«, sagte Melia und verabschiedete sich von ihrem Ex-Kollegen.

»Tschüss, Frau Khalid«, antwortete er.

Sie lachte. Und ihr war zum Heulen zumute.

93

PRIEGNITZ-WEST

AUF DER FAHRT NACH BERLIN hielten sie an einer Raststätte. Violas Leute filmten, wie sich Christoph etwas zu essen holte. Was sollte daran interessant sein?

Ein kurzer Blick aufs Angebot. Am liebsten hätte er sich für die Scampipfanne mit Wildreis entschieden, die auf der Karte stand. Aus Rücksicht auf den mutmaßlichen Wählergeschmack deutete er auf die Bratwurst.

Die Regionalkonferenz in Schwerin war ein voller Erfolg gewesen. Mehrere Hundert Mitglieder von Team Urban aus ganz Mecklenburg-Vorpommern hatten ihm rückhaltlos zugejubelt. Und im Verlauf seiner Rede waren sie schier ausgeflippt.

Er sprach über den aktuellen Krieg.

Und empfand seine Kehrtwende gar nicht mehr als Verrat.

Seine Fans hatten recht. Wer fror schon gern im Winter? Warum sollte Deutschland die Zeche für Amerikas teures Fracking-Gas bezahlen? Und ging es den USA überhaupt um die Freiheit der Ukraine, oder nur darum, Russland im Kampf um die Vorherrschaft in Osteuropa entscheidend zu schwächen?

Christoph fühlte sich pudelwohl in seiner Rolle.

Die Bratwurst schmeckte hervorragend.

Sie fuhren weiter. Auf nach Berlin.

Leif, sein Assistent, berichtete von Überlegungen, einen Jugendverband der Partei zu gründen. Christoph befand, dass Leif ihn leiten sollte. Sie dachten über einen Namen nach.

»Urbanjugend«, sagte der junge Mann und zwirbelte an seinem Bart.

Er zwinkerte und kicherte.

»Bloß kein übertriebener Personenkult«, erwiderte Christoph.

»Jawohl, mein Führer!«, antwortete Leif.

Sie kriegten sich nicht ein vor Lachen.

Gut, dass Viola unsere Unterhaltung nicht mitbekommt, dachte Christoph.

Sie fuhr im Auto ihres eigenen Teams hinterher.

Er fragte sich, warum er gestern Abend nicht die Chance ergriffen hatte, die rote Königin zu erobern und mit nach Hause zu nehmen. Sie wäre bereit dazu gewesen. Stattdessen hatte er sich in Selbstzweifeln gesuhlt.

Völlig unnötig.

Ich bin im Einklang mit mir.

Als Chef von Team Urban und Volkstribun.

Im Einklang mit Osterkamps Denkfabrik.

Und nebenher auch mit den Geldgebern aus Russland. Diese Klippe war hoffentlich umschifft.

Er konnte das Treffen mit dem Berliner Landesvorstand kaum erwarten. Und die morgigen Montagsdemos würden sein vorläufiger Triumphzug sein.

CDU-Kandidat Andreas Götz hatte ihn bereits als künftigen Vizekanzler akzeptiert. Thinktank-Mastermind Tristan Bovert hatte ihm dazu in einer WhatsApp gratuliert. Die strategische Partnerschaft war bei einem Geheimtreffen in Düsseldorf geschmiedet worden.

Keiner kommt an mir vorbei, dachte Christoph.

Ihm fiel ein, dass Viola heute Nacht im selben Hotel übernachten würde wie er.

Ich bin ein Siegertyp.

94

DÜSSELDORF-PEMPELFORT

VINCENT BEREITETE SPAGHETTI MIT geriebener Zucchini und Feta zu, seine Spezialität. Melia deckte den Tisch, mittlerweile kannte sie sich in Vincents Wohnung aus. In Gedanken war sie noch bei Reinhard Zacharias. Der ehemalige Kollege tat ihr leid. Sie drückte ihm die Daumen.

Vincent brachte die Teller an den Tisch.

»Meine Mutter fragt, ob wir mal gemeinsam essen gehen«, sagte er. »Stell dir vor, sie ist zutraulich geworden. Gestern hat sie mich sogar umarmt. Ich wusste gar nicht, wie mir geschah.«

Für Melia war es normal, ihre Mutter zu umarmen. Aber Zeinab und Brigitte waren grundverschieden.

Vincent fragte: »Darf ich dich mit beruflichen Dingen behelligen?«

Sie vermieden es in der Regel, nach Feierabend über den Job zu sprechen. Manchmal ließ es sich allerdings nicht vermeiden.

Und in diesem Fall sind wir persönlich involviert, dachte Melia.

Die Compliance-Geschichte.

Der Vorwurf, Vincent hätte Kevin Koch in den Suizid getrieben.

»Natürlich«, antwortete Melia.

»Koch war definitiv nicht Schuberts Komplize beim Talos-Raub. Ich war nämlich noch einmal bei Karin Baltes, der damaligen Sekretärin, und habe ihr Kochs Foto gezeigt. Sie schwört, ihn nie gesehen zu haben, und bleibt dabei, dass Björn Küppers der zweite Täter war.«

»Der Junge, der verschwunden ist?«

»Richtig.«

Also war ein zentraler Punkt dessen widerlegt, was Kochs Anwalt als korrigierte Aussage seines Mandanten präsentiert hatte. Was auch den Vorwurf ins Wanken brachte, Vincent hätte traumatisierenden Druck auf den Blonden mit dem Dutt ausgeübt.

Mein Schatz sollte damit aus dem Schneider sein, dachte Melia.

Vincent spann seinen Gedanken weiter: »Wenn Koch mit dem Talos-Raub nichts zu tun hatte, dann gibt es auch kein persönliches Mordmotiv.«

»Also hat ihn jemand beauftragt, die Leichenteile zu entsorgen.«

»Richtig. Und in dem Zusammenhang hat Anna etwas Interessantes über Osterkamp Firm & Secure herausgefunden.«

Vincent berichtete, dass Dombacher als neuer CEO des Sicherheitsunternehmens einen sogenannten Kommandostab eingerichtet und mit neuen Leuten besetzt hatte. Von einem Büro dieses Stabs aus war der Einsatzplan für die Bewachung der Baustelle geändert worden. Um zu gewährleisten, dass am Tag der Tat nur ein einziger Angestellter Dienst hatte.

Und um dessen Identität zu vertuschen.

Also Kevin Koch zu decken.

»Und wer hat den Plan manipuliert?«, fragte Melia.

»Den entsprechenden Rechner nutzen drei Personen. Einen davon kennen wir. Leif Naumann.«

»Der Sohn von Ole Naumann?«

Vincent nickte.

»Der junge Mann mit dem Bart?«

»Genau der. Und jetzt pass auf: Leif Naumann arbeitet seit zwei Wochen als Praktikant oder Assistent bei Urban. Aber eigentlich ist er bei OFS angestellt. Als Mitglied des Kommandostabs von Dombacher. Vom ersten Tag an, also seit Februar.«

»Das heißt, Dombacher hat ihn mitgebracht. Sie kennen einander. Das passt zu dem, was ich recherchiert habe. Jetzt bin ich dran.«

»Bitte, Chefin.«

Melia informierte ihn über die Geheimdienstinformationen bezüglich Leifs Vater. Sie erzählte ihm, dass Ole Naumann ebenso wie Christoph Urban nach dem Raub bei Talos eine abgeschiedene Immobilie im Großraum Düsseldorf erworben hatte. Und wie eng der alte Nazi mit dem Westkreuz-Gründer Dombacher zusammengearbeitet hatte.

Dasselbe galt offenbar heute auch für seinen Sohn.

Ihr fiel auf, wie bedrückt Vincent wirkte.

»Ist was?«, fragte sie.

»Erzähl weiter.«

»Ich habe eine Theorie, wie sich der Mord an Dennis Schubert abgespielt haben könnte.«

»Lass hören.«

»Ole Naumann und Christoph Urban waren mit dem

Talos Verlag nicht nur als Autoren verbunden, sondern auch als Angestellte. Stimmt doch, oder?«

»Freie Mitarbeiter, soviel ich weiß. Der eine als Lektor, der andere als Herausgeber einer Zeitschrift, die allerdings bald eingestellt wurde.«

»Okay. Sie kannten einander und waren beide scharf auf den Inhalt des Safes. Urban hat Schubert engagiert. Der bekam das Geld und das Versprechen, später einen Teil des Goldes zu erhalten. Doch das hatten Urban und Naumann dann längst aufgeteilt und angelegt.«

»Bis jetzt plausibel.«

»Anfang des Monats wird also Schubert aus der Haft entlassen. Wann er erstmalig seine Ansprüche an Urban gestellt hat, wissen wir nicht. Fakt ist, dass Schubert vor zwei Wochen persönlich bei ihm war. Das hat Urban heute Morgen zugegeben.«

»Ja, angeblich hat sich Schubert bei ihm für den Überfall bei Talos entschuldigt.«

»Und jetzt kommt Ole Naumann wieder ins Spiel.«

Vincent machte ein Gesicht, als hätte er in eine Zitrone gebissen.

»Inwiefern?«, fragte er.

»Er schickt seinen Sohn zu Urban. Leif soll Schubert für sie beide töten. Er hat einen Schlüssel fürs Haus. Während Urban sich mit seiner Assistentin in Belgien ein Alibi verschafft, erledigt der Junge die Drecksarbeit.«

»Klingt ziemlich einleuchtend.«

»Nicht wahr?«

»Ich hab auch schon daran gedacht, aber Leif war es nicht.«

»Wie kommst du darauf?«

»Wegen der Blutspur. Der DNA-Vergleich zeigt, dass sie

nicht von ihm stammt. Auch sein rüstiger Vater kann es nicht gewesen sein, wie ich vor einer Stunde erfahren habe.«

»Wie bist du denn an deren DNA gekommen?«

Wieder verzog Vincent das Gesicht.

»Schatz, was ist los?«

»Ich muss dir was gestehen«, sagte Vincent.

»Raus damit!«

»Ich bin Ole Naumanns Sohn.«

»Wie bitte?«

»Du weißt doch, dass meine Mutter um 1970 herum in dessen Kanzlei gejobbt hat, als sie in Berlin Jura studierte.«

»Brigitte hasst ihn doch.«

»Ja, aber damals war das noch anders. Sie hat es mir gestern gestanden, als ich sie von Kassel nach Hause gebracht habe.«

»Ole Naumann ist …«

Vincent nickte. Melia sah ihm an, wie es in ihm arbeitete.

»Komm her, lass dich drücken.«

Sie nahm ihn in den Arm.

»Wir sind nicht wie unsere Väter«, sagte sie leise in sein Ohr. »Ich nicht, und du erst recht nicht.«

»Genau das hat Brigitte auch gesagt.«

»Und damit hat sie recht.«

Sie glaubte zu wissen, wie ihrem Freund zumute war. Nun war ihr auch klar, warum Brigitte ihn umarmt hatte. Sonst zeigte sie nur Gefühle, wenn es um Politik ging.

»Ich liebe dich«, sagte Melia. »In dir steckt nichts von diesem Ekelpaket. Ganz sicher nicht.«

»Danke. Ich hoffe es.«

»Und wie war das mit der DNA?«

»Ich habe meine eigene Speichelprobe ins Labor gebracht. Es hätte eine weitgehende Übereinstimmung geben müssen.«

»Trotzdem«, sagte sie. »Der Zwirbelbart ist für mich der Verdächtige Nummer eins. Er hatte Zugang zum Tatort und zum Rechner, der für die Tatvorbereitung benutzt wurde.«

»Nicht als Einziger, Schatz. Ich frag mal den Staatsanwalt, aber ich fürchte, für eine Festnahme reicht das nicht.«

Ein Beweis muss her, dachte Melia.

TEIL FÜNF

DIE ENTSCHEIDUNG

And once you're gone, you can't come back.

(Neil Young, »Hey Hey, My My (Into the Black)«)

MONTAG

95

BERLIN-KONRADSHÖHE

ROMAN BORODIN SASS IM Wartehäuschen der Bushaltestelle Rohrweihstraße und behielt das Pflegeheim Havelwelle im Blick. Man hatte ihn kurzfristig darüber informiert, dass die Zielperson heute Morgen ihre Mutter besuchen würde. Sollte sie ohne Personenschutz unterwegs sein, wofür die Chance angeblich fifty-fifty stand, würde er seinen Auftrag bereits an diesem Tag erledigen.

In unglaublicher Rekordzeit.

Und noch nie hatte er einen so großzügigen Vorschuss erhalten.

Es ging es um die Frau, die noch vor wenigen Tagen Regierungschefin dieses Landes gewesen war. Angesichts dieser Tatsache waren seine Arbeitsbedingungen allerdings dürftig. Keine akribische, wochenlange Vorbereitung durch eine ganze Brigade von Agenten. Keine klassische Geheimdienstoperation.

Umso anspruchsvoller die Vorgaben. Ihm blieb nur ein Zeitfenster von wenigen Tagen. Und es sollte wie ein Unfall aussehen. Hielt er das nicht ein, würde man ihm die zweite Zahlung verweigern – so die Abmachung.

Nachdem er bereits eine halbe Stunde gewartet hatte, begann Borodin nervös zu werden. Mit jeder Minute erhöhte sich die Wahrscheinlichkeit, dass sich jemand an ihn erinnern würde.

Er zog seine Kappe tiefer in die Stirn. Niemand würde seine Haarfarbe nennen oder seine Stirnglatze beschreiben können. Er trug eine Bomberjacke ohne Markenlogo und unauffällige Jeans. Mit gesenktem Kopf tat er, als tippe er Botschaften in sein Handy.

Die Wolkendecke verdichtete sich, und Nieselregen legte einen feuchten Film über den Stadtteil im äußersten Nordwesten Berlins. Sämtliche Autos fuhren mit Licht. Borodin war froh, den Wetterbericht studiert und sich für die Jacke entschieden zu haben.

Er fand, dass man ihn generell unterschätzte. Seit Jahren hatte man ihm keinen Auftrag mehr anvertraut. Dabei lag es nur an einem dummen Zufall, dass er beim letzten Mal gepatzt hatte. Ihm war bewusst, dass jetzt die Wahl nur deshalb auf ihn gefallen war, weil so kurzfristig kein anderer zur Verfügung stand.

Ich werde Dmitri beweisen, dass ich es draufhabe.

Endlich tauchte der weiße BMW auf, den man ihm beschrieben hatte.

Er hatte ebenfalls die Scheinwerfer eingeschaltet, ein bläuliches Halogenlicht. Borodin rechnete damit, dass der Wagen vor dem Eingang des Pflegeheims halten würde, wo gerade ein Stellplatz frei geworden war. Doch er fuhr daran vorbei, bremste kaum und bog rasant in die Einfahrt daneben ab, die zu einem Parkplatz führte.

Keine Personenschützer im Gefolge.

Borodin konnte sein Glück kaum fassen.

Er wartete ein paar Minuten, doch die Zielperson ließ

sich nicht blicken. Offenbar hatte sie den hinteren Eingang des Heims benutzt.

Borodin überquerte die Straße und ging zum Parkplatz hinüber. Der BMW stand verlassen da. Die Nummer auf dem Kennzeichen stimmte.

Sein Briefing besagte, dass die Zielperson für private Zwecke häufig das Familienauto benutzte, statt sich mit Fahrer und Begleitschutz in einer gepanzerten Staatskarosse chauffieren zu lassen.

Borodin verstand das nicht.

Was war das für ein Land, in dem sich ein Promi so versteckte?

Er kniete sich an die Seite des BMW und tat, als binde er einen Schuh. Dabei brachte er mit raschem Griff einen GPS-Tracker am Unterboden an, ein kleines Gerät mit starkem Magnet.

Gleich darauf war Borodin wieder auf den Beinen, setzte seinen Weg fort und gelangte auf die Havelpromenade. Der Wind sprühte ihm feinste Regentropfen ins Gesicht. Er zog sein Handy hervor und gab seinem Helfer Bescheid.

Fünf Minuten später kreuzte Nikita Kerzhakov in dem Krankentransportwagen auf, den sie besorgt hatten. Das perfekte Fahrzeug für ihr Vorhaben.

Roman Borodin stieg ein, zog seine nasse Kappe ab und warf sie nach hinten. Kerzhakov gab Gas. Er war noch jung, aber er verstand etwas von Autos. Darauf kam es Borodin an.

Sie fuhren zur Ortsmitte und bogen in Richtung Tegel ab. Habichtstraße, der Rückweg ins Berliner Zentrum. Die Wischerblätter schabten hörbar über die Frontscheibe.

Am Rand von Konradshöhe hielten sie und stießen zurück in eine Seitenstraße. Zur Linken vereinzelte Wohnhäuser, ein Drahtzaun, viel Grün. Kein Mensch unterwegs.

Rechts befand sich der Tegeler Forst.

Ein tiefer Wald, bei diesem Wetter noch dunkler als sonst.

Der ideale Ort.

Kerzhakov zog belegte Brötchen aus einer Papiertüte und gab eins davon an Borodin weiter. Sie teilten sich Tee aus einer Thermoskanne. Der Regen trommelte jetzt stärker aufs Dach, lief über die Scheibe und ließ die Außenwelt verschwimmen.

Borodin kontrollierte immer wieder das Display seines Handys. Ein roter Punkt auf der Karte markierte die Position des weißen BMW. Sobald die Zielperson losfuhr, würde der Tracker zudem eine SMS verschicken, die das Handy piepsen ließ.

Sie konnten die Zielperson nicht verpassen.

Die zweite Rate des Honorars war Borodin sicher, denn es würde wie ein Unfall aussehen. Daran hatte Borodin jetzt keinen Zweifel mehr.

Genieß die Zeit mit deiner gebrechlichen Mamutschka, gute Frau.

Mehr wird dir im Leben nicht mehr vergönnt sein.

96

BERLIN-MITTE

NACH EINER HALBEN STUNDE im Fitnessraum seines Hotels und einem anschließenden kleinen Obstfrühstück absolvierte Christoph eine Videokonferenz zur Vorbereitung der heutigen Montagsdemonstrationen. Es sollten die bislang größten Veranstaltungen ihrer Art seit dem Erstarken der Proteste im Frühjahr werden. Christoph würde sich auf Sachsen konzentrieren und nacheinander in drei Städten auftreten.

Ein ehrgeiziges Programm, das guter Planung bedarf.

Aus Düsseldorf waren Tristan Bovert und Ex-General Peer Dombacher zugeschaltet. Letzterer verantwortete die Logistik. Die Sicherheitsfirma, die er leitete, würde die Ordner stellen und für den Transport Tausender Demonstranten aus allen Teilen des Landes sorgen.

Und dafür, dass Christoph rechtzeitig ankam.

Sein Bus war schick lackiert worden: *Team Urban* in Blau auf orangefarbenem Untergrund.

Um 16 Uhr würde er zum Auftakt in Chemnitz reden. Danach ging es nach Dresden, wo er gegen 17:30 Uhr der Top Act der Kundgebung sein würde. Die Demo in Leipzig war für den Abend terminiert. Ab 19 Uhr würde sich der dortige Zug auf dem Augustusplatz formieren und den gleichen Verlauf über den Innenstadtring der Heldenstadt nehmen wie die legendären Demonstrationen der Herbstrevolution von 1989.

Er wollte vorweg marschieren, flankiert von örtlichen Vertretern seines Teams. Gemeinsam würden sie ein meterlanges Transparent vor sich hertragen. Nach kurzer Diskussion einigte sich die Runde auf die Parole.

Freiheit statt Frieren – keine linke Diktatur!

Zur Abschlusskundgebung würden Kameras aus aller Welt auf Christoph gerichtet sein.

Er schärfte seinen Mitstreitern noch einmal ein, dass die Ordner jegliche Übergriffe auf Medienvertreter zu unterbinden hatten.

Wir demonstrieren nicht bloß, um uns stark zu fühlen. Wir tun es, um die deutsche Öffentlichkeit zu beeindrucken. Wir brauchen die Kameras.

Und im Anschluss war er ins Leipziger Studio des MDR eingeladen.

Die *Tagesthemen* planten ein Interview.

Millionen würden heute seine Slogans vernehmen.

Ein fulminanter Startschuss für die Wahlkampagne.

Sein Assistent Leif notierte die wichtigsten Punkte. Er würde stets an seiner Seite bleiben und ihn vor Widrigkeiten abschirmen. Der fleißige Junge bildete Christophs Schnittstelle nach außen. Nur so war der Stress zu bewältigen.

Im Anschluss an die Konferenz blieb Bovert zugeschaltet. Mit ihm ging Christoph die Kernpunkte seiner Reden durch. Sie kamen überein, kurz vor Leipzig noch einmal zu telefonieren, um auf tagesaktuelle Entwicklungen reagieren zu können.

Christoph spürte die Anspannung. Auf einer Großkundgebung zu sprechen war mit der Arbeit im Fernsehstudio nicht vergleichbar. Aber er würde auch in der neuen Rolle rasch Routine entwickeln. Dessen war sich Christoph sicher.

Er würde mit Elementen der Stand-up-Comedy arbeiten. Nicht so trocken wie die anderen. Die Leute gewinnen, indem er sie zum Lachen brachte.

Ein Lachen, das im Hals stecken blieb.

Und den Zorn auf das Establishment weckte.

Nachdem er Zoom beendet hatte, checkte er sein Handy.

Jemand hatte zweimal versucht, ihn zu erreichen.

Agnieszka, seine Putzfrau.

Weil er das Gefühl hatte, dass alles Wichtige geregelt war, rief er sie zurück.

»Was gibt's, Agnieszka?«, fragte er.

»Hallo, Krzysztof. Du erinnerst dich: Ich habe doch letzten Dienstag in der Schwimmhalle sauber gemacht.«

Ihm fiel die Hausdurchsuchung wegen Schuberts Tod ein. Die Blutspuren, die man dort entdeckt hatte. Ihm wurde mulmig zumute.

»Ich muss dir etwas beichten«, fügte sie hinzu.

»Was ist denn los?«

»Da lag ein kleines Silberkettchen mit einem Medaillon. So ein kurzes Kettchen fürs Handgelenk. Ich hab's eingesteckt und wollte es dir eigentlich schon längst gegeben haben.«

»Ich besitze kein solches Kettchen.«

»Aber vielleicht dein neuer Praktikant? Der junge Typ mit dem Bart? Auf das Medaillon ist so eine Art Rad graviert, mit vielen gezackten Speichen.«

Die Schwarze Sonne, dachte Christoph. Leif trug auch

eine Gürtelschnalle mit diesem Symbol. Und am Handgelenk allerlei Bänder und Kettchen. Genauer hatte Christoph darauf noch nie geachtet.

»Ich frag ihn mal, ob er etwas vermisst«, antwortete Christoph. »Danke, Agnieszka. Sonst noch etwas?«

»Bleibt es dabei, dass ich morgen nicht zu kommen brauche?«

»Vielleicht am Freitag wieder.«

Die Schwimmhalle war als Tatort noch versiegelt. In einigen Räumen hatte er die Unordnung nach der Durchsuchung noch nicht vollständig beseitigt. Es würde etwas dauern, bis er dazu kam.

»Ich gebe dir Bescheid«, fügte Christoph hinzu.

Leif hatte abgestritten, etwas mit dem Schmutz im Schwimmbad zu tun zu haben, den die Putzfrau moniert hatte. Wie aber kam dann das Kettchen dorthin?

Vielleicht stammte es nicht von Leif.

Sondern hatte Dennis Schubert gehört.

»Agnieszka?«

»Ja, Krzysztof?«

»Die Polizei glaubt, in der Schwimmhalle sei ein Verbrechen geschehen. Vielleicht solltest du deinen Fund melden. Ist sicher besser so.«

Agnieszka Wiedmann legte auf. »Alles richtig gemacht?«

»Sehr gut«, antwortete Vincent.

Er und seine Kollegin Anna blickten sich an. Sie hatten Urbans Putzfrau gebeten, den frischgebackenen Politiker anzurufen und das Gespräch auf Lautsprecher zu schalten.

Urbans Reaktion hatte sie überrascht.

»Er klang fast ahnungslos«, sagte Vincent. »Oder was meinst du?«

»Vielleicht hat er mit der Tat doch nichts zu tun«, erwiderte Anna.

»Krzysztof Urban ist kein Mörder«, versicherte Agnieszka Wiedmann. »Ich kenne ihn schon lange. Ein feiner Mensch. Seit er in unsere Nachbarschaft gezogen ist, putze ich dort, und immer hat er sich korrekt verhalten.«

Vincent betrachtete noch einmal das Kettchen mit dem Anhänger, das vor ihm auf dem Tisch lag. Die Finderin hatte es sorgfältig auf einem weißen Stofftaschentuch drapiert. Die sogenannte Schwarze Sonne bestand aus drei übereinandergelegten und zueinander verdrehten Hakenkreuzen in einem Kreis.

Ein Symbol, das Esoteriker und Satanisten benutzten. Besonders gern auch Neonazis.

Leute vom Schlag eines Ole Naumann.

Und womöglich mein Halbbruder Leif, dachte Vincent voller Abscheu.

Das Kettchen war gerissen.

Vincent untersuchte es genauer. An einigen Stellen hafteten dunkle Schmutzpartikel an den feinen silbernen Gliedern. Er wandte sich an Anna.

»Hast du eine Beweismitteltüte dabei?«

»Klar.«

»Die Kriminaltechnik sollte sich das Ding mal ansehen.«

97

BERLIN-KONRADSHÖHE

ROMAN BORODINS HANDY PIEPSTE.

Er blickte auf das Display und vergrößerte den Kartenausschnitt. Der rote Punkt hatte sich in Bewegung gesetzt. Es ging los.

»Mach dich bereit, Nikita«, sagte er mit vollem Mund.

Sie verstauten den Rest ihres Frühstücks in der Tüte und schnallten sich an. Nikita Kerzhakov startete schon mal den Motor. Keine drei Minuten später rauschte der weiße BMW der deutschen Ex-Kanzlerin auf der Konradshöher Straße an ihnen vorbei.

»Flottes Tempo«, sagte Kerzhakov.

Roman Borodin war es recht.

Sie fuhren los.

Es regnete noch immer. Im Wald herrschte fast Dunkelheit. Zunächst blieben sie mit ausreichendem Abstand außer Sichtweite.

Kein Gegenverkehr.

Niemand folgte ihnen.

Dann schlossen sie auf.

»Jetzt«, sagte Borodin, der die Strecke gestern Abend ausgekundschaftet hatte, nachdem er vom bevorstehenden

Besuch der ehemaligen Regierungschefin bei ihrer Mutter erfahren hatte.

Sein Partner setzte zum Überholen an.

Borodin spähte hinüber, konnte aber die Person hinter dem Steuer durch den Regenschleier nicht erkennen. Als der Krankenwagen etwa auf gleicher Höhe war, schaltete Kerzhakov für einen Moment die Sirene ein und zog ruckartig nach rechts.

Die Frontkante traf den BMW auf Höhe der Vorderräder.

Ein leichter Crash genügte, um die Zielperson in einen Schock mit fast zwangsläufiger Panikreaktion zu versetzen.

Exakt an dieser Stelle begann eine Linkskurve. Kerzhakov folgte ihr. Dann bremste er ab und brachte den rot-gelb lackierten Transporter in aller Ruhe zum Stehen.

Hinter ihnen raste der BMW in den Wald.

Blech knallte, Scheiben zerbarsten.

Ein paar Krähen flatterten auf.

Kerzhakov setzte zurück, hielt neben der Unfallstelle und schaltete das Blaulicht ein.

Noch immer war kein anderes Auto zu sehen. Und sollte doch jemand kommen, würde der darauf verzichten, anzuhalten und Hilfe anzubieten. Niemand würde die Polizei rufen.

Es war ja bereits ein Krankentransporter vor Ort.

Borodins Partner zog eine Spritze auf. Sie gingen davon aus, dass die Zielperson noch lebte. Kerzhakov würde das Gift an einer Stelle injizieren, die nicht auffiel. Ein seltener Wirkstoff, der nur nachzuweisen war, wenn man exakt danach suchte.

Wer würde das bei einem Unfallopfer schon tun?

Während Kerzhakov zum BMW hinüberging, begutachtete Borodin den Schaden am eigenen Fahrzeug. Er war unerheblich, der Transporter blieb fahrtüchtig. Das Auto der Zielperson hatte es weitaus schlimmer erwischt. Es war in den Straßengraben geraten, hatte sich überschlagen und war gegen den Stamm einer Kiefer geknallt.

Ein jämmerliches Wrack.

Kerzhakov hatte sichtlich Mühe, an die Zielperson zu gelangen, weil der Wagen auf der Seite lag und die Fahrertür klemmte. Die Windschutzscheibe war zersplittert. Kerzhakov versuchte es durch diese Öffnung.

Borodin hatte dagegen keine Probleme, den GPS-Tracker wieder an sich zu nehmen. Er wischte die Stellen ab, die er angefasst hatte.

»Roman!«, rief Kerzhakov.

Borodin fragte sich, ob etwas nicht stimmte. War es der falsche Wagen? Die falsche Person? Wurden seine Albträume wahr, in denen sich das Malheur des vorherigen Auftrags wiederholte?

»Was gibt's, Nikita?«

»Die Frau ist tot. Eindeutig kein Puls.«

»Lass sehen.«

Sie tauschten ihre Position. Borodin erkannte die deutsche Ex-Kanzlerin. Er tastete nach der Halsschlagader.

Kein Zweifel.

Ich habe es noch drauf, dachte er. Kaum zu glauben, wie gut alles geklappt hatte.

Er freute sich auf die zweite Rate und auf Dmitris Lob.

98

BERLIN-MITTE

CHRISTOPH ZITIERTE LEIF ZU sich aufs Hotelzimmer. Der junge Mann kam mit seinem fertig gepackten Rollkoffer. Christoph schloss die Tür hinter ihm.

»Was ist?«, fragte Leif. »Wir sollten jetzt auschecken. Der Bus kann jeden Moment eintreffen.«

Rund zwei Dutzend Berliner Parteifreunde würden sie begleiten. Zudem Viola und ihre Filmcrew. Sowie eine Frau, die sich um die Stelle als Christophs neue Pressereferentin bewarb und die er eingeladen hatte, probehalber mitzufahren.

Nur hier und jetzt waren sie noch unter vier Augen.

Die vorerst letzte Gelegenheit, Leif auf den Zahn zu fühlen.

»Vermisst du ein Kettchen?«, fragte Christoph.

Leif fasste sich ans Handgelenk und verriet sich damit.

»Frau Wiedmann hat es in der Schwimmhalle entdeckt«, erklärte Christoph. »Dort, wo die Polizei auch die Blutspuren gefunden hat. Sag mir, Leif, was hast du getan?«

Christoph rechnete mit Ausflüchten. Mit stotternd vorgebrachten kruden Storys.

Doch der Junge blähte den Brustkorb auf, verschränkte die Arme und reckte das Kinn.

Ganz der Wikinger.

Ole Naumanns stolzer Sohn.

»Ihr hättet Schubert niemals auszahlen können«, erklärte er. »Mein Vater nicht und du auch nicht.«

»Also war das Oles Idee?«

»Wir haben es auch für dich getan, Chris. Schau dich um, was momentan passiert. Gestern Schwerin und Berlin. Heute Chemnitz, Dresden, Leipzig. Und die fucking *Tagesthemen*. Glaubst du, das wäre möglich, wenn Schubert noch lebte?«

»Ich hätte meinen Teil abgestottert. Wir hätten eine Lösung gefunden.«

»Tu nicht so naiv. Team Urban, die nationale Revolution, alles läge in Schutt und Asche. Du kannst keine Partei führen, wenn draußen ein Dennis Schubert rumläuft und jedem erzählt, was ihr bei Talos gemacht habt!«

»Mein Gott, Leif, wir reden über Mord!«

»Du hast Papa um Hilfe gebeten. Was glaubtest du, wie das läuft?«

Es klopfte, die Tür ging auf. Ein Zimmermädchen wollte eintreten, um sauber zu machen. Sie erschrak und zog sich mit einer hastigen Entschuldigung wieder zurück.

Christoph war sprachlos.

»Du wolltest es doch auch«, sagte Leif.

Christoph packte den Griff des Koffers und machte sich auf den Weg zum Aufzug. Oles Sohn folgte ihm. Unten gaben sie ihre Schlüsselkarten ab.

Eine Gruppe von Parteifreunden umringte Christoph, um ihn zu begrüßen.

Er tat so, als würde er sich freuen.

Doch er fühlte sich, als sei die Welt in Stücke zersprungen.

Sie gingen durch den Regen zum Bus, der mit laufendem Motor wartete. Der Fahrer nahm ihnen die Koffer ab.

Das hintere Drittel des Fahrzeugs war für Christoph und seine Mitarbeiter reserviert. Und für Journalisten, die ihn unterwegs sprechen wollten.

Gut drei Stunden bis Chemnitz.

Zeit, um gründlich nachzudenken.

99

KÖLN-RODENKIRCHEN

OLE NAUMANN BRÜTETE ÜBER einem Aufruf, den er am Wochenende entworfen hatte. Es galt, die Kameraden der verschiedenen national gesinnten Kleinparteien davon zu überzeugen, auf eigene Kandidaturen bei der für September anberaumten Bundestagswahl zu verzichten.

Zugunsten von Team Urban, das diese Parteien eigentlich für viel zu gemäßigt hielten.

Ole setzte auf seinen Ruf in der Szene und die Stringenz seiner Argumentation. Aber er wusste, dass sein Appell auf Widerstände treffen würde. Die Tendenz zur Sektenbildung, die er Ende der Sechziger in der Studentenbewegung erlebt hatte, gab es auch auf Seiten der revolutionären Patrioten. Er hoffte, wenigstens die NPD auf Linie zu bringen, die er einst erfolgreich vor dem Verfassungsgericht vertreten hatte.

Bevor ihm die Diktatur des linken Mainstreams zum zweiten Mal die Anwaltszulassung raubte. Wegen eines Hitlergrußes – schon bloße Handbewegungen waren in der neuen DDR verboten, in die man Deutschland verwandelt hatte.

Ole zählte auf, warum die Revolution nur durch einen

Aufstand herbeigeführt werden konnte. Dass aber im Vorfeld auch das Parlament und gemäßigte Kräfte à la Urban nützlich waren.

Sie würden ein günstiges Klima herstellen.

Was vorerst das Ziel war.

Er nannte die Gründe, warum die AfD in seinen Augen gescheitert war. Warum man einen durch und durch bürgerlichen Kandidaten brauchte. Nur mit einem wie Urban konnte ein Andreas Götz die Koalition bilden, die das grün-liberale Establishment übertrumpfte und die Linken in den eigenen Reihen kleinhielt.

Ole wusste, dass er nicht zu sehr ins Detail gehen durfte. Der Verfassungsschutz würde den Aufruf todsicher in die Finger bekommen. Der Staat durfte keinen Vorwand entdecken, um Team Urban ins Abseits zu stellen.

Ole las, was er bislang geschrieben hatte, korrigierte hier ein Wort, strich dort eine Zeile.

Sein Telefon klingelte.

Das Display zeigte einen Wikingerhelm – das Symbol stand für Leif.

Ole meldete sich. »Was gibt's, mein Sohn?«

»Urban weiß Bescheid. Seine fucking Putzfrau hat ein Kettchen gefunden, das Schubert mir abgerissen hat. Hatte ich im Eifer des Gefechts gar nicht mitbekommen.«

Leif hat schon wieder Mist gebaut, dachte Ole. Erst den Tatort nicht gründlich gereinigt, jetzt auch noch das.

»Kümmere dich selbst darum!«, sagte Ole.

»Papa, ich rufe von einer Raststätte an. Wir sind gerade in Sachsen unterwegs. Ich kann hier nicht weg.«

»Ach ja? Was denkst du, was geschehen soll?«

»Die Putzfrau darf das Kettchen keinesfalls der Polizei geben.«

»Und wenn sie es schon getan hat?«

»Dann darf sie nicht vor Gericht aussagen, woher sie es hat. Sie muss die Klappe halten. Am besten für immer.«

Ole atmete tief durch.

»Wie heißt die Frau noch mal?«, fragte er.

»Agnieszka Wiedmann. Noch so jemand aus Urbans westslawischer Sippe. Sie wohnt am Rand von Hochdahl in einer Siedlung oberhalb der Düssel, nicht weit von Urbans Hof.«

Also würde Papa es regeln.

Mit einundachtzig.

Na gut, dachte Ole. Mit einer Putzfrau werde ich es noch aufnehmen können.

Er schloss den Schrank auf, griff unter die Pullover und holte seine Pistole hervor. Er tastete nach einem Magazin, schob es in den Griff, repetierte durch und entspannte.

Eine Patrone lag nun im Lauf.

Vor über einem halben Jahrhundert hatte die PLO ihn ausgebildet.

Endlich würde das Früchte tragen.

100

CHEMNITZ

IN CHEMNITZ KOCHTE DIE STIMMUNG. Der Neumarkt ein Meer voller Menschen, Fahnen und Transparente. Sprechchöre feierten Christoph Urban, als er auf die Bühne trat.

Aus Richtung des Roten Turms ertönten Trillerpfeifen. Gegendemonstranten des Bündnisses *Chemnitz nazifrei*. Die Polizei hielt die Kampftruppen des linken Establishments auf Distanz.

Christoph begrüßte die Bürger von Chemnitz, pries Sachsen und begann, seine Rede abzuspulen. Aber in Gedanken war er nicht bei der Sache. Noch immer stand er unter Schock.

Wie naiv bin ich gewesen?

Er war davon ausgegangen, Ole hätte seinen Sohn geschickt, damit dieser das Mediengeschäft kennenlernte. Stattdessen hatten sie einen Mord geplant. Und in seinem Haus ausgeführt.

Wir haben es auch für dich getan.

Christoph fühlte sich, als stürze er in einen endlosen Schacht.

Während er seine eingeübten Sätze aufsagte, verlor er plötzlich den Faden.

Er räusperte sich.

Die Leute schauten irritiert zu ihm herauf.

Leif soufflierte von hinten: »Nicht frieren für den Wirtschaftskrieg der USA!«

Das Stichwort brachte Christoph zurück in die Spur.

Er vollendete seinen Auftritt ohne weitere Aussetzer. Aber auch ohne jeden Esprit.

Innerlich leer winkte er mit beiden Armen der Menge zu. Angefeuert von den Leuten, die Dombacher herbeigekarrt hatte, begann das Publikum erneut, ihn zu feiern.

Ein Kameramann trat neben ihn und richtete die Linse auf sein Gesicht.

Christoph bemühte sich zu strahlen. Dann hielt er es nicht mehr aus und floh von der Bühne.

Viola stand am Fuß der Treppe. »Kleiner Durchhänger im Mittelteil. Was war los?«

Christoph ignorierte sie und erreichte den Bus.

Der Fahrer stand neben der geöffneten Tür und rauchte.

Christoph wies ihn an, vorerst niemanden hineinzulassen, stieg ein und ging ganz nach hinten. Er schaltete sein Handy ein und suchte in seinen Taschen nach der Karte, die ihm die dunkelhäutige Einsatzleiterin der Kripo am Freitagabend aufgedrängt hatte.

Da war sie – er tippte die Nummer ins Tastenfeld.

»Melia Adan, Kripo Düsseldorf.«

»Christoph Urban hier. Es geht um Agnieszka Wiedmann, meine Putzfrau. Sie hat etwas gefunden, womit man den Mörder von Dennis Schubert identifizieren kann. Hat sie sich schon bei Ihren Leuten gemeldet?«

Draußen näherten sich Leif und weitere Leute des Teams. Außerdem ein paar Journalisten. Der Fahrer würde sie nicht aufhalten können.

»Danke für den Hinweis«, sagte die Kriminalrätin. »Ich werde …«

Christoph unterbrach sie. »Hören Sie zu, Leif Naumann hat Schubert erschlagen. Er weiß über das Kettchen Bescheid. Agnieszka ist möglicherweise in Gefahr. Sie müssen sie schützen!«

»Wo ist er jetzt?«

»Leif? Er begleitet mich auf meiner Tour durch Sachsen.«

»Dann kann er nicht viel anrichten, oder?«

Die Leute, die ihn für ihren Teamleader hielten, strömten in den Bus.

Mit zitternden Fingern beendete er das Gespräch.

Der Motor sprang an, es ging weiter.

Beim nächsten Stopp würde er den Leuten wieder einheizen.

101

DÜSSELDORF-UNTERBILK

DIE BEHÖRDENLEITUNG HATTE GEMEINSAM mit dem Innenministerium eine Kommission gegründet, um Vincents angebliche Verfehlung bei Kevin Kochs Vernehmung zu untersuchen. Sie bestand aus einer Kollegin und einem Kollegen vom Kommissariat für Beamtendelikte sowie zwei Bürokraten aus der Friedrichstraße. Seit einer Stunde musste er sich vor ihnen verantworten.

Die zähe Debatte zermürbte ihn.

Immer wieder musste er haarklein berichten.

»Wie hat Herr Koch auf Sie gewirkt?«, fragte einer der Ministerialbeamten.

»Nervös und angespannt.«

»Also doch!«, rief der andere dazwischen.

»Erleben Sie das öfter, dass Sie einschüchternd auf die Leute wirken?«

Der Sesselfurzer hat noch nie eine Befragung durchgeführt, dachte Vincent.

Er sagte: »Wie würden Sie sich fühlen, wenn man Sie festgenommen hat und eines Tötungsdelikts bezichtigt? Jeder fühlt sich in einer solchen Situation unwohl. Deshalb bemühe ich mich darum, dass sich mein Gegenüber entspannt. Und ich behaupte, dass mir das bei Koch gelungen ist. Jedenfalls hat er nicht im Geringsten den Eindruck gemacht, als wollte er sich umbringen.«

»Wie erklären Sie sich dann, dass er es doch getan hat?«

»Warum muss ich das erklären? Fragen Sie gefälligst die Justizbeamten!«

»Mäßigen Sie Ihren Ton, Herr Veih!«

»Fakt ist, dass Koch an einem Mord beteiligt war. Dass er umfassend aussagen wollte. Fakt ist auch, dass sein Anwalt nichts unternahm, um einen Deal zu erreichen, sondern seinen Mandanten zu einer neuen Aussage überredet hat, die zumindest in Teilen nachweislich falsch ist. Ich wette, der Anwalt hat Koch unter traumatisierenden Druck gesetzt.«

»Kommen wir zurück zur Vernehmungssituation am Freitag.«

»Diese Untersuchung ist eine Farce. Ihr Ergebnis steht längst fest!«

Vincents Handy spielte den Klingelton.

»Herr Veih ...«, begann die Kollegin vom Kommissariat für Beamtendelikte.

Vincent kannte sie. Sie hatten sich stets geduzt.

Das Klingeln brach nicht ab.

»Moment«, sagte er und nahm das Gespräch an.

Es war Fabri, der Leiter der Kriminaltechnik.

»Wegen der Blutanhaftungen an dem Silberkettchen ...«

»Sag bloß, du hast schon die Analyse?«

»Ich schulde der Lady im Labor jetzt einen Gefallen.«

»Und?«

»Zweierlei DNA. Sie stammt vom Mordopfer Schubert sowie von dem Unbekannten, von dem wir bereits eine Spur auf dem Boden im Hallenbad gefunden haben.«

»Ich danke dir.«

Vincent beendete das Gespräch und bemerkte, dass gleichzeitig eine Textnachricht eingegangen war. Sie stammte von Melia. Er ließ die Kommission weiter warten und las die Zeilen.

Wo steckst du? Ich brauche dich.

Vincent stand von seinem Platz auf.

»Herr Veih!«, rief der Beamte, der das Wort führte. »Was haben Sie vor?«

»Meine Arbeit ruft. Arbeit – das Konzept ist bekannt?«

Er verließ den Raum ohne einen Gruß.

Vincent fand Melia im Büro von Anna Winkler. Auf dem Tisch waren Zeichnungen und Fotos ausgebreitet. Zuoberst das Kettchen mit der Schwarzen Sonne.

Vincent erzählte ihnen, was er von Fabri erfahren hatte.

Wieder stimmte die DNA des Täters nicht mit seiner eigenen überein.

Nicht einmal zum Teil, wie das bei Halbbrüdern der Fall sein sollte.

»Und was gibt's Neues von euch?«, fragte er.

»Agnieszka Wiedmann schwebt vielleicht in Gefahr«, antwortete Melia.

»Inwiefern?«

»Urban hat Leif Naumann zur Rede gestellt. Damit weiß Leif, dass Frau Wiedmann das Kettchen gefunden hat. Eine unliebsame Zeugin.«

»Verstehe.«

»Übrigens hat Urban selbst mir das mitgeteilt. Ist ganz in Panik, dass seiner Putzfrau etwas zustoßen könnte.«

»Klingt, als sei er einer der Guten«, sagte Vincent. »Ein Mann von schwankendem Gemüt.«

»Borderline-Syndrom?«

»Oder ihm ist das Koks ausgegangen«, sagte Anna.

»Wissen wir, wo Leif gerade steckt?«, fragte Vincent.

»Ist mit Urban in Sachsen unterwegs«, antworte Melia. »Aber das bedeutet nichts. Leif gehört zu Dombachers engsten Mitarbeitern. Und der General kann jederzeit Leute schicken, um die Zeugin mundtot zu machen. Zumindest traue ich ihm das zu.«

Anna griff nach ihrem Telefon.

Sie rief Frau Wiedmann an und ermahnte sie, das Haus nicht zu verlassen und keinem Fremden die Tür zu öffnen. Das Gespräch zog sich hin, offenbar wollte die Zeugin nicht auf sie hören.

Wir müssen das anders lösen, dachte Vincent.

102

DRESDEN

DER ORANGE-BLAUE BUS VON Team Urban fuhr auf die Rückseite der Semperoper zu. Ordner lotsten ihn am Gebäude entlang bis zu der Bühne, die am Rand des Theaterplatzes aufgebaut war. Die Türen öffneten sich mit einem Zischen. Der Lärm der Menge brandete herein.

Sie hatten ein paar Minuten Verspätung. Ein Liedermacher überbrückte die Wartezeit. Er spielte gegen Sprechchöre an. Die Leute wollten Christoph Urban hören.

Er stieg als Letzter aus dem Bus. Violas Kameramann filmte ihn. Er hielt inne, als sein Handy klingelte. Eilig blickte er aufs Display, glaubte eine Vorwahl aus Nordrhein-Westfalen zu erkennen und erinnerte sich daran, dass Tristan Bovert am Vormittag angekündigt hatte, eventuell noch einmal mit ihm zu telefonieren.

Erst nachdem er das Gespräch angenommen hatte, erkannte er seinen Irrtum.

»Dawid ist zurück an der Front«, heulte Daryna.

Christoph stieg wieder ein und setzte sich in die erste Reihe.

»Was sagst du?«

»Er ist gestern in die Ukraine gefahren. Lebensmittel und

Medikamente für Kramatorsk. Dann hat er sich schon wieder den Milizen angeschlossen.« Sie schluchzte laut. »Gerade rief er an. Er hat bereits an Kämpfen teilgenommen. Da werden Leute getötet. Ich halte das nicht aus! Du musst etwas tun!«

Christoph ärgerte sich über seinen Cousin.

Zugleich fühlte er sich hilflos.

Von draußen klopfte Leif gegen das Fenster und winkte. Zeit, auf die Bühne zu gehen.

Christoph sprach ins Handy: »Ich hab ihm gesagt, er soll …«

Daryna fiel ihm ins Wort. »Dawid ist sauer auf dich, Krzyś. Er meint, du hättest eure gemeinsame Sache verraten. Sag mir, Krzyś, was hast du getan?«

Christoph erinnerte sich noch deutlich daran, was er und sein Cousin sich geschworen hatten.

Fuck Putin.

Ich habe meine Abmachung gebrochen, dachte Christoph.

Ich bringe Tod und Unglück über meine liebsten Verwandten.

Christoph spürte, wie jemand an seiner Schulter rüttelte.

Leif sagte: »Es sind doppelt so viele Teilnehmer wie in Chemnitz. Sie sind nur wegen dir gekommen. Steh auf, du schaffst das!«

Christoph wollte das Gespräch beenden. Dabei glitt ihm das Handy aus den Fingern. Leif hob es für ihn auf.

»Du gehst jetzt raus, Chris, und rockst den Platz. Zeig, was du draufhast. Zeig dem Volk, dass du es liebst. Dass du bereit bist voranzugehen.«

Einen Scheiß bin ich bereit, dachte Christoph.

Er hasste den Pöbel wie sich selbst.

Dann gab er sich einen Ruck, stieg auf die Bühne, trat ins Rampenlicht und legte los.

103

ERKRATH-HOCHDAHL

OLE NAUMANN ERREICHTE DIE Birkenstraße, in der Agnieszka Wiedmann wohnte. Bungalows und Reihenhäuser am Rand des Naturschutzgebiets. Ole fand einen freien Stellplatz und stieg aus. Er trug eine weite Jacke und vergrub die Hände in den Taschen.

Seine Rechte umschloss die Pistole.

Anhand der Hausnummer identifizierte er den kleinen Bungalow, in dem Urbans Putzfrau wohnte. Viel mehr als die Adresse hatte er auf die Schnelle nicht herausbekommen. Nur dass sie angeblich allein lebte, Ehemann verstorben, die Kinder ausgezogen, aber so ganz wollte sein Gewährsmann für diese Info nicht die Hand ins Feuer legen.

Also erst einmal die Lage erkunden.

Ein Rentnerpärchen kam den Weg aus dem Neandertal herauf und grüßte, als sie sich begegneten. Wanderer, schätzte Ole und beachtete die beiden nicht weiter. Er bog in eine Seitenstraße ab und verlor kurzzeitig den Bungalow aus dem Blick.

Er machte einen Bogen durch die angrenzende Reihenhaussiedlung, gelangte dann zur Birkenstraße zurück und näherte sich nun von der anderen Seite. Gegenüber der

Hausnummer 10 fuhr ein SUV in einen Carport. Die Fahrerin mühte sich mit Einkäufen und einem Kleinkind ab und sah nicht zu ihm herüber.

Drei Jugendliche radelten vorbei. Irgendwo bellte ein Hund, ein zweiter antwortete aus größerer Entfernung. Dann kam ein Mann die Straße entlang spaziert.

Rasch trat Ole in einen schmalen Durchgang zwischen einer Garage und einer Mülltonnenbox aus verzinktem Stahl. Etwas an dem Kerl, der den Blick schweifen ließ und kein echtes Ziel zu haben schien, gefiel ihm nicht.

Er kam bei Oles Auto an. Kaum merklich lugte er ins Innere. Ole hatte nichts liegen lassen, das ihn verraten könnte. Im Weitergehen zückte der Unbekannte sein Handy und hielt es für einen Sekundenbruchteil zur Seite.

Er hat das Nummernschild fotografiert, dachte Ole.

Verdammt.

Der Typ beschleunigte seinen Schritt. Ole bemerkte, dass er seine Lippen bewegte. Ein Zivilbulle, der über Funk kommunizierte. Er kam näher. Ole ging tiefer in Deckung.

Die Luft war alles andere als rein.

Und sicher war das nicht der einzige Bulle.

Die Polin wurde beschützt.

Ole fühlte den Stahl in seiner Jackentasche und entschied sich dafür abzuwarten.

Er hatte Zeit.

104

ERKRATH-HOCHDAHL

AGNIESZKA WIEDMANN WOLLTE partout nicht wahrhaben, dass sie in Gefahr schwebte.

Vincent und Anna leisteten ihr im Bungalow am Rand des Naturschutzgebiets Gesellschaft. Ein mobiles Einsatzkommando hatten sie kurzfristig nicht bekommen. Zwei Männer in Zivil waren die einzige Verstärkung, die sie von der Kreispolizei Mettmann erhielten.

Die beiden patrouillierten draußen. Weiträumig überprüften sie die Umgebung und sollten wie Anwohner wirken. Ihr Auftrag lautete, potenzielle Attentäter festzuhalten und zu überprüfen. Geübt hatten sie das sicher nicht.

Vincent wusste nicht, wen Leif Naumann schicken würde. Mit wie vielen Angreifern sie rechnen mussten. Und ob überhaupt jemand kommen würde. Die Situation zermürbte alle Beteiligten.

Frau Wiedmann saß am Küchentisch und löste Sudokus. Der Tee, den sie gebrüht hatte, wurde kalt. Anna stand seitlich am Fenster und lugte am Vorhang vorbei.

Vincent kontrollierte die Rückseite des Hauses. Im Wohnzimmer war die Terrassentür geöffnet, weil Frau Wiedmann auf Durchzug bestand. Er ließ die Rollläden bis auf einen Spalt herunterfahren, damit niemand sie von hier aus überraschen konnte.

Als er zurückkehrte, hatte Wiedmanns Hund, ein kleiner Mischling mit lockigem Fell, seinen Platz auf einer Decke verlassen und sich vor seinem Frauchen aufgebaut.

»Bobby müsste mal raus«, sagte Agnieszka Wiedmann.

Das Funkgerät krächzte. Vincent bekam die Unterhaltung der beiden Beamten aus Mettmann mit.

Ein verdächtig wirkender Ford Focus parkte draußen an der Straße.

Die Kollegen standen mit ihrer Leitstelle in Verbindung und ließen das Kennzeichen prüfen. Das Ergebnis lag nach einer Minute vor.

Das Fahrzeug gehörte einer Mietwagenfirma.

Vincent nahm das Funkgerät in die Hand. »Kriegt raus, wer die Karre gemietet hat«, bat er die Kollegen.

Das würde länger dauern.

»Siehst du was?«, fragte er Anna.

»Nein, nichts.«

»Das Auto?«

Anna wagte einen Schritt zur Seite, um ihr Gesichtsfeld zu verändern.

»Da hinten steht ein weißer Focus. Ich schätze, der Kerl ist abgehauen. Weil er die Kollegen bemerkt hat.«

Bobby bellte.

Frau Wiedmann hakte die Leine ans Halsband.

»Dann ist ja nichts mehr zu befürchten«, sagte sie.

»Ich übernehme das«, sagte Anna. »Die Angreifer wissen nicht, wie Sie aussehen. Vielleicht schnappen wir sie auf diese Art.«

»Welche Angreifer?« Agnieszka Wiedmann klang genervt.

Sie erinnerte Vincent an Coronaleugner. Was mir nicht gefällt, will ich einfach nicht wahrhaben.

»Warte, Anna. Willst du eine Lockvogelaktion durchziehen?«, fragte Vincent.

»Warum nicht?«

»Könnte gefährlich werden.«

»Ich trage die Weste. Und wir haben zwei Kollegen draußen. Oder willst du, dass uns die Töle auf den Teppichboden pinkelt?«

Anna griff nach dem Funkgerät, um sich mit den beiden Zivilbeamten abzusprechen. Dann führte sie den Hund nach draußen.

»Pass auf dich auf«, sagte Vincent.

»Soll ich frischen Tee machen?«, fragte Frau Wiedmann.

»Ich trinke ihn kalt.«

Sie zuckte mit den Schultern und räumte ihr Sudokuheft weg. Dann ging sie ins Wohnzimmer und schaltete den Fernseher ein. Vincent erinnerten die Stimmen aus dem Gerät an seine Kindheit.

Die Straßen von San Francisco.

Karl Malden stritt mit Michael Douglas.

Vincent bezog Annas Posten am Fenster.

Die Kollegin überquerte gerade die Straße.

Bobby gab die Richtung vor.

105

JÜTERBOG

ROMAN BORODIN FUHR DEN Krankentransporter selbst, Nikita Kerzhakov folgte in ihrem zweiten Wagen, einem Golf, den Dmitri ihnen zur Verfügung gestellt hatte. Sie hatten einen großen Bogen um Berlin gemacht und waren nach Süden vorgestoßen. Hinter Luckenwalde begann ein Waldgebiet, das sich bis Jüterbog erstreckte und an das Borodin ferne Erinnerungen knüpfte.

Er war in Jüterbog aufgewachsen. Einst hatte hier die Rote Armee einen Truppenübungsplatz betrieben. Sein Vater, Offizier beim KGB, hatte ihn manchmal mitgenommen, wenn er Pilze sammeln ging. Auf dem Areal, das Einheimische nicht betreten durften, wuchsen sie besonders zahlreich.

Wie enttäuscht sein Vater gewesen war, als die Sowjetunion auseinanderbrach und Gorbatschow die DDR dem Westen schenkte!

Über Nacht hatten die Russen das Land verlassen. Sein Vater fluchte noch lange darüber, welche Unmengen an Munition sie in Jüterbog zurücklassen mussten. Damit sie nicht den NATO-Imperialisten in die Hände fielen, waren Hunderte von Kisten vergraben worden.

Die Deutschen hatten den Truppenübungsplatz nicht übernommen. Das Gelände war riesig und bis heute unbenutzt. Das Umland nur dünn besiedelt.

Der ideale Ort, um den Krankenwagen verschwinden zu lassen.

Ein Roman Borodin hinterlässt keine Spuren.

Er bog von der Landstraße ab. Schotter knirschte unter den Reifen. Schlaglöcher schüttelten das Fahrzeug durch. Der Forstweg führte geradewegs in den Märchenwald seiner frühen Jahre.

Der ihm jetzt gar nicht mehr so märchenhaft erschien.

Fichten und Kiefern reckten sich mit kahlen Stämmen und dürren Kronen in den Himmel. Das Kraut am Boden sah nicht aus, als könnte es Beeren tragen, zumindest nicht so üppig wie damals. Immer wieder unterbrachen Lichtungen die Baumplantagen. Vergilbtes Gras und dürres Gestrüpp.

Nach einer Weile beschloss Roman, dass sie tief genug im Niemandsland angekommen waren. Er ließ den Transporter auf eine der baumlosen Flächen rollen. In der Mitte hielt er an.

Drüben beim Forstweg bogen sich Sträucher im Wind. Sie verdeckten den Blick hierher.

Ein guter Ort.

Auch Kerzhakov hatte die Piste verlassen. Der silberfarbene Golf parkte in gebührendem Abstand. Die Heckklappe stand offen. Kerzhakov hantierte im Kofferraum.

»Was machst du da?«, rief Borodin. »Bring den Kanister herüber!«

»Willst du das ganze Benzin verschwenden?«, antwortete sein Partner.

Borodin ging hinüber, um nachzusehen.

Kerzhakov goss Benzin in eine kleine Wasserflasche. Er ging vorsichtig zu Werk, trotzdem lief ihm etwas Treibstoff über die Finger und tropfte in den Kofferraum. Hoffentlich würde es auf der Weiterfahrt nicht zu sehr stinken.

»Mach voran, es wird spät«, sagte Borodin.

Endlich war die Flasche halb voll, ein Viertelliter.

Kerzhakov wischte seine Finger an der Hose ab.

Sie gingen zum rot-gelben Transporter und öffneten sämtliche Türen. Kerzhakov träufelte Benzin auf die Sitze und auf die Trage im Innenraum. Dann zündete er sich eine Zigarette an, nahm einen tiefen Zug und warf den Stengel hinein.

Eine Weile lang sahen sie zu, um sicher zu sein, dass die Flammen nicht vorzeitig erloschen. Endlich erfasste das Feuer den Tank. Es wurde laut, schwarzer Qualm stieg auf, und mit einem Mal stand das gesamte Fahrzeug in Flammen.

Ein knisterndes, krachendes Spektakel.

Die Hitze, die es abstrahlte, ließ ihre Wangen glühen.

Dann fing der Untergrund Feuer.

Borodin und Kerzhakov traten mit ihren Militärstiefeln einige der kleinen Fackeln aus, in die sich die Grashalme und Kräuter ringsum verwandelten. Schließlich kapitulierten sie und beschlossen aufzubrechen.

»Verdammt!«, rief Kerzhakov.

In der Gegenrichtung brannte bereits die halbe Lichtung. Der Wind fachte das Feuer an und trieb es vor sich her. Jeden Moment würde es ihren Wagen erreichen.

Sie rannten los, quer durch den Flächenbrand.

Ihren Stiefeln konnte die Hitze nichts ausmachen. Aber Rauch und Asche füllten die Luft und erschwerten das

Atmen. Borodin sah, wie kleine Flammen an Kerzhakovs Hose züngelten. Sein Partner erstickte sie mit der bloßen Hand und schrie, mehr aus Ärger als vor Schmerz.

Sie erreichten den Golf und nahmen sich nicht die Zeit, die Heckklappe zu schließen.

Kerzhakov startete den Motor. Borodin kontrollierte, ob seine Kleidung in Ordnung war.

Er roch wie ein geräucherter Fisch.

Vor ihnen entzündete der heiße Wind die ersten Sträucher.

Verdammt, dachte Borodin. Hatte es hier nicht auch geregnet wie in Berlin?

Die Vorderräder drehten durch und wirbelten Dreck auf. Sekundenlang verharrte der Wagen mit jaulenden Zylindern. Dann nahm Kerzhakov endlich das Gas zurück, und das Auto setzte sich in Bewegung.

Gleich würden sie den Forstweg erreichen und in Sicherheit sein.

Ein lautes Fauchen ließ Borodin herumfahren.

Das Benzin im Kanister hatte sich entzündet. Das Wagenheck war ein Flammenmeer. Die Hitze brannte in Borodins Gesicht.

Das hatten sie jetzt von ihrer Sparsamkeit.

Kerzhakov trat auf die Bremse. Hustend stiegen sie aus.

In diesem Moment begann die Knallerei. Wie Böller zu Silvester.

Aber die richtig großen Böller.

Die Lichtung flog in die Luft.

Die Munition der Roten Armee, dachte Borodin. Der mein Vater so nachgetrauert hat. Auch nach mehr als drei Jahrzehnten funktionierte sie noch.

Der Krach machte sie kirre. Der Rauch ließ ihre Augen

tränen. Sie rannten in die Richtung, in der sie den Forstweg vermuteten.

»Gleich haben wir es geschafft!«, rief Borodin seinem Partner zu.

Doch Kerzhakov blieb stehen und fasste sich an die Brust.

Borodin zog ihn weiter. Auch ihm schmerzten die Bronchien. Er spürte, wie ihm die Luft wegblieb. Sie stolperten durch die Gluthölle und verloren im dichten Qualm die Orientierung.

Die Detonationen hörten nicht auf.

Über ihnen begann der Rauch zu leuchten.

Baumkronen brannten.

Kerzhakov ging zu Boden.

Borodin musste an den Geruch der Pilze denken, wenn sie in der Pfanne brieten. Er hatte ihn als Kind verabscheut. Jetzt hasste er den gesamten Wald, der ihm fremd und unberechenbar geworden war.

Borodin versuchte, seinen gestürzten Partner wach zu rütteln. Er zerrte an ihm und schrie gegen das brüllende Feuer an. Dann gab er auf und wankte allein weiter.

Schließlich stolperte er und verlor ebenfalls das Bewusstsein.

Das Letzte, was er sah, waren Lichtpunkte auf den Spitzen der Grashalme.

Eigentlich wunderschön.

106

ERKRATH-HOCHDAHL

OLE NAUMANN HARRTE ZWISCHEN Garage und Mülltonnen aus. Ein Anwohner, der seinen Abfall raustrug, hatte ihn nicht einmal bemerkt. Der Zivilbeamte war ein weiteres Mal an ihm vorbeigegangen. Ein Auto fiel Ole auf, das wiederholt durch die Straßen kreuzte.

Ein zweiter Polizist, dessen war er sich sicher.

Ole behielt die Nummer 10 im Blick. Noch hatte er keinen Plan.

Die Tür ging auf.

Eine dunkelhaarige Frau trat aus dem Bungalow. Ende vierzig, lässige Lederjacke, kleiner Köter an der Leine, der sie in Oles Richtung zog.

Die Putzfrau, dachte er.

Sobald sie an mir vorübergeht, verpasse ich ihr einen Schuss in den Kopf.

An der Garage blieb die Frau stehen. Der Hund trippelte um die Ecke und glotzte Ole an. Mit seiner heraushängenden Zunge wirkte er etwas beschränkt. Dann hob er das Bein und pisste gegen die Mülltonnenbox.

»Komm, du dumme Töle!«, sagte die Frau, als er fertig war, und zog ihn weiter.

Ole ließ die Waffe stecken.

Es war zu gefährlich. Irgendwo wachten zwei Bullen. Was nutzte der Tod der Putzfrau, wenn man ihn schnappte?

Die Pisse stank. Ole atmete so flach wie möglich, bis er sicher war, dass sich niemand mehr auf der Straße befand. Die Putzfrau war weitergezogen. Die Beschützer mit ihr.

Ole machte sich auf den Weg.

Sein Plan war, im Haus auf die Polin zu warten.

Der Wanderweg, der ins Tal führte, brachte ihn zu den Rückseiten der Grundstücke an der Birkenstraße. Hecken und Maschendraht grenzten kleine Gärten ab. Hier verlief ein schmaler Pfad.

Jenseits davon fiel das Gelände ab. Ein paar Hundert Meter weiter schlängelte sich ein kleiner Fluss durch die Landschaft. Vermutlich war Urbans Fachwerkensemble nicht weit.

Ole folgte dem Pfad. Beim Haus Nummer 10 stieg er über den Zaun. Verwilderter Rasen. Ein alter Holztisch mit zwei Stühlen. Die Terrassentür war geöffnet, die Jalousien jedoch fast ganz heruntergelassen.

Drinnen lief der Fernseher.

Urbans Putzfrau hatte vergessen, ihn auszuschalten.

Oder es gab weitere Bewacher.

Ole erschrak, als unmittelbar neben ihm ein schmales Fenster geöffnet wurde.

Eine Klospülung rauschte. Jemand wusch sich die Hände. Dann fiel eine Tür ins Schloss.

In diesem Moment fiel ihm ein, dass die Dunkelhaarige den Hund »dumme Töle« genannt hatte. Das machte Frauchen nicht mit ihrem kleinen Liebling.

Also war eine Polizistin in Zivil mit dem Hund unterwegs.

Und Agnieszka Wiedmann hielt sich nach wie vor im Haus auf.

Hab ich dich.

Ole nahm einen Gartenstuhl zu Hilfe und zwängte sich durch das Fenster, dann war er drin.

Ich tue es für meinen Jungen, sagte er sich.

Er hatte Leifs Mutter kennengelernt, als sie von einem anderen schwanger gewesen war. Nach der Heirat hatte er den Kleinen adoptiert. Leif wusste das und war vermutlich deshalb besonders bemüht, ihm zu gefallen.

Wie ein Hündchen.

Das sich manchmal als tollpatschig erwies.

Vielleicht liebe ich ihn deshalb umso mehr, dachte Ole.

Er befand sich im Gäste-WC. Ein winziger gekachelter Raum. Vorsichtig zog er die Tür auf. Dass ein Scharnier leise ächzte, konnte er nicht verhindern. Einen Moment lang hielt er inne.

Die Stimmen, die er hörte, stammten von Synchronsprechern. Dazu alte Filmmusik.

Ole schlich den düsteren Flur entlang, dann stand er in der Wohnzimmertür und zielte auf die Frau, die im Dämmerlicht auf dem Sofa lag und auf den Bildschirm starrte.

Sie war dick, Ende fünfzig, die Haare violett gefärbt.

»Sind Sie Agnieszka?«, fragte er.

107

BERLIN-WILMERSDORF

ANDREAS GÖTZ KLINGELTE AN der Haustür. Kein Schild verriet, dass die Ex-Kanzlerin mit ihrem Mann hier wohnte. Er wusste nicht, was er tun sollte, falls Gereon nicht reagierte. Oder überreagierte – ihn voller Wut attackierte.

Telefonisch hatte Andreas niemanden erreicht. Früher hatten Ute und ihr Mann ihn gern empfangen. Bis vor einer Woche, um genau zu sein.

Er fragte sich, bis zu welchem Punkt eine Umkehr möglich gewesen wäre. Spätestens mit der Erpressung hatte Ute die rote Linie überschritten. Mit ihrer Drohung, auch ihn ins Verderben zu ziehen.

Letztlich trug sie selbst die Schuld an ihrem Ende.

Auch wenn er niemals zugestimmt hätte, das Problem auf diese Art zu lösen.

Der Türöffner summte.

Andreas nahm den Aufzug in die oberste Etage. Keine Personenschützer. Gereon empfing ihn an der Wohnungstür. Er wirkte wie ein Gespenst. Verheulte Augen, wirre Frisur. Sie umarmten einander.

»Mein herzliches Beileid«, sagte Andreas.

Gereon führte ihn ins Wohnzimmer. Überall lagen aufgeschlagene Fotoalben und lose Abzüge. Immer wieder Ute.

Allein und mit ihrem Mann. Bei Partys und Staatsbesuchen. Zu Hause, im Familienkreis. Auf Urlaubsreisen. Andreas fiel ein Schnappschuss auf, den er selbst gemacht hatte.

Ute zwischen Gereon und Annkathrin. Im Garten ihres Hauses in Peguera. Andreas erinnerte sich noch gut an jenen Nachmittag. Sie hatten unten an der Bucht Langustinos gegessen. Der Cava floss in Strömen.

Das war erst wenige Monate her.

Andreas verfluchte Bovert. Und wusste, dass er mitschuldig war.

Immerhin hatte er sich an den Kerl gewandt.

Auf dem Foto sah Ute überraschend gut aus. Braungebrannt im lässigen T-Shirt. Wie gut ihr das bisschen freie Zeit auf der Insel getan hatte!

Die Politik hatte Ute aufgefressen.

Das sagte er jetzt auch Gereon.

»Wie meinst du das?«, wollte der Witwer wissen.

»Sie hatte keinerlei Reserven mehr. Völlig ausgepowert. Mit den Nerven am Ende. Und trotzdem hat sie sich an den Job geklammert. Hat gedacht, sie wäre nichts ohne die Kanzlerschaft. Ist das nicht tragisch?«

»Willst du damit behaupten, es war kein Unfall?«

»Hat sie dir gegenüber nie Suizidgedanken geäußert?«

Gereon begann hemmungslos zu heulen.

Andreas wusste nun, dass er von Utes Erpressungsversuch nichts wusste.

Auch nicht davon, dass sie mir die Schuld an ihrem Scheitern gegeben hat, überlegte Andreas. Sonst würde Gereon anders reagieren.

Ute war mit ihren politischen Ämtern verheiratet gewesen. Ihr Mann hatte nicht einmal die zweite Geige gespielt. Sie hatte manchen Parteifreunden mehr anvertraut als Gereon. Vor allem die Büroleiterin stand ihr viel näher. Vielleicht galt das sogar für jeden x-beliebigen Mitarbeiter im Kanzleramt.

Seit Gereon den Journalistenberuf an den Nagel gehängt hatte, war ihre Achtung für ihn auf den Nullpunkt gesunken. Die drei Millionen hatte Ute für ihr Ego verlangt. Nicht um ihren Mann aus seiner Pleite herauszukaufen.

Das Telefon klingelte.

Gereon machte keine Anstalten, das Gespräch anzunehmen.

»So geht es schon die ganze Zeit«, sagte er und suchte nach einem Taschentuch.

Die Mailbox sprang an.

Alex Vogel meldete sich. Herausgeber des *Blitz* und Topmanager im bedeutendsten Medienhaus Europas. Wer Vogel auf seiner Seite wusste, brauchte sich um sein Ansehen bei den Wählern nicht zu sorgen.

»Mein tiefes Beileid, Gereon«, tönte Vogels Stimme aus dem Lautsprecher. »Bist du da?«

»Das Arschloch hat mir den Floh mit dem Hotel auf Malle ins Ohr gesetzt«, sagte Gereon.

Andreas griff zum Hörer, drückte die Taste und meldete sich.

»Ich bin hier, um Gereon beizustehen. Hab bitte Verständnis, Alex, dass er nicht selbst mit dir spricht. Er ist ziemlich fertig. Kein Wunder. Tragische Geschichte.«

»Wohl wahr. Hast du vielleicht ein Zitat für unsere morgige Titelseite?«

»Nein«, sagte Andreas. »Kein persönlicher Kommentar von mir.«

»Verstehe.«

»Aber Fakt ist, dass sie jenseits ihrer Fehler eine passable Kanzlerin war. Besser als so mancher ihrer Vorgänger.«

»Besser als die von der falschen Partei.«

»Ich sehe, wir verstehen uns.«

»Und kann ich Gereon zitieren?«

»Er sagt: Wir sehen uns im Himmel wieder.«

Vogel war begeistert.

Andreas beendete das Gespräch.

Gereon fragte: »Soll ich mich etwa auch umbringen?«

Andreas beschloss, ihm das nicht auszureden.

»Lieben Gruß auch von Annkathrin«, sagte er stattdessen.

Er tätschelte Gereons Schulter und verabschiedete sich.

108

ERKRATH-HOCHDAHL

VINCENT HÖRTE DIE KLOSPÜLUNG am Ende des Flurs. Wasser, das aus einem Hahn lief. Eine Tür, geräuschvolles Schlurfen. Urbans Putzfrau kehrte ins Wohnzimmer zurück, wo im Fernsehen gerade die Werbepause erneut von Musik abgelöst wurde.

Die flotte Titelmelodie der Serie, die Vincent nie vergessen würde.

Er fragte sich, wann er sie zum ersten Mal gesehen hatte, ob noch in der Hamburger WG oder erst im Haus der Großeltern, nachdem seine Mutter verschwunden war, um Revolutionärin zu werden.

Am Ende der Birkenstraße tauchte Anna mit dem Hund auf. Ein Kollege fuhr im zivil lackierten Wagen vorbei. Das Funkgerät erwachte leise zum Leben.

»Sie kommt zurück.«

»Okay«, antwortete Vincent.

Offenbar war Anna niemandem begegnet. Der Fahrer des Mietwagens hat sich tatsächlich verzogen, dachte Vincent. Oder es handelt sich um den harmlosen Besucher einer Nachbarfamilie.

Wir sollten den Einsatz bald abbrechen, dachte er. Oder

gemeinsam zuschauen, wie Karl Malden und Michael Douglas Verbrecher durch San Francisco jagen.

Ein kurzes Quietschen ließ ihn innehalten. Er konnte es nicht einordnen. War die Putzfrau aufs Klo zurückgekehrt?

Aus dem Fernseher tönten Blechbläser und Schlagzeug, Motorenlärm und Schüsse.

Und wieder mischte sich ein Geräusch darunter, das nicht passte.

Vincent beschloss nachzusehen.

Eine Männerstimme fragte: »Sind Sie Agnieszka?«

Vincent blickte in den Flur, der lediglich aus der Küche etwas Tageslicht abbekam. In der Tür zum ebenso schummrigen Wohnzimmer zeichnete sich eine große Gestalt ab, die hier definitiv nichts zu suchen hatte.

Der Eindringling hielt etwas in der Hand. Was es war, konnte Vincent nur vermuten.

Er riss seine Pistole aus dem Holster und schrie: »POLIZEI! WAFFE WEG!«

Der Mann drehte sich um und schoss.

Der Aufprall des Projektils ließ Vincent zu Boden gehen.

Er drückte ebenfalls ab und rang nach Luft.

Trotz der kurzen Entfernung schien er sein Gegenüber verfehlt zu haben. Der Unbekannte hatte sich fallen lassen und feuerte sofort wieder. Knapp über Vincents Kopf spritzte Putz von der Wand.

Er schoss zwei- oder dreimal auf die Gestalt vor ihm. In seinen Ohren klingelte es. Er konnte vor Schmerzen kaum atmen und versuchte trotzdem aufzustehen.

Hinter Vincent schabte ein Schlüssel im Schloss. Die Haustür wurde aufgestoßen.

»Vinnie?«

»Ich glaube, ich habe ihn getroffen.«

Anna schlug auf den Lichtschalter. Der Hund rannte herein und verschwand im Wohnzimmer. Anna schob sich an Vincent vorbei. Genau wie er zielte sie mit ihrer Walther P99 auf den Mann am Boden.

Sie kickte dessen Pistole weg.

Dann beugte sie sich zu ihm hinunter.

»Kein Puls«, sagte sie. »Mach dich auf eine Untersuchung gefasst.«

Ist klar, dachte Vincent grimmig.

Die beiden Kollegen aus Mettmann kamen herein. Anna bat sie, den Notarzt sowie die Spurensicherung zu rufen und draußen zu warten. Dann versuchte sie Agnieszka Wiedmann zu beruhigen, die sich heulend über die Schießerei beschwerte.

Vincent war froh, dass sich Anna um alles kümmerte. Er legte seine Waffe auf dem Boden ab und warf ebenfalls einen Blick auf den Mann, der in der Tür zum Wohnzimmer lag.

Im Licht der Deckenlampe erkannte er ihn sofort.

Die olivfarbene Windjacke mit den kleinen Blutflecken auf der Brust wirkte wie ein Zelt, viel zu weit für den hageren, alten Körper. Die Wangen waren glattrasiert, ein kleiner Schnitt am faltigen Hals. Ein Muttermal fiel Vincent zum ersten Mal auf.

Ole Naumanns Blick ging ins Leere.

Vincent fielen Brigittes Worte von neulich ein.

Er findet dich übrigens ganz nett.

Sie hatten beide nicht gewusst, auf wen sie schossen.

Vincent entledigte sich seiner Schutzweste. Dass ein Schuss in die Kevlarschicht die Rippen heftig prellte, hatte er gewusst. Aber nicht, dass ihn das fast außer Gefecht setzen würde.

Seine Knie wurden weich, und er musste sich an der Wand abstützen. Er war nicht mehr derselbe wie noch vor ein paar Minuten.

Ich habe meinen Vater getötet.

109

LEIPZIG

CHRISTOPH FÜHRTE DEN Demonstrationszug an. Auf jedem Schritt begleiteten ihn Kameras. Auch er rief die Parolen und bewahrte dabei ein freundliches Gesicht.

Bloß nicht fanatisch wirken.

Die bürgerliche Mitte ansprechen.

Freiheit statt Frieren – keine linke Diktatur!

Die Polizeikräfte am Straßenrand wirkten mit ihren Helmen, Brustpanzern und Schilden wie altrömische Gladiatoren. Sie drängten Gegendemonstranten ab, die hoffnungslos in der Unterzahl waren. Selbst mit Trillerpfeifen kamen sie nicht gegen die Parolen der patriotisch gesinnten Kräfte an, die in schier endlosen Reihen durch die sächsische Metropole zogen.

In Christophs Rücken lief Leif Naumann mit. Nicht ich bin hier fehl am Platz, sondern der junge Mann mit dem Bart, dachte Christoph. Er schadet meiner Karriere mehr, als es Dennis Schubert je gekonnt hätte.

Ich muss diesen Mörder loswerden.

Am liebsten hätte er die Beamten am Straßenrand angesprochen. Im Gleichschritt mit den Leuten an seiner Seite ging Christoph weiter.

Nach einer Stunde erreichten sie wieder den Augustusplatz. Ein riesiges Podium war hier aufgebaut, flankiert von Lautsprechertürmen. Vor der Bühnenkante drängten sich die Kameras.

Christoph trat ans Mikro. Grelles Scheinwerferlicht blendete ihn. Es kam ihm vor, als achte die ganze Welt auf ihn.

Während er sprach, befragte Christoph sich unaufhörlich selbst. Wirkt meine Mimik sympathisch, die Körpersprache authentisch? Trifft meine Wortwahl die Herzen der Menschen?

Hinter den Kameras erstreckte sich ein Lichtermeer. Fackeln, Kerzen und zahllose Handys, die auf ihn gerichtet waren.

Aus Sicherheitsgründen hatten nur rund ein Dutzend Leute Zugang zur Bühne. Ein Techniker, ein paar Ordner sowie die Mitglieder des sächsischen Landesvorstands von Team Urban. Außerdem durfte Violas Kameramann exklusiv von oben filmen.

Und dann war da noch Leif Naumann als Mädchen für alles.

Christoph bemerkte aus dem Augenwinkel, wie links von ihm einige Polizisten am Bühnenaufgang Stellung bezogen. Kein Gladiatorenlook – sie waren nicht wegen der Störer gekommen.

Auch auf der anderen Seite erschien eine Handvoll uniformierte Beamte. Zivil gekleidete Männer und Frauen führten sie an.

Christoph ließ sich nichts anmerken und kam zum Ende seiner Rede.

»FREIHEIT STATT FRIEREN!«, skandierte er und riss die Arme hoch.

Die Menge verstand. Die Parole donnerte als vieltausendfaches Echo zu ihm herauf.

»KEINE LINKE DIKTATUR!«

Wieder schallte der Ruf aus unzähligen Kehlen zurück.

Christoph fühlte sich unweigerlich wie ein Rockstar.

»WIR SIND DAS VOLK!«

Der Jubel wurde euphorisch. Wie im Rausch wiederholte die Masse den Satz wieder und wieder. Die Kolleginnen vom Landesvorstand beglückwünschten Christoph und winkten gemeinsam mit ihm nach unten.

Stünden wir vor dem Reichstag, könnte ich die Revolution ausrufen, dachte Christoph.

Er konnte sich nicht erinnern, sich jemals so großartig gefühlt zu haben.

Ein bewegender Abend.

Dann stiegen die Polizeibeamten die Treppen hoch. Christoph war ihnen dankbar, dass sie das Ende seiner Show abgewartet hatten. Er brauchte sich nicht umzudrehen, um zu erkennen, was sie vorhatten. Für die Menge musste es aussehen, als würden die Ordnungskräfte einen lästigen Randalierer entfernen.

Leif rief: »Chris, tu was! Ruf die Massen zu Hilfe!«

Christoph und die Frauen vom Vorstand applaudierten ungerührt ihren Anhängern zu.

Er hörte, wie Leif panisch wurde. Oles Sohn kreischte die Polizisten an.

»Wir sind zehntausend! Scheißbullen! Wir sind stärker als ihr!«

Christoph beachtete ihn nicht weiter. Seine Hände brannten, aber er klatschte weiter im Takt, den sein Publikum vorgab. Tränen der Freude füllten ihm die Augen.

Sein Freund, der Silberreiher, fiel ihm ein.

Er hätte jetzt seine Schwingen ausgebreitet, um in die Lüfte zu gleiten.

Christoph winkte die neue Pressereferentin heran.

Er beugte sich zu ihrem Ohr. »Canceln Sie das Interview für die *Tagesthemen*.«

»Wie bitte?«

»Und morgen früh fliege ich nach Hause. Können Sie das arrangieren?«

»Macht das nicht Ihr Assistent?«

»Auf den werden wir eine Weile verzichten müssen.«

Christoph dachte an die Blutspuren am Tatort. Sicher würden die Ermittler sie Leif zuordnen können. Sein Assistent war damit erledigt. Und Ole Naumann auch.

Unweigerlich wird auch mein Anteil an der Geschichte publik.

Was mich fürs politische Geschäft untragbar macht.

Christoph wusste, dass seine Rolle im Team Urban in dieser Minute beendet war.

Aber der Versuch hatte sich gelohnt.

Hier auf dieser grandiosen Bühne. Vor weit über zehntausend enthusiastischen Anhängern. Ein Triumph im Zentrum der Heldenstadt Leipzig – unter den Augen der Weltöffentlichkeit.

Das war es wert gewesen.

Allmählich verebbten die Sprechchöre.

Die Mitglieder des Landesvorstands umarmten Christoph noch einmal zum Abschied.

Ihre Augen glänzten.

Er machte sich auf den Weg zum Bus.

Vielleicht komme ich eines Tages wieder, dachte Christoph.

ZWÖLF TAGE SPÄTER

110

DÜSSELDORF-ZENTRUM

SIE VERLIESSEN DEN AUFZUG der Tiefgarage und traten ins Freie. Melia hatte das Twelve Monkeys ausgesucht, ein Restaurant, in das sie nur zu besonderen Anlässen ging. Letztes Jahr hatten sie hier den sechzigsten Geburtstag ihrer Mutter gefeiert. Onkel Bashir war aus London gekommen.

Dieses Mal lud sie Vincent ein, außerdem Zeinab und Brigitte, die sie von zu Hause abgeholt hatten. Endlich klappte es mit dem Essen zu viert.

Sie schlenderten am Kö-Bogen entlang. In den Schaufenstern war bereits Herbstmode ausgestellt. Zeinab machte sich über die überzogenen Preise lustig, Brigitte empörte sich darüber.

Melia und Vincent standen schon am nächsten Fenster. Ihr gefiel ein gemustertes Herrensakko. Paisleymuster und Blüten in Violetttönen.

»Würdest du so etwas tragen?«, fragte sie Vincent.

»Nicht im Präsidium.«

Sie hakten ihre Finger ineinander und gingen weiter. Melia freute sich, dass Vincent einen guten Tag hatte. Zuletzt hatten die düsteren überwogen.

Irgendwann würde er lernen, damit zu leben, dass er einen Menschen getötet hatte.

»Klappt es mit dem Zeugenschutz für Urban?«, wollte Vincent wissen.

»Ja, irgendwo in Norddeutschland. In die Details bin ich nicht eingeweiht. Hab nur gehört, dass ihn jemand begleitet.«

»Doch nicht Patrycja Ziegler?«

»Nein, eine Frau, die über ihn eine Dokumentation drehen wollte.«

»Also wirkt sein Charisma noch.«

»Bin gespannt, wie er damit zurechtkommt, öffentliche Auftritte zu meiden.«

Wegen Urban hatte sie sich mit der Staatsanwaltschaft angelegt. Weil Zeugenschutz teuer war, und Urban nicht lieferte, was sie erwarteten.

Er tischte eine heiße Story auf. Kurzzeitig drehten sämtliche Sicherheitsbehörden am Rad. Aber letztlich blieb Urban jeden Beweis schuldig.

Über Putins Einfluss auf deutsche Parteien und Konzerne.

Über russische Killer, mit denen man ihm gedroht hatte.

Auch Reinhard Zacharias konnte nichts damit anfangen. Er lag seit gestern in der Uniklinik.

Vincent sagte: »Schon gehört, dass Hartmut Osterkamp jetzt die Parteiführung übernehmen wird?«

»Und aus Team Urban wird Team Deutschland.«

Ihre Mütter hatten aufgeschlossen und mitbekommen, worüber sie redeten.

»Muss ich jetzt Andreas wählen, um den ekligen Geldsack als Kanzler zu verhindern?«, fragte Zeinab.

Melia wusste, dass viele Leute so dachten, auch bisherige

Wähler der Grünen und der Sozialdemokraten. Während das rechte Lager dem Selfmademann Osterkamp zujubelte. Als prädestiniere ihn sein Geschäftserfolg zum Staatsmann.

In den jüngsten Umfragen lagen beide Kandidaten gleichauf. Gemeinsam würden sie eine Zweidrittelmehrheit im Bundestag erreichen. Die Quote, die Verfassungsänderungen erlaubte.

»Der Faschismus kehrt zurück«, warf Vincents Mutter ein. »Wir sollten Zellen bilden. Den Widerstand im Untergrund organisieren. Eine Stadtguerilla aufbauen wie damals.«

Vincent lachte. Er wandte sich an Zeinab. »Sie meint das nicht ernst. Nicht wahr, Brigitte?«

Zeinab sagte: »Ich bin dabei.«

Melia musste nun ebenfalls lachen.

Doch Zeinab schien es ernst zu sein. »Neulich musste ich mir im Laden rassistische Sprüche anhören. Die Leute tun so, als sei ich fremd in diesem Land. Das nimmt zu, ehrlich!«

Melia dachte daran, dass unmittelbar nach Christoph Urbans letztem Auftritt mehrere Flüchtlingsheime in Brand gesetzt worden waren. Zum Glück war niemand verletzt worden, zumindest nicht körperlich. Die Täter waren untergetaucht.

Und die Montagsdemonstrationen gingen unvermindert weiter.

Sie erreichten das Dreischeibenhochhaus, ein Wahrzeichen des Wirtschaftswunders, das in den späten Fünfzigerjahren zwischen Schauspielhaus und Hofgarten errichtet worden war. Im Erdgeschoss befand sich das Twelve Monkeys. Vincent hielt Melia und den Müttern die Glastür auf.

Eine Kellnerin führte sie an den reservierten Fenstertisch. Das Restaurant gehörte zur gehobenen Gourmetszene. Holzlamellen an den Wänden, große Grünpflanzen und schwarzer Marmorboden. Die Mineralwasserkarte bot sieben verschiedene Sorten an.

Melia fürchtete, Brigitte würde sich über den Luxus empören und das Essen nicht genießen. Doch sie leckte sich die Lippen, während sie die Speisenkarte las.

Die Kellnerin kam mit vier Gläsern Crémant.

Vincent stimmte einen Trinkspruch an. »Auf die neue Kripochefin!«

»Und was wird mit dir?«, fragte Zeinab.

Sie spielte auf die leidige Compliance-Geschichte an, von der ihr Melia berichtet hatte.

»Ich bleibe, was ich bin«, antwortete Vincent.

Er hatte der Behörde zu verstehen gegeben, dass er nicht mehr bereit war, die Kripo zu verlassen. Und mit dem Anwalt gedroht, falls man darauf bestand. Ein paar wichtige Leute waren deshalb sehr verärgert. Sie konnten ihm jedoch nichts anhaben.

Dass sie jetzt Melia ihren Unmut spüren ließen, hielt sie aus.

In einem Jahr redet niemand mehr darüber.

Melias Handy klingelte, und sie ärgerte sich, dass sie es nicht ausgeschaltet hatte. Das Display zeigte den Namen des Anrufers an.

»Mein Vater«, sagte sie in die Runde.

»Schönen Gruß«, merkte Zeinab an.

Melia musste an die Kanzlerin denken, die Andreas ausgebootet hatte. Nun war sie tot. Suizid, hieß es, kaum zu fassen.

Sie nahm das Gespräch an.

»Hast du es dir überlegt?«, fragte ihr Vater. »Ich meine es

wirklich ernst. Du wärst die perfekte Ergänzung für mein Wahlkampfteam.«

»Als was?«

»Expertin für innere Sicherheit. Dein Fachgebiet. Und du weißt, was das heißt, Amelie.«

»Verrats mir.«

»Du wirst die nächste Bundesinnenministerin. Was sagst du dazu?«

Melia fragte sich, was sie noch mit ihrem Vater verband. Ein Machtmensch hinter sanfter Fassade, der mit Querdenkern und Rechtsradikalen paktierte. Du bist nicht der, für den ich dich einmal hielt.

Und vermutlich hat dich Bovert in der Hand.

Wie zuvor auch schon die Kanzlerin, die er erpresst hatte.

»Ich sitze hier mit Mama und mit Vincent und seiner Mutter«, antwortete Melia. »Und wir überlegen gerade, was wir tun, falls du mithilfe von Team Deutschland an die Macht kommst.«

»Und?«

»Auswandern wäre eine Option. Revolutionäre Zellen gründen, wäre die andere.«

Vincent lachte. Zeinab nickte. Brigitte hob den Daumen.

»Klingt wie ein Nein«, sagte Andreas.

»Ist es auch.«

»Schade. Mein Team hätte dringend etwas Farbe nötig.«

Ihr seid schon braun genug, dachte Melia und drückte ihren Vater weg.

Sie rieb sich die Hände.

»So, was wollen wir bestellen?«

EIN TAG IM SEPTEMBER

EPILOG

MOSKAU

IGOR IWANOWITSCH SETSCHIN schaltete das ZDF ein, um auf dem großen Monitor die Hochrechnungen zu verfolgen. In wenigen Minuten würden an Rhein und Elbe die Wahllokale schließen.

»Warum nicht Deutschland-TV?«, fragte Rotenberg.

»Was unser Sender berichtet, kenne ich schon.«

»Ist doch schön.«

»Nein, mich interessieren die Fakten.«

Der Moderator erklärte Säulendiagramme. Der Ton war stumm geschaltet. Die Zahlen sprachen für sich. Die sogenannte bürgerliche Mehrheit stand bereits fest.

Um das zu wissen, brauche ich keine unabhängigen Medien, dachte Rotenberg. Den künftigen Kanzler hatte er in der Tasche. Falls er nicht spurte, würde er das gleiche Schicksal erleiden wie seine Vorgängerin.

Kuchendiagramme verdeutlichten die Sitzverteilung. Hartmut Osterkamps Team Deutschland hatte beste Chancen, aus dem Stand zweitstärkste Fraktion im Bundestag zu werden.

»Hoffentlich steigt ihm das nicht zu Kopf«, kommentierte Setschin.

»Er weiß, wem er das zu verdanken hat.«

»Falls er das vergisst, schicken wir Dmitri persönlich. Sag ihm das, Arkadi Romanowitsch.«

Darth Vader, wie er leibt und lebt.

Rotenberg lachte und schlug Setschin auf die Schulter.

Dann wandte er sich an den Boss, der mit seinem Smartfon am anderen Ende des Tisches saß.

»Willst du nicht sehen, wie es in Deutschland für uns läuft, Wladimir Wladimirowitsch?«

»Ich chatte mit Donald. In Florida scheint die Sonne. Er lässt grüßen.«

»Mist!«, rief Setschin.

Er hatte zur ARD umgeschaltet. Auch dort lag Team Deutschland auf Platz zwei vor den Grünen.

»Ist doch alles gut«, kommentierte Rotenberg.

»Sie verfehlen die Zweidrittelmehrheit.«

Rotenberg hielt Hochrechnungen für alberne Zahlenspiele. Die KGB-Schule, die er und seine beiden Freunde durchlaufen hatten, kannte nur Wahlen, deren Ausgang vorher feststand. Das ersparte viel Unruhe.

»Donald wird wieder kandidieren«, rief der Boss herüber.

»In den USA wird erst in zwei Jahren ein neuer Präsident gewählt.«

»Ich habe ihm klargemacht, dass er das beschleunigen soll.«

Der Boss stand auf.

Er kam mit seinem Handy herüber.

Rotenberg konnte es nicht fassen. Fast wäre er zurückgewichen. Kannte Wladimir Wladimirowitsch keine Angst vor Corona mehr?

Der Boss drückte Rotenberg sein Smartfon in die Hand.

Das Display zeigte den Mann, der 2013 die Miss-Universe-Wahlen in Moskau veranstaltet hatte. Donald hatte den Boss dazu eingeladen, wie Rotenberg sich erinnerte.

Zum Dank hatte er damals das Hotelzimmer des Amerikaners mit versteckten Kameras präpariert.

Das bewährte Mittel des *Intellekt*.

Donald lag im Bett. Nackt und nicht allein. Was das Foto zeigte, widerte Rotenberg an.

So etwas tut kein Mann von Welt.

Was für eine Sauerei.

Wladimir Wladimirowitsch lachte und nahm das Handy wieder an sich.

»Ihn haben wir ebenfalls in der Tasche. Und noch einmal wird er sich die Präsidentschaft nicht klauen lassen. Andreas, Hartmut und Donald – alles Wölfe wie wir.«

»Ganz genau, Boss.«

»Warum gehört uns die Macht, Arkadi Romanowitsch?«

»Weil wir Wölfe sind.«

Eine neue Hochrechnung. Mit der Zweidrittelmehrheit könnte es doch klappen. Wieder war ein Dominostein der liberalen Welt gekippt.

Endlich griff Setschin zur Fernbedienung und schaltete aus.

Der Boss nahm sein Smartfon ans Ohr und orderte Krimsekt.

Danksagung

BÜCHER NEHMEN ERST BEIM Schreiben Form an. Ich lerne meine Figuren von Kapitel zu Kapitel besser kennen. Aktuelle Ereignisse verändern meine Sicht auf das Thema. Die Geschichte bleibt bis zuletzt im Fluss. Seit einiger Zeit habe ich mir deshalb angewöhnt, nicht alles vorab minutiös durchzuplanen, um meinem Personal die Entwicklungsmöglichkeiten zu bewahren, die es braucht.

Umso wichtiger ist mir das Feedback meiner Erstleser. Meine Frau Kathie Wewer und mein Bruder Klaus Eckert haben das ganze Jahr hindurch mit mir über Wendungen und Charaktere diskutiert. Ohne sie wäre mindestens eine der toten Romanfiguren noch am Leben.

Wenn es dunkel wird, seid ihr, Kathie und Klaus, die Sterne, unter denen ich segle.

Euch widme ich diesen Thriller.

Daneben danke ich meinen Agenten Lars Schultze-Kossack und Nadja Kossack, Streiter für das Gute, Schöne und Wahre, wie sie sich ein Autor wünscht. Sie begleiten Melia Adan und ihr Team von Beginn an.

Dank auch dem Heyne Verlag, bei dem ich dieses Buch in guten Händen weiß. Mein Lektor Oskar Rauch hat die Melia-und-Vincent-Reihe mit aus der Taufe gehoben. Lars

Zwickies hat auch den vierten Teil korrigiert und wieder aus einem guten Text einen besseren gemacht. Katrin Wurch betreut meine Lesungen, Daniela Neuper kümmert sich um die Presse. Ihr alle macht einen tollen Job.

Zu Beginn der Arbeit an *Die Macht der Wölfe* stand die Erfahrung, dass der Welt das Vertrauen in die Zukunft verloren gegangen ist. Zur Spaltung der Gesellschaft, die es schon immer gab, ist die Angst gekommen. Westliche Demokratien erodieren, radikale Ideologen stellen Freiheitsrechte infrage. Ein Donald Trump befeuert den Sturm auf das Kapitol. Multimilliardäre bringen wichtige Medien unter ihre Kontrolle. In Frankreich kandidiert der rassistische TV-Hassprediger Eric Zemmour für die Präsidentschaft. Ich wollte durchspielen, was schon morgen auch hierzulande geschehen könnte.

Und dann überfiel die russische Armee am 24. Februar 2022 die Ukraine.

Wladimir Putin nannte den Krieg eine Spezialoperation gegen Neonazis. Und ich wusste, dass mein Roman danach nicht mehr derselbe sein konnte.

Deshalb möchte ich auch der britischen Journalistin Catherine Belton für ihr brillant recherchiertes Werk *Putins Netz* danken. Sein Untertitel lautet: *Wie sich der KGB Russland zurückholte und dann den Westen ins Auge fasste.* Ein Sachbuch voller Stoff für viele Thriller.